文
景

———

Horizon

胡续冬 著

去您的巴西

上海人民出版社

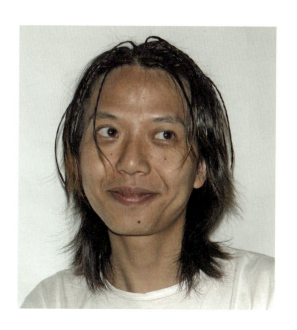

作者的鲍勃·玛利造型

里约贫民窟的桑巴乐师

友人家的圣诞夜

巴西利亚大学的最后一课

和《上帝之城》黑老大的扮演者走在真实的上帝之城

古镇巴拉奇，1699 年的窗户

巴拉奇，归航

作者和阿子在萨尔瓦多海边民宿

萨尔瓦多超赞的巴伊亚美食焖海鲜（Moqueca）

萨尔瓦多海滩上的海龟保护区

萨尔瓦多风情万种的女子

上门制作、兜售印第安草木饰品的嬉皮青年

圣保罗，庄园里的家庭音乐小聚

腹地的农家孩子

J. 博尔伊斯（本书封面图作者）的木刻版画

圣保罗酒吧里彪悍的桑巴乐队

里约

快乐的嬉皮女们

尼迈耶作品：巴西利亚大天主堂

巴西利亚大天主堂内部

巴西利亚大学主教学楼"大蚯蚓"内部

作者和 J. 博尔伊斯

作者和超强纠错学生沈友友

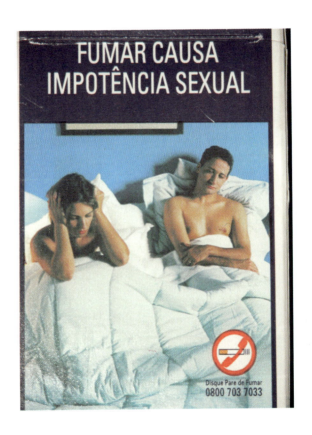

巴西的烟盒

目　录

新版序：他妈的巴西！　沈友友　........................1

新版序：纵浪大化里　朱靖江　........................6

2007年版序：感谢上帝，他去过上帝之城　尹丽川　...............9

2007年版序：巴西的楚门和中国的教授　子非鱼　.................11

I
里约，里约

假如巴西欺骗了俺　........................15

自行车、芒果和知了　........................21

巴西：烟民的地狱　........................23

中国商人和日本菜农　........................26

哗啦啦啦啦啦下雨了　........................29

夜间三部曲　........................32

学生运动领袖　........................35

倒霉的新生　........................38

拥吻的尴尬　........................40

古城比利纳波利斯　........................43

哥伦巴瀑布　........................46

巴西高原上的嬉皮大本营　........................48

里约，里约　........................51

虚拟美女也狂欢 59

小小福斯卡 62

狂欢节：巴西利亚套中人 65

金榜题名时，鸡蛋落满身 68

复活节彩蛋 71

跳"扶火" 74

Poço Azul：蓝池瀑布 76

臀大为美 79

玛丽亚·卡索里娜 81

6月12日：巴西情人节 83

农民节与"鼓我雄牛"传统 85

都市怪兽圣保罗 87

百州节 91

革命历史博物农庄 94

萨尔瓦多 96

巴拉奇海滩 106

基督山上的中国游客 113

从来不存钱的巴西人 116

作为城乡打工纽带的巴西利亚地铁 118

铃声飘飘天使到 121

II
我的巴西厨房

马黛茶 125

鳄梨 128

我的巴西厨房 131

豆饭 134

"大猪头"烤肉 137

公斤饭 140

我为西番莲狂 143

洽洽香之海外版 145

买活鱼记 147

瓜拉纳 149

美味果王阿萨伊 151

四川火锅巴西大战法国火锅 153

蔬菜蔬菜我爱你 156

街边的肉串 158

人民的芒果人民吃 160

III
"别装了，我们都知道你是巴西人"

马尔库斯和他的朋友们 165

我附近的两家华人 169

古斯塔沃·达·里尼阿 172

我的学生们 175

可爱的古巴老科学家 180

有女同室是兽医 183

尤百图的汉语梦 186

维诺尼卡的艰辛生活 189

特级川厨在巴西 192

树教授和谎话节 ……………………………… 195

"怪兽叔叔"教授 ……………………………… 198

与电脑盲共事 ………………………………… 201

我在巴西的"新疆学生" ……………………… 204

乌拉圭老头重现江湖 ………………………… 207

别了，鲁文和阿赛拉 ………………………… 209

"小问号"霍德里格 …………………………… 211

"别装了，我们都知道你是巴西人" ………… 213

手舞足蹈的黑哥们儿 ………………………… 215

我的室友"苦菜花" …………………………… 217

"霍德罗·肖德罗" …………………………… 219

八指神徒 ……………………………………… 221

热心的"三点" ………………………………… 223

十三不靠谱 …………………………………… 225

"追女狂"保罗 ………………………………… 228

我的超强纠错学生沈友友 …………………… 230

IV
深入黑窟"上帝之城"

罢工、凶杀和邻国的动乱 …………………… 235

Made in China ……………………………… 238

绝望的周末 …………………………………… 241

喜剧性车祸 …………………………………… 244

遍地音乐解烦忧 ……………………………… 247

迷惘夜车 ……………………………………… 250

高原夜惊魂 ………………………………………………… 253

未婚妈妈知多少 ……………………………………………… 256

骑车去机场 ………………………………………………… 259

"警察也是人，警察也罢工" ……………………………… 262

狮子和炸弹 ………………………………………………… 265

学生如猫，老师如鼠 ……………………………………… 267

巴西学生是怎样学"好"汉语的 ………………………… 270

作为成人礼的十五周岁派对 ……………………………… 272

酒鬼和火鸡 ………………………………………………… 275

小小丫头心思怪 …………………………………………… 277

巴西人都是活雷锋 ………………………………………… 280

"杀人公路"遇险记 ……………………………………… 283

汉语课惊现走火枪 ………………………………………… 286

课堂奇遇之茫然军士篇 …………………………………… 288

课堂奇遇之"一家乐"篇 ………………………………… 290

恐怖的昆虫 ………………………………………………… 292

急死人不赔命 ……………………………………………… 294

莎翁名剧让里约黑帮休战 ………………………………… 296

生活在毒贩阴影中的警察们 ……………………………… 298

里约犯人考大学 …………………………………………… 300

青木瓜之籽 ………………………………………………… 302

在黑社会保护下的桑巴舞校之行 ………………………… 304

深入黑窟"上帝之城" …………………………………… 307

电影工读学校 ……………………………………………… 314

"胸罩"航空公司 ………………………………………… 317

俺终于赶上罢工了！ ……………………………………… 320

不识巴西好人心 …………………………………………… 322

我与巴西自行车的渊源 ·· 324

与德里达无关 ·· 326

与德里达有关 ·· 328

魔鬼公寓 ·· 330

蟑螂杀手的诞生 ·· 332

真命月老 ·· 334

"中国人的耐心" ·· 337

好色阿婆何其多 ·· 339

请黑帮老师擦板 ·· 342

作为社会生活关键词的 faxineira ······························· 344

大富之家的平安夜 ·· 347

巴西国会讨债记 ·· 350

以"发飙"之名 ·· 354

一场虚惊过海关 ·· 356

阿嚏……巴西…… ··· 359

V
关于伊巴奈玛女孩的一切

巴西的书店：高价不胜寒 ·· 363

老诗人的新鲜 show ··· 366

阿根廷人到底惹了谁? ··· 369

屙椰子 ··· 372

巴西诗歌不免费 ·· 374

关于伊巴奈玛女孩的一切 ·· 377

奥斯卡·尼迈耶从业 70 周年建筑作品回顾展 ····················· 381

作为装饰图案的汉字 385

黑人武术卡普埃拉 388

J. 博尔伊斯及其木版画 390

卡洛斯·特鲁蒙德和他著名的石头 394

"政治不正确"导致豪华餐厅倒闭 397

巴西利亚大学"黑旋风" 400

无地农民运动与"红色四月" 403

越狱之都圣保罗 406

巴西：热带中国 408

日本移民巴西96周年 411

卡普埃拉的历史 413

张大千和"八德园" 415

离婚：家庭的增殖 417

花里胡哨的选举文化 420

"绑定爱情"巫术 423

比尔是如何在巴西被杀死的 425

巴西人眼中的葡萄牙人 428

作为文化部长的愤怒音乐家伊尔伯托·伊尔 430

谁需要保罗·科埃略？ 433

草木饰品知识分子 439

巴西流行文化教父加埃塔诺·维罗索 441

VI
重返巴西

塞拉隆彩梯 447

别了，修安琪 452

"释放卢拉" 456

2007 年版后记 459

2012 年版后记 463

新版后记：去巴西待着吧 467

新版序：他妈的巴西！

沈友友

这本书收录胡续冬的若干随笔文章，讲述他在巴西的经历，体现出一个聪明的、敏感的人对那个充满异国风情的、遥远的南美"天堂"的好奇探索。胡续冬敏锐的双眼看透了我们的巴西文化、我们巴西人生活的甜酸苦辣——不一定按这个顺序：辣的小故事比较多，应该排在前面，甜的次之，四味调配得很到位。胡续冬给中国读者烹调了几道美味佳肴。请大家用眼睛慢慢享受。

好吃的菜出自好厨师的手。这（差不多）是巴西的一句俗话。我突然想：我们能够通过品尝一个厨师做的菜认识厨师吗？看样子可以，反正一些中国人喜欢重复"文如其人"这个词。虽然我同意这是有根有据的，但恐怕这也只是一个片面的真理。的确，一些人很简单，写了一百篇文章，但也就是那么回事儿，都是一个调子。其他一些人，他们文采斐然，能写五花八门的好文章——但这也只是艺术水平高罢了。还有一些人，他们比较复杂，其文人"身份"不是培训出来的，是活出来的。总之，虽然"文如其人"，但是心比笔快，情比墨浓。相对于他们本人，文章只不过是暴雨中乱跑的人影：你看得见文章，但是你摸得着人吗？

"你的'师父'走了"，某天，一个平时不常联络的人给我发了如此含糊的短信。突如其来的谜语。当时我正在赶时间写完每天上午那篇（该死的）报告，心情很急，无暇理睬。这个短信弹出来时，我瞥了一眼，手机只识别了电话号码，是澳门的，我没太在意："什么呀，啥'师父'啊？"我对自己说，"应该是无聊的诈骗吧。"接近午休时间，我又想起来那个短信，再拿手机看了看。仔细检查后，发现发短信的是一位曾经只见过一次面且留下好印象的、把每件事（无论是大还是小）都挂在心上的人。虽然确定了这不是一条诈骗短信，但我想了想，还是实在不知道他说的"师父"是谁。

我不是一个冷酷无情的人，只是无论如何都想象不到是胡续冬离世了。他还很年轻，几年前还看见过他。怎么会这样短寿促命呢？我也想起，他爱吸烟，也有那种知识分子的生活习惯……但是从没听说他有什么大病。再说，吸烟也不会暴死，知识分子一般也比较长寿。成见之一：知识分子没什么心事。成见之二：知识分子生活在自己的梦境里……不可能是他，他不会死。事后我回想起当时的反应，甚至感到自责，为什么没想到我的"师父"是谁？是不是我在内心深处背叛师恩了……？但其实是因为我压根儿没有把他、师父和死亡这三者联系到一起，我执着地以为他会一直在那里。有些人就是这样：他们比生命更大。胡续冬是一个不寻常的人，他就是那种比生命更大的人。

生命再大，也很脆弱。我们这一代人不怎么去思考死亡的问题。谁有工夫去想那么渺茫的事情？不可否认，对那些没体验过与自己至亲分离的人来说，死亡（似乎）没什么大不了。皱皱眉头，耸耸肩膀，说一句"人命在天"，"死了就死了呗"。我们看到周围的陌生人的生活，看到新闻报道中的世界，好像大家都活得很累，处处都是灾难，所以我们不由得自闭。生不如死。不只是对死亡感到麻木，好像我们对活着也有点冷淡了……

我拿起胡续冬的书，看了目录，翻了两三页。这让我把搁在记忆黑暗角落中的东西捡了起来。我拍掉了蜘蛛网，吹走了灰尘，用衬衫袖子擦一擦它，那本关于我二十年前"祖国"的相册跃然眼前。这是一本中国特色后现代主义的相册。它和照片的风格搭配得不错，照片的构图、视角都很特别，我喜欢。翻看着这些照片，便能想象到胡续冬在后边拿着相机拍下它们：摆着笨拙的姿势，睁着大大的眼睛。咔嚓……咔嚓……咔嚓……连绵不绝的咔嚓声。当时的他一定觉得很自由。

当我们有时间和勇气去探索自己的好奇心，去关注新鲜的现实，我们自然会体验到生命的无限。这种经历很深刻，能够改造人格。不过，悲观、胆小的人们总会说，那些暂时逃离大多数人走的轨道、追求和大多数人期待不一样的事情的人，他们的经历也会与时同逝，最后只剩惆怅的孤独或无名的虚无，他们必然会成为一个在世界找不到自己位置的人。同一批人也扬扬得意地断定：本来，人和物同归于尽。最后，这些不寻常的人物也和任何普通人一样会走啊，像撒在狂风里的沙子……也没人记得，没人在乎。

很可悲，自闭的我们不懂得人可以日日革新的道理。我们的经历，虽然微小，但都会成为我们的一部分。经历结束了，记忆却留下了。熄灭之前，这个记忆还会以不同形式演绎——通过我们的行为，通过我们的价值，通过我们的理想。加上人和人的沟通，最终没有什么会真的流逝。我们不是白白存在的。即使是一个普通的道理，都会在别人的内心催生一种细微的变化。只要跟踪这些变化，我们就会领会到，心和心会成为同一个生命链上的环节：如果旧的生命渐渐凋谢，那必定是为了激发新生命的发育。这么说，任何人都能明白那个古老的悖论：他用死来让我们得到新生。

第一次听到胡续冬写了这本书的时候，我已经在中国生活了——再也没回巴西。不记得是谁告诉我的，不记得具体是在哪儿或什么时候听到的，只记得那天是在室外，阳光格外耀眼。我大吃一惊："只有胡续冬才能起这种书名！《他妈的巴西！》"。我忍不住哈哈大笑，当时觉得还是挺合适的。有一些情感，用太过文雅的字眼表达不出来，说的就是巴西。"言已尽，意无穷"，不是我们巴西人的风格。

那么，干脆用大白话毫无保留地表达自己的感触吧！我双手赞同。这个符合我们巴西文化的"规范用词"。脏话也是一种感叹词，可表达出无法用言辞表达的最深的感触。极端感性是巴西人（拉美人）的普遍特征。语言上，我们习惯轻易地用最高级：这个"最好"，那个"非常差"，等等。有时候甚至用一个"非常"对我们来说都会略显平淡。因此《他妈的巴西！》就是这个逻辑，是那个比非常还非常的饱满情绪的抒发。

相比之下，中文有更为内敛的语言习惯。回忆起来，当时刚接触中文的时候，我不得不控制内心的许多冲动来适应中文表达的习惯。"什么都保持在中间吧"，"中庸之道"，我时不时会听到人们这么说。所以，拿到这本书以后，发现书名不是"他妈的巴西！"，而最后成为"去他的巴西"[1]，我并不意外。中国读者恐怕不会感悟"他妈的巴西！"的"如如"境界，只会以为是胡续冬式的风流诗

---

[1]　此书旧版出版时，书名为"去他的巴西"。——本版编者注

义。但是不能否定这个书名骨子里还是有那么些叛逆的。无论如何，用了半个脏话，巴西的感觉没有丢掉。

想起这些事情，脑海里浮现出很多活生生的人，也包括将近二十年前的糊里糊涂的我。不知不觉，心情渐渐转晴了。这是记忆的力量。如果人和物一起消逝，那为什么我们会如此怀念，甚至留恋过去？我认为这是很健康的事情。留恋愉快的过去只不过是憧憬美好未来的镜像。二者都以某种方式让我们实现自己的存在。一个是已知的，给我们信心；一个是未知的，给我们希望。

那么，如果是别人去探索已故的陌生人的记忆呢？这样也很有意思，很有意义。对不在的人来说，有传承生命之火的作用。对别人来说，或许也能够激发他们的好奇心，甚至让他们鼓起勇气，到人迹罕至的地方，成为一个新的不寻常的人……谁知道？

于澳门，2022 年 5 月 5 日

新版序：纵浪大化里

朱靖江

　　胡子的著作《去他的巴西》即将第三次出版，阿子嘱我写几行文字，纪念昔年我们在巴西短暂而美好的重逢与游历。我尝试着回溯时光，却发现在数字时代，生命的印痕往往更加菲薄。比如曾经是胡子写作主场的"博客中国"网站早已下线，一切文档全部归零；我在 2004 年之前使用的"雅虎中国"邮箱也无余存，以至于无法查找当年和他邮件往来的音信。在将近二十年的时光剥蚀之下，记忆变得模糊难辨，它们只鳞片爪地漂浮出来，又不动声色地沉没下去。还算幸运，我曾经在巴西拍摄的几集纪录片，以及胡子这本书中的几篇文章——《在黑社会保护下的桑巴舞校之行》《深入黑窟"上帝之城"》《电影工读学校》，为我们在巴西里约热内卢共同的经历留下了刻痕。好吧，我其实很嫉妒一些朋友，他们曾是胡子诗歌题献的对象，比如冷霜、杨一、许秋汉，我却从未被他歌咏，只能出现在这些朴实的记忆里。

　　二十年前的 2003 年是一个大分散之年，我们一度啸聚如水泊梁山的"北大新青年"网站悄然倒闭，漏网之鱼纷纷自谋生路。诗人马骅去了梅里雪山脚下的明永村做小学教师，歌手许秋汉去一本

6

探险杂志当了编辑，我继续为中央电视台"六公主"（电影频道）打工，拍些世界电影主题的专题片，已经在北大找到教职的胡子却跑得最远，去巴西利亚大学教巴西人学中文，并在《新京报》开设一个名为《你那边几点》的专栏，高频率地发表他在巴西生活的随笔短文——这也是《去他的巴西》得以书写完成的时代背景。

2004年6月，马骅因车祸在澜沧江上失踪，胡子和我都极感伤痛。也许是受这种情绪的影响，我向中央电视台申请了一个去巴西拍片的项目，打算趁机看望独自在那里生活的胡子。8月是巴西的冬天，我们在里约热内卢的相见却充满欢乐。那时还是胡子女友的阿子也加入我们拍纪录片的队伍，在游客绝踪的贫民窟里追寻巴西电影的创作道路。我们只是在里约共同行动了数日，就分道扬镳，他继续回巴西利亚大学教书，直到2005年才回到北京。从此以后，巴西成为描写胡子的关键词之一，他在北大主持一个巴西文化研究中心，讲授巴西文化、葡语文学之类的课程，也靠从巴西得来的乐观主义治愈生活中的一切不如意。和他一样，尽管我曾浪迹过二三十个国家，巴西仍是我最挚爱的地方之一，我怀念街边小酒馆里冰凉的甘蔗酒，也怀念桑塔特雷萨（Santa Tereza）入夜时分的有轨电车。

对于人到中年的我们来说，时间如行云流水，不知不觉已从少年到白头。转身回望时，胡子离开我们已经一年多，他大抵是将生命定影在一个青春的末尾，今后每当想起他时，脑海中总还能浮现出那张狡黠的娃娃脸，口吐莲花地讲些不太正经的八卦段子。诗人们总是在变老之前远去，胡子的离别固然让朋友们心痛，好在他留下的作品依然能陪伴我们，继续走一程人生的路。我又想起2022年春天，清明之前，雨雪将至，我读到胡子在巴西写的一首诗：

我们的诗在闪电上金兰结义，而我们的人，
却就此散落人间，不通音息。
你们终将
在最快乐的一瞬间重返诗歌的乐土：在那里
金钱是王八蛋，美女是王八蛋，诗歌则是
最大的王八蛋，但它孕育着尘世的全部璀璨。

————写给那些在写诗的道路上消失的朋友

2007年版序：感谢上帝，他去过上帝之城

尹丽川

胡兄身兼著名博士、老师和诗人的身份，却是喜欢低级趣味的。所以他从巴西海归后，我们约在后海见面时，我和另一个低级趣味的家伙很没见过世面地一味关心了色情和暴力：真有人在街上开枪火并吗？她们的胸真的很大吗？你有没有真的那个……胡老师也很兴奋呢，简直是手舞足蹈，在异国语言环境生活过的人，往往擅长手势和眼神。面对面听他煽情巴西，当比读文字更精彩；可文字又有另外的好处，因人家虽为著名顽童，学院无厘头的先驱，却仍是个诗人和准学者，长期热衷于学文化长知识。于是，这本类似游记的书，成了一本巴西生活辞典而不是旅游指南，他对生活的热爱，又如此地包罗万象，从战争、宗教、诗歌、电影、绘画、语言研究，到厨艺、雨季、黑社会、未婚妈妈、路有冻死骨、烟民的地位……

他居然写了这么多字！杂七杂八，见招拆招。我最喜爱的，是妙趣横生的奇人逸事和巴西社会的人情世故。我想，如果他从高尚欧洲海归回来，是不好意思把写序的作业交给我的，这一点咱们达成共识，都爱着脏乱差的、非清教徒的、非主流时尚化的习俗和文

化上的第三世界。虽然——我就承认吧，我有着叶公好龙的小知心态，但胡老师竟身体力行起来，显示出平素断断瞧不出的电影中的勇气，样样事亲力亲为。朋友见他买下去里约热内卢的机票，要去《上帝之城》中的上帝之城，不免生出风萧萧兮易水寒的送别心，而他咬牙到贫民窟转了一圈后，竟做起客来，吃了人家家里最后一个土豆，喝了别人从海滩捡来的矿泉水，得出的结论是，"贫穷并不是罪恶，真正的罪恶是歧视"。

并且胡老师追根溯源，说他从小时候看《丁丁历险记》，就开始惦记拉美诸国了。而对于巴西人民来说，这名中国青年也是从传说中的遥远国度走到现实中。所以这二十几万字的游记博客，记下的大多是一次次有趣而平等的相遇，而结局往往是抖包袱——或搞笑型，或文化总结型，全看胡老师写博客那天的思想境界和幽默指数。

胡说，"巴西不是巴蜀以西"，可他在巴西端出的架势，却偏像是来到巴蜀以西，不需要预先想象、崇敬和批判，只任自己在其中呼吸、感受，湿漉漉地生活，热乎乎地记录。即便有独在异乡的忧伤，也是热带的忧伤，黏滞，厚重，但一个太阳升起，就晴空万里无云，继续乐天悠哉地写下去。

2007 年版序：巴西的楚门和中国的教授

子非鱼

胡续冬在《新京报》开巴西专栏的时光，真是一段美好时光。

我们在破旧的八层"阁楼"上办报，而且不要办《阁楼》，要办世界大报、百年大报。京报副刊的一干人等在这样崇高的理想下兴奋得没日没夜组稿编稿，连专栏编辑也要放眼海外，约国外专栏。

专栏编辑还立下宏伟志愿，要巴黎、伦敦、纽约、东京各约一个高手。可惜在这样的国际大都市中，愿意写专栏的很多，写得像林达、恺蒂那样等级的却寥寥，像恺蒂那样享受伦敦幸福生活而又心系祖国小葱的简直就没有。最不幸的消息是，恺蒂同学竟然已经搬家去了南非。

投稿倒很多。投稿者以走马观花者居多，试图将自己在国外三个月的经历结集出版前再骗点稿费的那种；也不乏那些善于天方夜谭的，仿佛国外的生活就是历险；还有一种是走在哪里都像走在中国的。这最后一种人最有趣，总是在异乡思乡，不知道在国内的时候是不是总是想着远方，正所谓在国内的时候想出去，出去了以后想回来，活的永远不是地方。

我们要找的人是一种活在哪儿都是活在地球上的人，真正的国际自由人。从这种意义上说，胡续冬到巴西洋插队的时机简直妙不可言。所以他在动身之前，就已经不幸沦为《新京报》的包身工，开栏写动身的准备；在他到达的第二天，这位忠诚的包身工就与组织取得了联系；然后第三天，带着巴西痛快淋漓的生活气息的稿子就来了。我的办报时光因此与一些巴西土著们发生了关系。每天看版时，都有一群巴西佬在版面上上演他们的生活，就好像《新京报》的版面中多了一个摄像头，一群巴西楚门们在秀着他们生龙活虎的生活，而他们并不知道，他们的生活已经被胡续冬即时传真到中国。于是我们放心大胆地看巴西教授们在校园里熟练地打芒果，看胡续冬把巴西佬们侃晕，让他们对我中华文化心向往之，看巴西媒婆为胡续冬介绍女朋友，看胡续冬被巴西慢条斯理的签证官折磨……在那些看似随意而成的文章中，巴西人的性格呼之欲出：他们热情但懒惰，好管闲事但官僚；他们对生活充满宽容，热爱婚姻但并不惧怕离婚。与那些高雅时尚的大国生活相比，与我们平淡、刻板、高效的现代化生活相比，他们低效的生活不知为什么这么令人神往。

在巴西人民的热情挽留下，胡续冬的客座生涯比预期的时间延长了半年多，等他终于要结束这场华夏文明与南美文明的热闹相逢时，已经有忠实的巴西拥趸吵着要到中国来追随他。直到回国之后很久，巴西的拥趸们还在子夜里梦到这位瘦小的中国教授。

自由的灵魂总是令人向往的，不论生活在哪里。

I

里约，里约

假如巴西欺骗了俺

　　飞机终于到巴西利亚了。果真如任何一本旅游指南所说，从半空中看下去，巴西利亚城呈标准的飞机形，在巴西高原上作发展中国家展翅欲飞状，很有上进心的样子。从飞机上往下看见飞机状的城市，颇有《大话西游》里二当家的对着镜子惊呼"猪啊！"的感觉。

　　三十多个小时的辗转——从北京到法兰克福，从法兰克福到圣保罗，从圣保罗到巴西利亚——就在这"猪啊！"一般的感觉中戛然而止。我假装忘掉了一路上的诸多不顺（这些不顺大多归咎于数个航空公司联运造成的信息不畅，如果我走衰运的话，其中的任何一个不顺都将导致我成为国际盲流），向前来迎接我的人兴奋地怪叫。

　　来接我的是我即将执教的巴西利亚大学语言文学院院长恩里克教授和他的助理恩里克教授（天！从名字上看简直是《丁丁历险记》里的著名侦探杜邦和杜帮）。院长恩里克和我讲一口波兰口音的英语，而助理恩里克则和我讲德国口音的西班牙语，因为我不懂葡萄牙语。在院长恩里克的高尔车里，两个恩里克轮番向我介绍从机场到巴西利亚大学的景致。

巴西利亚城并不大，但给人的感觉极其空旷，如果在北京感觉树木、草坪是建筑物的点缀的话，在巴西利亚，建筑物纯属树木和草坪的装饰品。除了城中心，造型怪异的各个政府部门大楼像村委会开会一样凑在一起之外，其他的建筑物之间都很有礼貌地隔着"男女授受不亲"的距离，有的建筑甚至感觉像是旷野上的孤零零的堡垒，途中经过的中国驻巴西大使馆便是如此。在城中放眼望去，道路、车辆要远远多于行人。我问恩里克们为何见不到人，他们告诉我，人全都在车里。在巴西，轿车如同自行车在北京一样，几乎人手一辆，以大众和福特的低价位轿车为主。人们养成了严重的汽车依赖症，相距数百米的距离他们都认为不适于步行。因此，在每幢建筑物的前面，都有庞大得惊人的停车场，虽然停泊的车辆甚多，但并不显拥挤。

恩里克们直接把我载到了为我准备的公寓。一进门，我就顿生上当受骗的感觉。在此前他们给我的邀请信里，院长恩里克告诉我，我将会住在湖边的一套舒适的公寓里，我对此饱含憧憬。但此时我才发现，这套公寓颇似法国电影《欧洲布丁》里的学生公寓，除了我，还有四个本土理工科教师住在里面，大家共享客厅、厨房和洗手间，配有一个据说带有浓重的巴西东北口音的肥胖的黑人女仆。我自己的房间虽然不小，但里面空空荡荡，只有一张美容院里按摩床大小的单人床，令在夜间酷爱翻身的我恐慌不已。电话是公用的，不能打国际长途，也不能拨号，宽带接口更是天方夜谭。收拾行李的时候，我对着自己配备精良的 IBM 笔记本发了半天的呆。不仅落地当天就和国内亲友联系的愿望泡了汤，连 internet 似乎也是 mission impossible。我不禁自问：假如巴西欺骗了俺，俺该怎么办?

1933 年,极端激进的瑞士现代主义建筑师和城市规划家勒·柯布西耶出版了一本堪称现代主义城市规划秘籍的著作《光辉城市》,在书中,他认为当时全球所有的城市都是垃圾,混乱、丑陋、毫无功能性。他狂热地呼吁把这些城市全部夷为平地,在原地按照详尽的规划重建一座新城。柯布西耶最终没有找到实践这一梦想的机会,但是他的学生奥斯卡·尼迈耶却幸运地找到了一个千年不遇的机会,变相地实现了恩师的夙愿——比摧毁一座城市再重建要稍微容易一些,尼迈耶受聘于雄心勃勃的巴西政府,开始在荒无人烟的巴西高原中央打造一座未来主义风格的首都。

1960 年,惊世骇俗的巴西利亚城在奥斯卡·尼迈耶的设计下建成。这座古怪的城市俨然一个庞大而纯粹的建筑实验室,设计师几乎可以完全按照功能逻辑和美学原则而不考虑其他因素来进行前所未有的实验。正如我在前面的文章里提到的那样,巴西利亚呈标准的飞机形,看上去像是一个巨大的外星人营地而不是一个第三世界国家的首都。机头是所有的国家机关,机身是交通要道,机尾是中央车站,而宽阔的机翼则划分为不同的功能区,不同类型的机构各就各位地安置在各自的功能区。功能区的设置具有数学意义上的精确——两片机翼被切割成上千个方方正正的街区,每个街区都以方位、字母和数字来编号命名,每一序列的编号对应一种城市的功能,没有一处漏网之鱼,其整饬性和规律性远远高于在方位感上已经算是很规则、整齐的北京。在设计巴西利亚的时候,巴西的汽车工业正在"雄起"之中,因而当局指示尼迈耶要"面向现代化,面向未来,面向人均拥有三辆汽车的梦想"来设计道路,于是,所有的街道都被建成快速车道，旁边没有人行道和自行车道的位置，至今仍是如此。对于像我一样没有车或者不会开车的人来说，无论是走路还是骑自行车上街，在巴西利亚都是极度危险的事情——早在来之前我就已经知道，巴西利亚是全球行人死亡率最高的城市。

这种冷酷、严谨的城市规划对于习惯了在混乱的大都市之中享受偶然性快乐的人来说不啻一个冰凉的噩梦，因此，不但很多欧洲和北美的知识分子批评巴西利亚是一个乔治·奥威尔《1984》式的反人性的城市，是第三世界国家中央集权的象征，就连巴西本国的里约热内卢、圣保罗、萨尔瓦多等城市的人来到巴西利亚都会觉得极度不舒服。我的公寓里有一个家住传统热闹名城萨尔瓦多的巴伊亚州立大学来的访问学者，他连续两个晚上使用葡英词典向我断断续续地嘟囔对巴西利亚的不满。但是，对于本地人来说，他们却尝尽了这座城市功能便捷性的甜头，并认为其适度的冷漠和距离感有助于扭转外国人对巴西的妖魔化认识（热情、狂野甚至淫荡，等等）。在写这篇文章之前，我正在阅读英国学者齐格蒙特·鲍曼的一本书，书中在谈到空间感与现代性的时候对巴西利亚进行了嘲讽，当我向院长恩里克教授转述这一段落的时候，他显得极其愤怒，甩下一句："这些英语国家的学霸永远不会理解巴西！"

巴西利亚大学给我的第一印象像是北京动物园——大片大片的草地、树木，每隔数百米有一幢看上去像是平房但实际上是楼房的低矮建筑，造型颇似笼子，只不过这些建筑的名字不叫"熊猫馆""热带小猴馆"或者"夜行动物馆"，而叫某某学院、某某系或者某某研究中心，连接这些建筑的也不是游客步行的小路，而是和巴西利亚的任何一条道路一样，是没有人行道和红灯的快速车道。

所有"笼子"之中最大的一个，也就是该大学的主楼，同样是由设计巴西利亚城的奥斯卡·尼迈耶设计的，相当于巴西利亚城的微缩版，一个小了 n 号的飞机。意识到这一点之后我才明白，巴西利亚大学的 logo 上的那几根线条所组成的图案原来就是飞机，而不是我原先以为的田径场（这个误解曾导致我一度以为该大学是一个以体育见长的大学）。这个飞机和大飞机巴西利亚不仅外形一致，其内部结构的数字化、逻辑化、功能化也极其相似。机身是主要通道，带有食品店、书店等服务设施，两个巨大的机翼虽然不高，算上地下层只有三层，但是颇为狭长，划分为上千个同等面积的隔间，每个隔间有着严格的数字编号，每个序列的编号按规律对应一组教室或者办公室，如果摸不清编号规律的话，走进主楼就会感觉进入了一个貌似简单却极度冷酷、烦琐的迷宫。由于过于狭长，教室或者办公室找起来相当麻烦，昨天我曾尝试着自己走去办公室，结果足足在主楼里转了半个小时。好在走廊上美女如云，大波美臀应接不暇，所以也不会感觉沮丧。

主楼前面的停车场是我目前为止见过的最大的停车场，因为巴西利亚大学很少有住在学校里的学生，几乎所有的学生都自己驾车来上课（就像中国学生骑车去上课一样），加上驱车前来授课的教师，停在那里的车数以万计。白天校园里还算热闹，尤其是午饭和晚饭时分，学生们三五成群，猬集在树下、加油站或者商店门口，动辄眉飞色舞、打情骂俏。要想养眼的话最好此时穿越校园。由于我到目前还没有去据说美女最多的里约热内卢，巴西利亚大学算是我目前所见过的美女最多的地方，现在虽是当地的春天，但已有不少女孩穿得"衣衫褴褛"，惹火的身段烧得我的隐形眼镜极度干涩。一到晚上，校园里（尤其是我所住的公寓附近）

除了偶尔有几辆车穿过之外，几乎见不到任何人影，像一个十足的旷野，安静得可怕。

　　校园的东边是横贯巴西利亚的一个巨大的人工湖帕拉诺阿湖，从我的公寓步行到那里不算远。我只敢在白天漫步到湖边去怀念一下小它 n 号的未名湖，因为晚上实在是太黑暗、太空旷了，我害怕自己在路上会突然感到凄凉。

自行车、芒果和知了

我所住的巴西利亚大学校内 Colina 街区连个烟摊都没有，步行去办公楼和最近的一个小超市都需要十五分钟，因此，我迫切需要一辆自行车。一个同事的孩子赛尔索自告奋勇载我出街去买车。赛尔索在美国硅谷打工，这些天回来探望父母，由于我以前曾经在国内 IT 业里晃悠过，赛尔索把我引为知己，一路上都在向我抱怨巴西的科技产品市场没法弄，无论是电脑还是手机什么的，绝大多数人一旦买了就打死都不会更新换代，宁可自己用着糗点也不让商家再赚一次钱。

巴西的自行车纯属体育用品，从来没有人把它当交通工具，一般是中产阶级家庭买去当作健身器材使用，就像国内的小康人家都乐于在家里摆上一台跑步机一样。在巴西利亚，买自行车必须去体育用品商店，或者去大超市的体育用品区，在那里，自行车和高尔夫球杆、帐篷、睡袋等玩意儿摆在一起，很高贵的样子，价格不菲，我挑了一辆最便宜的，居然也要了我近 90 雷亚尔（相当于人民币 260 元）。由于从未赋予它锻炼以外的用途，所以这里的自行车绝对不会有车筐、后座，甚至连挡泥板和脚架都没有，活生生一辆裸车,跟海滩上的巴西美女一样。

我开始骑着这辆裸车撕开住所周围方圆二十里地的神秘的面纱,开始为未知的街区、马路脱下陌生的衣衫,让它们渐渐赤裸起来。不过在这里骑车的确很不爽,一是因为没有自行车道,常常会和飞驰而过的汽车抢道,二是因为道路极其不平,上下移动、其累无穷,所以既耗神又耗体力,实在是出行选择之下下下策,但由于我还没有在祖国混到驾照,在巴西利亚公交系统约等于不存在、出租车奇贵无比的情况下,我只能成为也许是唯一一个在本地把自行车当作日常交通工具的人,成为本地的一道奇怪的东方景观。可以说,巴西利亚是世界上最适合汽车居住的城市,而自行车在此没有车权。

骑车在周围转悠的时候,我时常惊讶于树木的雄奇伟岸,惊讶于到处都是性感的水果在枝头无人问津。我能够认得出的水果只有桑葚、榴莲和芒果,后者几乎遍布每个角落,披着一树沉甸甸的果子,像浑身长满了乳房的弃妇一样呆立在路边。我数次停车坐爱芒林晚,伸手去爱抚一下寂寞的芒果,如有酥软可人已然成熟者,则就地大肆吮之、食之。

由于雨季即将来临,知了开始无休无止地鸣叫,为我一路伴奏。本地的知了由于舞台空阔适于发挥,因而嗓门远远大于北京的知了,节奏、韵律也颇为古怪,听上去感觉它们在唱葡萄牙语而北京的知了唱的是汉语。颇为有趣的是,在葡萄牙语里,香烟是cigarro,知了是 cigarra,按照葡语的阴阳性规则,cigarro 和 cigarra 像是同一事物的两性名称,也就是说,要么知了是母的烟,要么烟是公的知了,而这两个选择对于我这样一个天天把烟吮在嘴里的人来说都是极其难以接受的。

巴西：烟民的地狱

想象中的巴西是一个烟雾缭绕的地方，因为在我的印象中但凡第三世界国家的人民都热爱香烟。根据我在国内经济不发达省份闯荡的经验，一旦遇上什么麻烦，递几根香烟和土著人民一起分享似乎就 OK 了（不要忘了在周星驰的《国产凌凌漆》里面，死刑犯给刽子手发了几根皱皱巴巴的烟就可以被释放）。因此，我把装备精良的烟具带到了巴西，包括两个手动卷烟机、数包荷兰上等卷烟丝、德国过滤嘴和西班牙稻米卷烟纸，指望以此和巴西人民在欢悦的手工卷烟劳动中建立伟大的友谊。没想到，这一套在巴西利亚根本行不通。

巴西利亚很少有人抽烟，在我来之后碰见的当地人里，似乎只有那几个玩音乐的哥们儿有着和我一样大的烟瘾，一部分人只在酒吧和 festa（也就是 party）的时候抽一点点，大多数人不但不抽烟，还对吸烟者表现出所谓民主社会特有的打着宽容旗号的歧视：我可以不介意你抽，但你要明白这是"高级"的不吸烟的人对你这种"低级"的吸烟的人的伟大施舍。

我来了之后不久就发现买烟远不如国内方便。所有的学校，包括大学，是禁止卖烟的，校园再大，也见不到一个商店胆敢像中国大学里任何一个小杂货店一样亲切友善地摆着学子们喜闻乐抽的香烟。巴西第一次让我认识到烟草专卖的"专"字原来不是唬人的，即使最繁华的街区也没有北京街头常见的烟摊，要买烟必须进大商店和超市里经过严格审批的香烟专柜。而在这些专柜里，你会发现一个近乎无厘头的现象——柜中只有为数极少的几种品牌，每种品牌都分红（浓烈）、蓝（淡）、绿（薄荷味）三种口味，每种口味又都有软硬包装两种，所有品牌的香烟价格统统一样，只有微小的价位差异体现在口味和软硬包装上，其规律性、逻辑性和整齐划一性倒是和巴西利亚城的规划风格颇为吻合。在巴西别指望看到具有本土特色的香烟品牌，就像我们可以用"白沙""大红鹰""娇子"之类的牌子拼出中国行政区划图那样。被专卖或者说被"专政"的香烟尽管都是在巴西生产的，但一律在万宝路、Hollywood、LuckyStrike、Free 这四种美国牌子的旗下，尤其是第一种，俗称"巴万"，在当地极其流行。如果你被这四种牌子逼疯了，想要换别的牌子抽，唯一的办法就是去国际机场的免税店。

　　一旦你在巴西买到一包烟，把它拿在手中，你就会看见最具有巴西特色的东西，并和全巴西的烟民一样，承受巨大的精神刺激——在每一包烟的背面，整面都是以巴西卫生部之名印制的劝告公民戒烟的图片广告，有的是心脏开刀的特写图片，上书"吸烟导致心脏功能紊乱"，有的是一颗解剖出来的黑乎乎的肺，上书"吸烟将彻底摧毁你的肺"，如此种种，不一而论，随机附在烟盒上，没有任何规律。每幅图片均是极为写实的照片，一幅比一幅血腥、恐怖，其中最让人震惊的有两幅，一幅是一个畸形婴儿的特写，上书"孕妇吸烟将导致死婴或畸形怪胎"，另一幅是一根松软无力的男性生殖器特写，上书"吸烟导致性无能"。

我那些烟民哥们儿告诉我，这种做法是近些年才出现的，很多人因为受不了这些生猛的图片干脆戒烟了，像他们这样继续抽烟的人买烟的时候也从来不敢去看背面，就当它根本不存在。当然，也有一些人从中找到了其他的乐趣，据说，在一些高中女烟民之中流行着这样的赌博——随便去买一整条香烟，然后打开看看里面有没有一包烟的背面有"性无能"那幅广告，如果没有，买烟者分烟请大家抽，如果有，大家先一起兴奋地怪叫一声娱乐一下，然后，其他人就要替买烟者付全部的烟钱。

中国商人和日本菜农

我是一个酷爱各种乱七八糟的市场的人，我一贯认为大市场里的喜剧性的嘈杂和暧昧的腥臊之气要比超市和商场里的中产阶级秩序感舒服得多。一到巴西利亚，我就听说近郊有两个很大的市场，但苦于交通不便，一直没能去瞻仰。这两个市场一个叫巴拉圭，是个包罗万象的百货市场，另一个叫赛阿萨，相当于中国的早市，也是巴西利亚唯一的农贸市场。最近我像是交上了便车运，居然连续两天被两拨不同的人载到上述两个市场"咸与购物"了一把。

巴拉圭市场的确是个打破商品分类规律的纯粹的"物的迷宫"，从印第安人头饰到 DVD-ROM，从卫生巾到狗，从地毯到鞭炮，从S/M 专用皮鞭到汽车轮胎，无所不包、无所不有，据说在有些摊位上，如果熟门熟路的话，还可以买到军火。这个庞大的廉价市场居然在摊位编号上毫无地理规律可言，据说，编号的唯一依据是领到执照的先后，铺面可以按照先来后到的规矩任意抢占，所以，对于一个头脑中没有一幅纯经验主义的摊位分布图的陌生人来说，找到目标商品的唯一捷径就是乱逛。

在巴拉圭市场里我居然有回到了中国的感觉，其原因不仅仅是它像一个大一号并且乱 n 号的北京大钟寺附近的金五星市场，更因为里面不但遍布中国商品，还遍布中国商人。我的巴西朋友告诉我，这里面至少有五十个中国摊主，在他们盘踞巴拉圭市场之前，这里和任何一个巴西的市场一样，从来没有讨价还价一说，巴西摊主们总是一口报出一个憨厚的实价，买主们也总是二话不说就掏钱，但现在，中国商人们已经把漫天要价、落地还钱的民族风气普及到了每一个摊位。

我像没头苍蝇一样乱撞的时候，碰见了一个极其可爱的中国小商人小张，他长得极像一只蜻蜓，蛊惑仔长发下面是大得离谱的眼镜，一身的排骨上满是龙虎或者"爱""恨"之类的刺青。小张热情地充当了我的导购，但此时我的购物兴趣已经远远小于对他本人的兴趣。小张和此处的所有中国商人一样来自浙江，还不到二十岁就已经是日进斗金的小财主一个，拥有三个卖眼镜和手表的铺面，三个店的全称为"龙虎豹眼镜店"，每个店的柜台上分别写着歪歪扭扭的"龙""虎""豹"三个汉字。小张的工作很清闲，因为三个铺面雇的巴西工人都很听话，他的唯一工作就是在市场里闲逛，和老乡们聊天。小张说在巴西利亚实在是过得太舒服了，极力劝说我不要回国。但小张也有他的忧虑，他恳请我帮他找一个懂葡文的中国人代他参加笔试考驾照，因为他看不懂试卷。我很吃惊，因为我一直在听他用流利的葡语和往来的美女调情，怎么会不能用葡文考试？小张郁闷地告诉我，他的葡文只能听说，不能读写，也就是说，是一个彻底的葡语文盲。他感叹自己的文化水平的确太低了，初中没读完就出国来混，底子实在太薄，甚至连中文都写不利索。果然，在他临走时递给我的手写名片上，我发现他名字里的"杰"字下面只有三点。

农贸市场赛阿萨虽然在巴西利亚独树一帜，却和北京的任何一个早市一样普通，无论在规模上还是物种的丰富性上都没有什么独特之处。唯一值得一提的是，在赛阿萨卖菜的人居然是以日本侨民居多，日本菜农占据了里面二分之一的摊位。此前，我印象中在国外的日本人都是拎着DV到处叽叽歪歪的色情观光客，从来没有把一张标准的日本脸和草帽、汗水、艰辛的皱纹、脏兮兮的衣服联系在一起，但在赛阿萨，所有的日本菜农都是这副勤勤恳恳的草根形象。一个朋友告诉我，近一百年前，从日本冲绳、琉球一带来了很多没有文化的"次民"到巴西内陆垦荒，现在，这些"次民"的后裔已经成了巴西高原上的主要蔬菜生产者。由于他们的祖先都是目不识丁的文盲，几辈人下来，虽然很多人血统也还纯正，但几乎没人会说日语了。比起在巴拉圭市场推广砍价风气的中国商人来，日本菜农的老实本分一直深受本地人民赞扬。

哗啦啦啦啦啦啦下雨了

巴西利亚是典型的热带草原气候，没有春夏秋冬之分，只分旱季和雨季。这两个季节的气温差不多，虽然地处热带，但因为海拔较高，即使雨季里稍微热一些，也热不到哪里去。旱季也不是纯粹的旱季，空气并不十分干燥，雨季和旱季的唯一区别就在于雨季的确是名副其实的雨季，几乎天天下雨。巴西利亚的雨似乎也跟巴西人一样，白天懒得落下来，在天上打瞌睡，一到晚上就兴奋起来，稀里哗啦地跑到地上来过夜生活，所以即使在雨季，白天的工作、购物也不会受到多大干扰。巴西利亚是我到过的城市中气候最好的，只有昆明能马马虎虎和它相比。很多人声称长居在此乐不思蜀的唯一原因就是舍不得离开这里的无与伦比的好天气（这也许是不愿承认舍不得离开这里的美女的最好的托词）。

现在是11月，已经开始进入雨季了，但还没有进入降雨最密集的时段，所以并不是天天下，只是隔三岔五地在夜里来一场暴雨，搞得人措手不及。其实从现在开始，老巴西利亚市民都每晚出门带伞（伞和避孕套是这里每个人在雨季的夜里出门必须随身携带的物品），但我还是不习惯每天把伞像香烟和打火机一样随时揣着，老是忘记带。有好几个晚上，给学生上完课之后，我都被突然降下的瓢泼大雨堵在 ICC（主教学楼）门口，独自倚在墙头抽闷烟，等雨停下来，有时候，一等就是两三个小时，其间没有任何人过来跟我搭话。那个时候，我总是想起韦家辉的电影《一个字头的诞生》里面，即将去异乡做鸡的李若彤对刘青云说的一句话："做到死，也没人问半句。"

好在暴雨带来的不仅仅是伤感，它也造就了无穷的乐趣。昨天晚上我和一群巴西朋友在城中一个叫"黎巴嫩"的庞大的阿拉伯酒吧消磨时间，该酒吧每晚都爆满，我们和大多数人一样，坐在露天的位置上，在几乎要彻底摧毁听力的嘈杂中有气无力地试图交谈。这时，远处的天空隐隐传来雷声，我连声说不好，又忘带伞了，却见其他几个兄弟都齐刷刷地坏笑了起来。我环顾四周，发现没有一个人面带忧虑，似乎都在一脸坏笑地期待着什么。不一会儿，暴雨果然降了下来。在巴西，再好的哥们儿一起喝酒也都是 AA，但由于我刚刚发了薪水，昨天说好了是我请客，我连忙准备招呼小二过来结账，不料被兄弟们一把拽着狂奔而去。等跑到对面街区，回头看看酒吧周围，我顿时明白了人们为什么坏笑——只见所有人都在狂奔，尽一切可能在小二揪住自己之前逃离酒吧，不但露天位置上的人如此，室内坐着的人也几乎跑了个精光，有的人一边跑一边还扭头对小二做出耸肩摊手的动作，大有"天要下雨，娘要嫁人"之意。

我大略估算了一下"黎巴嫩"的损失，有两百多桌人逃离了现场，以每桌最低消费 20 雷亚尔计，当晚"黎巴嫩"至少损失了 4000 雷亚尔，也就是人民币 12000 多元。我大有得了便宜又卖乖之意，不停地嘟囔着"这样做不好吧"，不料我的朋友们却告诉我，这样的事情在"黎巴嫩"酒吧是再正常不过的了，每年进入雨季之后，在酒吧安装好室外防雨棚之前，人们都要像这样坏上好几次，像是一个固定的喜庆项目一样。而"黎巴嫩"的老板据说也并不生气，因为来这里喝酒的都是每周至少来三次以上的常客，每年任由他们这样胡闹几次，也就当是酒吧对他们的答谢，所以到现在，每当人们集体逃跑的时候，大多数小二连追都不追了，有的居然也站在屋檐下坏笑。

夜间三部曲

巴西人以夜生活的丰富、持久和混乱著称于世，巴西历史上最著名的诗人之一曼努埃尔·班德拉有诗证曰："白天，世界上没有巴西／晚上，巴西就是整个世界。"巴西人似乎都是夜行动物，很多人在夜行的时候同时还是野性的夜行动物。这些动物的夜行特征因地域的不同而呈现出巨大的差异性，一个里约人和一个圣保罗人很难就其夜生活术语达成共识，各地消遣良宵的行为体系和本地的美食体系与脏话体系一样庞杂而不可通约。就我所在的城市巴西利亚而言，该城年轻人的典型夜生活模式大致呈一个三部曲序列：先是酒吧望风，再是漫长的 festa，最后是在卧榻 ficar 的升华部分。

先从酒吧望风说起。所谓的望风，指的是饭后（10 点左右）必须赶到酒吧，打探当晚何处有 festa（也就是 party，国内有译为"爬梯"的，甚为淫荡传神），并观望有没有可资捎带的美女。并不是所有酒吧都具有夜生活的望风功能，在巴西利亚，通常只有像我前面文章中提到的黎巴嫩酒吧以及另外一个叫作"贝鲁特"的阿拉伯酒吧具备可望风性，因为这些酒吧极其庞大，而且其顾客群和巴西利亚青年玩乐圈的总圈子几乎相叠合，festa 资讯极其发达。资讯的传播方式是桌与桌之间口口相传，一般来说，一个交游甚广的年轻人在酒吧里坐下不到二十分钟，就会对全城当晚所有 festa 的地理分布和人脉分布搞得一清二楚。他只需要借喝酒的时机最后决定去哪一个、跟哪些人同去，就可以进入下一个步骤了。

巴西利亚典型的青年玩乐 festa 都是在私家 house 里举办，绝不会在任何一种公共场所，非常非正式、非常随意，其开始时间一般不早于 11 点。举办 festa 的 house 一般都位于南湖或者北湖的别墅区，在家中拥有烤肉台、草坪和游泳池的深宅大院里。参加者一般都从望风的酒吧驱车前往，驱车途中经常要顺路赴超市自行购买啤酒和食物。主人除了提供场所和音乐，不提供其他任何东西，甚至场所都要受到限制，很多人仅仅把宅子的室外部分贡献出来，室内供老父老母安睡。也有个别的例外，一些家住豪宅的年轻人可以趁父母不在之机实行全面的对外开放，包括对私家用人和保安的使用权，但这种 festa 一般都要收门票，以补贴举办者的筹备成本。一个 festa 的参加者一般不少于二十人，全面开放的 festa 甚至可以到三四百人，这些人之间都必须有直接的或者裙带的朋友关系，以确保 festa 气氛的懒散和亲昵。festa 通常没有主题、没有集体行动甚至没有任何"由头"，完全像是一个仅由"认识"二字确保的松散的公共空间，人们在里面自行组合，自行饮酒、攀谈、烧烤、打牌、锐舞、打瞌睡、睡醒、说脏话、抽大麻、发呆、调情、讨论美国的坏和文艺的好、醉后裸泳、摘院子里的果子、玩狗，如此等等，时间可以绵乎乎地磨到凌晨三四点甚至早上 6 点。

通常，一直坚持磨到 festa 最后阶段的人都是不知不觉想要 ficar 的人。ficar 是葡语里面一个含义丰富的动词，本意是"在"，在此处有"过夜"之意，特指男女两厢情愿的短暂的性欢愉，有点英语里 one night stand 的意思，但比后者更具有偶然性、懒散性、不可预期性。从 3 点开始，就陆陆续续有成双成对的人一声不吭地离开 festa，驱车去往其中一方的卧榻，或者干脆就在汽车上 ficar。ficar 往往具备传染性，一旦 festa 的人大多数都 ficar 走了，剩下的人通常开始心照不宣地任意组合，完成最后的 ficar 配对并终结 festa。巴西利亚的年轻人 ficar 和 amar（恋爱）之间的界限很模糊，但 ficar 有一个最基本的特点，那就是在下一次的 festa 上如果 ficar 的双方再次相遇，他们会像什么都没有发生一样（对他们而言的确也是什么都没发生），再次开始略显客套的交谈。

我没有一次成功地坚持到第二阶段，也就是 festa 阶段的结束。其部分原因在于在伟大祖国的有规律的生活导致我一到 12 点就困得丧失了 ficar 的能力，而更重要的原因在于：我没有车，而载我前去 festa 的"车夫"们为了不使我在最后的 ficar 阶段成为他们的绊脚石，都会早早地把我送回我的住处然后再重返 festa 等待未知的 ficar 可能性。

学生运动领袖

UnB（巴西利亚大学）里的学生们和我母校北大的学生们相比，简直像是在伊甸园里蒙事儿。他们法定拥有每学期每门课缺席30%（8—9次）的特权，教师不得干涉迟到和早退，所有考试的及格成绩都是5分（满分是10分），如不到5分，往往可以通过和教师谈判的方式，甚至通过措辞严厉的校园政治威胁勒索到及格分数。学生没有任何学费负担，修完本科学业的最长期限是七年，很多人明明可以早点毕业，但偏要耗满七年，因为学生的身份实在是可以捞到太多的便利，譬如打工时的最低工资保障、免税、各种体育俱乐部的打折优惠等。

我在前面的文章已经提到了，在UnB，学生们大多呈无毒无害的波希米亚状，但没有来得及详述他们在校园里的闲适状况。对于UnB的学生来说，校园的最大意义是一个绝佳的休闲和社交场所。由于学生们在校内都没有宿舍，前后两节课之间的空当（这个空当的幅度有时可以达到一整天）会被完全用来在校园里以各种方式就地娱乐。巨大的主楼ICC的走廊上，每时每刻都有无数的学生坐在地上打牌、弹吉他、晒太阳、睡觉或者吸大麻，有的男学生和女学生还经常在课间把车开到校园中荒僻的树林里去创造人类。主楼 ICC 的性质极其古怪，它同时具有教学、办公和学生娱乐三种功能，教室紧挨着办公室，而办公室旁边则往往是所谓的各院系的"学术中心"。我开始被愚弄了一把，看着走廊上花花绿绿、歪歪扭扭的"xx 系学术中心"的牌子，还真以为本地学者们都很有顽童之心呢，没想到后来才发现这些所谓的"学术中心"就是学生们的课间休息室，里面一般都设有吊床、牌桌和音响，供创造人类和其他形式的娱乐之用，门口一般都有一种我以前从来没有见过的饮水机，呈垃圾桶模样，一按键钮，就有水柱往上喷射出来，饮水者用嘴在半空中将水叼住，避免了口腔和喷嘴的接触。"学术中心"一般被各院系学生中的"老大"及其拥趸把持，在走廊上和车中娱乐的显然都不是"老大"的嫡系。我在办公室办公的时候，往往一边传来教室里稀稀拉拉的诵读声，另一边传来"学术中心"里创造人类的呼喊，真是"云声雨声读书声，声声入耳"啊。

不要以为 UnB 的学生们对此闲适状况感到知足了，他们还在为争取更多的"权利"而斗争。有一天，在我的办公室里，突然闯来了一个神情亢奋的学生，他戴着切·格瓦拉帽，留着切·格瓦拉胡子，穿着印有切·格瓦拉头像的仿军服，找我商量一件事情。此君一切都很切·格瓦拉，就是不会切·格瓦拉说的西班牙语或者杀害切·格瓦拉的人说的英语，不过，他随身带来了翻译。翻译告诉我，这是该校著名的学生运动领袖，图书馆外墙上那行每个字母一人大小的喷漆"美国、卢拉、校领导统统滚蛋"（注：卢拉为巴西时任总统）就是他的手笔。该领袖马上要去哥埃尼亚市出席巴西全国学生运动代表大会，想要在会上语出惊人，介绍中国革命时期的游击战攻略，但苦于对此一无所知，想让我给他面授机宜，然后在会上现炒现卖。我问他为什么要介绍游击战，他说："我们的校园很适合打游击战，总有一天，我们会占领全部校园，解放黑人清洁工们，让校领导全部都去打扫卫生……"

倒霉的新生

在巴西的大学里，一年严格意义上讲有三个学期：3月到6月一个学期，9月到12月一个学期。其间，1月到2月按照规划一般有一个短暂的夏季学期，主要用于笨蛋学生补课和为懒汉学生提供更多的挣学分的机会；但由于公立大学不给在夏季学期授课的教师发额外的工资，他们上不上课年薪都是一样，所以很少有教师愿意在夏季学期开课，夏季学期在公立大学有点名存实亡的意思。加上新生注册都不在夏季学期，一般都认为公立大学里只有两个学期。

每年3月和9月都有新生入学，而此时，老生们都像鳄鱼闻到了血腥味一样兴奋，因为他们又可以肆无忌惮地玩"整新生"的传统游戏了。尤其对于那些上个学期还是新生的"新老生"来说，半年媳妇熬成了婆，他们更迫切地需要享受从受虐到施虐的角色转换。

似乎欧美的所有大学都有"整新生"的传统，但是在巴西利亚大学，"整新生"的狂欢色彩更为浓烈。典型的"整新生"游戏是这样进行的——一帮老生残酷地扒光新生的衣服，男生被允许像非洲的象族人一样仅用一根布条胡乱绑住某处，女生则被迫换上不知多少代受辱新生穿过的肮脏的小小比基尼，然后，老生在他们的身上用油彩大肆涂鸦一番（涂鸦的内容完全紧扣时事，我刚来时见过一个女孩身上被涂上了一个宇宙飞船状的图案，上书"中国都上天了，我们呢？"，前几天我又见到一个男孩，背上被涂上了一行大意为"迈克尔·杰克逊欺负我了！"之类的字），并扔给他们一个乞讨用的盘子，让他们沿着狭长主楼楼道向路人要钱，一直要到足够老生们举办一个派对的钱数，才能赎回他们的衣服。新生们往往还被迫在行乞时吹奏各种乐器，组成一个轰轰烈烈的裸身暴走行乞乐团以吸引路人注意，激发路人施舍的热情。一般来说，女生较多的裸身暴走行乞乐团通常会比较顺利地完成乞讨的任务。

"整新生"的游戏通常是以系为单位进行的，各系老生中的"老大"根据自己飘忽的心情任意选择一个突然的日期，分期分批地整完本学期内入学的所有新生。由于该游戏所要求的突发性，参与者需要在老生的狡猾和新生的恐慌之间进行声东击西的心理战，一些较大的院系整完全部的新生需要整整一个学期。因此，这些天虽已到了学期之末，走廊上仍时不时有暴走行乞之声。有一天，一个裸身行乞团居然敲锣打鼓地走进了我还在上课的教室里来要钱，我正欲发作，却见我课上几个平时老是哭穷的哥们儿慷慨地掏出了几个大雷亚尔，熟练地塞进了女乞首的小胸罩里，有一个居然在短短时间内迅速撕下了一张纸片，写下了自己的姓名、电话、住址之类的详细的求偶档案，然后用它裹着一枚大雷，一脸谄媚地递给了女乞首……

拥吻的尴尬

巴西之所以老是给人造成热情的印象，拥吻的习惯可能是主要原因之一。拥吻在巴西如同吃饭睡觉一样，是日常生活的常规项目，如果一个人有几天没有拥吻或者没被拥吻，那只能说明，这个人的社会关系出现了严重的危机，他陷入了可怕的孤独，或者，他干脆就是被关在单身囚室的犯人。

欧美许多国家的人民都有在打招呼时接触身体的习惯，但他们要么象征性地像两条鱼在水中擦身而过一样轻碰脸颊，要么手臂相交小示兴奋，而且仅限于熟人之间。没有一个国家的人像巴西人一样，就连初次见面的陌生人也要踏踏实实地拥个结实、吻个脆响，更不用说熟人和朋友之间了。

巴西人的拥吻一般是这样进行的：在初次见面被人引见之时，或者天天碰面的熟人每天第一次见面之时，如果双方是异性或者两个女性，就必须同时张开双臂扑向对方，死死把对方抱住，同时用嘴唇剧烈地摩擦对方的面部并努力咂嘴，发出尽可能巨大的声响，而后一方问曰"嘟嘟笨"（Todo bem？一切都好吗？），一方答曰"嘟嘟笨"（Todo bem！都好都好！）。告别时亦是如此，不过不喊"嘟嘟笨"而喊"翘"（Chao，再见），跟大家都要"翘课"一样。据说在巴西各地，对于咂嘴的声响到底需要几声各有不同的规定，但到目前为止我对此还没有摸透，还得深入拥吻学习。

虽则拥吻看似很有"肉身性"，但对于巴西人来讲，这只是不动声色的客套而已，其间自有若干法度和界限不容僭越。譬如说，可以在脸颊上亲得咸湿无比，但不得用嘴接触对方的耳朵、下巴和鼻子，那是恋人的特区。也不能随便咸湿额头，那是老爸老妈专用的地盘。一个德国哥们儿跟我讲了他刚来时遇到的麻烦——他不知道热烈的拥吻其实也有禁忌，为了迎合扑过来的女同事，他胡乱在她脸上咂了几口，没想到乱中咂到了耳朵根，结果被愤怒的女同事抽了一记响亮的耳光。

对于我来说，一开始拥吻还比较新鲜，后来渐渐像负担一样让我觉得麻烦起来，尤其是去参加人数众多的 festa 的时候，进进出出都得和人像中国的奸夫淫妇一样亲热一下，一晚上最多能重复上百次，感觉又累又别扭，毕竟，不是自己的礼仪。无休止的拥吻有时还会带来极度的尴尬，这里暂列数条与诸位倾诉：其一，虽则拥吻是异性之间或者两个女性之间的礼节，可是有些醉酒的男性也会对另一个男性施以拥吻，我有若干次在 festa 上被胡子拉碴的醉汉哥们儿咂脸，险些导致我的性取向认同危机；其二，我最害怕和我的法国女邻居罗塞妮拥吻，她只要双臂一张，腋下汹涌的法国狐臭就会掀起惊涛骇浪，毫无保留地溺死我身上所有的热情细胞；其三，一件最最尴尬的事情——一次我在友人家游完泳后，去泳池边上的桑拿室小蒸，其间突然闯进两个身材绝佳的比基尼女，桑拿室本就狭促，可见的皆可见，此二女又偏偏被同蒸桑拿的另一个哥们儿引见给我认识，当二女分别扑过来贴身拥吻、大叫"嘟嘟笨"

的时候，我却高呼一声"翘"逃出了桑拿室，因为我不合时宜地真的"翘"了，小小泳裤遮不住羞，只有逃跑。唉，逃得太慌忙，脚尖不慎触到地上的蒸汽嘴，烫痕至今未愈。

古城比利纳波利斯

巴西利亚往西 150 公里，在比利奈乌斯（Pireneus）山中，有一座小城，名唤比利纳波利斯（Pireópolis）。此城已出了巴西利亚所在的联邦特区的地界，属于环绕联邦特区的戈亚斯州（相当于中国境内环绕北京的河北省），但巴西利亚人却常常把这个小城视为自己的领地，节假日常常一窝蜂似的赶到此处度假。其原因很简单：巴西利亚连同整个联邦特区都是 1960 年以后建成的，可以说是一座没有历史的城市，而小小一个比利纳波利斯却有着在荒芜的巴西高原深处算得上是最为悠久的历史，因此，巴西利亚人需要这样一个地方来为自己注入历史感。

比利纳波利斯的出现可以追溯到 1731 年，一群从圣保罗来的采矿人在此地的阿尔玛河边发现了金矿，就在河上修建了一座迈亚桥并以此为中心开始安家落户。到 1771 年，此处已经成为巴西腹地最繁华的市镇之一，也是从沿海深入高原纵深处的王家大道上最重要的驿站之一。此城曾经数度更名，但由于定居此处的居民祖先大多来自欧洲的比利牛斯山区，遏制不住的乡愁驱使人们最后一致决定把这座城池定名为比利纳波利斯，城外的山脉也被定名为比利奈乌斯。后来，随着金矿开采殆尽，比利纳波利斯逐渐衰落，到今天，它的唯一功能就是供人们怀旧。

我和几个朋友在荒无人烟的高原上驱车两个多小时，到达比利纳波利斯的时候是12月25日的下午，相当于中国的大年初一。当汽车从国道拐进弯曲的城中小路的时候，我不由得一阵惊叹：这哪里像是在巴西，完全像是闯进了一个欧洲的山中古堡。街道由鹅卵石铺成，经过近三百年的车来人往，小石块已经光可鉴人。街边的建筑全是殖民时期的葡萄牙风格，雕饰繁复、色彩斑驳，错落杂乱之中有着不经意的平衡感。小城沿着一片斜坡向下延伸，斜坡的顶点上耸立着这座城市最古老的建筑——德·罗萨里奥教堂，两座对称的钟楼在一片高大的可可林之中直入云霄。斜坡的中央有一座小小的博物馆，陈列着18至19世纪本地的矿业、驿站和城市风情的文物。斜坡的最底部是阿尔玛河，第一批淘金者修建的迈亚桥已经不复存在，但河上还是有建于1788年的一座古桥。这座桥居然和今村昌平的电影《赤桥下的暖流》里面那座红木桥惊人地相似，有着红色的栏杆，桥头也有一幢令人浮想联翩的古旧的木楼。我们走到桥下的时候已是夕阳西下，夕光斜铺在洁净的水面上，男女老幼数十人在湍急的水流中嬉戏，更有在水中裸泳的少女，一丝不挂地游到岩石上而后再度跳入水中，骄傲地展示着在巴西赫赫有名的戈亚斯州身材。

比利纳波利斯民风淳朴，蜿蜒的鹅卵石街道两边林立着小巧可爱的葡式家庭旅馆，主人往往坐在门口，亲切地和游客模样的人打招呼、拉家常，但绝不会死乞白赖地拉客。这座相当于湘西凤凰、广西阳朔、云南丽江的小小古城若是在中国的春节，必定是人满为患、房价暴涨，但在圣诞这天，比利纳波利斯依然和平时一样，只有稀稀拉拉的背包游客在城中悠闲地漫步，房价也和平时一样，双人间只要 10 个雷亚尔（大约人民币 30 元）。由于同行的一位朋友第二天一早还要上班，我们忍痛在当晚离开了比利纳波利斯，返回巴西利亚。在夜色中回望小城的时候，恰逢城中的煤气街灯一齐点亮，恍恍惚惚，如同古老的童话。

哥伦巴瀑布

哥伦巴瀑布位于戈亚斯州境内的哥伦巴市远郊，离巴西利亚市大约 120 公里。瀑布所在哥伦巴河原本是一条很不起眼的平静的小河，只是过于独特的山势，造就了它略显壮伟的瀑布之身。

我们是在驱车去其他地方的途中无意中撞见哥伦巴瀑布的。那时一场暴雨刚刚收住，兴许是雨后河水格外欢腾，老远的地方就能见到一注白水像白虎一样咆哮着从山上俯冲下来（的确是白虎，因为走近了才发现瀑布所在的悬崖上寸草不生）。我们一下子忘了还要赶路，迫不及待地停好了车，向白虎扑了过去。

或许是当地人民都善于攀爬，通往瀑布的山路居然有一大半是在接近 90 度的峭壁上凿出来的石窝，加上雨后路滑，我们几个打死都没想到今天要爬山的拖鞋青年手脚并用才狼狈不堪地爬到了白虎的落脚处。

此瀑布共有二叠。第一叠高约 80 米，宽约 30 米，从一面平坦的高坡上泻下，水流分作四股，落在一个深潭之中，如同白虎强劲的四肢探入水中，溅起茫茫一片珠花碎玉。深潭的岸边均为光秃秃的怪石，坡度极大，不易站立。即便如此，也不能杜绝看来是第三世界国家人民共有的留名恶习：怪石上横七竖八地被刻满了简短的葡文，其大意均不外乎"XXX到此一游"。怪石中央有一道一米左右的豁口，潭水由此继续疾驰而下，形成第二叠瀑布。趴在豁口边的岩石上俯瞰下落的水流，崖壁之陡峭、水势之迅猛不禁令人眩晕。第二叠瀑布30来米高，比起第一叠来，显得更为逼仄、凶险，如同饥饿的白蟒倏然出洞，一头扎入第二个深潭。此潭颇为宽绰，水流到此略显娴静，水中怪鱼数尾，相貌丑陋但怡然自得。出了这第二个潭之后，地势渐趋平坦，河水亦彻底温顺起来，沿着椰林一路蜿蜒而下，极尽委婉可人之能事。

我们在瀑布附近的山路上一个游客也没见到，独享天地造化，只有蜥蜴和拇指大小的山蚂蚁不时在路边向我们致意。出得瀑布之后，在下游200米处的一片大草滩上，方才见到若干比基尼和裤衩。巴西人民的确会享受生活，大约有十几户人家驱车来到这里，两辆车之间搭上一面巨大的篷布，就形成了一个多人居住的帐篷。人们都自带炭火、牛肉和音响，身着泳装在草滩上烧烤、跳舞，吃饱了、跳累了就一头扎入水中，懒游片刻。我注意到巴西人民的环保意识普遍高于中国人民，出来游玩的人们都随身携带着垃圾袋和小铁铲，临到走人的时候，就收拾起全部鸡零狗碎，行至远处"刨坑埋了"（注：请用《鬼子来了》里面的唐山话朗读）。一路之上我们没有看见任何垃圾，水中亦是如此，除了漂浮着几个仓促的避孕套之外，没有任何杂质——而这亦从另一个角度昭示了人们良好的卫生习惯。

巴西高原上的嬉皮大本营

　　夏巴达·多斯·维阿戴伊罗斯（简称夏巴达）是巴西利亚的年轻人几乎人人称颂的一个去处，其葡语名称极其佶屈聱牙，Chapada dos Veadeiros，如同一串没烤熟的羊板筋，而我居然记得滚瓜烂熟，原因是隔三岔五就有本地朋友热情地向我推荐这里（后来我搞明白了，这个 Chapada dos Veadeiros 意思是"猎鹿寨"，因为鹿，Veado，在巴葡俚语里还有"基佬"的意思，这儿又常被大家叫作"基佬寨"）。由于传说中路途较为遥远，我一直没敢贸然出行。漫长的假期实在难以打发，终于有一天，我一咬牙，勒令"巴西利亚华人光棍协会"的成员陪我上路了。

　　夏巴达北距巴西利亚近三百里，它是巴西高原深处的一个巨大的国家公园，也是巴西中西部海拔最高的地方。当我们的车从一条坑坑洼洼的土路拐进夏巴达边缘区域的时候，就开始看见前来欢迎我们的土著动物：大群大群的野生鹦鹉在空中献媚，体型矮小的美洲鸵鸟在卖弄秀腿，而丑陋的美洲貘则不好意思地扭动着它们肥大的鼻子。我们的目的地是夏巴达中心地带的一个叫作圣约尔依的小村，本以为那是个国家公园工作人员的居住地，结果发现，该村居然是一个巨大的嬉皮集中营！

　　圣约尔依几乎全部由廉价的葡式家庭旅馆组成，一套四人间只要15雷亚尔（相当于人民币45元），我们去的时候，大约有六百个来自巴西各地乃至世界各地的嬉皮青年住在村里，放眼望去，村中全是浑身穿满了金属环、上衣接近于无、牛仔裤漏洞百出、头发染得乱七八糟、嘴里叼着大麻哼着鲍勃·玛利在吊床上晃悠的人。圣约尔依是嬉皮们畅游夏巴达的常年据点，连村里的地皮都被熏出大麻味儿了。他们大多在此居住一到两周，有的甚至一住就是三四个月，直到身上的钱只够回去路上给车加油为止。夏巴达有大大小小三十多个瀑布和无数的天然峡谷泳池，峭壁林立、椰林密布，白天，嬉皮们都跟猴子一样在山里攀岩戏水，晚上就回到圣约尔依过"集体生活"，所有的人不管住在哪个旅馆都凑在一个大篝火堆旁边烤肉、跳舞，而后乱睡一气。

　　我们很快就和来自戈亚尼亚的四个同一对父母所生但肤色各异的泳装嬉皮姐妹套上磁了。国家公园里地形复杂，我们即使带着地图也是一头雾水。四个嬉皮姐妹开着车在前面引路，把我们带到了夏巴达里面最为幽深陡峭的海萨玛瀑布。此瀑布水流不大，但高约150米，有羊肠小道在90度的峭壁上呈之字形延伸，可以从瀑布顶端走到瀑布的腰部，从腰部往下俯瞰，一片漆黑、深不见底，令人不寒而栗。瀑布不远处有夏巴达里最大的天然峡谷泳池，两米来深、近500米长的"泳道"里水流缓慢且清可见底，游在其中极其惬意，累了可以爬上水中的巨石歇息，观看南美特有的水豚在水底搬石头找螃蟹吃。离开海萨玛瀑布之后我们又去了n多个名字都记不起来了的瀑布和峡谷，满脑子里都是或汹涌或宁静的水，都快成脑积水了。印象最深的是在一个月亮形的深潭戏水，夜幕即将降临的时候，从水边的一个洞里突然钻出来一个巨大的怪物，浑身披满鳞甲，搞不清头长在哪儿。幸好我动物学知识比同行的朋友们高那么一点点，在他们吓得即将以屎尿污染潭水的时候，我告诉他们，那就是传说中的犰狳，只吃虫子和鸟蛋，不必惊慌。

晚上下榻圣约尔依的时候，那四个火辣的嬉皮姐妹背着帐篷、防潮垫、吊床和啤酒邀请我们前去密林中派对。怎奈我们几个土人误以为溪水清澈可以饮用，喝了一下午瀑布的水，晚上开始集体拉肚子，除了旅馆里的茅房，我们哪儿也去不了……

里约，里约

里约的面包和基督

里约热内卢三面环大西洋，另一面则是此起彼伏的山峦。整个城市之中峭壁密布、隧道横生，颇似我的故乡重庆，很多街道在山间盘旋而上，狭窄、幽深但风光无限，经常令我乡愁顿生。在里约的众多山峦里，最为知名的是两座：一是位于市区东部海边的面包山（Pão de Azucar），一是市区中西部的基督山（Corcovado）。这两座山的名字似乎解决了里约的全部问题：面包带来了物质的富足，而基督则代表着精神的充裕。

面包山的独特之处在于它奇异的造型。它在乌尔卡街区伸入大西洋的一个犄角猛然耸立，远远看上去仿佛和陆地断开，像是一根巨大的面包倒插在海水中。面包山四面都是绝壁，角度接近直角，只有山顶有一点平地，因而，自古以来都无路攀爬，近年来从山下的红滩附近有索道缆车经过另一座山峰通到面包顶端，这是普通人"食用"面包的唯一选择。当然，对于攀岩爱好者来说，面包山是一个不错的训练基地，随时你都可以见到来自巴西各地的绳索青年在绝壁上作壁虎状攀缘，不过，据说每年雨季海风猛烈的时候，都要吹下几个可怜的攀岩狂人到大西洋去喂鲨鱼。我到达面包山山脚下的那一天天气极为阴晦，坐上昂贵的缆车到了面顶上估计也看不到什么，就在山下的一个小公园沿着环面包山山脚的小径走了一圈，却发现了意外的惊喜。小路上时不时有巴掌大小的小树猴吊在路边的树枝上窥视行人手中的食物，一不留神还会蹿过来抢走你手中的一个香蕉或者面包，然后飞速蹿回树上快活地享用，颇似四川峨眉山和贵州黔灵山的猴子，不过因为体型微小，显得更为可爱。

基督山山顶巍峨的基督雕像就像自由女神像之于纽约一样，是里约最著名的标志。由于基督山是里约市区内最高的山峰，因而从市区的大部分地带都可以看到基督张开双臂眷顾着这座美丽的城市。除了有公路通往基督山顶之外，还有一条窄轨铁路从市中心的拉兰耶拉街区通往基督的脚下，乘坐沿着铁轨攀山的红色小火车应该是最具本土特色的选择。我上山的时候是坐汽车前往的，途中特意经过了一座叫作米朗奇（意为"观景台"）的山峰，它的高度是基督山的一半，而且山顶正对基督慈祥的面孔，站在此处可以淋漓尽致地感受到基督坐镇里约的磅礴气势。里约的基督是世界上最大的基督雕像，站在脚底仰视他，几乎看不清他清秀的脸。基督的脚底下居然还有一座小小的教堂，实在是让人意外。站在基督脚跟旁边俯瞰整个里约，你会彻底爱上这座在浩瀚的大西洋和群山之间舒展着迷人曲线的城市。有一刻，我望着茫茫大西洋的尽头，自怨自艾地作眺望祖国状，后来才意识到，大西洋的另一面是非洲西海岸的葡语国家安哥拉，从安哥拉横穿非洲大陆，是东海岸的葡语国家莫桑比克，从莫桑比克经莫桑比克海峡穿过语种不详的马达加斯加岛，越过广阔的印度洋，北上穿越赤道，绕过马六甲海峡，到达曾母暗沙，才能看见汉语的海域。郁闷啊，实在是遥远。

科帕卡帕纳和伊巴奈玛海滩

我在里约热内卢待的五天时间里，几乎有一半都泡在了海滩上。诚如世人常云：不到里约就等于没去过巴西，而不去海滩则等于没去过里约。

里约的海滩多得不计其数，不出繁华的市区，随时都可以找到一片碧海银沙就地嬉戏。这得益于里约独特的地形：它三面被大西洋包围，海岸线又佶屈聱牙，足够造就数目惊人的海滩。与巴西其他地区的海滩相比，里约市内海滩最大的特点就是闹市与海滩紧紧相依，大多数海滩一边是鳞次栉比的摩天大厦，一边是猪样小朋友麦兜梦想中的奇景"蓝天白云，椰林树影，水清沙幼"（请用粤语朗诵）。不计其数酷爱炫耀大胸翘臀的本地美女和来自世界各地的度假佳丽在时尚街区和海水之间做三点状悠闲穿梭，令人鼻血横生。里约本地出产的比基尼和普通的比基尼大不一样，人称"小小比基尼"，它的几何效果几乎全是线条，接近于没有平面。里约的海滩沙质优良，颗粒细小、色泽晶莹，大多数海滩的海水也比较洁净，虽然日复一日游人无数，但是因为大陆架浅，水流急、海浪大，海水的自我净化能力很强。

里约最负盛名的海滩一曰科帕卡帕纳，一曰伊巴奈玛。科帕卡帕纳海滩的造型极其优美，标准的半月形，长度惊人，足足有8公里长。这意味着从海滩上的任何一点，都可以多少看到它迷人的曲线。我在里约的最后一天因为贪恋海滩的夜色和黎明，在科帕卡帕纳海滩边上找了一家酒店住了一夜，我住的房间窗户朝东，正对浩瀚无际的大西洋，整整一夜的潮声让我兴奋莫名，导致我决定半夜穿着泳裤来到了海边发癫，而那时候，海滩上居然还有不少人在水边坐卧跑跳、怡然自得！（当然，还包括一些在沙滩的艰苦环境中辛勤工作着的性工作者，"她们"绝大多数都是"人妖"。）伊巴奈玛海滩更为时尚，全球的小资美女几乎都集中到了这里，本地黑妹反而不常见。因为四十年前汤姆·若宾（Tom Jobim）那首《伊巴奈玛女孩》的缘故，这里成了世界范围内小资美女们的圣地。在紧邻海滩的以《伊巴奈玛女孩》的歌词作者命名的维尼休斯·德·莫拉伊斯大街上，我走进了《伊巴奈玛女孩》的诞生地："伊巴奈玛女孩"餐厅。店面供奉着该歌曲谱原件的巨幅拷贝，到处都张贴着词曲作者和"伊巴奈玛女孩"艾诺伊莎的照片。最奇特的是，屋顶全部由 Bossa Nova 常用的乐器装饰，整个天花板全是大大小小的乐器。

科帕卡帕纳和伊巴奈玛海滩上白天几乎是"肉林"，除了戏浪玩水晒太阳的人，民间沙雕艺术家、即兴桑巴表演者、黑人杂耍艺人不计其数，随处都有微型的狂欢节胜景。里约市政府对海滩的管理井井有条，每隔 20 米就有一个市立的酒水摊点，每隔 50 米就有一个供游客换衣服、嘘嘘用的更衣站，沙滩上随处是免费的按键式淋浴器，如果想要冲掉身上的沙子，只须轻轻一按，横向喷出的水雾就会把你"打扫"得干干净净。去海滩消磨时间只需要两样东西：一是所谓的 canga，浴巾状织物，本地特色，颜色极度鲜艳，往沙滩上一铺，躺在上面晒上半天，强烈的阳光足以把你变成印第安人；二是到处都可以买到的冰冻椰子。里约的椰子个大味甜，抱一个在手上慢悠悠地吸着，当你的肤色已经接近于印第安人的时候，冰凉的椰子汁可能才吸了不到一半。

桑塔特雷萨

从里约热内卢市中心格罗里亚街区的繁华大街拐进一条叫作肯迪多门吉斯的小街道盘旋上山，你就会来到全里约最具波希米亚气质的一片古老的街区——桑塔特雷萨街区。这里完全像是另一个城市，偏安于山中，宁静而幽邃。

桑塔特雷萨的街道大多是南欧风情的卵石街道，曲折、狭长，在山中兀自盘旋，时高时低时陡时缓，蔓延出无数的分岔小径，完全是一片令陌生人生畏的迷宫。很多出租车司机因为怕露怯找不到路，不敢开车进桑塔特雷萨，为此，街区的老住户们自行组建了一个专为人们杀进迷宫而服务的出租车公司，名字非常搞笑，把桑塔和出租车缩合在一起，叫 Santaxi，圣出租汽车。迷宫中的建筑几乎无一例外全是 17—18 世纪的殖民风格，这里的常住户都是早期葡萄牙贵族的后裔，几乎每个家宅都有值得炫耀的家族史可言，虽然很多人现在已经不常住在这里，但家家都还留有人镇守、维护古老的家宅。从 20 世纪 60 年代起，很多贵族老宅开始出租给年轻的大学生、作家、艺术家，几十年下来，这里已经成了一个具有波希米亚传统的街区，相当于著名的格林威治村，街道上满是香水和大麻的气味。我在里约的头三天就住在这里，借宿在美丽的女摄影师丽奇西娅租住的一幢老宅子里，周围全是艺术青年高谈阔论的小酒吧、咖啡馆。有的酒吧别看门面小小，故事却一把一把，我和丽奇西娅天天去闲坐的一个酒吧就曾是当年无数 Bossa Nova 巨星起家的演出地。那些天因为临近狂欢节，街道的老住户们为了彩排本街区的桑巴彩车队游行，每晚都在卵石路上当街奏乐组织街头桑巴演练，场面颇为壮观。丽奇西娅在街头抓拍的一张照片可以说明桑巴的"臀功"是如何了得：照片上的一切都清清楚楚，唯独几个热舞女郎的臀部呈现出局部的杜可风式的模糊——因为那几个屁股的振速相对于夜景模式下的快门速度来说实在过于迅速。

桑塔特雷萨最让我着迷的不是历史也不是波希米亚风情，而是深受本街区人民热爱的独特景观——有轨电车（bondinho）。有轨电车至今还是桑塔特雷萨区最有效的交通工具，迷宫般的街道铺满了铁轨，而空中则是电线网编织出的另一个迷宫。里约的有轨电车与欧洲一些国家现在还保留着的有轨电车最大的不同是，它没有门，车身上全都是把手，即使座位上坐满了人，也还可以手拉把手脚踩踏板悬吊在车身两侧。除了起始站，街道上甚至没有车站，眼见着电车开来，拉上把手吊上去就是，司机根本不用停车。20世纪巴西最重要的诗人卡洛斯·特鲁蒙德曾经在诗中这样描述60年代里约的有轨电车："满是大腿的有轨电车开了过去：/白色的黑色的黄色的大腿。"直到现在，还经常能看见明黄色的、造型极其卡通的小小电车上吊满了各色大腿的景观。而桑塔特雷萨的有轨电车最最神奇的景观却是：在一个叫Lapa的地方，有轨电车从高架饮水渠似的一座简陋的白桥上开过，从山中直接扎到海边，这座白桥几乎与旁边的摩天大厦高度相当。如果不是亲眼所见，我怎么也不会相信，在一座现代都市的繁华街区，在所有立交桥和车流的上空，会看见一辆破旧的有轨电车在蓝天的高处慢悠悠地晃过。

贫民窟

世人都云里约好，唯有治安太不妙。对于很多略知里约一二的人来说，里约极像是一个唾手可得的艳妇，背后站着有严重暴力倾向的善妒老公，虽然轻而易举就可销魂片刻，但紧接着可能就是命丧黄泉。为此，很多人不敢贸然去旅行。近年来巴西影片《上帝之城》在全球的风行加深了人们对里约的恐惧感：一想起贫民窟里五六岁的孩子们都可以抱着机枪杀人如麻，很多人都感到不寒而栗。

所谓的里约的暴力，说白了就是专指从里约的贫民窟（favela）里蔓延出来的抢劫、绑架和凶杀事件。贫民窟的确是里约的一个"老大难"问题，也是里约的"特点"之一。里约全城有大大小小六百多个贫民窟，这些贫民窟大多分布在繁华市区的山坡上，虽在摩天大厦、时尚街区之侧，但完全与世隔绝、自成一体，俨然是城中的山寨。远望这些"山寨"，一个个都密密麻麻地挤满了破旧、杂乱的棚户，像是史前时代的部落，和山下极尽后现代之能事的建筑交相辉映，竟然也是一种别样的"风景"。巴西社会贫富不均问题之严重，从这一"风景"中就可以深切地体会到。

贫民窟的居民大多是黑人，没有任何资产，也没有任何工作的机会，他们完全像是中世纪欧洲的麻风病人一样，被放逐到山头过着连最基本的卫生设施都不具备、仅有遮风蔽雨之地的非人生活。按照美国等"邪恶轴心"国家出版的各种自助旅行指南的描述，贫民窟里的人们唯一的"工作"就是在夜幕降临时分像黑山老妖一样下山抢劫、杀人，他们都是罪大恶极、十恶不赦的生物。我手头上的一本美国旅行手册是这样不乏"幽默"地提醒人们注意治安的：走过贫民窟附近的街区的时候一定要有大便将至的紧迫感，要像冲向厕所一样迅速地经过这些地带；在你的左边看见漂亮的黑人女孩千万不要分散注意力，因为在你的右边她的黑兄弟们很可能在你走神之际迅速冲过来夺走你手中的一切。

里约的治安的确不容乐观，譬如，就连本地人也不敢把相机挎在身上，不敢在街头逗留到晚上 10 点以后，而在整个夜间，市区内的红灯没有任何作用，所有车都不会停下来，因为一旦停车就有被打劫的危险。但里约的治安并没有糟糕到让人时时都要绷紧神经的地步，毕竟，这是 Bossa Nova 的诞生地，在大多数地方，你都可以尽情地享受一种极富音乐感的懒散。而贫民窟里的人们也并不像美国人的妖魔化描述那样邪恶，他们中大多数都是热情、善良的，就像大多数淳朴可爱的第三世界国家底层人民一样。

我在里约逗留的最后一天，受好奇心所驱使，把所有的东西都留在了酒店里，身无分文地走进了伊巴奈玛海滩附近莱布隆山上的一个贫民窟。极其有趣的是，该贫民窟居然也像一个居民小区一样，有着一根原木拦起来的"大门"，"门前"还有几个看门的老黑人在那里悠闲地聊天。一听说我是中国人，老黑人们都很高兴，因为他们认为中国是一个没有贫贱之分的国家，中国人都是好人。他们把我引到里面转了一圈。贫民窟远看是道"风景"，走近了才知道是何等凄惨。所有的棚户都是地地道道的"棚"户，没有一面砖墙，用来建棚的木板也全都是从不同地方捡来的废料，拼凑在一起，像破旧的百衲衣一样，木板不够的地方就开着天窗，一任风雨浇灌。棚户的密度大到了难以想象的地步，家家户户打嗝放屁之声相闻，好不热闹。无所事事的青壮年和无所事事的妇孺一道蹲在门口玩耍，不知从何处捡来的一个漏气的足球就可以让他们兴奋地娱乐一整天。一户稍显富裕的人家热情地邀请我进去坐了片刻，并请我食用了他们家的最后一个土豆，喝了他们从海滩上捡来的矿泉水。当我便意顿生的时候，发现他们家根本没有厕所，所有的大小便都得在门前门后就地解决……这趟贫民窟之行虽然短暂，但其友好祥和的气氛足以让我认识到：贫穷并不是罪恶，真正的罪恶是歧视。

虚拟美女也狂欢

说起瓦莱里娅·瓦伦萨，巴西男人没有一个不流口水，以及其他水的。这个今年已经三十三岁的黑白混血尤物有着标准的巴西国色（麦色皮肤）、国体（高昂的胸脯、峭拔的大腿和壮丽的臀部）和国技（她跳桑巴的时候，臀部的振动速度据说可以和蜂鸟振翅相媲美），从十八岁以来，她1.69米高、50公斤重的身材就一直没有改变过。

1993年，瓦莱里娅·瓦伦萨获得世界小姐巴西赛区的冠军，从那一年起，她就一直担任举世闻名的里约热内卢狂欢节的形象大使，抖出全身魅力在各种媒体上宣传里约的狂欢节，在盛装游行队伍的前列狂舞桑巴，为每年的桑巴女王加冕，她热烈、奔放而又不失礼数的作风和她的美貌一样令人难以忘怀，被人们称为除基督山、面包山、科帕卡帕纳海滩之外的"里约第四大奇观"。巴西男人对她的热爱已经到了适得其反的地步，以至于如果你在Google的巴西站上搜索她的名字，出现在第一页的全是各种以她的名字命名的黄色网站。

瓦莱里娅·瓦伦萨是巴西有狂欢节的历史以来唯一一个连任

了十年狂欢节形象大使的美女，而且似乎在近些年之内，人们没有任何把她替换掉的打算。人们可以想象没有傻乎乎的美国游客的狂欢节（很多人觉得这是一件好事）、没有桑巴女王的狂欢节，但不仅在里约，整个巴西的人民都不能想象一个没有瓦莱里娅·瓦伦萨的狂欢节。但是，今年的狂欢节出现了一个很大的问题：从去年年中起，瓦莱里娅·瓦伦萨开始有孕在身，今年2月底狂欢节的时候，她的肚子将会被她即将出生的第二个孩子顶到最大极限，届时，不但狂舞桑巴毫无可能，就连能不能参加盛装游行都是一个问题。从去年得知她怀孕的消息起，巴西全国人民就陷入了极大的痛苦之中。

其实要怪也只能怪瓦莱里娅·瓦伦萨怀孩子的时候忘了卡点儿。她几年前生第一个孩子的时候就没有这个问题，那时，她赶在头一年狂欢节结束以后匆匆受孕，在第二年狂欢节到来之际，她已做了两个月妈妈，精力和体形都已完全恢复，足以再度挑起重任。瓦莱里娅·瓦伦萨的现任丈夫也是糊涂，此人不是别人，正是巴西世界小姐赛区的总负责人和里约狂欢节的组委会头目汉斯·多纳。此公在20世纪80年代瓦莱里娅·瓦伦萨还是幼齿的时候就盯上了她，经过多年的栽培和精诚合作，终于把她搞到了手，估计一时兴奋，忘了采取措施，结果给自己负责的狂欢节惹下了大麻烦。

去年8月左右，巴西人民在本国各大门户网站上投票选择解决方案，多数人坚决要求由瓦莱里娅·瓦伦萨继续充任形象大使，有很多人甚至建议国会临时修改法律条款，允许女性堕胎（巴西法律一向严惩堕胎行为）。群众呼声如此强烈，怎样才能找到一个两全之计呢？

去年9月，瓦莱里娅·瓦伦萨的老公汉斯·多纳宣布了一个让人满意的解决方案：用电脑设计一个虚拟的瓦莱里娅·瓦伦萨，相貌、体型、动态完全 copy 瓦莱里娅·瓦伦萨，由"她"出任 2004 年里约狂欢节的形象大使。组委会重金聘请了一批好莱坞的 3D 狂人，让他们和巴西本土的动画大佬一起，经过长达数月的设计，最近，终于把这个虚拟的瓦莱里娅·瓦伦萨发布了出来。

这个电脑虚拟的瓦莱里娅·瓦伦萨是由 24 台摄影机同时对瓦莱里娅·瓦伦萨身上 45 个动感点拍摄的数据合成出来的，设计者对瓦莱里娅·瓦伦萨的所有桑巴影像资料进行了数据分析，写出了极其震撼、逼真的桑巴舞蹈程序。在"她"前些天在电视上亮相的时候，人们全都感到非常惊异：这个虚拟形象大使不但在静态外观上和瓦莱里娅·瓦伦萨完全吻合，"她"的舞姿竟然完全拥有瓦莱里娅·瓦伦萨的独特神韵。更迷人的是，"她"是全裸的……从现在起，虚拟的瓦莱里娅·瓦伦萨已经正式出现在里约狂欢节的宣传品上了，不久之后，在狂欢节上，"她"将在里约街头大大小小的电子显示屏上出尽风头，令妊娠中的真实的瓦莱里娅·瓦伦萨郁闷不已……

小小福斯卡

　　巴西的家用汽车虽然比较普及，但人们对车的要求一般都不高，不求豪华，代步而已，因此，在路上跑的大多是一厢的低价位小车。其中，最有巴西特色的要数在欧洲和北美几乎绝迹了的老款甲克虫。这种老爷车模样的小玩意儿在巴西叫福斯卡（Fusca），我最开始看见它的时候还以为是某怀旧剧组用过的道具流落到了民间，后来才发现它原来仍是在巴西利亚的二手车市场上最便宜也最受人们欢迎的常见车种之一，在学校和外来租房户密集的街区尤其风行，学生和旅居人士一般拿它当北京的自行车使，从二手车市场上随手买来开，到毕业或者迁居的时候再把它随手卖掉。

　　福斯卡的外形极其卡通，颇似小乌龟壳，颜色五花八门，越是鲜艳越是招人喜欢，尤其以明黄、草绿和靛青色的最为惹眼。福斯卡的内部构造也很像玩具，车内空间极其狭小，挤满四个人的时候感觉像是小孩的手套戴到了大黑猩猩的手上，被撑得既严实又笨拙。那些长手长脚的纯欧洲血统的白人坐在驾驶座上摆弄这摆弄那就更加有趣，整个一个大人缩在塑料童车里瞎起哄的模样。

　　虽然福斯卡看上去非常浪漫、怀旧、可爱动人，但是毕竟生产年代久远，在性能上毛病不少，就像所有的巴西坏小孩一样，看上去一个个都跟漫画似的好玩，细胳膊细腿儿朝天鼻子大龅牙，但一不留神就黑你一把，不是砸你一身稀泥就是从你手上抢走冰激凌。巴西坊间流传着无数因为福斯卡的怪脾气而闹出的笑话：譬如刹车不灵，下坡时只有跳车并眼睁睁地看着它栽进湖水里；譬如底盘太低，在坎坷路面行驶时底部不幸被磨穿，车中人连人带座掉到了马路上；譬如倒车经常变成前进，而前进经常变成倒车，等等等等，颇似周星驰《国产凌凌漆》里达闻西研制的秘密装备。因为这些不知真假的笑话，很多自以为优雅动人的女性都有福斯卡歧视，据说，开着福斯卡出门不但泡不到妞，连问路都只有老头老太太肯指路，路边野花根本不搭理你。

最近，我公寓里新搬来的一对西班牙夫妇买了一辆二的 n 次方手的福斯卡（由于暴露了欧洲身份，被日裔车主狠狠地屠宰了一把，本来 1200 美刀可以搞定的要了我的西班牙室友 2000 美刀），我和这辆福斯卡不得不说的故事比以前听过的所有笑话都要令人啼笑皆非。

某日，我正要去办公室上网，西班牙哥们儿鲁文突然说他也要出去，并主动要求载我去办公楼。我喜出望外，因为此刻黑云压城城欲摧，走路骑车都很不爽。我们走到楼下，他一头钻进了小乌龟壳里，却示意我先不要上，要我去后面推车！原来，此车到手以后鲁文很快就发现电池时灵时不灵，经常要人在后面推才能点燃发动机。而且不只是一般地推，还必须助跑，赋予它百米冲刺的启动速度。那时适逢暴雨降下，我在雨点的鞭策下推着乌龟壳狂奔了数百米，福斯卡终于发动了，却停不下来，我只有一面继续狂奔，一面在跑动中打开车门钻进了车里。

第二天一早，鲁文出去上班，但不一会儿就神色兴奋地回到了公寓。他说刚刚下楼去，发现福斯卡的车门被撬，卡在方向盘上的卡锁也无影无踪。我问他为什么还这么高兴，他激动地说："你想啊，什么都被撬了，车为什么还在？昨晚上肯定是一个小偷独自来作的案，忙活了大半夜，万事俱备只欠把车开走的时候，突然发现车开不动。哈哈，他哪儿知道应该有人在后面替他推车，只好放弃……"

狂欢节：巴西利亚套中人

这几天，一年一度的狂欢节又向善于享乐的巴西人民色眯眯地扑了过来。狂欢节不是巴西所独有，凡是信仰天主教的国家都有在四旬斋前三天放纵声色的习俗，但唯独在巴西，狂欢节找到了最适合它的性感的土壤。巴西人视狂欢节为高于圣诞和新年的最重要的节日，狂欢节假期要比所有其他节假日都要长。在为期一周的狂欢节之中，大多数地区的人们终日无所事事，在喧闹的桑巴音乐声中狂舞滥饮，跳累了就拉上一个（或者几个）陌生的异性厮混一个短暂的白昼，到夜间，再继续去热舞的人群中把屁股往死里摇晃。其热情、放纵和欢悦的程度，令全世界的人们都艳羡不已。

今年狂欢节的"正日"是2月24日，但是从2月中旬起，桑巴的故乡巴伊亚州的首府萨尔瓦多市、本土狂欢重镇伯南布哥州的首府累西腓市、全球最大的狂欢之都里约热内卢市就相继开始了狂欢节活动，电视里、报纸上每天都是铺天盖地的大腿和屁股。本年度的种种狂欢要闻成了人们每日关注的中心：累西腓出现了一队"美乳彩车"，七辆彩车上七十个桑巴女郎裸露着大小相同、形状一致的乳房，一百四十只D杯的凤梨形黑、白、棕三色美乳齐刷刷地随着 Pagode 的节奏剧烈甩动。萨尔瓦多的一条 10 公里长的大街上居然有 30 万人跟着桑巴彩车起舞，街边的一个急救中心在 22 号一天收治了八百多名因桑巴过度导致髋关节扭伤的病人。里约热内卢的狂欢节比往年更加国际化、商业化，全球最大的桑巴舞场的入场券早在一个月前就被各国商政大佬瓜分完毕。世界最大的豪华游艇，拥有十四个酒吧和餐馆、四个游泳池、一个电影院和一个可容纳一千人的歌剧院的"玛丽女王二号"从大西洋东岸拉来了一大批神秘的欧洲皇室要人，他们一部分人传奇的身份已经被一些高级夜总会的妓女在媒体上兴奋地揭穿。而在"玛丽女王二号"附近，世界第一富豪比尔·盖茨正在他的私家豪艇上用望远镜圈点岸上的美臀，他的私人飞机还会随时载着他到桑巴彩车的上空详察美女走光的细节，据说他因为惧怕暴力从未用脚踏上里约的土地，虽然与他左右相伴的是新上任的加州"肌肉州长"施瓦辛格（里约的漫画小报已经开始怀疑此二人丰富的性取向）……

今年狂欢节最大的热点却不是桑巴也不是名流，而是巴西政府的一项神勇的决定：从 2 月 9 日开始，向 18 岁到 39 岁之间的男子免费发放创下了世界纪录的一千万只避孕套。巴西卫生部部长亲自主持了盛大的发套仪式，在仪式上他说，在巴西大约有一千四百万成年男子性生活活跃且大多数较少使用避孕套，在狂欢节期间人们衣着暴露、接触频繁，很容易导致仓促的性行为，为了避免艾滋病，成年男子在圣诞节期间必须保证随身携带避孕套。在讲话之后，该部长还亲自用电脑演示文档讲解了避孕套使用要领。巴西政府还规定，在狂欢节期间，所有的电视、报纸、网络和户外媒体，都必须腾出最显要的广告空间用于宣传随身携带避孕套的必要性。

虽然巴西全境几乎都沉浸在声色犬马之中，但我所居住的首都巴西利亚却是一个极大的例外。这里本来就地广人稀人情冷漠，由于城中只有未来主义的居住环境和政府工作环境，没有狂欢传统，一大半人都跑到里约或者萨尔瓦多去了，狂欢节期间巴西利亚几乎是一座空城。市政府组织了一支狂欢彩车队在21日夜里穿越中轴路Eixo，但是在30公里长的Eixo上，稀稀拉拉的警察比稀稀拉拉的狂欢者要多一倍。在号称拉美第一铁塔的巴西利亚电视塔下，圣诞期间也设置了小型的桑巴舞场，为了制造节日气氛，市政府也弄了些桑巴国王、桑巴王后穿着盛装在巨大的彩车上晃动，但由于看台上正襟危坐着西装革履的国家机关要人，舞场里的热舞艳女们没有一人像其他城市的姑娘那样裸身上阵，只有一些肌肉发达的裸男神情呆滞地在场中蹦跶。唯一显示出和其他城市对等的"狂欢语码"是城中无处不有的巨大的避孕套公益广告，上书"小小蛇皮用处大"或者"没有不爽，只有更爽"的广告语。我在铁塔下的一张3米高、10米长的避孕套广告牌下照了一张相，广告牌上喷绘着还未展开的五颜六色的"圆圈圈"。由于我被狂欢节期间比平时贵出三倍的机票套在了这个几乎等于没有狂欢节的城市，我将这张照片命名为"巴西利亚套中人"。

金榜题名时，鸡蛋落满身

不日前，我去好友费尔南多教授家里做客，无意中得知费尔南多家的千金小姐加布里埃拉今年年初刚刚参加了巴西利亚大学的入学考试，那天下午大学里就要张榜公布录取名单。因此，全家的气氛显得有些诡异，加布里埃拉尤其显得紧张不已。我以为她是担心考试结果不理想，上不了名牌大学丢教授父亲的脸，就劝她不要多虑，大不了明年再考一次。没想到加布里埃拉告诉我，她担心的并不是成绩，她有充足的信心看见自己的名字列在录取名单的最前列。她和她的家人之所以紧张，是因为一件我打死都没想到的事情：每年看榜的时候，都会发生严重的骚乱，成千上万的考生携带着鸡蛋、西红柿、油彩到达发榜现场，榜上有名者必须无条件地接受他人投掷的鸡蛋、西红柿，并自觉地在脸上、身上涂满油彩为众人助兴。这似乎已经成了一个传统的狂欢仪式，具有准节日的性质，考生们闹得再过分，都被视为这个崇尚狂欢的国度里合理的疯狂，警察通常袖手旁观，而那些碰巧有亲戚考大学的警察更会混在人群里扔两个鸡蛋或者指点人们如何提高投掷的命中率。

说着说着，就要到发榜的时间了。只见加布里埃拉脸上顿时凝结出一团刘胡兰似的刚毅神情，从厨房里拿了几个她妈妈早已为她准备好的过了保质期的臭鸡蛋，步伐苍凉地离开了家门，如果要拍摄此时的情景的话，最好动用尽可能多的鼓风机，让她身后出现萧萧落叶、漫漫烟尘。在她开门出去的一刹那，费尔南多教授跟她告别的神情颇似太子丹目送荆轲缓缓消失在燕赵大地上。

不止是在巴西利亚大学，巴西全境内的公立大学都有把入学考试过后的看榜仪式变成狂欢节的传统。巴西和中国不一样，没有统一的高考，每个公立学校自行命题招收新生，一般每年都有两次入学考试。几乎所有的公立大学都是重点大学，而且不用交付任何学费，因此，入学考试也相当之难。一般来说，考生需要复习包括语文、数学、历史、地理、外语、政治、物理、化学、生物、计算机等在内的多门功课，但不存在各个科目的单独试卷，所有的内容都混在同一张试卷上，颇似中国所谓的"大综合"，要求考生的知识面极其宽广且能在不同的知识之间自由穿行。能通过这种变态考试的学生都被视为"牲口"，需要投掷鸡蛋打压一下"嚣张气焰"。同时，通过这种狂欢，大多数没有考上的考生也能释放胸中的郁闷之气，并把苦恼转变为欢乐的源泉。有时候参加"发榜狂欢"的人过多、气氛过于热烈的话，还会出现严重的治安问题。圣保罗大学（Usp）去年发榜的时候，就有一名学生被活活踩死在遍是鸡蛋清和油彩的地面上，其惨烈程度酷似微型的麦加朝觐中的投石仪式。

我一直在费尔南多教授家里待着聊天，直到半小时之后加布里埃拉"逃"回了家中。果然，加布里埃拉如愿以偿，考上了巴西利亚大学录取分数最高的医学院。然而，"榜上有名"的代价是惨重的，加布里埃拉不仅脸上涂了油彩、衣服上满是西红柿汁、头发被鸡蛋清弄得乱七八糟，更糟糕的是，她的身上还被砸满了当天的

"特色武器"：连绵的降雨为巴西利亚制造出来的无处不是的红色稀泥浆。一看她这模样，她的父母来不及说庆贺的话就把她轰进了浴室。

我的华侨小姐们儿小顾也是那天去看的榜。小顾为了避开骚乱的高峰期，特意在发榜的两个小时之后赶到了现场，虽然她准备匆匆看看自己名字在不在榜上就走，但是，砸红眼了的残余考生们还是没有放过她以及她的汽车。她和加布里埃拉一样，浑身都是蛋黄、油彩和泥浆，但她比加布里埃拉要倒霉多了：她的白色菲亚特汽车已经完全变成彩色的了，更糟糕的是，四个车胎都让落榜青年们扎爆了，驾驶座上被灌满了从厕所垃圾箱里直接倒出来的垃圾……

复活节彩蛋

复活节（Páscoa）是基督教世界的重大节日，每年的时间都不一样。根据《圣经》的记载，复活节应是在 3 月 21 日（春分）之后第一次月圆过后的第一个星期天。今年春分之后的第一次月圆是 4 月 5 日，因此，今年的复活节就是 4 月 5 日之后的第一个星期天，4 月 11 日。

传统意义上，整个复活节周（又叫"圣周"，Semana Santa）都是天主教国家巴西的假期（féria），但是法定的假期（feriado）只有基督周五一天。虽然如此，热爱度假的巴西学生们还是在复活节周的周一就开始大规模"逃亡"，课堂上只有稀稀拉拉的几个忧郁青年：没人疼的、没爹妈要的、千万别烦我一类的苦恼面孔，令像我这样坚守在资本主义教学岗位上的教师不知道到底该不该继续上课。学生们还不算过分，我公寓里除了我之外的其他老师早在复活节周开始之前就溜了个精光，纷纷扑向淫荡的海滩和深情的伊瓜苏瀑布，留下一堆不知所云的阅读材料勒令学生们在家中"学习"。

巴西利亚是一个没有历史、没有传统的城市，在郊外的几个卫星城还有零星的以教区为单位组织的复活节游街仪式，在城中，除了铺天盖地的彩蛋，几乎找不到别的什么与复活节相关的传统符号了。蛋象征着孕育、破壳而生，因而在基督教文化传统里，绘有大量宗教劝谕图的彩蛋是复活节期间最重要的装饰品。时过境迁，在巴西，用彩蛋装点节日的传统虽然保留了下来，但是彩蛋上的图案却变得早已和耶稣基督他老人家没什么太大关系了，礼品店里出售的彩蛋图案五花八门，从罗纳尔多到骇客帝国，从桑巴美女到伊拉克地图无奇不有，设想耶稣要是从这些蛋里醒过来，还真不知他该如何感叹世事的变迁。不但图案发生了变化，所谓的"蛋"也发生了转喻性的变化，商店里卖的彩蛋有很多都是巧克力蛋，可大可小，大的足有橄榄球那么大，看着诱人无比，尤其是外面的包装彩纸上再印上一些大臀美女写真，更令人浮想联翩。

复活节在巴西相当于中国的中秋，也是传统意义上家人团聚的日子。11号当天，百无聊赖的我被一个好心的学生"收容"到他家去参加家庭聚餐。在复活节的聚餐上，一个非常重要的项目就是找彩蛋。家庭主妇在家人回来之前就偷偷地把写有各人名字的巧克力彩蛋藏到了家中的各个角落里，每个人必须在唱开饭的感恩赞歌之前找到自己的彩蛋，不然就没得吃。我学生的老婆比较损，把给我的彩蛋藏到马桶抽水箱里了，但是对马桶之类的物品一向情有独钟的我还是顺利地找了出来。第一次吃到巧克力彩蛋，看着很大一个，一磕开，就是一层巧克力皮而已，里面很令人郁闷地出现了两个变形金刚之类的低幼儿童玩具。

回到家中，居然发现旅行归来的西班牙天真妹妹阿赛拉正在画蛋壳。她专门买了一箱鸡蛋，借了我的"小白云"，在蛋壳上钻了两个眼，把蛋清、蛋黄全都吹了出来，然后用"小白云"蘸着颜料在蛋壳上画小鸟小花小朋友。我一时玩心顿起，也吹空了一堆鸡蛋拿来涂抹。我想起了我的哥们儿杨一挖掘出的那首著名的陕北民谣《画扇面》，于是，一边在"蛋面"上画起了孙悟空、猪八戒、张果老之类的玩意儿，一边哼哼："巴西那个首都西啊杨柳青咦呀喂……"巴西利亚的第一批以中国民间故事为主题的复活节彩蛋就这样诞生了。

跳"扶火"

　　离我住处不远，在帕拉诺阿湖畔，有一个米纳斯俱乐部，每到周五的晚上，这里都要举办巴西利亚最大的 Forró 舞会。我曾经被拉去跳了一次 Forró，里面美女密度之大让我大为震惊，舞没怎么学会，鼻血倒是快流出来了。上个周五又被拉去了一次，这次有心理准备，走之前煮了锅镇火的绿豆汤喝，因而进场之后显得没有上次土鳖，在肉海粉山里还能故作镇静，稍微学到了几种简单的舞步，随便抓了个美女一起跳了起来。

　　Forró 是源于巴西东北部黑人文化区的一种巴西特有的音乐和舞蹈形式，最初在黑人奴隶中兴起，因为不加重音符号的 Forro 是自由、解放之意。最早和葡萄牙殖民者做生意的英国人来到巴西观看了这种舞蹈之后，因为 Forro 的发音接近于英语的 for all，就管它叫 for all，以为是"大家一起跳的舞"。可是 for all 的重音在后面，这种叫法一传开，葡语的拼写也发生了变化，重音跑后面去了，由 Forro 变成了 Forró，算是一个以讹传讹造出来的新词。

　　Forró 非常之巴西，非常之乡土，在任何一个农村，尤其是东北部的农村，都会看到人们在节日里欢快地跳 Forró。Forró 的音乐以手风琴为主，加入了三角铁等清脆的打击音，节奏奇快，乐音爽朗。我去的米纳斯俱乐部里的 Forró 音乐是已经都市化和现代化了的 Forró，音乐中混入了若干摇滚和桑巴的成分，显得颇为怪异。如果说 Samba（桑巴）是巴西的土"蹦的"的话，Forró 就是巴西的土交谊舞。Forró 需要一男一女搂着跳，基本的舞步是左两步，送胯摆臀，再右两部，送胯摆臀。节奏快起来之后，只见一对一对的屁股在相互配合着剧烈扭动，当然，如果仔细观看的话，还会发现个别跳舞者的其他部位也在密切配合。

米纳斯的 Forró 舞大厅每周五基本上少说都要装个两三千人，是一个别有目的社交的好场所。在巴西利亚，米纳斯俱乐部是找 rolo 的最佳去处之一。所谓 rolo，就是指不要任何承诺的男女朋友，和"一夜情"有很大不同，一对 rolo 可以无数夜甚至一辈子地相处下去，但就是不要任何社会关系、情感关系上的约束。

在无数 rolo 或者潜在的 rolo 中和一个陌生的美女起舞确实是人生的快事一件，虽然我的 Forró 跳得和太祖长拳没有什么两样。Forró 似乎至今没有中译名，鉴于快节奏的 Forró 如同火焰一般摇曳，再鉴于男女同舞时双臂像搂着一团热情的火，我决定为 Forró 创造一个发音相似的中文译名，叫"扶火"。

Poço Azul：蓝池瀑布

巴西可谓是一个瀑布之国，不但有瀑布的祖宗、南部巴拉那州的伊瓜苏瀑布，更有不计其数的瀑布孙子、瀑布重孙散布在地形复杂、落差千变万化的广袤国土中。巴西利亚附近虽然没有什么大川大河，却有不计其数的小溪流在周围的巴西利亚高原上小鹿一般蹦蹦跳跳，所以瀑布重孙们的数目颇为壮观。这些小瀑布重孙们虽然和老祖宗伊瓜苏瀑布比起来无甚名气，但个个也都如同乡野美女一般或朴素清丽或豪放动人，不但可以远观，更可以随心所欲地亵玩。

从巴西利亚向北驱车 50 公里，不用出联邦特区，就可以来到一个名叫 Poço Azul 的小瀑布。最近我热衷于把所有巴西利亚周遭的景观、物事都赋予雅致的中文译名，任其在本城小小的华人圈中流传，等若干年后这里的华人和圣保罗一样多的时候，侨胞们可以根据我缔造的译名绘制一张中文版的巴西利亚生活地图。由于 Poço 为水塘之意，Azul 意为蓝色，我就把它称为"蓝池瀑布"。

蓝池瀑布隐藏在一座山脉的"腹股沟"之中。山坡的高处是风吹草低见白牛的典型的巴西牧场，低处是绿得喜人的大片甘蔗地，但是一下到山谷，却完全是另一番景象：灌木狰狞、怪石嶙峋、水声滔天、雾气迷蒙。蓝池瀑布并不是一个瀑布，而是一组瀑布的总称，在不到 10 公里的幽暗、逼仄的"腹股沟"里，散布着大大小小 12 个瀑布！之所以说它是"瀑布重孙"，因为最大的一个落差也不过 10 来米。但正所谓"越小越精神"，这些小小瀑布所制造出来的轰响连成一片，颇有河东狮吼之势，对出来偷情的人来说振聋发聩。

蓝池瀑布的中心地带就是所谓的"蓝池"，由一股 8 米来高的急水在乱石之中开辟出来一个深潭。此潭虽小，但五脏俱全，潭中央居然还有个 6 米见方的小沙滩。来此度周末的人一般爱涉水把躺椅安置在小沙滩上，在冰冷的潭水中懒游片刻之后，躺在小沙滩上晒太阳。颇为神奇的是，虽然"腹股沟"中无比阴湿，但这个小沙滩却总是阳光朗照无限晴好，躺在上面足以把皮肤晒成罗纳尔多一样的标准巴西"国色"。因此，此微型沙滩也被当地人称为"小小科帕卡帕纳"，后者是里约长达 6 公里的著名海滩。

蓝池的两边均为峭壁，经常有人在此炫耀跳水技艺，从绝壁上飞身跳入水中。我去的那天一个同行的中国朋友为了向刚刚在小沙滩上结识的一个巴西三点女子献媚，特意手持一把刚刚采摘的野花从绝壁上跳将下来，不幸落水角度出了差错，消化道末端在与水流剧烈撞击的时候光荣负伤。

蓝池最神妙之处是它的一角深入山崖，形成了一个黑乎乎的水洞，洞口水寒刺骨，几乎没有人敢游到里面去看个究竟。有好事者游到洞口以弹弓射击洞壁深处，结果飞出了大群大群名称不详的黑鸟，哑哑呀呀地叫着，翅膀擦着水面在蓝池上空稍事发呆，而后迅速飞向远处。

蓝池无限好，只是在他乡。在小沙滩上看着在水面飞舞的蓝蝴蝶，突生万事缥缈之感：巴西利亚或许就是永州，蓝池或许就是小石潭，而他乡则永远是谪戍之地。

臀大为美

估计世界上再也没有别的民族像巴西一样令人目眩地把臀部的大小作为压倒一切的第一审美标准。在巴西人的眼里，一个女人皮肤是黑还是白，汗毛浓密还是稀少，面部龇牙咧嘴还是清丽爽朗，头发是黑还是黄，体重是 90 斤还是 130 斤，罩杯是 A 还是 E 都不重要，只要她没有一个傲立街头的臀部，她就不能被称作美女。

这和我大中华的审美标准差异实在太大。每次和巴西哥们儿闲聊谈及周围女性美丽与否的时候，我都会和他们产生严重的分歧。通常，在我看来一个丑到人猩不分的女性会被他们当作超级美女顶礼膜拜，而被我称为美女的白肤洁面细腰丰胸的女子则通常入不了他们的法眼，其原因仅仅是前者的臀部占地面积庞大且挺拔高耸，而后者的臀部则多少有些晦暗不明。因为死活不能习惯把我的审美时钟调到大臀的"巴西时间"，我为此遭受了不少嘲笑，人们都认为我是不懂美的亚洲土人。

大屁股在巴西能够最有效地惹来男性的"麻烦"，所以，如同以小脚为第一审美标准的中国古代小脚需要精心遮蔽，以胸部为审美焦点的当代东方胸部需要被妥善保护一样，巴西女性对臀部可以说是层层设防（或伪设防），只有在海滩上或者在狂欢节的街道上才"犹抱啤酒半遮臀"。因为胸部的审美重要性和杀伤力在巴西人看来远不如臀部，胸部的轮廓略微敞开算不上什么危险，很多男性视之若无物，所以上衣"开阔"的女性在巴西相当普遍。我的一个女学生曾经去日本旅行过，在东京，她像在里约一样穿着比基尼一样的上衣走在街上，结果满街的日本小男人都盯着她胸部峰谷猛看，看得她很是不爽，抱怨道："胸部有什么好看的，我最好看的地方是臀部！这群笨蛋……"

为什么在巴西大臀受到如此推崇，其原因众说纷纭。有的说是因为受了优鲁巴部落黑奴带来的 17 世纪西非土著审美习俗的影响，有的说是因为巴西是桑巴之国，没有大臀就没有桑巴，有的则从美学的角度分析了大臀在人类学上所象征的无穷活力和生机。

但有一点不容忽视的就是，从生理现实的角度来看，巴西人的臀部的确普遍较大，男女均是如此。我办公室旁边男厕所里的马桶直径实在惊人，马桶垫圈活像一个呼啦圈，每次我去五谷轮回的时候都得采用中华绝技马步站桩悬空蹲在上面。有一次进厕所五谷轮回时，我心不在焉一下子忘了使出绝技，结果一蹲坐下去半壁江山就沦陷进了汹涌的波涛之中……

玛丽亚·卡索里娜

在巴西的葡语里，对有恋爱关系的人的称呼，除了 noivo/noiva（相当于"未婚夫 / 未婚妻"，指确信要结婚的情侣）和 namorado/namorada（相当于"男朋友 / 女朋友"，指开始严肃地考虑未来的情侣）之外，还有一个在汉语里找不到对应关系的 rolo，而这个词，正代表了巴西最有特点的恋爱观。rolo 来源自动词 enrolar，涉入、卷入、有染的意思，rolo 大致相当于"有染的人"，指的是男女在一起相处，除定期的约会之外，从不过问对方生活的其他方面，也从不考虑未来。它不同于"一夜情"，因为有的 rolo 可以"有染"数年、数十年，也不同于"性伙伴"，因为 rolo 之间并不只有性，他们在一起约会的时候，完全像情侣一样情意交融，只是约会完了就回到各自的生活之中。在巴西的年轻人当中，以 rolo 的方式相处的比例要远远高于其他类型。

按说，在这样一个遍地都是潜在的 rolo 的国家，我一个孤身大龄青年很容易 enrolar 一下，但是不幸的是，我几乎没有任何机会。每当巴西哥们儿好奇地问我为什么不交 rolo 的时候，我就回答他们："啊，很简单。这里的女孩都是玛丽亚·卡索里娜。"听到这个回答，我的朋友们总是异常惊愕地感叹："天哪，这家伙才来这么短时间，什么都知道啊！"

何为玛丽亚·卡索里娜？这是一个充分体现了巴西人民幽默天性的词。玛丽亚·卡索里娜就是 Maria Gasolina，是在任何字典上都找不到的一个民间合成词，它貌似一个普通的名字，前面的 Maria 是最普通的女性名字，后面的 Gasolina 则是"汽油"的意思，所以，大致意思为"汽油小姐"。玛丽亚·卡索里娜专指这样一类女性，她们只在有车的男性中选择 rolo，只认汽车不认人，以方便她们搭便车。在 festa（派对）上，一个典型的玛丽亚·卡索里娜总先对着一个单身男性大抛媚眼，等对方前来搭讪、几乎就要水到渠成的时候，突然问道："你有车吗？今晚去你家了以后明早可以送我上班吗？"如果对方没有，玛丽亚·卡索里娜则扭头寻找另外的目标。

巴西是个日常生活对汽车依赖很重的国家，一切生活设施几乎均是为"有车族"设计的，巴西利亚更是如此。因为，对于还没有经济实力拥有一辆汽车的年轻女性来说，如果想要有丰富的生活空间、轻轻松松地出入各处时尚场所的话，做一个玛丽亚·卡索里娜是唯一的选择。玛丽亚·卡索里娜的存在逼着所有想要恋爱的年轻人不得不早日拥有一辆汽车，并把没有车的男性彻底打入了孤独的地狱。我在巴西正是铁杆的无车一族，因此，只要玛丽亚·卡索里娜仍是年轻女性的主流，我就永远找不到任何 rolo。

6月12日：巴西情人节

巴西和中国一样，也有自己本民族的情人节，在6月12日。不同的是，中国的"乞巧节"传统因为各种原因变得极度微弱，农历七月七现在远没有2月14日重要，而在巴西，几乎没有人把2月14日当回事，所有人每年都憋足了一腔柔情蜜意等到6月12日这一天来排遣。

6月12日的巴西情人们跟2月14日的欧美其他国家的情人们一样，把互赠礼品作为欢度情人节的主要项目。据说在巴西东北部地区，情人们所赠的礼物还比较传统化，譬如亲手用热带坚果制作或海龟壳制成的装饰品，但是在很多大都市中，人们所赠的礼物已经没有什么传统特色了，多以玫瑰花、Bom-Bom（一种巴西巧克力糖）和毛绒玩具为主。

互赠礼品虽然很重要，但是，6月12日巴西的情人节最核心的部分还是充分展示爱侣们良好身体状态的"床头战役"。我的几个学生情人节之前一两周就开始逃课了，据说每天都在健身房里苦练身体，为了向自己的女友交出一份完美的情人节体能答卷。6月12日当天，巴西利亚最火爆的地方不是餐厅、影院或者曲径通幽的公园，而是汽车旅馆。情人节这一天是各个汽车旅馆一年中的生意黄金日，很多汽车旅馆都提前了一个月大做宣传攻势，渲染本旅馆的独特浪漫氛围。汽车旅馆在巴西可不是供"停车住宿"的地方，而是特意为情侣们"实战"营造浪漫气氛的绝佳场所。不但不愿惊扰父母的年轻人都愿意在情人节选择汽车旅馆，就连已婚夫妻在这一天也乐意向孩子们"请假"去汽车旅馆不受干扰地相爱。汽车旅馆通常比五星饭店还要奢华，房间的设施和装饰极尽浪漫之能事。最重要的是，很多汽车旅馆抓住了爱侣们不愿受到过多打扰这一心理，全力推出"零麻烦服务"，也就是说，从开车进汽车旅馆到电子选房、刷卡付账、进屋浪漫最后到离开，可以不用见到任何一张自己的爱侣之外的面孔。

6月12日这一天是周末，我和几个华人光棍青年闲极无事，决定集体庆祝情人节。我们开车到平时在周末这一天必定买不上夜场票的Pier21电影院，在本该爆满的《哈利·波特3》的放映厅里，那日只有区区我们几个中华光棍。我们回来的路上绕到了城中几个著名的汽车旅馆去参观了一下，但见每个汽车旅馆门前的道路上都拥堵了无数在爱中苦苦煎熬等候泊车位的车辆……

农民节与"鼓我雄牛"传统

　　整个 6 月，巴西全国都有过"农民节"（Festa Junina）的风俗。一到 6 月，很多城市里的俱乐部都会举办"农民节"专场派对。派对上，有很多从乡下来的"巴西乡老坎"在出售自家用玉米、南瓜、土豆和牛奶制作的各色点心，并为城里人表演乡下歌舞和一种独特的"巴西相声"，以体现城乡鱼水情，同时提醒城里的青年不要忘记过去他们的祖先曾经在暗无天日的农庄里，在地主的皮鞭下挥汗修地球。

　　在巴西各地的农民节中，巴西东北部马拉尼昂州的庆祝活动最为独特。在马拉尼昂，与其他地方相反的是，这里不是农民们进城，而是几乎所有的城里人到乡下去吃喝玩乐。6 月整整一个月对马拉尼昂人来说都是度假，他们大多数会停下手里全部要做的事情去乡下尽情享乐，有的年份农民节甚至从 5 月份开始，直到 8 月才结束。

　　马拉尼昂州的农民节最热闹的时刻是本州独有的"鼓我雄牛"（Bumba-meu-boi）仪式。这一仪式融地方戏剧、音乐、民间文学、造型艺术、面具艺术、集体狂欢为一体，其中虽有部分欧洲影响，但从本质上来说，它是地地道道的巴西传统。"鼓我雄牛"仪式一般从马拉尼昂州的首府圣路易斯开始，绵延州内全境之后在圣佩德罗结束，仪式经过的地方往往万人空巷，大家都像旧时中国乡亲们看社戏一样竞相目睹。"鼓我雄牛"的主体部分是年复一年由不同的民间艺人在戏剧舞台上重写"鼓我雄牛"的起源故事——弗朗西斯科爸爸和雄牛的故事，其中最长的一个版本居然上演了八个多小时。

这头雄牛可不是《大话西游》里高呼"今天是舍妹成亲之日，也是我雄牛纳妾之时"的那头牛，而是一头普通的巴西土牛。故事是这样的：在农奴制时代的某一天，怀孕的女黑奴卡奇丽娜想要吃牛舌头，就叫她的丈夫、黑奴弗朗西斯科爸爸去弄。弗朗西斯科爸爸从庄园里偷了一头雄牛，刚把牛杀了就不幸被庄园主发现。白人庄园主知道了事情原委之后，叫管家"看着办"。管家把弗朗西斯科爸爸抓了起来，但是告诉他，如果把牛弄活了就可以放他回去，还可以给卡奇丽娜更多的好吃的。于是，所有同情这对黑奴夫妇的人们都来帮他们弄活这头牛，最后，借助几个印第安巫医的神力，雄牛复活了。庄园主放了弗朗西斯科爸爸并送了他们家大量粮食，庄园又恢复了和谐。这则故事因为暗含了对白人、黑人和印第安人和平共处的想象，所以流传非常广泛，以至于后来演变成了"鼓我雄牛"这样盛大的年度庆典。

都市怪兽圣保罗

因为要去接人,我买了一张著名的 BRA 航空公司的机票去圣保罗。这个 BRA 看似胸罩,实际上是一个巴西最便宜也最不靠谱的航空公司的名称,价格确实是低到了令所有人都扬眉吐气的地步,但是买票的时候你必须跟该公司立下字据、签下协议,接受该公司的航班经常要晚点数个小时甚至一天的"独特性"。我出发那天因为修剪了一下鼻毛,所以吉人天相,"胸罩"公司罕见地没有晚点。

圣保罗距巴西利亚一千多公里,我除了来巴西的时候曾经在圣保罗瓜鲁柳斯机场转过机以外,还一直没有机会来这个传说中的"南美纽约"。飞机飞到圣保罗上空的时候,我彻底被窗外那庞大而混乱的城市平面图所击败。在半空中看见的圣保罗完全是一个毫无节制地吞噬杂乱建筑、毫无节制地把臃肿进行到底的怪兽,摩天大厦与大片大片作鸡屎状随意摊开的贫民窟交错在一起,以无理数的无限不循环的气势向四面八方的地平线铺展开去,以至于在数千米的高空,几乎见不到方圆数百里的范围内有一丁点泥土和植被的颜色,完全是一个混凝土和预制板的迷宫。飞机在如此不见边际的城市上盘旋，简直像是牛魔王的无敌牛虻执行完了侦察任务，即将飞回他的腋毛里。

就这样，我从冷清、偏僻的外星人营地巴西利亚来到了闹哄哄的圣保罗，混进了占巴西人口十分之一的第三世界城市人口奇观之中。我在机场足足等了三个小时也没有等到传说中半个小时一班的酒店直通车，最后只好打车来到了事先预订的酒店。这个在网页上显得无比富丽堂皇的所谓四星级酒店实际上完全是一个《国产凌凌漆》里面"丽晶大酒店"的巴西版，好在地处瓜鲁柳斯区正中心，交通还算方便。瓜鲁柳斯区虽然是圣保罗市的昌平区，但其低档的繁华和无休止的喧闹仍然勾起了我在巴西利亚几乎快要遗忘了的第三世界都市记忆。街道如同广州的杨基村一样逼仄，地势如同重庆的后堡一样起伏不平，街边密密匝匝的小店像北京的西苑市场一样没完没了地用劣质音响播放着巴西版的刀郎，路边的迷你赌场和武汉台北路上的发廊一样密集，街头无所事事的青年们像贾樟柯《任逍遥》里面的大同青年们一样迷惘，拥挤的小公共像乌鲁木齐红山公园一带的小公共一样在口音怪异的吆喝声中横冲直撞，而一到夜间，站在小教堂门口的"鬼妹"比旺角油麻地的"北姑"还要多。

哦，我发现我原来是如此热爱腥臊的第三世界城市之气。我胡乱坐了几辆公共汽车，胡乱换乘了不同线路的地铁，完全像个十足的盲流在这个无边无际的城市里回忆中国。我发现除了市中心的金融街和纽约有些相似之外，其他地方和"南美纽约"没什么关系，倒是真的像"南美中国"。晚上我稀里糊涂地摸回了"丽晶大酒店"，在第三世界国家的标志性声音——搞不清是压路机还是推土机还是混凝土搅拌机的声音——的催眠下，甜美地入睡了。

在圣保罗的第二天，我专程去了一趟令南美侨民们一说起来就老泪纵横的"圣地"——东方区。

东方区在葡语里叫 Liberdade，意为"自由"，是圣保罗南郊一个庞大的东方移民社区。从 19 世纪末以来，成千上万的日本人、中国人、韩国人来此定居，到现在为止，东方区里已经有近百万日本人和二十多万中国人，是日本境外最大的日本人居住地和南美洲响当当的华人移民文化中心。这个巨型移民社区在圣保罗拥有相对独立的经济、政治、社会和文化状态，各种名目的同乡会、侨民商会、民间技艺行会（譬如武术协会、针灸协会）在此意义非凡，不但组织着东方区的经济、文化活动，更起到了管理社区，维护治安，沟通祖国、本地政府和侨民个体生活之关系的作用。

地铁快要到 Liberdade 站的时候，车厢里的东方人就明显地多了起来，貌如过气 AV 女优的日裔美妇和穿得像槟榔西施一样暴露的台湾女郎令我差点儿忘记了下车。走出地铁站，虽然我已有长期的心理准备，但还是被街上无孔不入的东方景观和东方符号惊呆了。狭窄的街道上温州风格的服装摊比比皆是，华人杂货店、小吃店、餐馆星罗棋布。密密麻麻的店铺招牌毫无保留地把本地的"文化杂多"气氛展示了出来：日语、韩语和葡语齐飞，繁体字、简体字和汉语拼音共长街一色。街头巷尾听到的语言以日语和汉语为主，偶尔夹杂一些发音怪异的葡语地名和人名，怪不得我的一个家住圣保罗的朋友告诉我，每当他一走进东方区就有身在异乡的感觉。

但是，不要以为说着一口普通话就可以在东方区蹭吃蹭喝蹭妞泡，仅从我耳边溜过的汉语来看，此地流行的中华语言还是以闽南话、粤语、上海话、温州话为主。当然，操着一口京片子的侨民也不难碰见。我在迷宫一样的街巷里迷了路，正愁怎样才能找到传说中的"吴胖食品店"，突然在街边听到一家旗袍店的老板在跟人"你丫、你丫"地狂侃，就上前冒充北京老乡，顺便问路。该北京胖子热情地把我引到了麻雀虽小、五脏俱全的"吴胖食品店"，我在那里买了菜刀、火锅底料、老干妈、洽洽香瓜子等中华物事，以告慰我孤绝的巴西利亚侨民生活。

不要以为我中华侨民们在此过得乐不思蜀，不复挂念中土大唐。当日中午，南美最大的中文报纸《南美侨报》在东方区一家口味正宗的川菜馆做东，招待了我这个来自巴西利亚的"青年侨贤"，席间，上至总编下至编辑的东方区"侨贤"们均在酒后感叹，大多数"新侨"都是90年代前期受巴西短暂的经济繁荣吸引来此定居，90年代后期巴西金融动荡之后圣保罗的经济一蹶不振，他们个个都归心似箭，可是在此已有家业，归国谈何容易！

百州节

　　看来最近巴西利亚人民真是太热爱无中生有地过节了，前两天搞了个各国使馆人员大练摊的"万国博览会"之后，这些天在同一场地，又竖起了"百州节"的大麾。所谓的"百州节"（Festival dos Estados），就是巴西各州在场子里搁一个大帐篷展示本州特色文化，所谓的"百"不过是译成汉语时的一个虚数，巴西一共也就三十多个州。在各州的帐篷里，和"万国博览会"一样，展示民俗文化和本州风情只是其中的一个内容，另外一个最重要的内容就是练摊，贩卖本地小吃、小工艺品。

　　巴西和我国一样也是一个幅员辽阔的庞然大国，各州之间的地理状况、人种构成、文化传统、经济现状差别巨大，总的说来，南部诸州以欧裔文化为主，东北诸州以黑人文化为基础，北部诸州受印第安文化影响很大，中、西部巴西高原上的诸州文化则富有"巴西牛仔"的拓荒气质。巴西铁路交通几乎不存在，公路交通又时常受车匪路霸和恶劣的路况所威胁，在没有充足的资金坐飞机环游巴西全境的情况下，很难领略到巴西各州之间的文化差异，这个"百州节"正好为我提供了一个了解巴西文化多样性的机会，就好比一个老外到了北京能够有机会了解贵州、宁夏、吉林等地地域文化的皮毛一样，实属天赐良机。

各州的摊位最红火的当数位于亚马孙丛林的帕拉州，帐篷里摆着无数价格公道童叟无欺的印第安手工艺品，多是由亚马孙一带名目繁多的果壳、树皮、树籽加工而成，深受炫酷一族的欢迎。其中最有特色的是用一种名为 açai 的果子的果壳制成的印第安小碗，纯黑色饰以白色的面具花纹，极为可人，卖碗者还现场烹煮了一大锅亚马孙草根汤，以此小碗盛汤供参观者饮用。东北部黑人文化大州巴伊亚州全部选用黑人妇女贩卖当地特色甜辣点心，这些黑人大妈清一色巴伊亚标签服饰：纯白的镂空长裙，头上盘着纯白的头巾。南部的南里奥格兰德州的摊位极力展现欧裔"高乔人"的草原文化氛围，帐篷口立着一个一人多高的巨大的马黛茶壶，里面架起了一个小小的舞台，身穿灯笼裤、头戴牛皮帽、腰挎长刀、脚踏马靴的高乔人弹着和阿根廷音乐接近的潘帕斯草原小调热烈地起舞。北部最爱热闹的马拉里昂州则现场组织了该州最富特色的群众游行——"鼓我雄牛"，一群盛装的黑人戴着牛头面具一路吹打跳跃满场撒欢，煞是出风头。除了这几个最惹眼的州之外，戈亚斯州的甜酒、马托格罗索州的草编玩偶、米纳斯吉拉斯州的陶塑芦花母鸡、塞阿拉州的吊床、北里奥格兰德州的油焖大虾都勾起了我的购买欲或食欲。

并不是所有的州都参加了"百州练摊"，富甲一方的圣保罗州和里约州就没有见到。我觉得非常奇怪，因为凡是没参加的州几乎都是经济实力强劲的州，一打听才知道，这次"百州节"上的小买卖全是属于"义卖"的性质，各州的摊位所赚的小钱均要捐献给类似中国的"希望工程"的机构，以圣保罗、里约、巴拉那州为首的富州嫌这种摆摊太乡土了，反正也有的是钱，就随手砸了几个钱捐了出去，懒得来摆摊。这和前几天的"万国博览会"很相似，由于各使馆摆摊的收入都要捐献出去，美国、英国等傲慢的发达国家就懒得费尽心思来摆摊设点展示本国文化，干脆拍了一大笔钱出来了事。如果把巴西国内看作一个世界的话，圣保罗、里约等州就完全是"自绝于人民"的英美等国，引起了群众的一致谴责。

革命历史博物农庄

　　上周末和朋友一起重游我曾经去过的"巴西丽江"比利纳波利斯，小城依然玲珑剔透、清新可人，让我们不忍离去。不过开车带我们去的巴西哥们儿说小城的郊外有个更好的去处，非常之特别，不去不足以平食欲。于是我们便去了比利纳波利斯郊外30公里处的那个名叫"巴比伦农庄"的私家农场。

　　此农庄可以算是巴西高原上历史最悠久的农场之一了，由一户葡萄牙人在200多年前搭建，现在他们的后人还在别出心裁地把这个农庄当作一处私家历史博物馆来经营。巴比伦农庄的最早用途是甘蔗种植园和蔗糖作坊，主人艾尔莎阿姨带领我们参观了一整套保存完好的蔗糖生产线。最为独特的是，她还给我们展示了她的祖先虐待黑奴时使用的铁链、皮鞭等让日本人民兴奋不已的器械，现场声讨了万恶的农奴制度。要知道，因为种植园经济的繁荣，巴西是南美大陆上最后一个废除农奴制的国家。除了甘蔗种植，她的祖先还从事其他可以在巴西经济史上找到对应叙述的重要经济活动，并都有实物保存下来，譬如：巴西木的种植与砍伐、淘金、私盐的贩卖等。艾尔莎略含愤怒地向我们解释了"巴西人"一词最早的来源，说此词本意是砍伐巴西木的工人的意思，当时的宗主国葡萄牙瞧不起巴西人民，带有歧视性地把所有生活在巴西这块殖民地上的人都叫作"砍伐巴西木的工人"。艾尔莎建议停止使用这个词，深得在场的其他巴西人的赞同。

农庄里最珍贵的文物是一杆19世纪内战时期的民主英雄使用过的步枪，据说此英雄奔赴战场时在此处打尖歇脚，和艾尔莎的一个女性祖先有了一夜的鱼水欢情，没有别的东西可资留念，居然把随身的武器留了下来，作为日后相认的信物，不料英雄不久之后就献身于革命，空留一把老枪在巴比伦农庄幽暗的内室里回忆短暂的欢愉。艾尔莎说到此处时有些歉疚的表情，说英雄可能正是因为把用得最顺手的兵器留在了这里才会战死沙场。

参观完了所有的革命历史文物，我们终于扑向了巴比伦农庄最负盛名的"拳头产品"—— 一顿殖民风格的大餐。在一张可供若干男女在桌面上奔跑嬉戏的大餐桌上，仆人们端出了无数道据说是正宗18世纪配方的菜肴，配以古法调制的甘蔗酒、果汁、咖啡，让我们恶饱了一顿。革命往事在历史菜肴的作用下化作一个个饱嗝，被我们从比利纳波利斯一路带回了巴西利亚。

萨尔瓦多

初到萨尔瓦多

7月30日凌晨，我乘坐 VARIG 航空公司一班登机秩序混乱到了极点的红眼航班飞到了传说中的好景之都、距巴西利亚1500公里远的萨尔瓦多。

大概很多中国人听到萨尔瓦多的时候都会以为是中美洲的那个弹丸小国，那显然不是我去的这个萨尔瓦多。我所去的萨尔瓦多虽然名字和那个弹丸小国 Salvador 一模一样，但它却是巴西巴伊亚州的首府，一座在巴西人见人爱的东北部沿海城市。外国人心目中巴西的象征地是里约热内卢，其实只有巴西本国人才知道，萨尔瓦多才是真正的巴西精神的源头。1501年，意大利航海家亚美利哥初次登陆此地，1763年以前，这里一直是葡萄牙在南美殖民地的首都。萨尔瓦多历史上曾经是南美黑人奴隶贸易的中心，因此，几个世纪以来，整个巴伊亚州，尤其是萨尔瓦多市的文化受黑人影响极大。萨尔瓦多是著名的桑巴舞的真正的发源地，除此之外，它也是几乎全部巴西重要民族音乐形式的发源地、黑人武术卡普埃拉的发源地、巴西狂欢节的发源地、民族佳肴豆饭的发源地、城市暴力的发源地，以及巴西人民懒惰、热情、不守时、拖拖拉拉等"民族性格"的发源地。

凌晨3点多到达萨尔瓦多国际机场之后，一辆事先电话预订好的出租车带着我们穿过了几乎长达3公里的竹林大道，在丘陵中迂回了一番之后，终于开到了惊涛拍岸的海边。萨尔瓦多不愧是一座不夜城，即使到了凌晨，滨海大道依然华灯灿烂，几座18世纪的古灯塔依然在面朝大西洋放射出刺目的强光，临海山坡上结构混乱的贫民窟依然灯光万点，可以想象体魄健伟的黑人朋友们依然在海风的吹拂下勤劳地耕耘下一代。

我下榻在电话预订的一家华人客栈。这家客栈虽然距离本市最秀丽可人的巴哈海滩仅200米远，可以在窗中瞥见一角海水，但是不知何故，有着优良卫生传统的华人居然经营出这么肮脏的一家客栈：狭小的客房潮湿阴暗得如同军统特务把持的渣滓洞囚室，床单上毛球横生，枕头上一股人类泌尿系统分泌物的气味。最要命的是，年久失修的拉窗根本无法拉上，凌晨的潮声此起彼伏，残酷地粉碎了我的睡意。我决定，明天一早就去投奔巴西人民经营的客栈。

萨尔瓦多的巴哈区

由于不堪忍受华人客栈"凤凰楼"的肮脏，我一大早起床就开始在巴哈街区寻找新的落脚点。巴哈区不愧是 Lonely Planet 重点推荐的驻足地，清新秀丽的小街上到处都是造型各异的葡式家庭小客栈（Pousada）。我没费什么力气就找到了最中意的一家：Estrela do Mar，海洋之星。这家客栈为蓝白双色搭配，阳光下极其鲜亮，房间内洁白无瑕，葡式拉窗正对一街的本地佳丽。这是一家地地道道的家庭客栈，客人可以随意使用主人米盖尔和法比娅娜的厨房，完全可以去海边的市场买回海鲜然后自己在主人的厨房中大摇大摆地烹制，非常之DIY，让我想起西班牙电影《露西亚和性》里面那家海岛客栈。

萨尔瓦多的形状是一个标准的"V"字形，"V"字的西侧是一个名叫万圣湾的内海，东侧是碧波万顷的大西洋，巴哈区正好位于"V"字的尖嘴上，独揽三面海景，实为餐海风饮海峡的绝佳之地。"海洋之星"客栈距离万圣湾和大西洋均只有百米之遥，随时可以从客栈散步到位于万圣湾和大西洋岬角处的巴哈灯塔。巴哈灯塔是一座18世纪的古建筑，建在一座古堡上，古堡现已变成一座殖民时期海军战绩博物馆，但灯塔依然行使着它亘古不变的引航职能。巴哈区有两个海滩可以供游客嬉水：位于大西洋一侧的巴哈湾是冲浪、潜水的好地方，但由于岩石较多，不可游泳；位于万圣湾一侧的巴哈旧港风平浪静、水清沙幼，是本地人游泳的上好去处。我去巴哈旧港游泳的那天适逢好天气，沙滩上挤满了本地黑人和世界各地的游客。和里约美女如蟹的海滩不同的是，巴哈的海滩上几乎不见美女，倒是有很多本城无所事事的青年在集体练习黑人武术卡普埃拉，沙滩上遍布漆黑到底的肌肉男在倒立、翻跟头、腾空入浪。在巴哈旧港的沙滩上一定要注意防范一群本地狡黠小儿的"偷袭"，他们往往趁你不注意朝你的脚上猛浇凉水强行为你洗脚，然后向你索要洗脚费。

萨尔瓦多的焖海鲜（Moqueca）驰名南美，尤其是红焖海鱼，其鲜辣之味堪与川菜媲美。在巴哈区，有一家红焖海鱼做得极棒的餐厅，名字叫"螃蟹"，这个莫名其妙的名字一开始让我以为是一个螃蟹市场。这个吃鱼的"螃蟹"餐厅还有更无厘头的一面，餐厅里所有的店小二一律穿着上面印有巨大的"店小二"字样的制服。当然，其无厘头的程度显然不及"海洋执行"客栈里一条狗的名字，这条一脸苦相、随时悬吊着口水的沙皮狗明明是条公狗，却有着一个响亮的名字——"母狗"。

萨尔瓦多的教堂

从巴哈坐公车不到半小时，就可以到达萨尔瓦多老城的中心——证道广场（Plaça de Sé）。萨尔瓦多的老城大致可以分为高城（Cidade Alta）和低城（Cidade Baixa）两部分。高城位于海边的山丘上，是 16 世纪以来巴西东北部的天主教文化中心，集中了数十座富丽堂皇的古教堂和大片的殖民时期贵族居所、博物馆。低城在海边，历史上是贫民的聚居点，现在依然密布着范围巨大的贫民窟，混乱的古旧民房与装饰简陋的大厦交错，颇似广州、深圳的城中村。

高城绝对是一个让人不忍离去也很难顺利离去的古建筑迷宫。走在 16 世纪的石板路上，一座座建筑风格各异的宏伟教堂完全像是在给人上欧洲建筑艺术史的课程：时而是仿古罗马的巴西利卡风格（巴伊亚大天主堂），时而是巴洛克风格（圣多明哥教堂），时而又是洛可可混合葡式庭院风格（圣恩教堂）。在这些密集的教堂中，最豪华的当数圣弗朗西斯科大教堂。这座建于 17 世纪早期的大教堂无视当时信徒的贫困，居然拥有两个纯金的尖顶和一个重达 80 公斤的纯银枝形吊灯，用于内部装饰的蓝色瓷砖也全是从葡萄牙运来。由于天主教在 17 世纪将盛行于萨尔瓦多的巴西黑人宗教坎东布雷教（Candomblé）宣布为邪教并对其黑人信徒加以迫害，修建圣弗朗西斯科的黑奴们心中怀着极大的怨愤，因而他们在教堂的装饰上动了很多小手脚：一些小天使的脸看上去更像黑人小孩，另一些小天使则悬垂着巨大的阴茎，还有一些圣女浮雕被雕成了孕妇模样。圣弗朗西斯科大教堂是专供修士和贵族阶层做礼拜用的，平民和黑人在里面仅被允许站在角落里。为了让更多的平民也沐浴天主的荣耀，教会又在圣弗朗西斯科大教堂的一侧修建了圣弗朗西斯科第三等级教堂，专供平民参拜。随着18世纪末葡萄牙在巴西殖民地的首都由萨尔瓦多迁往里约，萨尔瓦多高城的宗教中心曾经一度衰落，其中最明显的标志是历史并不是很长的圣弗朗西斯科第三等级教堂居然被埋在了地下，直到1930年一个电工在铺电线的时候再次发现了它。第三等级教堂重见天日之后，人们不得不为当时教会所掌握的财富叹服：即使是这样一座供草根阶层使用的教堂，里面的内壁居然也饰有大量金片。

萨尔瓦多的贝鲁利诺和低城

当我从萨尔瓦多高城的教堂区走出来的时候，海雾迷蒙的天空开始飘起了细雨，而此时，我也恰好走到了高城的贝鲁利诺街区，一个古民居的露天博物馆。贝鲁利诺（Pelourinho）在葡语里的意思是"刑场"，在殖民时代，这里是威震拉丁美洲的黑奴刑场和黑奴贩卖中心。很难想象，在距离圣恩浩荡的圣弗朗西斯科大教堂仅数步之遥的地方居然是巴西黑人们血海深仇的源头。巴西是南美洲最后一个废除农奴制的国家，直到1835年，拉美的其他地方已经扬起了自由平等之旗，而在巴西，肆意给黑人用私刑、蹂躏黑人女奴还都是合法的行为。在今天的贝鲁利诺，依然可以见到用来捆绑黑奴加以鞭笞的石柱，而在黑奴拍卖场的遗址上，依然可以见到立柱上标注的拍卖底价：一头产奶的牛等于五个黑人男奴，一个黑人男奴则等于五个黑人女奴。

从高城坐上一个造型古怪的电梯，就可以来到亘古不变的贫民窟低城。低城的海滨立着一个奇异的雕塑，也是萨尔瓦多的标志性雕塑之一：两个以奇妙的角度嵌合在一起的黑人屁股，据说象征了萨尔瓦多的丰饶。屁股雕塑旁边就是著名的摩代罗市场（Mercado de Modelo），这个混乱得无以复加的大自由市场是贩卖萨尔瓦多各类手工艺品的中心，全世界的游客都是从这里把具有萨尔瓦多特色的巴伊亚服饰、卡普埃拉乐器、盛装黑人雕塑、吊床等物事带回国的。除此之外，市场上还有很多身着巴伊亚镂空白裙的黑人大妈在摆摊出售萨尔瓦多风味的甜辣油炸小点心，有一款加有虾肉、红辣椒酱的小炸饼颇似我中土大唐的肉夹馍，另一款椰蓉做的炸糕则酷似我老家四川的糍粑。

在摩代罗市场，我老是被人当成日本人，无数小贩围着我大叫"啊立嘎多"，我被弄得无比郁闷，就拉着朋友到马路对面的街心小花园清静清静。这时，原本寂静无人的四周开始慢慢聚拢几个无所事事的黑哥们儿，而对面，一个卖点心的黑人大妈则不停地朝我挥手让我过去。当我不知所措地走到大妈那里才知道，原来我周围聚拢的是一帮经常在摩代罗市场周围行凶的劫匪，由于我和朋友孤零零地坐在那边，如果我们晚过来几分钟，绝对已经被打劫一空。直到这时我才想起早上刚刚看的 Lonely Planet 里面的一句话："高城由于旅游警察密集绝对安全，而低城，尤其是摩代罗市场周围，则遍布小偷和劫匪，千万不可落单。不过，总会有好心人帮助你。"

一时间，我对 Lonely Planet 提供信息之准确佩服得五体投地。

去富尔奇海滩看海龟

富尔奇海滩（Plaia do Forte，意为"猛滩"）北距萨尔瓦多市区 80 公里，是萨尔瓦多最迷人的海滩，足足有 11 公里长，银白色的沙滩被 11 万棵椰子树环绕，完全是猪样小朋友麦兜的梦想之境。我去富尔奇海滩的头一天萨尔瓦多还大雨倾盆，出发的时候却已是天光大好。老天有眼，我也和麦兜小朋友一样，早车去晚车返，开开心心地在"盗版马尔代夫"过了一天。

富尔奇海滩最著名的其实不是美景，而是海龟。巴西东北部海岸线生活着全球数目最庞大的野生海龟群，但是，由于吃海龟蛋、取海龟壳等恶劣行径屡禁不止，野生海龟的数量开始逐年下降。为此，巴西环境保护总署（IBAMA）从 20 世纪 80 年代开始，在东北沿海实施"海龟计划"（Projeto Tamar），有组织、无功利地保护野生海龟，营造海龟与人之间亲密、和谐的关系。富尔奇海滩就是推行"海龟计划"的一个重点区域，该计划在以富尔奇海滩为核心的 50 公里长的海滩上每年保护着 550 个海龟巢穴。我这次去富尔奇海滩的季节不对，没有赶上 9 月到 3 月的海龟产卵期，看不到母海龟埋蛋孵化、小海龟摇摇摆摆爬向大海的奇景，只能在"海龟计划"的核心陈列区看到一些供游客了解海龟生活习性的示范龟，不过，这数十只身长 10 厘米到 150 厘米不等的大小海龟已经足以满足我观察海龟探头的爱好了。在富尔奇海滩观看海龟的世界各国游客都对这些憨态可掬龟哥们儿表示出了极大的友善，唯独有一个白领模样的来自南中国广深一带的女游客，贪得无厌地为了和海龟头频频合影，居然用小树枝抽打海龟，引起了在场各国人民的强烈不满，也令同是中国人的我深感羞愧。

我在富尔奇海滩遇上了一件神奇的事情。当我和朋友在椰林碧水之间痛享南美阳光、在沙滩上和招潮蟹玩捉迷藏游戏的时候，一条不知谁家的大黄狗来到我们身边，死活都不愿离开我们。这条来历不明的神犬趴在我们身上撒娇，抢我们的椰子水喝，还残忍地扒开了我做的沙雕裸女的胸部，简直是"富尔奇一霸"。我们正不知怎样甩掉这只小霸王的时候，一伙本地小混混从我们身后走过，趁我们不注意，试图顺手牵走我们放在沙滩上的东西。这时，只见"富尔奇一霸"狂吠了数声，扑在小混混们身上大力撕咬，吓得他们丢下我们的东西落荒而逃。为了奖励这头神犬，我使出刨坑神技抓了一只狡猾的招潮蟹给它吃，没承想神犬不但没有吃到这顿美味，反倒被小螃蟹夹得痛哭不已。

萨尔瓦多的依达帕里卡岛

到萨尔瓦多不去周围的海岛据说会是一生的遗憾，于是，我就来到了位于低城北部的一个小偷云集、抢劫案频繁发生的险恶渡口，登上了一艘状如 UFO 的快艇在海浪中疾速穿梭。快艇上的气氛有些诡异，我身后一个黑社会模样的人在用一个板砖手机和岛上通话："有两个日本人要上岛，但是有一个好像会说葡语。"我意识到这是在说我和我的朋友，顿时觉得有些紧张。20 分钟后，快艇到达了依达帕里卡岛。还好，没有任何黑社会上前迎候，倒是碰上了一个老实巴交的出租汽车司机，带着我们在环岛公路上溜达。

依达帕里卡岛位于萨尔瓦多以西的万圣湾，是萨尔瓦多附近海域面积最大的岛，有若干个古色古香的小镇（其中依达帕里卡镇有萨尔瓦多最古老的教堂），居住着18000名安享岛上丰厚的果蔬和畜牧资源的巴伊亚黑人。环岛公路风光奇好，路周围不见人影，只有白牛漫步，鹦鹉啁啾。

我们在一个名叫"一路平安"（Bom Despacho）的海滩村庄下了车，到沙滩上晒了半天的太阳。岛上的海滩比萨尔瓦多城中海浪最小的巴哈海滩还要风平浪静，确实是在海中畅游的好地方，可惜，"一路平安"的海滩不是纯沙质海滩，虽然岸上看上去黄沙灿灿，可一入海水就会发现脚底其实是滩涂地。有滩涂地的海滩海水自然不会特别干净，因此，我们把主要的精力放在了沿滩拾贝上。小村毕竟是小村，没有过多的游客前来嬉游，岸上的海螺、海贝、海星散落一地也没什么人来捡。我以坚韧的Discovery精神顶着烈日研究了形状不一的海螺里寄居蟹的生活习性，颇有心得。

午后，海滩上的农家海鲜店为我们端上了本地最负盛名的菜肴——红焖龙虾。岛上出产的龙虾个大壳薄，仅仅一个龙虾就对我们的胃发起了极限挑战。饱餐之后我再也无力研究寄居蟹，一个电话叫来了老实司机，快艇加鞭回到了萨尔瓦多市内呼呼大睡。

神秘的坎东布雷之夜

在萨尔瓦多城中，有一个去处名唤Casa Branca，和那个众所周知的"卡萨布兰卡"很相似，相当于英语里的"White House"。但这里可不是傻人辈出的米国白宫，而是萨尔瓦多的非—巴融合宗教马孔巴教举行宗教仪式坎东布雷（candomblé）的中心，也是南美最古老的德黑诺（Terreiro，坎东布雷仪式的圣殿）。

当葡萄牙殖民者把大批黑人奴隶从西非优鲁巴部落贩运到巴西来的时候，奴隶们除了给这片丰腴的土地带来了艰辛的劳动，还带来了崇尚万神与信徒在梦幻状态中进行交流、包含了极大的巫术成分的伏都教。伏都教登陆美洲之后，与基督教的一些教义相结合，形成了巴西黑人特有的马孔巴教，而马孔巴教在其老巢萨尔瓦多最有名的仪式就是现在已对游人开放的坎东布雷仪式。数百年来，欧洲殖民者强行在南美推广基督教并采取各种措施试图消灭巴西黑人自己的宗教，但其结果只不过是使得基督教里的神灵、圣徒和来自西非的优鲁巴部落的诸神产生了对号入座关系。马孔巴教及其仪式被认为是研究南美文化融合现象的最为重要的标本之一。

在萨尔瓦多的最后一夜，我来到了 Casa Branca，参加了一次云山雾罩的坎东布雷仪式。在仪式上，一群本地黑人妇女身着白色镂空长裙，唱着优鲁巴语的圣歌曼妙地起舞，男人们则奋力敲打复杂、强劲的非洲鼓点。女人们所跳的舞蹈有着典型的西非舞姿，手势极为丰富，随着鼓点的变化不时变换着摆臀、挪步的节奏。坎东布雷仪式上女人完全是主导者，男人只是一个个敲鼓的工具。随着鼓点越来越诡异，一些跳舞的女人开始进入催眠状态，不停地颤动、翻腾，也就是说，按照马孔巴教的理论，她们已经在和各种神灵自由地交流。最后，一般会有一个人浑身披挂着最高神灵奥克萨拉的行头出场，宣告本次仪式在人与神的和谐沟通中结束。

坎东布雷仪式虽然允许游客参观，但绝对不许拍照，也不允许游客去搀扶催眠状态下的信徒。我虽然对仪式所包含的具体教义不甚了了，但还是深深地被仪式中神奇的音乐所吸引。据说，在坎东布雷仪式上，也有一些游客因为对鼓点声过度着迷，最后和信徒们一样进入了催眠状态。

巴拉奇海滩

金路古镇巴拉奇

不久前，我陪朋友再度飞往里约，不过，这次一下飞机并没有在里约市内逗留，而是马不停蹄地直奔电影《中央车站》里那个混乱无比、劫匪如云的中央车站，在那里坐车前往一个传说中的天堂——古镇巴拉奇（Paraty）。

巴拉奇位于大里约州的西南角，和圣保罗州交界，从里约出发要在里约—桑托斯公路上颠簸四个多小时才能到达。这四个小时的路程绝对不会让人疲乏，因为公路一直从西向东在山海之间延伸，南侧是碧波万顷、银滩不绝、小岛星罗棋布的大西洋，北侧是高耸入云、悬崖与瀑布交错的群山，254公里一路好景不绝，实在是巴西自助游的一个必选项目。巴西的长途汽车上一般都有厕所，但不幸的是，由于山路崎岖，车身从来没有停止剧烈的摇晃，很多在晃动状态下有大小便心理障碍的人将会在坐立不稳的厕所里一无所获。

到达山崖下、海滩边的巴拉奇的时候，一路的好景达到了极致。巴拉奇是一个殖民建筑的露天博物馆，在阳光之下，一幢幢墙壁洁白、门窗鲜艳的葡式建筑相互映衬，红、黄、蓝、绿互攀互嵌，形成了一个魔方一般五彩斑斓的整体，远远地看去，整个古镇比单独的亭台楼阁更像是一件精心雕饰打磨的艺术品。比起我曾经去过的巴西高原上的古镇比利纳波利斯，巴拉奇更具有得天独厚的传奇风韵：背后的高山山岚蒸蔚，面前的海湾霞雾变幻，城中古堡、教堂、民居和椰林树影耳鬓厮磨，城边大群的信天翁在银沙、彩船、白帆之间飞翔，好一个地老天荒自得其乐的温柔乡！

巴拉奇原是圭亚那族印第安人的地盘，17 世纪在巴西的米纳斯吉拉斯州发现了黄金之后，巴拉奇一带成了从里约到巴拉奇的黄金之路上的一个必经之处。万恶的葡萄牙殖民者把无辜的圭亚那印第安人赶进了暗无天日的深山，并把巴拉奇修建成了一个富甲天下的金路重镇。时至今日，从城中几处辉煌的教堂仍能依稀见到巴拉奇当年的富庶。据史书记载，1711 年驻扎巴拉奇的弗朗西斯科上校从巴拉奇出发去解救被法国军队包围的里约，他的舰队足足带了 1000 箱蔗糖、200 头牛和 61 万枚金币。1720 年代，随着另一条更加便捷的金道开始启用，巴拉奇迅速地衰落了下去。如今，巴拉奇完全是一个自助游的圣地，葡式民居几乎全部变成了葡式家庭旅馆，古老的街道上遍布来自欧洲和阿根廷的背包旅行客，如果独自来到巴拉奇旅行的话，据说在这个醉生梦死恍若隔世的地方，背包客之间的一夜情发生率高达 90%。

"五姐妹客栈"

在古镇巴拉奇，我们按照著名的 LP（Lonely Planet）的指引，住在乖巧别致但有个奇特的东方庭院的"五姐妹客栈"里。按照LP的介绍，这个客栈是由温柔可人的哈盖尔大姐和她的四个妹妹苦心经营的，有着令人浮想联翩的家庭气氛，尤其令我想起武侠片中常见的"相思女子客栈"之类的名称。住进去之后我发现，因LP而变得全球闻名的哈盖尔大姐果然温柔体贴，客栈的氛围倒也是淫逸迷幻，不过她的四个妹妹长得实在是"浮想联翩"的终结者。

"五姐妹客栈"和巴拉奇小镇上其他五十多家家庭旅馆一样，俨然是"全球一家亲"的架势，院子里充斥着英、西、意、德数种语言和性感的法国狐臭，坐在阅览室里喝咖啡的人们几乎每人手持一本不同语言版本的LP在筹划消磨时光的最佳方案。我不得不在这里表扬一下我国至今还没有引进的LP，自从我的朋友从巴黎国际机场给我买了一本LP带来之后，传说中的LP给我带来了无以复加的便捷。像巴拉奇这种巴掌大的小镇，LP居然给出了带有街道名称的详细地图，并且还列有街道的各种异名，其对小旅馆、小餐馆等的细节介绍也详细到了匪夷所思的地步。在LP榜上有名的一些巴拉奇的廉价小餐馆里，我随时可以看见手持LP的各色人等鱼贯而入，颇像特务接头。

在萨尔瓦多老城的时候，我本以为自己对殖民风格的建筑已经产生审美疲倦了，但是巴拉奇小镇上的老民居还是强烈地震撼着我的审美神经。巴拉奇的民居比我以前见过的殖民建筑群保存得更加完好，色彩搭配也更加绚烂。更加神奇的是，巴拉奇本来就在海边，但城中却有一条穿街过巷的古运河，该运河在城中最有沧桑感的马特里斯教堂广场前面入海，把小镇活生生弄成了一个南美威尼斯。

由于旅游开发比较成功，巴拉奇的很多古街成了商业街，街上是清一色的特色小店，兜售本地艺术家的艺术品和香蕉干、甘蔗酒等本地特产，但比起我国的大理、丽江、阳朔等地，巴拉奇的旅游小店内部装修品位更加高古醇厚，很有遭人唾弃的"知识分子趣味"。巴拉奇人民的"知识分子趣味"的确比较浓郁，小小一个居民不过三千的小镇，居然有一个和我国万圣书园一样庞大而故作雅趣的书店，书店中的沙龙会所也比万圣书园的所谓"醒客咖啡厅"更加有所谓的"格调"，我去的那天，书店的沙龙里正好有一个关于本地印第安文化的多媒体艺术展，无数知识分子模样的人在里面悠闲地社交，但具有讽刺意味的是，门外，被葡萄牙人几百年前从巴拉奇赶到山上去，至今还在那里艰辛生活的印第安人却在沿街摆摊、乞讨，晚上则衣不蔽体地睡在街上。

在巴拉奇出海

来到巴拉奇的第二天一早，我和朋友在"五姐妹客栈"享用美味的葡式早餐，并和隔壁的一个英国独行妹交流巴西背包游经验，这时，院子里突然走进来一个膀大腰圆的肌肉男，问我要不要出海，说是已有两个法国妹妹订了他的船出海，我和我的朋友同去的话可以少付一点船资。在巴拉奇出海也是巴西背包游的一个经典项目，我正有去传说中的"巴西蓬莱"溜达溜达的企图，但鉴于该肌肉男相貌实在太凶悍，同时亦有强行拉客的嫌疑，我怀疑是歹人，不敢贸然答应。毕竟，来之前有很多人告诉过我，南部海滩的很多船夫都有洗劫游客将之弃置荒岛的恶名。肌肉男看出了我的顾虑，赶紧用德语口音浓重的英语告诉我，他其实是一个瑞士人，因为喜欢这个天堂一样的地方，就在这里娶妻生子生活了十多年。"五姐妹客栈"的主人哈盖尔大姐也告诉我此肌肉男是本地十大杰出移民兼十大杰出船夫之一，绝对值得信任。于是，我和朋友就愉快地上了这个名叫克里斯托弗的肌肉瑞士男的非贼船。

巴拉奇的码头彩船密集，除了游船，还有很多本地一大早出海打鱼归来的渔船，码头上充斥着鳗鱼、金枪鱼、龙虾和章鱼，看着实为眼馋。开船之后回望水边的巴拉奇古城，但见离海滩最近的多雷斯教堂倒映在洁净的海水中，仿似虚构之境。

巴拉奇一带的地形非常复杂，周围有一百六十多个岛屿，岛上植被茂盛、野生动物资源极为丰富，加上地处内海大岛湾（Baia da Ilha Grande），风平浪静、水波不兴，是出海游岛、潜水、深入动物世界的上好去处。16世纪初大航海家亚美利哥航行到今天巴拉奇一带海湾的时候望岛兴叹，在航海日志中写道："哦，上帝啊，如果这世上有天堂的话，它一定就在离这儿不远的地方！"到如今，这种毗邻天堂的感觉仍然存在。克里斯托弗的船很舒服，有一个铺着防潮垫的顶层，可以趴在上面晒太阳，不但视野极为开阔，还会有信天翁的翅膀从身上掠过。我和朋友本想占据顶层，但与我们同船出海的两个极其美艳的法国妹居然是一对同性恋（浪费资源啊！），她们一开船就甜甜蜜蜜地趴到了船顶上厮磨，我们只好郁闷地在待在底层，被口水佬一样的克里斯托弗抓住聊天。

游荡在巴西蓬莱

克里斯托弗不愧是十大杰出船夫之一，熟悉方圆数百里海域的每个犄角旮旯儿。他带我们去一些船迹罕至的水域喂鱼，只要捏着饼干把手伸入水中，就会有成百上千模样花哨的海鱼在你的手心里顶来顶去。他还带我们去了一个据说他平均每周能看见两次野生海豚起舞的水域，不过当天运气不好，没有看见一只海豚，倒是看见一群飞鱼嗖嗖掠过海面。

巴拉奇周边海域的确像是传说中的蓬莱，千米一大岛、百米一小岛，由于地形、土石构造和面积的差异，每个岛的植被大有不同。有的岛上全是典型的热带常绿阔叶林，有的则是一堆光秃秃的怪石，上面神奇地长满了仙人掌。克里斯托弗把我们带到了一个原始森林保存完好的岛屿，要我们上去试着穿越一下本地人在林中踩出的小径，体验热带雨林风貌。我们和那对法国女同性恋情侣走在巨树参天的林中小路上的时候，四面群猴乱啼、鹦鹉惊飞，女同情侣之"男方"本来一直走在前面，当密林中传来类似巨蟒滑动的声音的时候，"他"开始害怕起来，停下来冷冷地对我说："你是男人，应该走前面。"我和朋友都注意到"他"说"男人"二字的时候饱含仇恨和不甘。

巴拉奇的几乎全部海岛都是私有的，很多海岛上都有造型雅致的私宅，有的"岛主"在岛上辟有咖啡馆、酒吧和餐厅，供游人消遣蓬莱时光。有一个海岛上建有本地监狱，在蓝天碧水绿树银沙的映衬下，该监狱居然像个疗养院一样诱人，据说，因为地处距离其他岛屿都很遥远的一个小孤岛，该监狱的越狱率为零。克里斯托弗带我们去了一个很邪门的小岛，岛上松萝挂树、芦荟丛生，浅浅的海滩清澈至极，一间小巧可人的酒吧在沙滩边上向偶尔到来的游人敞开，里面备有若干酒水，但是居然没有一个人，只有一只小黑犬看护着这个袖珍天堂。游人消费完了酒水，按照酒单上列的价格把钱留在狗窝旁边的一个小篮子里就可以了。岛主放心地把岛上的财务大权全部交给了小黑犬。据说，在酒吧里开了酒水如果不放钱进小篮子的话，小黑犬会凶相毕露，阻拦赖账者登船离开。克里斯托弗说该岛主手中有十个岛屿，这个岛是最小的，因此懒得上来打理，每周上来一次送货并到小黑犬处取钱即可。

我们和克里斯托弗在海上整整厮混了一天。到最后我们发现不仅"巴西蓬莱"无比诱人，就连克里斯托弗自己也具有诱人的传奇性。这个唐僧一样的家伙不停跟我们絮叨他的身世。此人出生于瑞士的一个人口只有五百人的小镇，巴拉奇是他一生中定居过的最大的"城市"。他由于不习惯人情淡漠的瑞士小镇，中学没毕业就出来闯荡世界，足迹遍布东欧、东南亚、澳洲、加勒比，最后选择了巴拉奇定居了下来，和一个山上的印第安女子生了一个标准的印第安小酋长造型的儿子。他已经完全不能习惯欧洲的生活，前些年回瑞士探亲的时候，在火车上按照巴西小镇人民的习惯朝陌生的人们问好致意，却被家乡的人们当作神经病冷眼相看。

基督山上的中国游客

由于巴西还未正式成为中国的旅游目的地，旅游签证很难申请，目前能到巴西来旅行的中国游客全部都是范围有限的访问团、商务考察团成员，所以，我在巴西境内旅行的时候，一般很难看见纯粹来旅行，尤其是自助旅行的中国人，但是，前些天的里约之行是一个例外，在里约的基督山上，我看见了潮水一般汹涌的大陆游客。

在橘树大街尽头、基督山山脚的盘山小火车车站上，我就发现了大群大群南中国广深一带装束、和港台同胞海外侨胞迥然有别的华人，到山顶的时候，更是发现基督脚下的观景台俨然已经成了中国大陆游客展示其先进的数码摄影、摄像器材及其恶劣的拍摄习俗的一个舞台。在耶稣基督的雕像面前，一堆又一堆高喊着"茄子"的同胞冒亵渎神灵之大不韪，戏仿基督张开双臂的姿势作泰坦尼克状合影，令在场为数众多的南美天主教徒们颇为不满。

头一次在巴西看见这样数目惊人的族人，我多少感到些兴奋，更好奇为什么有这么多人能获得赴巴的旅游签证，就上前和他们攀谈。原来，这些祖国的亲人基本都是来自广州、深圳两地，由于香港赴巴的团体旅游签证非常容易申请，他们都是加入了香港旅行团之后来到巴西的。我看亲人们都把祖国先进的数码武器，包括最新款的数码相机、DV、可拍摄手机等等非常招摇地挂在脖子上，感到非常吃惊，因为这在劫匪横行、黑帮肆虐的里约等于犯了大忌，就问他们来之前是否知道里约是世界著名的暴力之都。回答颇令我惊愕：他们的香港导游全都不会讲葡语，导游自己都对巴西不甚了解，从来都没有提醒他们在巴西应该注意的安全事项。经我提醒，一个深圳的哥们儿才恍然意识到危险："我说呢，昨天在海边一个要饭的小孩把手伸进我裤兜里来要了！原来不是要饭，是抢啊……"我告诉他们，里约并不是可怕到了令人退缩的地步，但一定要知道哪些地方该去、哪些地方不该去，一定要知道一些躲避暴力袭击的常识。的确，里约美到了极点，可它的治安也让人毛骨悚然到了极点。在 Lonely Planet 一书有关里约一章的综述里，开篇就提到，在里约，最大的麻烦不只是抢劫，还有流弹——黑社会枪战的时候误伤游人的流弹。我在里约刚刚结识了一个警察朋友，他妻子的前夫就是在世界最大的足球场马拉卡纳足球场门口被流弹误中身亡的。通常情况下，知道哪些地方是暴力活动频繁的地方，绕开这些地方低调出游，在里约还是可以玩得开开心心的，但是如果什么都不知道还招摇过市的话，抢劫和流弹就会是你的里约之行的最难忘的纪念品。我愤慨于竟有如此的旅游机构，在自己都只是一知半解的情况下，把大批稀里糊涂的同胞拽到里约来拉风，实在是有草菅人命之嫌。

目前，巴西成为中国最新一个旅游目的地的洽谈正进入最后阶段，一旦旅游签证开放，"巴西"二字的诱惑力将吸引无数的国人前来。与此不成正比的是，国内对巴西的旅游资源和文化、社会状况的了解到现在为止依然微乎其微，如果旅游开放之后，大批忙于"抢滩"的盲目的旅行机构指挥成千上万盲目的游客扑向知之甚少的巴西，其可能遭遇的危险难以想象。

从来不存钱的巴西人

巴西人和中国人的消费习惯实在是差别太大了。中国人刨除个别腐败分子和暴发户，一般都是以"量力而行"的节俭心态为主导消费理念，挣钱的主要目的是存钱。巴西人则完全相反，大多数巴西人都是有多少花多少，没有也要疯狂透支。对他们而言，挣钱的主要目的是还透支的债。这种心态在下层民众之中表现得尤为明显。

我有好几个中国朋友都是开餐厅的，他们告诉了我一个古怪的现象：在中国，老板给工人开工资一般都是一月开一次，但是在这里就不一样了，他们给餐厅的小工都是每周开一次，一月开四次。原因很简单：如果每月开一次钱，工人们会在拿到钱之后的两天之内迅速把它花光，然后整整一个月没钱花，每天不是怠工就是琢磨着怎么从餐厅偷点东西拿回家去吃。我自己也遇到过类似的情况。我搬家之后雇了相熟的女佣，本来我谨守本地的规矩，每次给她付保洁费，可是有一次禁不住她的婉言相求，一次性地付了一个月的，结果没过几天她又向我要求能不能再提前预付后一个月的，因为刚刚预付给她的工钱被她在拿到钱的当天以各种堂皇的名义花完了。

　　巴西人大多没有存钱的概念，很多人看起来有车有房，可是账户上存款分文没有，算上各种需要支付的分期债务，一个个都是响当当的"负资产"。银行对他们只有两个作用：一是可以把钱放在强人抢不到的地方，因为巴西的治安普遍成问题，不能随身带钱是一个基本常识，身上只能带卡或者个人支票；第二个作用是最主要的，就是可以办信用卡分期付款，买他们户头上的现金买不起的东西。巴西的银行服务，银行业务自动化、网络化的实施程度，尤其是信用卡支付制度比中国发达得多，其核心的目的就是使个人对银行的借贷更加方便。在巴西，由于个人手中的现金极其稀少，分期付款成为社会生活中最关键的词，在商场、超市里，最醒目的广告就是"某某产品可分二十次付款不要利息"。巴西人把分期付款的习惯发展到了极致，鸡毛蒜皮的交易都喜欢分期支付。我有一次把我在本城的录音室特意为学生录制的教学 CD 卖给学生，每张 CD 也就 10 个雷亚尔（不到人民币 30 元），居然大部分的学生都要求分三次付款。

　　巴西人的这种消费习惯和他们酷爱享受、乐天知命的民族性格有很大的渊源。看着他们心无牵挂、可以千金换取一乐的天真之态，我有时候真是会觉得我等东亚民族活得太过严肃、艰辛。

作为城乡打工纽带的巴西利亚地铁

　　我是到了巴西利亚n久以后才知道这个城市居然也是有地铁的：此前我从来没有在市区里见到过地铁站。这倒不是因为它掩藏得比较隐蔽，而是在市区里真的就几乎没有地铁站。巴西利亚的地铁和其他城市不一样，它不是用来方便市内交通的，而是为了连接飞机形的市区和众多偏僻的卫星城的。说得再清楚些，巴西利亚的地铁就是城乡之间的一条"打工纽带"和首都的政治正确性的标志。难道巴西利亚的市区不需要地铁？不，巴西利亚市区狭长的构造极其适合也极其需要修建一条贯穿南北机翼的"一"字形地铁。但为何这里偏偏没有市内地铁却只有这样古怪的"城乡地铁"或"政治正确性地铁"？这还得从巴西利亚城的设计说起。

　　巴西利亚城在设计的时候，正赶上巴西经济的黄金时期，汽车工业突飞猛进。设计者梦想以后的巴西会是一个赶欧超美的汽车帝国，因此就把这个城市设计成了一个专为私家车提供便利的"汽车天堂"，全城布满单行快车道和复杂的立交桥，具有浓郁的超前意识，到现在，市内的街道仍然比北京的先进。但是，这一设计方案蕴藏着一个巨大的"政治不正确"：设计者和政府合谋，剥夺了营造新都的劳动者们在市区内的居住权，飞机形的市区范围里只允许拥有私家车的中产阶级居住。劳动者们和他们的后代住哪儿去了呢？都被迫拖家带口住到数十里之外的十几个卫星城去了。这一社会卫生学意义上的"隔离"导致巴西利亚成了巴西最有中产阶级气氛的城市，也是全巴西唯一在市区内没有贫民窟的城市。

在设计巴西利亚城的时候，巴西已然也是"民主社会"，这种剥夺穷人的市区居住权的政策当然不能摆在台面上，必须得"巧妙"地让穷人们"自觉"地意识到他们不能住在市区中。为此，当时的政府想出了种种办法"合理"地实现城市规划中的"阶级隔离"，其中最阴毒的一招就是市内道路全部没有公交专用通道甚至没有人行道，限制市内公交的发展乃至限制行人。巴西利亚虽然人口不多，但是占地面积庞大，街区、建筑之间的距离遥远得变态，没有车也没有公交可以利用的穷人们如何能够在市区内生存？由于"行"的问题无法解决，加上政府又刻意把市区内的地价抬到了耸人听闻的地步，穷人们"自然而然"地就聚集到卫星城去了，巴西利亚"自然而然"地就成了那个画报和明信片上宁静、清洁、美丽的没肝没肺的中产阶级首都了。

随着时间的推移，人们发现这种人为的贫富隔绝弊端越来越大。虽然穷人们都住在遥远的卫星城，可他们的饭碗大部分还是在市区里，因为现在虽然不需要大量的建筑工人了，可是懒惰的市区中产阶级们需要越来越多的廉价劳动力来从事市区内的清洁、环保、保安等工作。据统计，大约70%的卫星城贫民都在市内的公共机构或家庭充当女佣、清洁环卫工、餐厅杂工和警卫，他们每天都需要在市区和自己居住的卫星城之间艰辛地往返。虽然城郊之间的长途汽车因此发展了起来，可是由于距离遥远、路况恶劣，长途车还是非常不方便。为了避免穷人们打工迟到，尤其是为了避免穷人们因为下班晚赶不上班车回家而留宿主人家里，给这些冷漠的中产阶级家庭带去安全隐患，巴西利亚需要一种更便捷的连接市区和卫星城的方式。与此同时，开始有一些正义的学者抨击巴西利亚城设计方案中的"政治不正确"，主张应该在富人区和贫民聚居区之间建立直接的城市地理意义上的链接。于是，一种古怪的地铁就这样诞生了：它作为对城市的贫富地理隔绝的无力"纠正"而出现，每天载着无数劳累的贫民劳工在破败的卫星城和富裕而冷漠的市区之间往返。

我曾经好奇地坐过一次巴西利亚地铁。在我决定去坐之前，有的朋友告诫我，巴西利亚的地铁不像里约、圣保罗的地铁，里面没有回眸一笑的美女，只有一些"素质不高的人"，不太安全。我不信这个邪，来到了汽车总站地下的地铁总站。果然，一到那里就闻到了久违了的北京西站候车大厅的民工气味。上车以后，车厢里的乘客果然以身着各式各样清洁工、保安制服的黑人大妈和黑人肌肉男居多。但是，他们并不是面目可憎的人。巴西利亚的地铁说是地铁，其实只有从市区经过的一小段为了不破坏"美丽"的中产阶级市容而在地下穿行，其他的部分全是在地面上。当列车从地下驶出，行驶在希望的田野上的时候，车厢里的贫民们一改在市区里的拘束，大肆地说笑娱乐，有的甚至在车厢里就地起舞，让我顿时觉得这狐臭熏天的地铁其实是乏味的巴西利亚最有生气的地方。而我所到的那个卫星城瓜拉，其地铁站居然设在了一个农贸市场里面，这导致我一出站就走到了一大排在巴西利亚市区里见不到的大排档跟前，红烧牛蹄筋、牛肉串、土鸡汤、虾羹一字排开，令我在食欲大开的同时有刹那间重返故国的兴奋……

铃声飘飘天使到

夜幕降临时分，我忙活了一天稍稍清闲了下来，正坐在屋里发呆，忽然听到远处隐约传来了细碎的铃铛的声音。山间铃响马帮来？郊区卫星城的黑帮进城开始史无前例的圣诞打劫？不，不可能。我开始觉得像是水晶风铃的声音。巴西高原以出产水晶、钻石等宝石而闻名，用水晶石片做的风铃是本地最普遍的家居饰物，风一吹过，水晶风铃之声煞是动听。可是我随后发现，窗外一丝风都没有，哪儿来的持续不断的风铃声？正疑惑间，铃声越来越响、越来越密集，如同涓涓细流汇集成铃声的湖泊环绕着我的公寓楼。我探头向窗外望去，什么也看不见，可是铃声依旧盛大。如此曼妙的声音居然不见发声之源，莫不是撞鬼了？我这个脆弱的无神论者顿时开始思维奔逸了……

这时，室友卡洛斯突然走进我的房间，兴奋地叫我一起下楼去听圣诞唱诗。我问他这古怪刁钻的铃声到底是怎么回事，卡洛斯哈哈大笑，给我解释了这个有趣的风俗。原来，每每临近圣诞的时候，各个教区的儿童唱诗班成员都会义务走进各个居民社区进行圣诞义唱。他们招呼居民们前来观摩的方式很特别，不是像我国过年过节时的秧歌队、旱船队一样拿着大喇叭跟小公共拉客似的喊人，而是每个唱诗班的小朋友手持一个小铃铛，排在一起走"路队"，一边摇着铃铛一边朝着各个小区进发，什么话也不说，就这么默默地摇着铃铛。中途如果碰见其他有兴趣的小朋友，他们也会从家里拿个铃铛加入唱诗小朋友们的行列之中，所以小朋友们的队伍一般会像滚雪球一样越滚越大，铃声自然也会越来越响。我问卡洛斯我怎么一个小朋友也没看见啊，卡洛斯说刚才他们还没走过来呢，现在你再往楼下看看吧。我从窗口往下一看，乖乖，可了不得了，上百号小朋友一手拿着铃铛一手举着蜡烛正从我们公寓楼下经过，这些小朋友有的戴着圣诞老爷爷的帽子，有的插着天使的小翅膀，说不出地可爱。

我迅速跟着卡洛斯下楼，尾随"小天使路队"来到了我们科里纳社区靠近湖边的一个大草坪上。那里早有教区志愿者搭好了露天演出台子，教区乐师们也纷纷到位，小朋友们的"路队"走到终点啦。他们开始走到台子上，面对扶老携幼牵猫带狗的街坊们，大大方方地合唱《平安夜》《铃儿响叮当》等人民群众耳熟能详的圣诞歌曲，声音清脆悦耳、响彻云霄，不能不让人觉得这个世界上除了炸弹、腐败、黑社会、资本家之外还有令人宽慰的东西，玉皇大帝他老人家要是听见这歌声也会忘了门户之见，定会拎着二锅头找上帝他老人家喝两盅。小朋友们在唱《平安夜》的时候我冒了一小泡，在底下用汉语跟着唱了几嗓子，不幸被街坊们听见了，他们觉得异常新鲜，不依不饶地把我推到了台子上，让我用公鸭嗓子为巴西人民又唱了一遍汉语版的《平安夜》。没想到我一个从未和唱诗班发生过任何关联的年过三旬的老男孩，居然在遥远的巴西迎来了生命中第一个"放牛班的春天"。

II

我的巴西厨房

马黛茶

多年前阅读博尔赫斯的小说的时候，发现小说中的人物动不动就在喝一种叫作马黛茶的玩意儿，而且这种玩意儿多和流浪的生活、沉默而倔强的性格、混乱的黑社会冲突以及没有盼头的恶时辰联系在一起，于是心神往之，虽不知其究竟为何物，但已然在心中把它看作典型的悲情拉丁符号。事实果然如此，在我几年前学习西班牙语的时候，发现任何一本关于拉美的读物都会不厌其烦地讲述马黛茶对于南锥体国家的重要性。但是直到来到巴西，我才真正品尝到马黛茶的滋味。

第一次请我喝马黛茶的是一个叫作 Max 的青年教师。在我请他喝完中国绿茶之后，他大叫不过瘾，旋即钻进自己的屋里拎出了一堆家什摆在我面前，说要我喝点来劲的。这些家什大致包括一根牛角、一包碎叶子和一把中间有吸孔的木勺子。他把碎叶子弄进了牛角，加上了水，用勺子捣鼓了半天，自己先爽了一口，然后递给了我。我吸了几口，其味果然美妙。问他此为何物，答曰，erva mate。由于葡语的发音怪异，音节 te 的发音相当于西班牙语里的 chi，我半天过后才反应过来，我刚才喝的原来就是心仪已久的 yerba maté，马黛茶。

认识了葡文里的 erva mate 之后，我发现在任何一个冷饮摊都有一种牌子叫作 leão（狮子）的加糖马黛茶饮料卖，就像加了糖的康师傅绿茶在中国满地都是一样，对于不能喝酒也喝不惯可乐的我来说，这种冷饮成了我在巴西利亚泡酒吧的最佳选择。

在我自以为已经识得马黛茶个中滋味的时候，"树皮艺术家"古斯塔沃狠狠地打了我。此君来自巴西和乌拉圭的交界处，而乌拉圭和阿根廷的马黛茶是全世界最正宗的。古斯塔沃认为 leão 是狗屎，Max 的牛角也是小儿科，因为 Max 虽然也来自巴西南部，但那个州离阿、乌两国都甚为遥远，他们的牛角马黛茶就像东北人学做重庆水煮鱼一样，很不地道。

古斯塔沃隆重地从他随身携带的包里请出了他走到哪里都不能离弃的马黛茶具，那一刻之神圣，颇有大拜灶王爷的意思。我眼前果然一亮——乌拉圭人的家什比 Max 的牛叉多啦！一个陈年干葫芦壳做的茶壶，茶壶外面罩着精美的牛皮护套，带吸孔的勺子是纯银的，底端有过滤网，顶端郑重地刻着古斯塔沃的名字，另外，还有一个纯银外壳的小开水壶。古斯塔沃把一包看上去远比 Max 的碎叶子碧绿、清新的马黛茶叶末放进茶壶，用勺子把茶叶在壶中像火锅的鸳鸯锅一样分成两边，一边空疏，一边致密，然后加水，从空疏的一边开始喝，茶味慢慢淡下来之后，又从致密的一边把茶叶匀过来。茶味的复杂、舒爽和神异难以形容，喝了之后，我的确认为以前喝到的都只能算是马黛茶的盗版的盗版。（后来我才知道，古斯塔沃泡的是南里奥格兰德州的 chimarrão，热水马黛，Max 泡的是马托格罗索州的冷水马黛，没有正宗与盗版之分。）

那天喝马黛茶的时候，还有古斯塔沃的几个亲戚和几个来历不明的女性在场，像吸大麻一样，古斯塔沃请每个人轮着用同一把勺子吸茶水喝，直到茶味全部消失。开始我还觉得不习惯，后来才知道这是阿根廷、乌拉圭、巴拉圭和巴西南里奥格兰德州的风俗：善待朋友的最好方式就是拿自己的马黛茶具让大家轮流喝。

茶过三巡，古斯塔沃告诉我他们家乡的人祖先都是高乔人，马黛茶是他们的命根子，每个男人成人的时候都会得到一套刻有自己名字的马黛茶具，一生都不得丢失。我立即兴奋无比：终于和传说中的高乔人套上近乎了。高乔人被认为是南美的牛仔，他们由数百年前的西班牙逃兵、犯人和印第安女俘通婚而形成，远离城市，在潘帕斯草原上套马、宰牛、抢劫，藐视一切法律和私有财产。典型的高乔人一般头戴西班牙帽，身披印第安斗篷，穿着肥大的灯笼裤，腰间一边是弯刀一边是马黛茶具。他们一度被认为是潘帕斯草原动荡的根源，但后来被奉为阿根廷、乌拉圭、巴拉圭数国民族性格的渊源。我告诉古斯塔沃，我读过何塞·埃尔南德斯所著的高乔民族史诗《马丁·菲耶罗》，古斯塔沃和他的亲戚们全都激动起来了——原来埃尔南德斯的某一处故居就在他们那个镇上。这帮高乔后裔齐刷刷地背诵起《马丁·菲耶罗》的开篇部分，又敲桌子又跺脚，那神情仿佛回到了祖先的马背上，桀骜、悲壮地喋血拉普拉塔河……

鳄梨

一天，我的室友、古巴免疫学家阿尔曼多从超市上购回一样怪物，水果模样，呈椭圆状，深绿色，如果表皮没有密密麻麻的疮包，我一定会以为是黄河蜜的一个巴西亲戚。此物我曾在超市里见过多次，每次都被其癫痫头外表吓跑，不敢深究。阿尔曼多教授告诉我此物是广大拉丁美洲人民最喜闻乐见的食品之一，由于我经常在公寓里烹制比外面的中国餐厅不知好吃多少倍的中国菜并恩准他蹭吃蹭喝，他决心以古巴人民最热爱的菜肴来报答我，于是，厨房里就出现了这个西语名叫 aguacate 的怪物。

我在西语词典里查到了此怪的中文名字——鳄梨，这个古怪的名字足以和它的外表相媲美。切开之后，我发现此怪的果肉似乎和梨没有任何关系，黏糊糊肉嘟嘟，极像某种未知动物或者传说中的"太岁"的内部构造。阿尔曼多教授说在古巴，人们经常拿鳄梨来做沙拉，很多人吃米饭的时候什么菜都不要，光是这些黏糊糊的果肉就足够了。我正等着他烹制此怪，却见他抓耳挠腮了半天，就是不动手。原来，公寓里的厨房已经被我像蚂蚁搬家一样渐渐缔造成了一个中国厨房，架上有各种中国人民喜闻乐见的调料，就是见不到沙拉酱之类的东西。

为了不让阿尔曼多教授献媚受阻，我决定以中国方式烹制鳄梨。我把冷冻后的鳄梨剥去了令人生厌的鳄鱼皮，把它赤裸的肉体切成小片，浇上酱油、醋、姜汁，撒上味精、盐粒、白胡椒粉、辣椒面，最后在顶上铺上一层碎洋葱，地地道道的一道中国凉菜。我告诉阿尔曼多教授这是"凉拌鳄梨"，也就是"南美鳄梨的中国沙拉版"。他尝了之后连连叫绝，就着此菜把盘中的米饭三口两口吃了个精光，并掏出一张纸，郑重地记录下烹制此菜所需的全部调料，准备带回古巴发扬光大，并打算以"胡式中国鳄梨沙拉"来命名此菜。说实话，连我都很诧异中国版的鳄梨冷盘居然如此美味，鳄梨果肉经中国调料浸泡之后，其口感居然和松花蛋的蛋清颇为相似。嘿嘿，这就是烹饪带来的快感，如同写作，不停地僭越创造力的边界、僭越享受的边界。

当我志得意满地享用完鳄梨之后，阿尔曼多突然鬼鬼祟祟地说："哦，关于鳄梨，我忘了跟你讲一件很重要的事情，不知你介不介意。那就是——吃完了鳄梨之后通常会放很多屁。"话音刚落，我们二人的屁声同时响起。我告诉阿尔曼多，我丝毫不介意放屁，打嗝放屁是一部分劳动人民表达率直性情的传统方式，中国人民甚至发展出一套特殊的嗅觉技能，能够迅速地从屁味中判断出制造这些多余气体的食物，譬如花生、黄豆等等，一些人甚至还发展出了一套基于屁声的音乐技能，可以通过控制该气体与阻碍物之间的摩擦时长、摩擦角度、爆破强度来创造特殊的旋律。阿尔曼多教授很惊讶，因为在拉丁美洲人们也拥有类似的技能和乐趣。而最令我惊讶的却是另一件事情——我向阿尔曼多译述了我小时候经常唱颂的一首童谣，大意是，"从前有个人，放了一个屁，穿过莫斯科来到意大利……"，阿尔曼多居然告诉我他们也有类似的童谣，大意为"古巴的孩子放了一个屁，穿过加勒比，臭到迈阿密……"（迈阿密是佛罗里达的首府，也是离古巴最近的美国大都市，曾经一度是古巴人民憎恶的地方）。惊人地相似啊！翻译过来之后连韵脚也都是同样的"i"韵！不过，大国顽童的想象力毕竟还是要雄奇、宏阔一些，我们可以想象该气体横穿整个亚欧大陆，而他们只能把想象力集中在加勒比海地带……

我的巴西厨房

　　我住的公寓里有个很大的厨房，足足有 20 平方米。在我搬来之前，这里也有一两个像我一样的长期住户，可是他们似乎都对烹饪没有任何兴趣，或者觉得难度太大（虽然巴西是个美食大国，但在普通巴西人眼里，烹饪更像是一种专业技能，不具备日常性。不像中国人，尤其是中国的南方人，几乎人人都有烹饪灵感、烹饪激情和烹饪技艺），偌大的厨房显得空空荡荡的，庞大的煤气灶（包含四个灶眼和一个可以容纳两只肥火鸡的烤箱）孤零零地兀立在那里，三个巨大的清洗池里永远也见不到半点菜渣或者油星——不是因为女仆勤快，而是因为根本没人做饭。

　　开始的几天，我一直在学校的大食堂里吃豆饭，后来渐渐吃腻了，再加上怕荒废了一身厨艺，就决定正式开伙。可是麻烦随之而来：在任何一个超市都别想买到中国式的圆底大炒锅，所有的炒锅不但都像裹脚以后的“三寸金莲”，而且全是“扁平足”；还有碗，在中国的时候还不觉得碗稀奇，在巴西利亚，打死都找不到一个碗，甚至碗状物体。其他的各项匮乏也渐渐显露了出来——打死也买不到伟岸的中国菜刀，打死也买不到电饭煲，打死也买不到味精，打死也买不到酱油，打死也买不到不带甜味的醋……

有些麻烦纯属运气好，碰巧被解决了。一个学生去圣保罗旅行，从拥有无数华人的 Liberdade 区给我捎回了中国炒锅、碗和镇江香醋。我在城中的一个日本店里也高价购得了味精、日本酱油、筷子等东方厨物。有些麻烦只有将就了，譬如切菜，只能用西瓜刀一样的小玩意儿在玩具一样的案板上对付一下，想要享受挥刀痛宰鸡鸭鱼肉的快感是万万不可能的，顶多能把超市里买来的肉块缓慢地分解成肉丁。

巴西利亚城内任何一个超市的牛肉都很不错，猪肉的五花肉、排骨也都能买到，但活鸡和活鱼就别指望了。蔬菜种类很单调，除了洋葱萝卜白菜芹菜土豆木薯苗什么的，很难找到其他蔬菜，但是在日本店里可以买到豆芽、豆腐、香菇甚至竹笋，不过价格颇为不菲，尤为奇怪的是，这里的竹笋似乎拥有黑人的体格，颇为壮伟，其与东方竹笋的差异类似牛鞭之于牙签。巴西大米很多，但米质偏硬，煮好之后的色泽颇似巴西的"国色"，也就是罗纳尔多的肤色。如要品尝东方白嫩大米，可去日本店购买天价的"喔依希"牌日本米。令我兴奋的是，巴西的香料实在是很发达，葱姜蒜比比皆是，新鲜香料诸如薄荷、荆芥、小葱、山芹与四川无异，干货就更是名目繁多，我常用的茴香、丁香、肉蔻、桂皮、香叶、胡椒、草果这里非常普遍，还有很多陌生的香料我正在一一尝试之中。最最兴奋的是，巴西的辣椒实在是不错，每个超市几乎都有辣椒的专柜，从大青椒到小尖椒到朝天椒、佛手椒一应俱全，甚至还有一种只有鱼目大小的小圆椒，名字翻译过来可以叫"辣死你不赔命"，味道极为凶险，直冲辣味的极限，甚合我口味。

经过几个星期的折腾，我终于完成了对厨房的改造，开始大规模的独立烹饪运动。有时连我自己都惊讶于自己一个人居然奢侈地享有这样一个配备繁复的厨房。我有六个锅：一个高压锅，一个中国炒锅，一个不粘底的小煎锅和三个炖菜煮饭的深槽锅。我有满满一墙的佐料、香料，包括我从中国带来的花椒、砂仁等玩意儿，我甚至还在此自制了带牛肉丁的辣酱，其味无与伦比……不幸也由此开始，几乎每个周末我这里都挤满了不同肤色的食客，他们要么爽得大叫耶稣，要么辣得呼天抢地，难求片刻安宁。不过，最令我感到有成就感的食客既不是我的学生们，也不是中国使馆常来蹭饭的孩子们，也不是我的巴西文艺青年朋友们，而是公寓里的黑人女佣维诺尼卡。在我第一次邀请巴西朋友们来用餐的时候，我根据超市里辣椒的普及情况错误地估计了普通巴西人民对辣味的承受能力（其实他们很多人仅仅是把辣椒当作装饰品来使用），我做的水煮牛肉、麻婆豆腐和回锅肉让他们泪流满面。这时，好奇的维诺尼卡哆哆嗦嗦地问我可不可以坐过来尝一尝，我盛情地邀请了她。她仔细地品尝完了每一道菜，然后对我郑重地说了一串古怪的话。经人翻译，我才明白她坚信我是某某的化身，而这个某某是巴西黑人民间传说中的一个人物，身份极其混杂，其中一个身份翻译成汉语姑且可以叫作——"黑食神"。

豆饭

　　巴西虽然是个美食大国，可圈可点的大菜、小吃不计其数，但巴西的菜肴也和巴西人一样，身份认同极其紊乱，很多菜肴都属于典型的意大利、西班牙、葡萄牙、法国和黑非洲的烹饪风格，只不过有一个本土化的名字而已，可以说，巴西的美食是"大同世界"的一个口腹版。（令我欣慰的是，巴西的菜肴再怎么"世界主义"，巴西人对"麦当劳""肯德基"之类的傻逼北美快餐都提不起兴趣，我来巴西之后，所有的本地朋友都告诉我北美快餐是狗屎，只有两个中国人诚惶诚恐地请我去吃了"麦当劳"，丢人啊！）真正具有浓郁的巴西本土特色和本土渊源的菜肴屈指可数，除了著名的 Churrasco（巴西烤肉），可能就只有 Feijoada（巴西豆饭）了。

　　所谓豆饭，就是用几种巴西特有的"饭豆"熬成黏稠的豆汁，拌着米饭和蔬菜、木薯粉一起吃。熬豆汁的时候可以不加肉，但这就不是 Feijoada 而是 Feijão（纯豆汁）了。我在巴西利亚大学的大食堂吃的一直都是这种无肉的豆饭，直到我在一个朋友的家中吃到了带肉的豆饭之后，我才知道什么是真正的 Feijoada。典型的豆饭在豆汁中一定要加入猪蹄、香肠、五花肉皮、腌牛肉、腌猪舌、培根等荤腥之物，肉和豆子都要熬得稀烂，呈糊状，入口即化，肉香和奇特的饭豆香混合在一起，格外诱人。

巴西人民极其热爱豆饭，如果一家人用豆饭招待你，那证明他们已经把你当作他们之中的一员了。每个周六按照巴西的民俗都是"豆饭日"（dia de feijoada），这一天，传统的家庭一般都要烹制豆饭，所有本国口味的餐厅也都必须出售豆饭。这个习俗源自殖民时代的黑奴，他们平时吃不到肉，只有在周六的时候，他们才被允许食用庄园主们周五晚上狂欢吃剩下的残肉碎骨，所以每到周六，黑奴们都会把为数不多的剩肉和饭豆混在一起在锅中"乱炖"，而后载歌载舞，尽情饕餮。后来的人们把豆饭作为"国饭"、把周六定为"豆饭日"，多少有点"忆苦思甜"的意思，提醒人们自由来之不易。

我在烹饪上的敏感和进取心要远远高于语言和女人，在我目前还只能说一口 Portunol（Portugues 和 Espanol 的混合词，意为西葡混合语）、还没泡到一个巴西妞的时候，我就已经仅仅通过品尝和自我揣摩习得了豆饭的烹饪技巧，能做出令我所有的巴西朋友都感到惊讶的上好的豆饭。这里不妨把"秘方"公布如下，诸君如有兴趣，不妨一试：

取饭豆半斤，黑饭豆最佳，花饭豆和白饭豆次之（国内无饭豆，可用芸豆或红豆代替），放入水中浸泡数小时至豆皮酥松为止，而后将其放入高压锅，同时加入碎猪蹄一个、腊香肠两根。巴西人通常在市场上买袋装的豆饭合成调料放入锅中，但对于熟悉各种调料之性能和味道的中国人来说，根据自己的癖好自行放入适量的香叶、桂皮、肉蔻、茴香、大蒜、鸡精即可。半小时后，将高压锅中的汤汁转移至炒锅中，在继续加热的同时，用锅铲搅拌饭豆和肉直至呈现出糊状，OK。食用时取米饭若干，将豆汁均匀覆盖在米饭上，佐之以泡菜和清炒鸡毛菜，如是，则 muito gostoso（很爽）！

我经常在豆饭里放生姜，而正宗的豆饭是不需要生姜的，所以，我的朋友们都认为放了生姜以后更加可口的豆饭是一场"豆饭的革命"。在巴西，生姜经常被认为是一种壮阳药，所以我的朋友们也把我的豆饭称为"壮阳饭"。我告诉他们，在中国生姜和蒜、葱一样是最基本的烹饪佐料，他们感到很吃惊，然后恍然大悟，曰："怪不得中国那么多的人口，都是生姜的作用啊！"

"大猪头"烤肉

在巴西，烤肉（churrasco）相当于北京的烤鸭，是地地道道的本地美食且享誉全球，以至于在世界上的很多地方，是个烤肉就打着"巴西烤肉"的旗号狐假虎威。我曾在重庆西边的一个小镇看见一个夜市上的羊肉串小摊居然挂着"巴西烤肉"的牌子，我劝摊主说："做人要厚道！"摊主却说："重庆是'巴'，这里是重庆西部，叫个'巴西烤肉'有啥子不对头？再者说，我这个摊摊叫'烤串串'叫了好多年了，换个洋名字，不容易有'审美疲劳'。"在巴西利亚，与"全聚德"在烤鸭中的地位相对称，这里也有一个属于烤肉之中的高手高手高高手的老店，不过名字难听点，叫作"大猪头"（Porção）。巴西利亚人常言，不去"大猪头"，就等于没吃过巴西烤肉，甚至就等于没来过巴西。在如此盛名的恐吓下，我终于勒紧裤带，和一帮狐朋狗友一道混进了"大猪头"。

"大猪头"和巴西所有的烤肉店一样，是自助式的，但此处的餐资要远远高于其他地方，一人大约40个雷亚尔，相当于人民币120元。因此，进去落座之后，至关重要的第一件事就是：喝杯开胃酒（aperitivo），尤其是巴西的"乡巴佬"（Caipirinha）开胃酒，让你的小胃胃狮子大开口，不至于糟蹋那40大雷。记住，千万不要喝啤酒，那将导致你的烤肉吞吐量急剧下降。接下来，拿着你的盘子去冷餐台上弄点开胃食品，譬如棕榈笋、西红柿干之类的玩意儿。虽然冷餐台上的食物有很多会让你流连不已，但千万不要喧宾夺主，一定要让肚子预留足够的空间给烤肉。我就属于那种意志不坚定的人，看见冷餐台上有一大盘刺身三文鱼，就三番两次地前去"取货"，几下就把它消灭干净了，肚子也已经被塞了个半饱。好在三文鱼也算是价格不菲的玩意儿，如果被蔬菜沙拉塞个半饱那才叫亏。

开胃程序执行完毕之后，你会看见桌上每个人的面前都有一个红绿两面的带着猪头标志的小圆牌。这个小圆牌很重要，因为如果你把它翻到红的一面，永远都不会有人给你送烤肉来，但如果你把它翻到绿的一面，就会有络绎不绝的小二高举着大串大串的烤肉走到你的身边，根据你的意向为你大肆切割。烤肉的种类很多，但一定要记住，鸡心好于香肠，鸡肉好于鸡心，羊肉好于鸡肉，猪大排好于羊肉，牛肉则好于一切，因为巴西的牛肉和阿根廷的牛肉一样，其美味和营养性在全球"名列前牛"。牛肉的种类颇为花哨，一般来说，后腿肉要好于其他部位，被蒜泥覆盖的后腿肉球更是可口，如果见了小牛犊的肉，则一定要上来多少消灭多少。而最最独特的是牛峰，这几乎是巴西所特有的，因为巴西的食用牛最好的是白牛，它耸立着其他肉牛所没有的可食用的牛峰。牛峰极度鲜嫩、细腻，其味已经完全超越了牛，进入了牛逼的境界。

还有一个注意事项：所有的肉都有半熟（mal passado）和全熟（bem passado）之分，对于习惯了茹毛饮血的西洋人，鲜血淋漓的半熟肉是最合适的，而对于我等进化完善的中国人，则最好点全熟的，不然肚子会有麻烦。小二为你切下来的烤肉最好拌着木薯粉（farofa），挤点青柠檬汁一起吃，既爽口又正宗。

"大猪头"的40大雷的餐资包含了酒水、冷盘和烤肉，但绝对不包含饭后甜点。如果你的胃口大得惊人，在塞满了牛的各种部位之后还稀里糊涂地去甜点区扒拉了一点冰激凌或者蛋糕的话，你账单上的数目将会暴涨……

公斤饭

所谓"公斤饭"（Restaurante de Kilo），并不是指一种食品，而是一种餐厅的类型。公斤饭餐厅可以说是巴西最有特色的一类餐厅了，到现在，尽管各种餐厅的类型层出不穷，尤其是在各国外交人员云集的巴西利亚，各国特色餐厅越来越多，但是公斤饭仍然是人民群众最普遍的选择。

到巴西以前，我还从来不知道在餐厅里还可以这样吃饭——有点像自助餐，进去以后先拿盘子，去连成一大排的加热容器里挑自己喜欢吃的菜肴往盘子里盛。可供选择的菜肴非常多，按照巴西人进餐的习惯，菜肴按照水果、冷盘、米饭、热菜、甜点的顺序排列，每个种类都备有多种选项，一般情况下，选餐台的不远处都设有烤肉台，有烤肉小二随时为你切割你选中的肉块，而每逢周三、周六这两个全国性的"豆饭日"，热菜容器里都会有用黑豆和风干肉、猪蹄、腊肠等熬成的豆汁。在选完了全部菜肴之后，公斤饭就显示出它和自助餐的最大不同，那就是必须得拿着盘子去过秤，不分菜肴的种类，按食物的总重量索要账单，准备吃完之后到门口结账。

人民群众热爱公斤饭的主要原因在于其方便、多样化和便宜，不需要叽叽歪歪的点菜程序、不需要漫长的等待、可以按照自己胃口的大小和口味的偏好选择菜肴搭配的方式，由于可以少量多样，其总价格自然比在其他餐厅里点种类相当的菜肴价钱要便宜。公斤饭之所以叫公斤饭，是因为它的计价基数是公斤，一般来说，公斤饭的单价在一公斤10个雷亚尔左右（相当于30元）。在公斤饭餐厅里你可以观察到，巴西人吃饭其实相当节省，很多人进去以后直取少量沙拉、炸鸡、烤肉等"精华"，过秤写账单的时候，往往都是三四个雷亚尔，比吃自助餐花的钱还少。我最开始吃公斤饭的时候，不太懂得其中的奥妙，拼命往盘子里盛米饭，后来才知道米饭最压秤，于是索性也学乖了，每次都是少量米饭加大量烤肉。

公斤饭最神奇之处在于它对顾客的信任。每个人挑完了吃的都要去过秤讨账单，但账单都是小二在一张巴掌大的破纸片上手写的，如果你身上碰巧带着同样颜色的圆珠笔，完全可以自己撕一张废纸随便写。如果你在过秤的时候要了果汁，在你吃饭的时候，小二会端着果汁到处走，你只需要一招手，果汁就到你嘴边了，根本不需要对账单，你完全可以在过秤的时候不要任何饮料，在就餐时随便从小二手中截下一杯别人的果汁即可。更重要的是，出口无人把守，付账纯属自觉，我有好几次吃完以后因为习惯性地在门口掏烟出来点，忘了去付钱，居然也没有任何人管我，弄得我自己都觉得很不好意思。

可以想象这样的公斤饭餐厅如果开在中国的某些地方会是怎样的命运：无数的食客自带墨迹相同的圆珠笔模仿小二的笔迹书写低额的账单；吃完一盘之后再去盛满一盘但不去过秤，赖着用第一次的账单结账；小二按照账单的索求端出的十杯果汁却有三十个人抢着要；出门的时候装着接手机一边大喊"喂！喂！我听不见啊！"一边大摇大摆地走过无人看守的收款台。用不了多久，餐厅就会宣告破产……

我为西番莲狂

在巴西，无论走到哪家餐厅吃饭，只要小二过来问："你要喝点什么？"我都会一成不变地回答他们："Suco de maracuja（西番莲果汁）."毫无疑问，我现在已经是一个铁杆西番莲 fan 了。

西番莲是为数众多的我到巴西以后才认识的南美热带水果之一，其貌不扬，拳头大小的椭圆形，表皮呈和巴西人肤色一致的鸡粑粑色，初次在市场上见到的时候，我对它的尊容很不屑，以为味道也和鸡粑粑一样。后来无意中喝到了一次西番莲果汁，顿时如有找到生命中失落的味觉的感觉，那种玲珑剔透深沉悠远的酸味仿佛前生相识、今生再见。

于是，我干了一件极其愚蠢的事情：到市场上买了一大堆西番莲，准备切开它们像吃苹果梨子桃一样大口饕餮。岂知西番莲的内部构造如同生育能力退化的石榴，偌大一个果子只孕育了一小撮外层裹有少许汁水的黑籽儿，根本没法大快朵颐。后来才知道，西番莲果是生而为果汁雄、死而为果汁鬼，其用途仅限于制作果汁，把那一小撮黑籽儿放进果汁机几番绞榨和过滤之后，留下的浓汁加糖加水就是无与伦比、人神共爽的西番莲汁。为了每天能喝到西番莲汁，我作为一个一人吃饱全家饱的金牌王老五居然奢侈地买了一台果汁机：要知道，在巴西，凡是用电的玩意儿都贵得让人心疼啊。

西番莲汁的妙处不仅在于其独特的味道，更在于其功效。西番莲具有安神、入静的作用。据说，巴西当代最著名的音乐人汤姆·若宾每次出国演出的时候都要在行李里装上很多在北美、欧洲很难见到的西番莲果，在演出前，他总是要喝上一杯。巴西的很多瑜伽学校都要求学生们在练功前喝一杯西番莲汁，说是喝了西番莲汁连入静音乐都不用听了。我明显地感觉到，以前经常失眠的我由于睡前一杯西番莲汁的缘故，现在几乎根治了失眠。

不久前我在一处农庄偶然见到了西番莲的花，终于明白西番莲果缘何拥有神奇的美味了。西番莲花简直不是花，而是花神：巨大、华美、身形繁复的西番莲花开在妖娆的藤茎上，颇让人惊艳。西番莲花的香味异常浓艳奔放，但同时，它也和西番莲汁一样，具有安神、定性的效果。近年来欧美市场极为盛行以亚马孙地区奇花异草为材料生产的巴西纯天然化妆品，西番莲花香水、香皂、香波是其中的拳头产品。我也买了一瓶西番莲香水放在床头，睡觉前闻闻香得蹊跷的西番莲，然后去梦里邂逅一个名叫西番莲的女子，对她骚不唧唧地说："西番莲——喜欢你。"

洽洽香之海外版

华侨小顾她爸去圣保罗出差，在威震南美侨界的圣保罗自由区"吴胖食品店"（最搞笑的是，这个店的葡文招牌就是中文的直译：Gordo Wu，吴胖）买了一大箱洽洽香瓜子带回了巴西利亚，像过节一样，招呼了本城的若干侨领侨贤前去"咸与嗑瓜子"。

面对如此美丽动人的洽洽香，本城侨界俨然分成了两派，20世纪90年代后期之前出国的老侨派对此反应平静，而90年代后期之后出国的新侨派则大多诚惶诚恐、泪如雨下，大有旧情人现身、勾起春光无限的架势。可见，洽洽香在大中华之崛起时期显然是在90年代中后期。作为新侨派的中坚人物，我嗑得比谁都响。

嗑着嗑着突然发现在巴西买的洽洽香原来和东土大唐的不一样，虽然同是牛皮纸包装、红黑双色印刷，但上面写满英文，俨然是个海外版。在雄壮有力的"洽洽香瓜子"之书法 logo 之下，居然有一段极其牛逼的 caution，原文如下：

CAUTION

HOW TO EAT SUNFLOWER SEEDS

Crack the shell with your teeth,

eat the seed and spit the shell.

Be cautious don't eat the seed

without spitting the shell!

大意为：注意，该怎么吃葵花子呢？用你的牙齿嗑开瓜子壳，吃下瓜子粒吐掉瓜子壳，千万不能既吃瓜子粒又吞瓜子壳！

这段文字颇有"吃葡萄不吐葡萄皮不吃葡萄倒吐葡萄皮"之妙。但是，千万不要小瞧这段话的功用，对于善于以嗑瓜子打发时光的中国人来说，吃瓜子吐壳是个不言自明的常识，可是对于很多第一次吃瓜子的老外就一定得把这说清楚了。

"嗑瓜子盛会"之后，我带了半包瓜子回我的公寓里。我的巴西室友娜拉在巴西只听说瓜子是鹦鹉的美食，从来没见人吃过，看着如此喜人的包装，她也想尝试一下"鹦鹉饭"的滋味。我一不留神忘了提醒她该怎么吃，这姐们儿直接就模仿她们家的鹦鹉，抓起一把瓜子往嘴巴里塞，草草嚼了几下就往肚子里吞了。接下来的事情可以设想：她捂着肚子在沙发上哼哼了一天。

买活鱼记

巴西利亚买不到活鱼，这是在巴西利亚生活的人都知道的一个常识。巴西利亚市区内有那么大一个人工湖（帕拉诺阿湖），湖中不但野鱼无数，连鳄鱼都有，但偏偏就是没人去捕鱼来卖，对此我们除了叹服人家的环保意识好，无法再做其他解释。

最近，经过好吃的中国侨民的不懈挖掘，居然风传某卫星城附近有一处隐蔽得很深的卖活鱼的地方。一想起久违了的鲜美的活鱼，我就忍不住直流口水，于是便和友人驱车前往传说中离活鱼贩卖处不远的郊区农副产品直销市场。在市场里，我们向本地人打听周围哪里有活鱼卖，热情的巴西人民给我们指了一个很容易找到的地方，我们喜出望外，不料走到那里才发现，那是一个卖小金鱼的店。也不能怪指路人，人家说得没错，那也是活鱼嘛。

不甘心一无所获的我就地展开了电话号码大搜捕，找到了一个曾经去买过活鱼的华人，让他详细讲解前往"活鱼集中营"的开车线路。这哥们儿啰啰唆唆地讲解了半天，线路确实很复杂，但他说，最后，在"活鱼集中营"附近，有一个很明显的大牌子，这牌子将会把我们顺利地带到活鱼面前。

我们按照啰唆哥们儿的指示上路了，穿过一道山过了一条河，穿过一条河过了一道山，前面所有复杂的路线都走对了，眼见着到了据说有大牌子的村落了，可就是打死也看不到牌子。我们在周围转了无数圈，终于在一个犄角旮旯里看见了传说中的"大牌子"，就是一块极其搞笑的小木牌，上面歪歪扭扭地涂了个拼错了的"鱼"字，下面画了一个粗糙的箭头。这块牌子立即让我想到了《神龙教》里韦小宝在昆明城里布下的那些写有"天地会总舵"的迷魂小木牌。

我们终于被箭头带到了梦寐以求的"活鱼集中营"，原来这是一个私人小农场，里面有个小鱼塘，颇养了几百尾鱼，农场主有一搭没一搭地做着活鱼买卖，因为本地人民并不在意鱼是否是活的，只是近来中国人口口相传知道此处有活鱼之后，生意才开始多起来。我们买了一些造型奇特的拉美鲫鱼，准备回家做巴西调料版的水煮鱼。这个小农庄的确非常惬意，主要是让中国人民的胃部惬意，因为它不但有活鱼卖，还有土鸡、鸭子、鹅等我国人民喜闻乐见的肉类出售。鱼的价钱便宜得惊人，一条老大不小的活鱼价钱几乎和一瓶汽水的价钱相当，真是生意公道、童叟无欺啊。临走的时候，为了感谢农场主，也为了替他灌输广告意识，我用一把蒿草蘸着朋友车上来历不明的颜料，在拐进农庄的那个路口附近一堵荒废的白墙上画了一条巨大的鱼，并写下了一个很有敬业精神的汉字——"鱼"。

瓜拉纳

如果说我将来从巴西回到中国以后会因为缺少什么东西而感到心里痒痒的话，我感到的最大的遗憾肯定就是在中国喝不到瓜拉纳。

瓜拉纳葡语名字叫 guaraná，它本来是指南美（尤其是巴西的亚马孙地区）特有的一种泡林藤，其果子颜色鲜红，有异香，并有去毒清火、健脾养胃等多种药效。巴西人民在印第安人的教导下很早就知道榨取瓜拉纳汁水用于治疗或者饮用，后来，他们开始用瓜拉纳制造汽水。很快，这种口感独特、清凉祛病的饮料就成为巴西国内冷饮市场的主流，现在人们一说起瓜拉纳来，首先想到的就是冷饮瓜拉纳，而不是瓜拉纳果。

在各类产品的品牌大多被跨国资本主义垄断，连本地特产咖啡也不例外的巴西，瓜拉纳是少数保持"雄起"状态的民族工业的象征，因为有瓜拉纳雄霸一方，可口可乐、雪碧等米国垃圾饮品虽然也勉强打进了巴西的市场，但是始终都只能占据很小的市场份额。瓜拉纳在巴西具有"国饮"的地位，发展出了包括完全版、瘦身节食版、清淡版在内的一整套"口味谱系"，不但本国人民爱喝，就连到巴西来的外国人（即使仅仅是游玩数天就走的游客）都会在品尝了它之后产生上瘾一般的依恋。我就是个最好的例子。

我是一年以前在从法兰克福飞往圣保罗的航班上无意中盲目跟从周围的巴西乘客选择了瓜拉纳，才在生命中第一次喝到这等仙界妙品的。因为觉得味道实在太好，我特意记下了它的名字，准备到了巴西以后四处搜寻，结果到了巴西才发现，这玩意儿根本用不着搜寻，满大街都是。仅仅喝过一次，瓜拉纳就成功地成了我饮食领域的新欢，完全符合我在口感和"饮料政治"领域上的严格标准，这个"饮料政治"在我的生活里意味着：宁愿让第三世界的穷兄弟发财，打死也不能让美帝国主义的公司利用我的消化系统赚取哪怕是一分钱。我尝试着用瓜拉纳做国内人民用可乐来做的一切事情：我发明了味道鲜美的瓜拉纳鸡翅、发明了用于治疗感冒的瓜拉纳姜丝汤，最后我总结出，"既生瓜，何生可"，有了瓜拉纳，世界上就根本不必有可口可乐这玩意儿存在。

对于男性来说，抛弃可口可乐投入瓜拉纳的怀抱更是势在必行：因为瓜拉纳不但没有传说中的可口可乐的杀精危害，反而具有温和的壮阳效果，坚持饮用瓜拉纳数年之后，据说"战斗力"以及精子小朋友们的数量和素质都会得到极大的提高。

美味果王阿萨伊

在我读巴西诗人，同时也是巴西音乐教父的超级牛人维尼休斯·德·莫拉伊斯的作品的时候，看到过这样一首短诗：

阿萨伊，阿萨伊，
深不见底的紫色中，舌尖
触到醉人的女体；
阿萨伊，阿萨伊，
仅仅属于巴西的爱的秘密。

那时，我还不知道阿萨伊为何物，不知道这种拼写怪异（açaí）的东西何以能成为"仅仅属于巴西的爱的秘密"。在巴西待久了，才慢慢发现这个阿萨伊几乎无处不在，俨然位居巴西生活的关键词之一。

阿萨伊一词源自印第安土语，是一种最具有巴西特色也最受巴西本国人喜爱的浆果，长在一种和该浆果同名的棕榈树上。我搜遍了手头能找到的所有词典乃至百度、Google，也找不到确凿的中文译名。有些人译作"棕榈浆果"，听起来大煞风景，还不如直接音译作"阿萨伊"，有一种陌生女孩芳名一般的音节之美。

有"国宝"之称的阿萨伊原产于巴西北部的亚马孙地区，出产阿萨伊最多的帕拉州干脆有个别名叫"阿萨伊州"。阿萨伊的果肉呈深紫红色，味道极其神异，介于巧克力和西梅之间，不须任何加工即有多重令人迷醉的口感。除了味美以外，阿萨伊还富含铁、锌和多种维生素。在北部的一些地区，很多印第安人终生把阿萨伊当作粮食食用，所以身体格外强壮。

巴西人吃阿萨伊的方式多种多样，但最常见的还是把它当"果冰"来吃。冰冻过后的阿萨伊果肉略有粉沙感，简直是纯天然的冰激凌，而且还不用担心发胖、上火、拉肚子。很多巴西女孩喜欢坐在街边的酒吧里，一勺一勺地吃着阿萨伊，用软绵绵的葡语聊着房前屋后的帅哥，如是可以耗去无所事事的整整一天。但是吃阿萨伊的时候有一个小小的问题，就是好吃不好看。吃完了阿萨伊之后，嘴边都是触目惊心的深紫红色，看着像吸血僵尸刚刚作完了案一样。

巴西利亚的帕拉诺阿湖畔有个叫"大视点"的滨湖酒吧是吃阿萨伊果冰的最佳去处，每天都有几百个满嘴"血糊糊"的人坐在那里享受阿萨伊的美味。我第一次带一个阿根廷朋友去那里的时候，很是把他吓了一跳，死活都不敢加入"吸血鬼"的行列，后来品尝了一下"阿萨伊血浆"之后，居然每天往那里跑。他在那里认识了一个同样被阿萨伊蛊惑得每天都要去的韩国女孩，很快就相爱了。看来，维尼休斯那首诗写得不够准确，阿萨伊不是"仅仅属于巴西的爱的秘密"。

四川火锅巴西大战法国火锅

从前，在巴西人的概念中没有中国火锅这种玩意儿，因此，当近些年有些中国餐厅开始供应四川火锅之后，巴西人为该怎么叫这种在他们的饮食文化里不存在的东西很是犯愁。他们为此创造了一个新词，这个词不是像英语里的 chaffy dish（"火锅"）一样源于对新事物的描述，而是更省事一些，用了一个相近的西方事物来比拟。这个词叫 fondue chinesa，直译过来为"中式法国火锅"，其中的 fondue 源于法语，我在这里称其为"法国火锅"也有点用我们所熟悉的中国火锅来比拟的意思，实际上差别很大。

法国火锅作为一种被赋予了贵族化想象的法国菜，在整个西方都很有名，我所居住的巴西利亚也一样如此。到现在为止，还有很多人张口闭口把吃一顿 fondue 当作一种很高雅的社交活动，其价格自然颇为不菲。法国火锅有很多种，奶酪锅、巧克力锅、勃艮第红酒锅等等，但是最普遍的还是在我看来恐怖到了极点的奶酪锅。曾有巴西友人请我去城中一家法国火锅店吃了一次奶酪锅，那不啻为人生最痛苦的经历之一。奶酪锅使用奶酪做锅底，零星地加了些大蒜、树胶、白兰地、干白，奶酪在锅中融化、沸腾的时候，拿棍状法国面包直接蘸着吃。比起四川火锅来，工序简单的法国火锅不但没什么纷繁美异的味觉，反倒在嗅觉上直奔"下三路"而去。众所周知，奶酪，尤其是法国奶酪，一般只有三种：脚臭的、更臭的和最臭的。我去的那家法国火锅店据说非常正宗，于是其奶酪也是非常之臭，进去之后一屋子都是中国列车硬座车厢及其厕所的气味，我被熏得快吐了。我的巴西友人却觉得越臭越舒服，实在是难以理解。

不久前，中国的四川火锅正式进驻本城，巧的是，它的大本营恰好就在那家臭气熏天的法国火锅店的正对面。经营四川火锅的是一家成都人开的华人餐厅，老板背井离乡多年了，但是依然没有忘记川人的传家宝——火锅。本来，在他的店里，火锅没有列在菜单上，只是他偶尔用来招待中国朋友的，可是有很多好奇的巴西顾客看见这种一大堆中国人一起吃得开开心心的红彤彤的玩意儿，非常好奇，坚决要求老板将此怪物也列在菜单上供巴西人民享用。老板采纳了建议，开始以 fondue chinesa VS fondue（中式法国火锅大战法国火锅）的广告向对门的"臭脚锅"发起了挑战。

由于沾了贵族化的 fondue 一词的光，四川火锅一开始价位就很高，卖得也很好。可是，由于巴西人一再坚持要品尝"正宗口味"，老板不得已在锅底中保留了一些让巴西人闻风丧胆的辣椒和花椒，很多人吃完之后纷纷汇报，那些古怪的小颗粒（花椒）让他们的舌头跳起了桑巴，如果说这多少还有点新奇的感觉，那么最糟糕的是第二天，当他们起来便便的时候，凶猛的四川辣椒让他们的消化器官末端不堪忍受……于是，巴西顾客们再也不敢轻言"来正宗的"了。老板顺水推舟地大大简化了四川火锅的配料，这样不但成本降了下来，还能让脆弱的巴西小胃胃们满意。

没多久，简化了的四川火锅居然在本城走红起来了。这种在四川供劳动人民合家欢乐用的食品在本城的报纸上竟被评为最近上流社会的新时尚。不过，法国火锅的影响还是根深蒂固的，我好几次都亲眼看到，有前去吃中国火锅的巴西人自带了奶酪，让小二将奶酪切成片混在了中国火锅的汤底里……

蔬菜蔬菜我爱你

　　巴西大部分地区气候宜人，日照充足、雨水充沛，加上土地比较平坦、肥沃，适合种植各种蔬菜，按说应该是全球最大的"蔬菜梦幻工厂"。可惜，巴西是个"肉食国度"，绝大部分的饮食热情都集中在picanha（牛的上部腰肉）上了，蔬菜是入不了他们的"法眼"和"法胃"的。所以，除了大豆、蔗糖等少数经济作物之外，巴西历史上一直没有强大的蔬菜种植传统。近些年有些巴西人意识到单一的肉食结构对健康不利，蔬菜的需求逐渐看涨，可惜缺乏这方面的农艺传统，加之生性懒惰，蔬菜市场的份额几乎都被熟谙蔬菜种植的日本移民占去了。

　　我本来是一个有着强烈的厌日情绪的人，但是在巴西，因为口腹之欲，我不得不终日出入日本商店接受日本移民的农艺恩赐。如果不去日本商店，我摄入口中的蔬菜只能是洋葱、生菜、西红柿、土豆这"四大金刚"。在城中为数不多的日本商店里，我可以勉强实现"蔬菜结构多元化"，买到些大白菜（此地叫"中国白菜"）、黄瓜（此地叫"日本黄瓜"）、韭菜（此地叫"中国葱"）、大葱、青蒜、竹笋、芦笋、嫩姜等被我的室友斥为"异国情调"的蔬菜。其价格自然也不菲，一把仅够炒一盘的芦笋经常要花去我15雷亚尔，大约40人民币，跟在餐厅憨吃一顿肉的价钱一样。但是即使这些看似多样起来了的蔬菜，也经不住整天吃，吃了一年多以后，我已把这些蔬菜看作巴西"四大金刚"之外的日本"十八罗汉"，实在是提不起太大的食欲了。回国日期渐近，思乡之情全面铺开，对东土大唐蔬菜想念到了令人发指的地步。在《许三观卖血记》里，许三观可以口述红烧肉以解馋，今天我在这里不妨"谵妄"一把我最怀念的蔬菜，哪位熟人要是看见了回去一定要请我"绿快朵颐"。

现在我最想吃到的蔬菜很家常，莴笋。莴笋不但色泽喜庆活泼，味道更是清香乐人。一根莴笋有无穷的烹制方法，莴笋叶子可以摘下来凉拌，笋帮子既适于清炒、炝炒，又可以炒五花肉，更适合作为四川的烧菜配菜，烧制小公鸡、田鸡、猪肚。唉，一开始写，口水就流了。接下来想吃的也很家常，空心菜，叶香茎脆爽煞人。现在是巴西的夏天，算上去年的这个时候，我生命中已经有连续两个夏天没有吃到空心菜了。是可忍，孰不可忍？我想空心菜想得比《连城诀》里的空心菜还惨。第三想念的是家乡四川常见的豌豆尖，前些年在北京也开始能买到了。注意，这种尤物绝不是烂大街的豆苗，它比豆苗性感、饱满，豆苗只是幼齿，而它是熟女。用豌豆尖清炒、上汤、烫火锅，均是肠胃间乃至人间清爽至极的享受。

这些在国内每日与我为伴的蔬菜当时我不觉得怎么稀罕，现在才觉出它们的重要，真可谓：曾经有一些真挚的蔬菜摆在我的面前，我却没有去珍惜，吃不到的时候才觉得后悔莫及……

街边的肉串

晚上让一个朋友开车带着去外贸部给官员们上课，由于时间匆忙，没来得及做饭吃，朋友就准备载我去超市买点点心在车里吃了。要开到 Pao de Azucar 超市的时候，突然见到超市前面的街道拐角处烟雾缭绕，一股浓郁的肉香扑鼻而来，一干黑、白、鸡屎等色的多彩青年猬集在那里一手啤酒一手肉串，大行咀嚼之事。对啊，我们怎么忘了傍晚的时候正是巴西利亚街头肉串摊闪亮登场的时候！于是，我们立即改变进食计划，直奔肉串摊而去。

我发现，但凡不太注意街头卫生的第三世界国家，一般都有烟雾缭绕的肉串摊出没，而人民群众对此一般都是深爱无比。巴西不仅以烤肉台上烤出的国宴"巴西烤肉"著称，它同时也是一个肉串大国，走到哪里都有一瓶啤酒一串烤肉，身居陋巷不改其乐的巴西颜回。

巴西的街头烤肉摊跟中国的差不多，随便什么破金属皮做的烤箱（最近在网上看见报废的电脑机箱做的烤肉串箱，实为神异），里面置入炭火，然后把穿在小木棍上的各色肉等架上，拿手动小鼓风机呼呼啦啦地吹就是了。所不同的是，巴西人不吃烤羊肉串，他们的肉串都是牛肉、香肠、鸡心和鸡肉，而且烤肉伙计的动作也不如新疆的烤肉哥们儿那样神乎其神。我维吾尔族人民那一把破蒲扇，啧啧，能扇出一段羊肉串之舞出来。不过巴西的肉串个大实惠，牛肉一串足有四两，鸡心一串二三十个，对于我这样的东土胃口来说，一个管饱。巴西人从不在肉串上撒盐、孜然和辣椒面，烤好了之后，食客自行拿肉串在洋葱、西红柿调制的酸酱里滚动一番，喜辣者还可以滴上几滴拉美朝天椒辣油。比中国先进的是，巴西即使是街头的小肉串摊服务也很全面，如果食客不愿意就地饕餮而愿意拿回家去吃的话，小摊负责拿锡箔纸密封包装，而在我国，这项业务一般是通过也许曾经装过袜子、内裤的塑料袋来实现的。

　　站在巴西街头吃着大坨的肉串，我回忆起年少时代的街头烂仔生活。那时候，每个中学的门口都有几张破破烂烂的台球桌，旁边是大喇叭里充满了拳声、剑声、枪声和淫笑声的录像厅，在台球桌和录像厅中间，一般都有一个烤羊肉串摊。在卡拉OK、的厅、游戏厅兴起之前，台球桌、录像厅、烤羊肉串摊就是我们这些土鳖的烂仔文化活动中心，多少围追堵截事件、翘课出走计划、虎头蛇尾的绯闻、铁骨铮铮的友谊都是在羊肉串摊边嚼着滋滋冒油的羊肉酝酿出来的啊！而如今，我却在巴西的街头，混在一群鲍勃·玛利状的青年和他们身上我无从进入的故事之间，继续吃着味道大不一样的肉串……

人民的芒果人民吃

　　早上起来，腹中空空欲进食，打开冰箱一看，居然任何吃的都没剩下。这两天新年假期，超市还不开门，怎生是好？我只有站在窗口发呆，抽支"早饭烟"聊以打发肠胃。这时，我突然发现窗外的芒果树下走来哲学教师若奥一家的男女老少，每人从地上拣起一个自行落地的芒果，朝果实累累的树上奋力砸去，每每砸中，必有数个丰满成熟的芒果应声落地，人民群众立即拾将起来，就地啃食。

　　靠！我真是饿糊涂了，怎么就忘了周围密密麻麻的芒果树了呢？这些天芒果开始熟了，正是大肆饕餮的好时机啊！但是……这玩意儿是可以随便啃食的吗？万一是私家种植的，临走前因为偷芒果坐进班房可不是什么好事。于是我朝楼下喊话："唉，老若奥，这芒果树是你家种的吗？""不是啊。""不是你丫瞎吃什么的，不怕被抓啊！""傻了吧，这周围的几百棵芒果树都是公共的，每年芒果一熟大家都来吃几嘴，不然白白烂掉了多可惜啊！""我靠，还有这么好的事情啊，我正愁没早饭吃呢！""都一样，俺们也是没早饭吃了，这不，全家都来吃芒果来了。人民的芒果人民吃嘛！"我立即飞奔下楼……

　　为了不和若奥一家的芒果利益发生冲突，我选择了另一片芒果林。看来这儿的芒果真是多得人民群众都吃不过来了，很多离地仅一两米的枝条上活泼可爱的芒果都没人光顾。俺家周围的芒果不是俺们国内常见的那种熟了以后呈屎黄色的那种，全是一水儿的青芒，熟了以后果皮依然青翠，只是有些红晕而已。这种青芒最好吃，甜甜的脆脆的，质感味觉均为上乘。我顺手从最低的一根枝条上揪了一个貌似成熟的芒果，没想到揪下来之后，从果蒂上的断口突然喷出一股黏稠的白浆，仿似西班牙影片《乳房与月亮》里的美乳少妇狂喷乳汁一样，喷了我一身。此时，数学教师马努艾尔刚好走过我身边，他哈哈大笑说："哥们儿，摘错了吧！还在喷浆的一准儿没熟，营养还没被果肉吸收好呢。"我拿小刀切开这个喷浆芒果一尝，果然，这家伙虽然果皮已然泛红，但味道奇酸无比，根本就没熟。马努艾尔教我摘向阳枝头的芒果，因为芒果的成熟需要充足的日晒。在他的指导下，我终于摘到了成熟得寂寞难耐的良家芒果若干，用迫不及待的舌头犒慰它们在无人问津的枝头上荒废的青春。

　　几个芒果下肚，俨然已经饱了。我正欲离开芒果林的时候，发现懒觉之后刚刚起床的邻居们都出来觅食来了，大家摘芒果的方法真是"百花齐放、百家争鸣"啊。政治学的里卡尔多教授勒令他的一对双胞胎儿子爬上相邻的两棵芒果树大搞"摘芒果大赛"；语言学教授娜塔丽亚让她的大力士丈夫用力摇撼一棵不算粗大的芒果树，自己在树下摊开吊床接落下来的果子；物理教授米盖尔和其他人相比简直是一个从类人猿进化到人类的天才，他发明了一种"精确制导"摘芒果工具，在一根长竹竿上绑了一个去了底儿的大可乐瓶子，看中了哪个芒果就将竹竿伸将过去，拿可乐瓶子将其罩住，然后稍事抖动竹竿，果子就落进了瓶子里，避免了落到地上砸得稀烂的惨剧……

III

"别装了，我们都知道你是巴西人"

马尔库斯和他的朋友们

在我离开北京之前，巴西驻中国大使馆的文化参赞、美丽的巴西女诗人玛卢夫人把她儿子马尔库斯的电话留给了我，说我能通过他呼吸到巴西利亚最有活力的空气。由于我要过一个多星期才开始授课，本来就比较闲，加上公寓里其他能聊上天的人都搬走了，就剩一个性格极其古怪的老处女，我待在公寓里感觉浑身不自在，于是，我就联系上了马尔库斯，连续两个晚上被他驾车载出来胡混。

二十二岁的马尔库斯是一个地下摇滚乐队的鼓手，长得非常英俊，具有那种世家子弟出来混地下圈子所特有的、颓唐之中带着飒爽和矜持的气质。刚刚见面，马尔库斯就兴奋地带我绕着巴西利亚城转了一大圈，在简明扼要地粪土了一番各种旅行手册上都会介绍的那些地点之后，他把我带到了他认为是整个巴西最值得一去的地方——巴西银行。

开始我还以为这是个反语，因为他看上去和我一样，不像一个对银行感兴趣的人。到了之后我才明白，这里的确值得常来。巴西银行有一个文化中心，掌握有大笔的闲钱用来举办各种国际性的文化活动，在这里，几乎每天都会有一个大型的画展、电影展或者人

165

文方面的演讲在进行之中。我们进去的时候一下子就撞上了三个：丹麦电影周暨导演演讲，丹麦籍的 Dogma[2] 导演几乎倾巢出动来到了这里；安迪·沃霍尔的偏振光摄影作品展，包括他那张著名的妖艳神秘版自拍照原件；死于艾滋病的世界涂鸦之王沙林的原作展，展厅中央还循环播放着沙林来巴西涂鸦时被警察抓获的录像。

马尔库斯在一个挤满了大乳房和翘屁股的酒吧把他的一群醉醺醺的发小介绍给了我。这些可爱的家伙不但让我暂时忘了孤独和郁闷，更让我忘了自己的年龄。我仿佛回到和他们同样的年龄，肆无忌惮地用夸张的腔调胡说八道（可惜只能用该死的英语，而不是给我以无限快感的汉语）。这群人之中我印象最深的是：键盘手科施拉，他有着和我一样强烈的反美情绪，并坚信世界上只有中国能够和美国分庭抗礼；每天在公共汽车上写五分钟诗的印第安超级帅哥古利，他好奇地写下一串被他念为"分嘘"的字母——fengshui，问我是什么意思，并问中国人是不是都会这种在巴西很能赚钱的技术，我半天才反应过来他指的是"风水"；主音吉他布莱诺，他有一个孪生的哥哥是巴西最有名的流行乐队的主唱，头像经常被刊登在杂志封面上，尽管身为地下乐手的他极其讨厌他哥哥的音乐，但这并不妨碍他经常将错就错地去泡那些把他误认为是他哥哥的美女；费尔南多，布莱诺的另一个非孪生的哥哥，前任贝斯手现任某酒店经理，喝醉了酒以后非要拉着我去看他们酒店里监控客房的监视器……

晚上，我和马尔库斯一干人在一个长得酷似伊万·麦格雷戈 [3]

---

[2] Dogma，指 1995 年由一些丹麦导演发起的一项运动，主张电影回归原始而非注重技术性。代表人物有拉斯·冯·提尔、托马斯·凡提伯格等。

[3] 伊万·麦格雷戈（Ewan McGregor，1971— ），英国演员，曾主演《猜火车》。

的小号手家里闲待着。马尔库斯和小号手极其无聊地在玩电子游戏。巴西和中国一样，电子市场上充斥着盗版产品，他们此时玩的就是相当典型的盗版足球游戏，字幕和画外解说音全是日语的，他们一句也看不懂、听不懂，但依然玩得无比熟练。其他几个家伙在抽 marijuana（大麻），我则和小号手家饲养的一只本地母猫打得火热。就在这时，键盘手科施拉手里攥着一大把票突然闯了进来，说今晚在南翼有一个盛大的摇滚 party，他被一个乐队抓去临时演奏键盘，因此搞到了很多亲友票。看来巴西滚圈和我国的一样，一有演出，不管票价多贵，乐手们都会拽上大批亲友混进现场，令票房损失惨重。

我们很快赶到了南翼的一片荒地上，那里已经找不到泊车位了。密密麻麻的"铁托"夹杂卖烤肉、香烟、热狗的小贩拥堵在演出现场的入口，差点儿把我裤子上的拉链挤开了。由于票价比较贵（20 个雷亚尔，相当于人民币近 60 元），很多买不起票的"铁托"尝试着以各种诡计往里面闯，但最终还是被几个人猿泰山一样的黑人保安像拎小鸡一样扔了出来。进巴西摇滚演出的现场都要像上飞机一样进行安检，保安会拿着监测器扫遍你的全身，看你是否携带枪支、刀斧等凶器和毒品，但饱受文艺青年爱戴的 marijuana 往往会成为漏网之鱼。

演出场地巨大无比，分成两个单元，主单元是一个足球场大小的车库，两支巴西最有名的 Reggae 乐队在这里演出，副单元是一个露天的斜坡，坡底是帕拉诺阿湖，坡顶是一个演出台，六支地下乐队在这里亮相。大约有两三千人在现场晕晕乎乎地晃悠，空气中弥漫着浓重的 marijuana 的气味。马尔库斯告诉我他对今晚的乐队并没抱太大的期望，他来这儿的主要目的是看看有没有靓女可泡，布莱诺等人也纷纷表达了同样的意图。我跟着他们专往人多的地方挤，以近距离或零距离考察美女的质量。结果，全场挤完之后，马尔库斯感到非常失望，因为今天跑来玩的大多是中学生，像个十足的 middle school party，女孩子们以幼齿居多，即使长得极其艳丽也不敢泡，怕惹上法律麻烦。男孩子也一样，以屁孩居多。当我走到吧台附近的时候，一个龅牙咧嘴的屁孩突然递给我一张钞票并呜噜呜噜地说着些什么，经布莱诺翻译为西班牙语之后，我才明白该屁孩原来由于未到十八岁，买不到啤酒，想让我帮他买。

果如马尔库斯预料，今晚的乐队的确不怎么样，主单元的著名乐队他们都已经听厌了，副单元的新乐队和全球任何一个地方的时尚一样，以 Rap 和 Hip Pop 为主，虽然"铁托"们的 Pogo 看上去很激烈，但马尔库斯告诉我中学生们只要是听到插电的音乐都会这么兴奋。我唯一觉得不错的是科施拉演奏键盘的那个乐队，该乐队里有四把小号、两把小提琴、一把班卓琴，比较华丽的拉丁路数，听起来感觉很舒服。

副场演出结束以后就是 rave party，我不会跳舞，很郁闷地到湖边抽烟，结果惊讶地发现几个没票的"铁托"居然还在非常执着地想混进来。他们在水下游过了栅栏，刚刚上岸就发现精明强悍的保安正飞奔而来，于是只有一头再扎进水里，比我更加郁闷地游了回去。

我附近的两家华人

在巴西利亚第一次见到华人是在我到以后的第三天，我和几个巴西朋友在一家南里奥格兰德风味的餐厅吃饭，他们问我可有见到同胞，我说还没有，估计要等过些天去使馆的时候才能重温汉语。话音刚落，一个亚裔模样的穿缩水西装的小贩就走了过来，举着手中的一把耳机、充电器之类的小玩意儿用怯生生的葡语问我们要不要。我尝试着用汉语问他是不是中国人，果不其然，浙江过来的。于是，我就现场教了朋友们一句中国俗语："Whenever we talk about Mr. Cao Cao, Cao Cao comes."

第二天中午，我在我居所附近闲逛以熟悉环境，在马路对面的北翼 408 街区，居然见到了一家餐馆挂着醒目的"上海饭店"的招牌。我兴奋地走了进去。早听说海外的华人餐厅极不正宗，我倒想尝试一下到底不正宗到什么地步。饭菜倒还便宜，我略点了小菜一二以试其味，果如传言，不足以悦口舌仅可下咽。老板人倒是不错，见我是同胞，拉着我生聊了半个下午。

老板姓卢，上海郊区人，其兄二十年前作为针灸人才被引进到巴西，八年前他举家前来巴西投奔兄长，开了这家餐馆聊以糊口。卢老板坦言，这里的饭菜都是糊弄巴西人的，厨师都是本地黑仔，因为从中国请厨师工资太高，本地土厨只要保证法定最低工资即可，巴西利亚的三十家中国餐厅只有一家最豪华的有一个中国厨师。我本想仗着一手川菜的好手艺打探一下可否在此掌勺以赚取外快，一听此言只好作罢。卢老板说，圣保罗有华人数十万，而巴西利亚只有区区三百华人，没什么中国人来这里吃，因而土厨的伪中国菜也不会穿帮。卢老板和我认识的任何一个巴西人一样，时不时地感叹巴西经济的衰微，并不住地怀想几年前巴西的雷亚尔和美元一比一的幸福时光，现在，雷亚尔贬了三分之一。由于经济萧条，出来吃饭的人也越来越少，生意远不如从前好做，要不是看在女儿正在准备报考巴西利亚大学的分儿上，他和老伴早就想回国了。

说话间，卢老板的女儿就从补习班下课回来了，很阳光很灿烂的样子。我问她复习得怎么样，她自信地说，没问题，巴西的学生都特懒，我们中国人勤奋，不怕考试。她指着门口躺在地上晒太阳的两个小叫花子对我说，平时这里要饭的巴西人特别多，一到周末，连他们都知道要休假，就出来这么两个，还不好好要饭。话虽这么说，中国女孩毕竟心肠软，我一句话还没接上茬，她就给那两个孩子端了碗炒饭。

直到那时，无论是我还是在此久居的他们，都还不知道就在我的公寓楼同一单元的两层楼之上，还住着另一户中国人家，巴西利亚大学的计算机系教授刘先生。刘先生是在电梯里和我偶遇的，一听说我来自中国，就把我拽到了他家。

刘先生十五年前从大陆来巴西利亚大学攻读博士学位，毕业之后就一直留校任教，现在，已经加入了巴西国籍。刘先生和他的妻子都是河南人，由于再也不用受计划生育限制，他们一口气在巴西生了四个孩子，这四个孩子除了能讲流利的葡语之外，也都从父母那里学到了流利的汉语，不过，都是标准的河南话。刘先生数天后要去上海开学术会议，这是他出国后第一次回国，因此多少显得有些激动地向我打听国内的一切。然而，他最关心的似乎不是国内的经济情况，而是另一个让我啼笑皆非的问题——由于他这几年在网上看到了很多关于歧视河南人的话题，因而多次战战兢兢地问我，如果他回国被人听出了河南口音，会不会受欺负。

古斯塔沃·达·里尼阿

古斯塔沃·达·里尼阿（Gustavo da Liña）是艺术家古斯塔沃·卡斯特罗（Gustavo Castro）的艺名。这哥们儿出生在巴西和乌拉圭的边境线上，国界横穿他出生的小镇，因而，一个巴掌大的镇子却有两个名称，乌拉圭那边的叫 Rivera，标准的西班牙语，巴西那一半叫 Sant'Ana do Liveramento，标准的葡萄牙语。生活在边境上所带来的语言、文化的杂合认同感本就十分强烈，古斯塔沃的家碰巧又被国境线一分两半，主宅在巴西，花园在乌拉圭，再加上母亲是乌拉圭人，父亲是巴西人，身份的僭越感使他显得格外耀眼。这种僭越感干脆被他用来给自己重新命名：在他的艺名之中，da 是葡萄牙语特有的缩合定冠词，而字母 ñ 则是西班牙语里独一无二的字母。

古斯塔沃十五年前开始闯荡欧洲画坛，很快就在柏林定居下来，凭着天分和小地方出来的人特有的灵巧、稳妥的进取心，数年之内已经混成了欧洲当代艺术界赫赫有名的艺术家。数天前，他被巴西利亚大学艺术系从柏林聘请过来讲学一个月，其间还要去里约和圣保罗举办个展。这哥们儿恰好被学校安排和我住在同一套公寓里。

初次见到古斯塔沃的场面实在是太肥皂剧了。我住的公寓白天一般都没有人，某天中午，我从大食堂用膳归来，把沙发搬到阳台上准备抽支小闲烟，却在无意中瞥见我隔壁那间以落地玻璃和阳台连成一片的房间居然大有异象——窗帘没有合上，窗户大开，里面不但有人，而且是一个赤裸的男人和一个赤裸的女人正在小床上创造人类。我大为惊骇，连呼 sorry 逃回客厅。不承想数分钟之后，那个赤裸的哥们儿竟然大大咧咧地系着条浴巾出来跟我高呼 Nice to meet you。我注意到他的面貌、体型都极像某种灵长类动物，善用夸张的表情和手势，颇似我在北京做话剧的朋友石可。

这个不知什么时候搬进来的新邻居不久之后就成了我在这套空荡荡的大而不当的五居室公寓里唯一的慰藉。这里就像一个标准的 motel，三天两头换着短期访问学者住，除了我是长期房客，这段时间就只有古斯塔沃在此蜗居。

古斯塔沃精通数种语言，但仍对陌生的语言，譬如汉语，表现出强烈的求知欲。当我问他到底是做架上绘画还是玩什么装置艺术、多媒体艺术乃至方案艺术等玄乎玩意儿的时候，他郑重地向我请教"树木的皮肤"汉语怎么说，我告诉他是"树皮"，于是他回答我："我用树皮作画。"

1990 年，古斯塔沃在非洲的马达加斯加岛旅行的时候，发现了当地的一种叫作安泰摩罗的手工纸，由树皮经过简陋的加工而制成，甚至还保留着树皮的外观和质地。这种纸数百年来一直被一支从阿拉伯漂流到马达加斯加去的土著部落用来记述代代秘传的家族历史，后来沦为了岛上向游客兜售的小纪念品。古斯塔沃对这玩意儿一见钟情，大肆购买了一批用于绘画，效果果然不同凡响，"树皮艺术家"几乎快成了他在欧洲艺术界的身份标志。

古斯塔沃给我看了一批从柏林空运过来的"树皮绘画"，等待我的盛赞，期望我像各种艺术杂志上的评论家一样惊呼他的作品带有"材料本身所凸现出的历史感、不确定感和僭越感"，我却告诉他，俺们中国的国画，尤其是泼墨山水写意画，就经常在把宣纸揉皱了之后再用毛笔皴几下，和他的树皮画一样，具有"半是浮雕半是时间的弥散"的效果，没什么新鲜。这下倒好，他听了之后倒也没闹情绪，就是一天到晚缠着我给他讲中国画，还试图以武力逼迫我教他学用毛笔和水墨。

古斯塔沃的确是个好玩的家伙，就是有一点让人不爽——他几乎每天都不知从什么地方弄回一个女孩来创造人类，夜里呼天抢地地弄得我不得安睡。

我的学生们

和在北大的时候一样，在巴西利亚大学，几乎没有人把我当老师看。我不但像学生一样混迹于嘈杂的大食堂，像学生一样叼着烟在路上乱晃，像学生一样见到稀奇的事情就稀奇，见到美女就眼睛放光，更像学生一样穿得随随便便花里胡哨，外观与蛊惑仔的相似性要远远大于与衣冠楚楚的教师的相似性。但我的确是个老师，确切地说，是个传播伟大的中华文明的外教，虽然这一点证明起来极其艰难——我几乎用了近十天的时间，才让管我办公室的秘书习惯于不把我从高悬着"学生免进"的办公区轰出去。

按照计划，我来了之后应该在给本科生开汉语课的同时，给研究生开比较文学课。由于我晚到了一个多月，本学期已近中途，所以不但研究生课没法开，就连选了汉语课的本科们据说也在望穿秋水之后纷纷退课，因此，在开课之前，我的直接领导，语言文学院外语系主任、法国人雷奈教授含蓄地提醒我要做好冷场的心理准备。

开课的第一天，我就领教了巴西人特有的"民族性"——严重地缺乏时间感。中国大学里的学生撑死了只迟到十分钟，进来的时候还点头哈腰地，一副很对不起人的样子，可是我的第一节课上，等最后一拨学生理直气壮地走进来的时候，已经过了整整一个小时了。我虽然心里很不爽，但看到学生似乎不像预想得那么少，手指头和脚指头加起来好像也不够数，于是释然了许多。

说到教汉语，我的第一印象就是《不见不散》里面葛优声嘶力竭地教一帮美国警察念"吃了吗""趴下、不许动"的样子。因此，我教学生的第一句日常用语不是"你好"而是"吃了吗"，弄得我的学生们对于吃在我中华文化中的优越地位惊羡无比。我的课上起来有点古怪，用英语作为主要语言给一群说葡萄牙语的学生教汉语，对一些不懂英语的学生，我还得用西班牙语把要点再重复一遍，因为西语和葡语好歹是表兄弟，逼急了他们也能听懂个大概。一门课徘徊在四种语言之间，倒是可以作为汉语学界颇为时尚的"跨语际实践"的一个案例。

由于巴西利亚大学没有专门的中文专业，所以我开的汉语课其实就是一门全校通选的二外课。当我了解到这些来自文理工科各院系的学生为什么想学汉语之后，不禁感慨万分。大多数人是很不靠谱地冲着太极拳、功夫、算命（这里叫"中国命道"）、风水之类的怪力乱神来学汉语的，有几个稍微靠点谱的学计算机的学生指望学点汉语去中国进点便宜电脑来卖（这边电脑是中国价格的三倍以上）。倒是几个蹭课的老哥们儿颇让我感动。他们曾经跟着一个中国来的老师学过一点汉语，该老师走后的三年里他们像盼红军一样地盼着新的汉语老师来，一直盼到毕业。一听说我开汉语课的消息，他们又都齐刷刷地杀回学校来当"逃学威龙"。不过，不管他们抱着什么样的目的来学汉语，所有的学生有一个共同的观点让我觉得特别欣慰。他们都觉得中国特牛逼，在他们看来，世界上有三个国家最牛，美国、俄罗斯和中国。美国有钱但是坏，俄罗斯穷但是狠，中国是又有钱又狠又不坏。我很想告诉他们中国的人均收入其实比巴西还要低很多，但最后还是忍住了。

都说巴西的学生笨，我看不然。在第一节课之后的第二天，我在主楼公厕里遇见我班上的一个学生的时候，他已经能够像个标准的北京爷们儿一样，熟练地一边撒尿一边对我说"吃了吗"。

我这学期的汉语课分上午和晚上两个班，一共有学生三十多个。由于很多学生在上学的同时还有工作，巴西利亚大学为了方便他们学习把几乎所有的课程都划分为昼、夜两个班，相同的内容讲两次。我开始以为那些有工作的学生可能是我国所谓的"夜校"学生，和"统招"的学生可能不是一码事，后来才知道其实是一回事，因为该国政府大力鼓励学生自食其力，大多数学生都有远非短期打工所能比的正式的工作，像中国大学里那除了读书就无所事事、兼个职都羞于让学校知道的纯粹的"学生"在这里很少见。不但如此，学生们的年龄和婚姻家庭状况也很怪异，我的课上不仅有几个还未毕业就已呈老头模样的学生，更有一个印度阿三模样的胖女生经常带着一个小丫头来上课。我开始还以为是她的小妹妹，哪知道其实是她的女儿，而且还是老二，因为保姆罢工，这段时间没人把屎把尿，只好随身携带到课堂上来了。

巴西的公立大学至今仍然是学费全免，只有私立大学才收取高额的学费。但巴西的私立大学和北美的很不一样，几乎所有的私立大学都是水平捉襟见肘的"野鸡大学"。巴西利亚大学是巴西利亚唯一一所公立大学，同时也是在全国排名前三的名牌大学，因此，巴西利亚及其周边地带最优秀的学生都集中在这里。但是，由于能通过高难的入学考试的学生全都是学费昂贵的贵族中学的毕业生，对于中学只能上普通中学的草根阶层子女来说，免费的巴西利亚大学的校门是永远都不对他们开放的，他们要想上大学的话只有进不需要入学考试但学费昂贵的私立大学。这是巴西教育的一个很大的问题：富裕的人享受免费的、高品质的高等教育，贫穷的人却要为劣质的高等教育付出沉重的代价。

基于在校学生几乎都是中产阶级家庭子女这一前提，只要观察这些学生的种族构成，就可以发现巴西各种族的社会地位。尽管巴西是一个种族、血统高度混杂的国家，但经我目测，在校的学生绝大多数都是白人，混血人种其次，黑人微乎其微。学校里的黑人要么是非洲葡语国家几内亚比绍、安哥拉、莫桑比克和佛得角的留学生，要么是保洁工人（我发现身着制服的保洁工人倒几乎全部都是黑人）。日裔学生在学校里也不少见，这说明日本人在巴西的社会经济地位和他们的体型是呈反比的。我曾问过我的朋友马尔库斯，在他的庞大的朋克朋友圈里，为何一个黑人哥们儿都没有，他解释说，虽然法律上的种族歧视不存在了，但在不同种族之间，尤其是在黑人和其他种族之间，心理上的交往障碍仍然存在。看来，真正的种族平等在巴西还要假以时日才能实现。

我课上的学生们和巴西利亚大学的大多数学生一样，家庭经济条件本来就很不错，加上又都有工作，所以人人都很富裕，不但人手一辆汽车，好几个学生还买了自己的住宅。尽管如此，他们外表上都很不中产阶级。一个叫马尔赛罗的学生留着编着小辫、喷着定型水的山羊胡子，另一个叫若泽的学生面部挂满了金属环，而一个叫迈尼的女生则总是把乳房上刺着的春宫文身袒露出大半，让我上课上得心慌意乱。进教室的时候，很多学生身上还散发着残留的大麻的气味。但这并不意味着反叛，在课堂上，这些学生和中国校园里那些戴着高度近视镜、满脸青春痘、头发油腻衣着拘谨的学子们一样，学得诚惶诚恐、鞠躬尽瘁。这是"后嬉皮时代"的典型特征："嬉皮"已是中产阶级的年轻态的标志，它是一种时尚、一种点缀，无毒无害无副作用，完全被有序地组织进了社会主流阶层的成长轨迹之中。

可爱的古巴老科学家

几天前，我还在房间里午睡的时候，和我"相依为命"了数日的室友古斯塔沃悄然离开，回柏林去了。他在我的门口留了一大堆东西送给我，里面夹着一张字条："我有强烈的预感我们会在不久之后在这个庞大的地球上再次相遇，或许是在柏林，或许是在乌拉圭，或许是在中国。再见了，我的好兄弟。"看完字条之后，我不觉有些伤感。在一个过客一般的国度，过一种过客一般的生活，交一些过客一般的朋友，其结果大抵如此。

我以为我又要开始独自打发公寓里百无聊赖的时光，没想到，仅仅过了一个下午，上帝（不，不是上帝，是菲德尔·卡斯特罗）又给我送来了一个新的可爱的室友——被巴西利亚大学邀请来协助研制抗艾滋病药物的古巴免疫学家阿尔曼多教授。

阿尔曼多教授六十多岁了，长得很像毕加索，虽然头发已然全白，但精神抖擞，面色红润，颇有鹤发童颜的感觉。我开始以为他一定是借医学工作之便给自己搞了些回春药剂吃，或者和女学生们在偷练密宗双修，同住了几天之后才知道，这完全归因于他良好的生活习惯：每天早上散步一个钟头，晚上做半个钟头的俯卧撑和仰卧起坐。

　　阿尔曼多教授本来就是那种极好相处的"自来熟"式的人，再加上"同是巴西沦落人"，自然就更有惺惺相惜的感觉了。尤其重要的是，我们俩来自两个有着心照不宣的意识形态相似性的国家，我们都曾经非常熟悉对方的国家同时又对它的现状充满了好奇，我们注定要分享许多无法同其他国家的人交流的经验与感受。果不其然，就在阿尔曼多教授来到这里的第一天晚上，在合作了一顿"中古人民大团结万岁"的晚餐之后，我们极其愉快地聊到了凌晨。

　　令我非常兴奋的是，不愧是传统的友邦国民，阿尔曼多教授对中国的历史和现状的了解超过了我所认识的任何一个外国朋友。他知道中国的第一个皇帝是因为渴望长寿，服用了过多的金属而死，死后还被人用咸鱼覆尸；他知道八国联军的组成国家，知道台湾是被《马关条约》割让给日本的；他知道中国每年的经济增长率，说得出发达省份和城市的极其古怪的外语译名，也了解三峡移民的安置问题；他甚至还是第一个告诉我宋美龄去世的消息的人，并不厌其烦地要我给他讲宋氏三姐妹的故事。相比之下，我对古巴的了解就显得寒碜了许多，我只能走纯粹的文化路线，用何塞·马蒂、卡彭铁尔、因方特和电脑里播放的 Buena Vista Social Club 电影原声 mp3 来友好一下。我不知道古巴正在全方位模仿中国的改革但是进展缓慢，我不知道开放的旅游业在给古巴带来巨大收益的同时也带来了严重的腐败和社会不公。但这并不妨碍我们在谈话中频频找到不费吹灰之力就可以让对方理解的两国生活中共有的特殊"常识"，譬如在出国的审批文件上，我们都被无数个部门盖了无数个章，譬如当我们听到葡语的 secretario 的时候，第一反应都是书记而不是秘书，譬如我们所在单位的"工会"都有相同的职能——组织联欢会、春游、跳绳比赛和分发节假日果蔬……

我发现社会主义国家的人民有一个共同点：关心天下大事。因此，在我们聊完两国状况之后，我们又就共同关心的国际问题交换了意见，对美国在伊拉克的行径深表遗憾，对发达国家垄断艾滋病药物的知识产权深表愤慨，对北朝鲜问题深表不安，对南美洲经济和社会局势的动荡深表忧虑并对巴以和平进程深表关注。但不要以为我的西班牙语听力会因此陡涨，由于阿尔曼多教授的哈瓦那口音的西班牙语实在是过于古怪，一夜长聊之后，我只发现我对手势的理解倒是比以往丰富了许多。

这些天，在"sem carro, sem vivo"（葡语：没有车就不是人）的巴西利亚，我们两个没有车的异国生物常常结伴步行在通往超市的漫长道路上，结伴在超市里分析商标上古怪的葡文到底指涉了什么物品，感觉颇像爷俩。阿尔曼多教授是一个宽厚、温和、高度自律的人，但他也有蔫坏到家的时候。有一天，一个女学生到我的住处来借东西，顺便和我共进了晚餐。用餐时恰逢阿尔曼多回来，他匆匆地打了个招呼，旋即溜出了公寓，过了好几个小时才回来。我问他是不是有人请客吃饭去了，他说不是，他一直饿着在外面无聊地遛弯儿以免回来"打扰"我。然后，他就不停地夸那个女生很漂亮，并建议我在艾滋病泛滥的巴西即使和熟悉的人那个啥也最好使用安全套。我顿时晕菜，告诉她那个女生虽然好看，但是胸前和巴西高原一样平坦，我不喜欢这种类型。哪知老教授神秘兮兮地坏笑着对我说："看女孩不能只看胸！在巴西，平胸的女孩一般屁股都很翘。我就看了一眼，就发现你那个学生的屁股和腿可以称得上是屁股之中的屁股，腿中之腿……"

有女同室是兽医

圣保罗的娜拉第一天到我住的公寓落户的时候，着实把我吓了一跳。她像传说中的英雄好汉一样，身长九尺、鹤立鸡群，也像现实中的英雄好汉一样，身着一套切·格瓦拉式的游击队军服，像背着沉甸甸的枪械一样背着一个巨大的野营背包。她的表情险峻、面目凶残，令我不寒而栗，我赶快端着马黛茶从客厅溜回了自己的房间。她来的头几天，我几乎不怎么敢跟她讲话，仅仅知道她是一个动物学博士，兽医，来此讲授解剖学。常来我这儿蹭饭的几个中国孩子和我一道给她起了一个外号叫"动物"，并且总是用一种很畏惧的腔调提到这个不怎么合群的"动物"。

娜拉来了之后有很长一段时间，公寓里都没有其他人。我们之间的关系一度比较僵，因为她有一天跑到公寓管理处把我奏了一本，说我们的公寓简直成了 Máfia Chinesa（中国黑社会）的大本营，我像个大佬一样，整天吆五喝六地领着一群中巴两国的喽啰在公寓里吃喝玩乐。我得知此事之后先是非常愤怒，因为即使我有很多客人在公寓里，一旦娜拉回来，我都会很小心地叫他们安静下来，这个"扰民"的罪名纯属莫须有。但后来，在得知她也要和我一样在此长住至少半年之后，我决定尽可能和她消除误解，和平共处。

在几次共进晚餐之后，娜拉的表情似乎没有刚来时那么陡峭了，开始尝试着跟我进行沟通。她不懂英语，但听得懂一点西班牙语，虽然沟通起来很困难，但也达到了冰释前嫌的效果。她比我还惨，虽是本国人，可是在巴西利亚一个朋友也没有，下班以后通常就只有闷在公寓里看电视、发呆，所以经常很抑郁。有一个风雨凄清的晚上，她突然坐在我旁边哭了起来。在巴西利亚，动物也忧伤啊！经我安慰，她居然把我当作好朋友一样，向我倾吐心事：她在圣保罗有一个恋人，但是对方已是有妇之夫、孺子之父，虽然很爱她但是死活也不愿离婚；她的家很大，植物遍地动物成群，她很想念她养的两条狗和两只巨嘴犀鸟；她一周要教 16 节课，工作压力很大……

随着我的西班牙式葡语渐有长进，我们开始变得像无话不谈的铁哥们儿。我发现她虽然外表像个女纳粹，但是有一颗善良的心，而且，相对于我见过的其他巴西女孩来说，她显得非常传统。在一次我们公寓举办的 festa 上，她就全世界人民认为巴西女孩"随便""放纵"的偏见和几个男性激烈地争吵起来，她坚信只有里约热内卢的女孩是那样，在其他地区，尤其是在传统大家庭里成长起来的女性，保守的还是居多。我的几个巴西文艺哥们儿好几次想借来看我的机会泡泡她，结果无一成功，他们都说："丫满脑子只有她那个有妇之夫，刀枪不入啊！"

现在，我和娜拉像两个最理想的异性合租的室友一样生活着：我做饭，她洗碗；我蹭她煮的咖啡，她喝我捣鼓的马黛茶；她很有耐心地通过聊天、看电视、看报纸教我葡语，我则教她一些学术交流时常用的英语会话；她找到"车夫"了会进城顺便捎我要买的东西，我经常带她去我哥们儿的 festa 让她多认识些朋友……有一天，她告诉我，就像我一开始很怕她一样，她一开始居然也很怕我，因为在圣保罗，人们一听到中国的"福建帮"就闻风丧胆，她看我的装束感觉很像黑社会。她郑重地就向公寓管理处打小报告一事向我道歉，并说她会像照顾弟弟一样照顾我。（天！一个懒惰的巴西人怎么可能照顾一个勤劳勇敢的中国人！）

麻烦的是，这种友善的"同居"关系经常会引起人们的误解。一天，我的一个来访的学生用我刚刚教他的"马子"一词小心翼翼地问我："娜拉是你的马子吗？"我连声说 não，并教了他一句新的"日常用语"——兔子不吃窝边草。

尤百图的汉语梦

　　有这么一个巴西人，他每天上午在戒备森严的巴西空中交通管制中心工作，是巴西利亚、圣保罗和里约三大区域上空的航线调度总管，每天下午，他则是一个颇有名气的心理医生，在设在自家豪宅中的心理诊所里处理与青少年成长、家庭暴力有关的心理病例。他人到中年、生活富足，从外表上看，是一个典型的稳健、优雅、功德圆满的上层中产阶级人士，但是，在内心深处，他却有着一个焦灼的、在多次受挫以后变得更加火烧火燎的梦，这个梦在他看来几乎是他迄今为止一帆风顺的生命之中唯一的缺憾，也是推动他安度下半生的最大的驱动力。这个梦就是学好汉语。

　　此君名叫 Gilberto，我给他起了一个和葡语发音几乎一模一样的中文名字，叫作尤百图，"尤"为特别，"百图"取"百年树人，奋发图强"之意，其音、义均远胜过他以前的汉语老师根据他名字的英文读音给他起的中文译名"吉尔伯托"。他是来我在巴西利亚大学开设的汉语课蹭课的编外学生，却是我的课上学得最刻苦、进步也最大的学生，因此，按照中国的习惯，我勒令我班上那些懒惰的在校学生都必须尊称他为"尤老大"。

尤百图跟我聊起他长达数十年断断续续的汉语学习生涯的时候，一副饱经沧桑、苦大仇深的神情。很小的时候，尤百图就对中国的语言文字乃至中国文化发生了强烈的兴趣，这种我至今也不知道究竟源自何种需求的强大兴趣还在少年时代就把汉语推送到了他内心中"人生目标"之类的显要位置，可是，自从他幼时的一家日本邻居教了他一星半点的汉字之后，他再也没有找到学习汉语的机会。十年前，尤百图凭着和当时巴西利亚大学文学院院长的私交，极力怂恿在巴西利亚大学开设汉语课，不久以后，就有一个台湾老师前来讲授汉语。这是巴西利亚大学历史上的第一个汉语老师，她的到来完全是尤百图游说的结果。尤百图跟着台湾老师仅仅学了一年，该老师不知何故就停止了授课。待到尤百图的汉语几乎快要忘完了的时候，五年前，又有一位北京来的汉语老师开始在巴西利亚大学开设汉语课。尤百图又跟着这位老师学了一年，正当以前忘掉的汉语开始活络的时候，老师又走了。在我来之前的这几年里，尤百图结识了一位好心的中国外交官，这位官员时常帮助他维持汉语的自学状态，可是没多久，这位古道热肠的老先生也离任回国了。

可怜的尤百图在没有任何指导老师的漫长岁月里孤独地徘徊在汉语的迷宫之中，在没有人对话导致口语完全遗忘的情况下，他仍坚持每天通过各种途径找来一些汉字练习抄写，到上我的课之前，他能够工工整整地写出上千个汉字，可是大多数都不会读，也不知道意思，更不会会话。他的汉语梦执着到居然强迫他八岁的儿子也要每天抄写汉字的地步。

尤百图讲了一件让我感怀不已的事情。在前些年，由于没有老师，尤百图试图抓住任何一个和中国人碰面的机会练习口语，在整个巴西境内出差、旅行的时候，不管是在哪个城市，他在大街上一看见中国人模样的人就兴奋地上前"你好"一下，希望对方和自己简短地聊聊汉语。可以想象，在巴西，这些人大多是日本人。问题在于，所有被他误认为是中国人的日本人都会非常友善地告诉他，如果想学一点汉字的话他们会帮忙，虽然他们在口语上无能为力。但所有真正的中国人都冷漠地摇头拒绝他，仿佛在警惕坏人的暗算一样。这导致他彻底放弃了和陌生的中国人对话的愿望。我对他的遭遇表示遗憾，但我告诉他，中国人其实不是这样的，出现这样的情况只是因为从我国输出到海外的移民有一部分人素质实在是太低，严重歪曲了中国人的形象。

临近圣诞，一次下课之后，尤百图递给我一张贺卡。回家之后打开一看，上面写了几句表示祝福的中文，同时附上了一段英文，令我不胜唏嘘。其大意为："胡老师，你是我最后的救星了。我自己是学心理的，我知道我的汉语梦再也经不起挫折和打击了，如果你也很快走掉，汉语会成为我一生的阴影……"

维诺尼卡的艰辛生活

注意，这个题目和经典小资影片《维诺尼卡的双重生活》没有任何关系。我写的这个维诺尼卡不是人见人爱的法兰西尤物艾莲娜·雅各布饰演的维诺尼卡，而是我住的公寓里的黑人女佣、肥胖憨厚勤劳苦命的巴西草根妇女维诺尼卡。

在相当长一段时间，我和维诺尼卡都只能通过手势进行沟通，好在黑人天生表情丰富、肢体语言发达、象声词词汇量巨大，我们之间就室内卫生、物品摆放等问题进行的沟通一直比较顺畅。随着我的葡语可以初步交流，话痨一般的维诺尼卡成了我重要的会话伙伴之一，也是我在蔬菜名称、贫民俚语方面的葡语老师（我的女兽医室友是个五谷不分的家伙），我也因此不幸被人听出了巴西东北地区的黑人口音。

维诺尼卡出生在巴西响当当的贫困地区、东北部最干旱的皮奥伊州，少年时代因为逃避饥荒跟着一辆拖拉机来到了巴西利亚，一晃二十多年过去了，她在这里已经有了自己的家，并准备把仍在饥饿线上挣扎的父母从皮奥伊州接过来养老。可是，行孝之心虽有，行孝之力却极为有限，赡养父母的计划令她那个本来就十分贫寒的小家面临雪上加霜的危险。

　　维诺尼卡住在巴西利亚最偏的一个卫星城，来一趟需要两三个小时，每天，她从家门口坐远郊公共汽车进城之后，还要步行很长一段距离才能到巴西利亚大学的教师公寓。作为公寓管理处统一雇用的为访问教师公寓服务的保洁女佣，她周一到周五必须每天上班，工资只有每月400雷亚尔，而光是路费每月就要耗去100雷亚尔。维诺尼卡所居住的那个卫星城是整个联邦特区警力部署最薄弱的地区，属于"三不管"地带，其社会治安动荡的恶名在我刚来不久就曾听闻。她的家经常被各种黑社会打劫，不但衣物、食物不保，就连家里养的狗也被韩裔黑社会抢去宰了（在巴西，只有韩国人和中国人吃狗肉），因为她是当地贫民窟中罕见的有工作的人，黑社会们认定了她是鹤立鸡群的"大户"。她的丈夫因为拒绝日裔黑社会让他十岁的女儿去做雏妓的要求而被打成重伤，至今无法找到工作，一直赋闲在家，对着一台中国产的黑白电视发呆。维诺尼卡一个人要养活三口人，加上还在筹备赡养父母，她不得不更加玩命地挣钱。最近几个月来，她连周末都没在家好好待着，零零星星地在城里的其他地方找了些笨重的搬运活儿来干，累得腰都直不起来。

　　好在维诺尼卡和巴西的大多数贫民一样，有豁达开朗的性格，所以快乐总是伴随着她劳累的身躯。巴西大多数用人都有在主人家长时间占着电话和穷朋友们神聊的习惯，维诺尼卡也不例外。富人们聊天总是在传递派对的资讯，而穷人们聊天则时常在交流哪个超市有打折、哪种日用品在促销的消息，不过，这些消息让有着八婆购物嗜好的我也十分受用。维诺尼卡电话聊天时噼里啪啦声音响彻云霄，有一天，我和一个朋友在家中共饮马黛茶，突然听到维诺尼卡接电话时欢快地大叫："Oi!Presidente Lula!"（嘿，卢拉总统！）我们当场晕菜。事后询问才知道，她的一个用人姐们儿外号叫卢拉总统。

了解到维诺尼卡的处境之后，我时不时帮她一点小忙。买烟的时候多买几包让她捎给她丈夫，做了午饭请她一起来吃，把衣服给她洗让她赚点洗衣钱，派对的时候多买的红酒送给她过圣诞……维诺尼卡有一天对我说："我知道其实你和上个月住在这里的那个古巴人在这儿是工资最低的，但你们也是最帮我的人。你们都是共产主义者啊！中国和古巴没有像我们这样的穷人吧？"我一下子愣住了，不知道怎样回答才好……

特级川厨在巴西

我是一个离开四川本土多年的川人，但在国内的时候，无论到哪儿，总是能碰上川人、操练川话。在巴西利亚就不一样了，这里的中国人以浙江商人为主，尤其以浙江青田籍的居多。一个青田籍的商人自豪地告诉我，岂止在巴西，就是在一些普通人一辈子都没听说过的犄角旮旯的国家，都有青田籍商人的足迹。他总结道：凡是太阳照得到的地方，都有中国浙江青田人。套用这个说法，我们可以说，凡是玉皇大帝管辖的地盘（也就是我大中华），都有川人，而在耶和华管辖的地盘上，譬如巴西，川人就不灵了。不过，在巴西碰上一个川人的微小的概率还是让我给撞上了。

某日我骑车前去朋友新介绍的一家日本店购买味精，不料此店当日关门大吉。挥汗如雨地骑了半天徒劳无获，我只想找个地方填饱肚子走人，不承想猛一抬头，看见路边一爿小店赫然打着"北京饭店"的旗号。巴西利亚的中国餐厅我已尝试过几家，本来没有什么兴趣，但看在我的第二故乡"北京"二字的分儿上，我还是决定去 try 一 try，实在难吃的话，和老板共同缅怀一下北京城也不失为爽。

因为城中难得有陌生的中国人现身，我进去之后，老板果然热情招待。此公姓李，大背头小胡子，儒雅之中不失草莽之气，颇有老板风范，不过，口音却不似京人，倒像是我颇为熟悉的"川普"。三两杯茶水过后一切昭彰：李公果是成都人氏，因为巴西人民实在不知 Si Chuan 为何物，就胡乱给小店起名为天下尽人皆知的北京。李公听闻我亦是川人，敬茶的双手都哆嗦了起来，立马呼叫小二打来 Martini 一杯，自己一口闷了，然后颤颤巍巍地用川话对我说："十五年了，十五年来老子一根四川人的毛毛都没看到过，川话都要忘完球了。来来来，把酒整起，今天格老子不喝安逸不着数！"

　　李公原是成都多年前赫赫有名的特级厨师，川报经常报道其出神入化的厨艺，后来李公进了长城饭店掌勺，十五年前落草巴西为某驻外机构敬献厨艺，聘任期满后，因贪恋巴国美色留在此地做起了餐饮，国内本已有家室，在此却又添了一房巴国堂客，也正因为如此原因，十五年来一直未敢探访故土。头几年李公还自己下厨，后来因为巴西人实在吃不惯正宗麻辣，他就随手指点了几个黑人徒弟，一任他们烹制"黑人川菜"，投本地胃口所好，距我中华口味越来越远。但李公自己的饮食依然保留着强大的川人惯性，自行研制了本地原料版的四川红油辣酱和四川泡菜，甚至还研制了巴西版的醪糟。李公听我言及成都近年来的种种变化，不胜唏嘘，乡愁直冲脑门。他亲自下厨为我烧得小菜二三，藏辛辣于绵爽，不愧是当年的特级厨师，去国多年宝"勺"不老。告别时，李公赠我味精一把，情谊深长地把我送出店门数十厘米，并一再叮嘱我——"要下力气整巴西女娃娃哟！来了巴西不整女娃娃算是白来了……"

　　后来我碰见巴西利亚的其他几个中国年轻人，他们都很喜欢去李公的饭店，一是因为那是本城唯一可以吃到火锅的地方，二是因为李公为人实在有趣。李公和雇工对话时常常汉、葡混杂，譬如他叫小二打水，常曰："大碗的agua！"（agua为葡文"水"之意。）但一直令那几个中国年轻人摸不透的是李公的一句口头禅，既不像汉语也不像葡语，他们觉得有可能是李公的巴西发妻教的部落土语。我问究竟该口头禅李公在何种情境下使用，他们告诉我，不管巴西人还是中国人，只要是熟客进门的时候，李公都要说："Ginicohio!Entre,entre!"（Ginicohio！进来，进来！）我琢磨了半天，终于回过神来，原来这个被那几个哥们儿按照葡语规则拼成Ginicohio的"发语词"居然是一句偏门的四川粗口："日你哥哟！"

树教授和谎话节

来自巴西东北部著名贫困地区塞阿拉州克拉图市立大学的生物学教授阿拉莫（Álamo）最近这些日子住在我的隔壁。阿拉莫在葡语里是个极其生僻的单词，据公寓里的另一个室友、兽医女博士娜拉说是一种古怪的树，于是，公寓里的所有人都懒得记这个单词，都叫阿拉莫为"树教授"。

树教授操着典型的东北地区的口音，最明显的特征就是语速极慢，抑扬顿挫，颇似老干部做报告，很适合我练听力。但对娜拉来说，听树教授说话简直是一种受罪。因为娜拉的老家圣保罗以语速快而著称，她很不习惯树教授一波三折、低谷高潮缓慢交替的说话方式，常常抢在他前面把他要说的话说出来，还说树教授一说话就是"树懒教授"，弄得树教授很郁闷。因此，我成了树教授最忠实的倾诉对象。树教授是个老愤青，一见我就很兴奋，说他们家那片有史以来一直穷得抬不起头，大家都盼着闹革命，所以很向往中国。他年轻时代最大的梦想就是苏联把美国消灭掉，现在这一理想破灭，他就指着中国成为世界第一强国了。

树教授所在的塞阿拉州出奇地干旱。他给我们讲了两个故事说明那里干旱到了令人发指的地步。第一个故事很简单，说有人在塞阿拉州见到一条鱼，都三岁了，还不会游泳。第二个故事说是一辆运钞车经过塞阿拉乡间的时候，突然遇到一群扛着机关枪的劫匪打劫，押车的警察看架势觉得敌不过，就乖乖地走下车来缴枪投降，对劫匪们说："车上的一百万雷亚尔全归你们了。"没想到劫匪们却根本没理会车上的巨款，打开运钞车的水箱取走了全部的水，就扬长而去了。

树教授的段子层出不穷，每天晚上睡觉前我们都要听树教授讲个段子才各自散去洗澡睡觉，活脱脱一个巴西马三立。树教授说他们家那片的人全都出口成章、段子不绝，其原因在于一个非常的传统：每年6月在克拉图市都有一个盛大的谎话节（festival da mentira），来自克拉图各城镇乡村的谎话爱好者们要在这个谎话节上进行为期八天的谎话比赛，冠军将成为该市享受"俸禄"的谎话大王，其职责是在该市的各种大型活动的典礼上讲个开场笑话。树教授的儿子去年参加了谎话大赛，险些打入决赛。他讲的谎话是："我们家后面的那条河里鱼真多，我每次去钓鱼的时候鱼钩都沉不下去，我必须跳下水费尽力气把鱼往两边拨拉开，才能腾出个空地让鱼钩沉下去钓鱼。"树教授那次自己也参加了比赛，但是没有他的儿子走得远，在初赛就被刷下来了。他讲了自己一匹心爱的驴子的经历，说是有一天急着要在十分钟之内从三十里外赶到教堂，12点整好容易赶到了，又被神父打发到三十里外的作坊去送一件东西，到了作坊的时候驴子累得不行了，趴在地上起不来了，叫来兽医一看，说是可怜的驴子在12点整就已经死了。

某天我翻葡汉字典，无意中发现阿拉莫的意思居然是杨树，就告诉了树教授这玩意儿在中国遍地都是。树教授以为我在骗他，因

196

为自打他有了这个名字以来还没碰到过见过杨树的人。我把我在国内拍的一张有杨树的照片给他看，让他去查植物学词典里对杨树的描述，果然一一吻合。树教授开心得不得了，大有找到自我的感觉。应他的要求，我为他画了一张杨树的国画，上面用中文写上了"故事大王杨教授"。

"怪兽叔叔"教授

公寓里新来了个居住一周的临时住户。来的那天上午我去上课去了,回来的时候那哥们儿不在。西班牙弟弟鲁文和弟妹阿赛娜紧张地跟我说,来了个好恐怖的家伙!他们的描述完全像是周星驰饰演的韦小宝在妓院里的一段经典说书:"话说这个陈近南,身长八尺,腰围也有八尺……"这个哥们儿据说前面秃头,后面长发披肩,一脸凶恶的大胡子。最关键的是,当西班牙夫妇试图跟他对话的时候,绝望地发现这哥们儿不会这对夫妇能够讲的西语、葡语、法语和意大利语之中的任何一种语言,只跟他们说他们不懂的英语,因此,在一番心惊胆战、鸡同鸭讲的"对话"之后,他们连这老哥们儿到底从哪儿来、来干什么都不知道。

晚上那哥们儿回来了,好奇的阿赛娜怂恿我去刺探一下。一打照面,果然吓了我一跳,名副其实的"身长八尺腰围也有八尺"。凑过去聊了半天,一切昭彰——原来这个被阿赛娜称作"怪兽叔叔"的老哥们儿来自一个极其偏门的国家,爱沙尼亚,也就是《手机》里面的费墨先生凄然出国去教汉语的地方。但事实上"怪兽叔叔"的身份相当复杂,涉及三个令我这个世界地理狂人一筹莫展的国家：他是一个出生在立陶宛的前拉脱维亚人，现在加入了爱沙尼亚国籍，在爱沙尼亚首都的梯宁大学任教，是研究心理学的博士生导师，欧洲心理学界的权威，这些天被巴西利亚大学请来短期授课。这哥们儿说立陶宛语、拉脱维亚语、爱沙尼亚语、俄语和英语，其英语带着明显的斯拉夫口音，成串成串的嘟噜。我们就共同关心的国际问题交换了意见。在双方亲切友好的交谈中，我了解到这个公元1世纪就已建国的古老民族有着悠久而惨痛的历史，因此，我对长期遭受德国、丹麦、瑞典、苏联的侵蚀但仍保持着其独特性的爱沙尼亚文化表示了敬意，并代表13亿中国人向150万爱沙尼亚人表示了深切的问候，对他们即将加入欧盟表示了祝贺。

　　"怪兽叔叔"名叫欧罗，其发音接近于葡语里的"金子"，好名字啊，有富贵气。欧罗教授很郁闷地告诉我，在他们祖国的语言里，"巴西"和"巴西利亚"是一个词，并且很多人都不知道巴西利亚这个地方，都以为里约是巴西的首都。在他前来巴西利亚之前，很多人问他："你要去巴西的哪个城市？"他回答："巴西利亚。"对方接着问："知道你去巴西，但是是去哪个城市呢？"他用力回答："巴西利亚！"对方有点生气地问："我问的是哪个城市！"他非常生气地回答："巴西利亚！！"对方绝望地问："求求你了，告诉我你去巴西的哪个城市……"他也异常绝望地回答："巴西利亚……"

　　我一边听欧罗讲这个"打死我也不说"的故事，一边仔细端详他的扮相。一瞬间，我恍然大悟——教授原来还可以长这样。原来我以为我长得已经很不教授了，没想到欧罗教授更加偏门，威猛的身形加上前秃后飘的长发再加上遒劲的络腮胡子，如果不是从央视版《射雕》里跑出来的番帮武林豪杰的话，也是欧洲电影里经典的"摩托党"造型。看来成为国际知名教授一定要在造型上别出心裁啊！我顿时觉得前途渺茫……

与电脑盲共事

这些年在中国感觉不到，一出国，才觉得电脑常识和电脑技能在中国的全民普及确实达到了令很多发展中国家难以望其项背的地步。我在国内的时候也就算个会用电脑的人而已，比起周围一大帮动辄钻进注册表里改来改去、在 DOS 界面里呼风唤雨、对各种新奇软硬件了如指掌的哥们儿要差远了，经常得向人求救。可是到了巴西，在我工作的巴西利亚大学文学院里，我居然被公认为第一电脑高手，人称 Monstro de Computador（电脑怪兽），实在是让人哭笑不得。

我的办公室里有个伊朗来的波斯语教授，这老哥们儿也算开过大洋荤了，90 年代末在哈佛执教了数年，动辄就是"兄弟我在哈瓦尔德的时候"（在他的德黑兰口音的英语里，Havard 里的 r 永远都要发成大舌颤音）。但是，这哥们儿一摸电脑就实在不像在"哈瓦尔德"混过的。

在办公室里，他有一台伊朗驻巴西大使馆捐赠的电脑，都用了快一年了，有一天他嘬嚅了半天，突然请教我从硬盘往软盘里拷几个文件该怎么拷。我差点晕倒在地，问他以前都是怎么拷的，他说都是一个学生帮的忙，那天该学生不在，他就无计可施。我立即教了他数种拷贝办法，怎么 copy、怎么 paste，怎么从资源管理器里拖拽等。当我教他在资源管理器里把一堆文件拖到软盘里去的时候，他兴奋地用德黑兰英语大叫："It's a Chinese miracle！"（这真是个中国奇迹啊！）晕得我立即夺路而逃。

此公后来就抛开了他的电脑助理学生，整日请教我如何在 word 里改变字体、如何保存一个网页、如何看图片、如何把邮件发给一个以上的人等"高难问题"，现在基本也能独立操作了。但是最近，他又让我跌了一次眼镜。前几日他家里的电脑中了"振荡波"病毒，特意从家中抱来电脑请我帮他杀毒。我正要给他中毒的电脑接上电源以开机查毒，他却连声制止我，说："这个电源插板还连着办公室里这台没中毒的电脑，你不能插上去，否则带毒的电流要把没毒的电脑也传染上的。"我顿时对他的想象力佩服得五体投地。

办公室里另外一个现代希腊语教授也好不到哪里去。这哥们儿前些天新买了一台电脑搁在办公室里，我把希腊电影《尤利西斯的凝视》的电影原声碟借给他听，他连声说"Vou escutar agora！"（我现在就来听听！）却半天不见他播放。我问他怎么回事，他耸耸肩，说不知道该把光盘放到机器的哪个位置。

办公室里的摩洛哥教授阿卜杜拉还不错，知道在他的电脑里有一种叫"猫"的东西存在，但是就是不明白为什么他拿一根电话线连接他的"猫"和办公室里的宽带接口的时候永远上不了网。在我来之前，这个问题足足困扰了他半年。当我告诉他需要一个网卡的时候，他认为我在说上网话费的储值卡，一脸无辜地抱怨说，他买了储值卡已经半年了，一分钱都还没花出去。不过，他好歹比负责外籍教师办公设备支持的秘书强多了。

　　由于办公室里只有一个网络接口，而现在有四个老师有电脑，我就去向秘书申请再多安一个网络端口。秘书看看我的笔记本，说："这东西很先进啊，打开就可以上网了。"我以为她是说巴西利亚大学有无线网络环境，但是据我所知，在巴西"无线上网"还是一件很遥远的事情，就觉得她一定是什么东西没弄明白。果然，她接着就说："这种叫笔记本的东西是不是容量很大？我听说网上的全部东西都在这里面，你在自己电脑里上网就可以了。"

我在巴西的"新疆学生"

我在巴西利亚教的学生里，Amilton 算是汉语说得最好的了，是唯一一个可以和我一起阅读圣保罗出版的中文报纸《南美侨报》的巴西人。因为他的姓在巴葡里的发音第一个音节近似汉语拼音的 He，像是中国的大姓"何"，我给他起的中国名字叫何觅东，含"为何寻觅东方"之意。同时，因为我叫胡旭东，而他是主动找上门来要我私下授课的学生，因此，他的汉语名字也含有"为什么找胡旭东"之意。

何觅东聪明绝顶，跟我年纪差不多，三十出头，但是居然会说包括公认为极其难学的德语、俄语、阿拉伯语、汉语在内的十种语言，颇令学了葡语就忘了西语、现在又快把英语忘光了的我汗颜。他的汉语是在圣保罗大学学的，开始只是选修，学着玩，没想到学了两年越学越来劲，在圣保罗大学继续听课已经满足不了他的汉语胃口，于是，他就在 90 年代末自己花钱到中国去学了一年汉语。

说来我和这哥们儿还真是有缘，他在中国学汉语的地方不是外国人扎堆的北京或者上海，因为学费便宜的缘故，他居然选择的是我老家的四川大学。因此，我一下子就明白了为什么他的汉语虽然很流利，但是却带着我颇为熟悉的"川普"（四川普通话）口音。更令我惊讶的是，他不但会说自认为是普通话的"川普"，还能说很多标准的四川话，譬如，我用葡语问他知不知道某个词什么意思，他却用地道的成都话回答我"晓不得"，煞是厉害啊！

何觅东的相貌在巴西颇为另类，不似欧人后裔，倒像是我国西域一带的色目人。当我向他陈述了上述观点之后，他居然告诉我，这并不新鲜，在中国，几乎人人都以为他是维吾尔族人。在北京的牛街，他去参观清真寺的时候，和蔼的穆斯林们看他进来，都不假思索地用维吾尔语跟他打招呼；在成都街头，所有卖羊肉串和葡萄干的哥们儿看见他都嘟噜着一大串维吾尔语向他表示问候。而何觅东偏巧学过阿拉伯语，由于维吾尔语和阿语多少有些相似，几乎每次他都能顺利地应对那些友善的招呼。更神的是，在从成都市区到成都双流机场的大巴上，他不止一次地被上前搭讪的人问道："你回乌鲁木齐是吧？跟我同路啊。"

何觅东学了那么多外语，找到目前这份工作的原因却是因为自己的母语葡语。他现在在日本驻巴西大使馆工作，他根本不会日语，可是因为巴西的葡语也是一种口语和书面语严重分离的语言，日本使馆需要一个精通葡语书面语的高手修改公文，就找到了公文功底深厚的他。他在日本使馆是个公认的"怪物"，所有在那里工作的巴西人一有空闲时间都巴不得用来学习一点日语，但他却对日语丝毫不感兴趣，上班的时候捧着中文书看，并坚持采用汉语读音称呼使馆里的日本同事。

何觅东目前最大的梦想是跟着我把汉语练得更油一些，以便不久的将来再去中国旅行，尤其要去他被人们虚构了多次的故乡新疆。其实，我没有告诉他，依照我在新疆旅行的经验，就凭他现在那口四川话和完全可以冒充维吾尔语的阿拉伯语，不需要任何普通话，他就可以在新疆玩得舒舒服服开开心心。他不知道，无论是在新疆还是在西藏，为数惊人的四川人后裔已经把四川话及其变体变成了当地的标准汉语。

乌拉圭老头重现江湖

去年我在巴西利亚大学大食堂门口认识了一个自产自销手工艺品的乌拉圭老头。这个老头非同寻常,他虽然终生流浪、从未上过一天学,但是除了母语西班牙语之外,居然会说流利的英语、法语、葡萄牙语。更不可思议的是,他是我在巴西认识的汉语说得最好的人,我的爱徒、已经能够做翻译工作的何觅东都比不上他。

乌拉圭老头之所以成为一个语言怪杰的原因很简单:生活。他年轻的时候闯荡到台湾高雄在餐厅里打了几年的工,后来又先后流浪到爱尔兰、法国、西班牙,在欧洲做过各种各样的苦力活,最后来到了巴西,到处搜集古怪的树叶、果壳、种子用来制作耳环、手镯之类的小玩意儿。他的经历雄辩地向我等外语教学工作者证明了书本教育的孱弱,同时,也证明了底层人民的智慧不可估量。唯一令我觉得书本教育还有存在必要的理由是:老哥们儿纯粹是个文盲,他所说的所有语言,包括他的母语,他都只能听说不会读写。

乌拉圭老头在和我认识不久之后就消失了。我的一个朋友曾经在里约看见他在海滩上摆摊,我以为,他又开始云游四方,再也不会回巴西利亚来了。路过他经常叫卖的那棵树下的时候,我经常想起老哥们儿那口地地道道的"台湾腔"，譬如把"和"读成"han"，把"二"读成"e"，把橙子叫柳丁，把垃圾叫"乐色"。这哥们儿的语言能力强到了还会说闽南话的地步，动不动就是"干你娘"，高兴了就给我用闽南话唱一首《丢丢铜仔》，令我所有的中国朋友都跌破眼镜。

前些天，在我走过大食堂门口的小树林的时候，突然看见了乌拉圭老头那顶熟悉的拉丁流浪帽，走过去一看，果然是老哥们儿又杀回来了。这次，身边还多了一个二十岁不到的混血小妹妹。老头很跩地指着小妹妹对我说："这是我女朋友！"在他的熏陶下，流浪小妹妹居然也能跟我说上几句汉语。老头说，这个小妹妹是他前不久在阿根廷的潘帕斯草原上"捡来"的，喜欢得要死，决定和她度此余生。我问他，巴西女人这么漂亮，为什么不找个巴西老伴，老头一脸坏笑地说："巴西女人不喜欢人，只喜欢打炮。她们精神不正常，都有'打炮病'。这个小妹妹不一样，她喜欢我这个人，不光喜欢打炮。"

乌拉圭老头重现江湖之后，我决定好好利用他，把他请到了我的教室里和我汉语中级班的学生练习对话。没想到，在这个国际盲流加文盲生动活泼的对话诱导下，我的学生迅速学会了"干你娘"等口头禅，我用正宗京骂"你大爷的"矫正了数次都没有矫正过来。

别了，鲁文和阿赛拉

和我一起在巴西利亚大学访问教师临时中转公寓里生活了近半年的西班牙生态旅游学博士鲁文和阿赛拉夫妇就要永远离开巴西利亚了。连续几天公寓里都沉浸在惜别的氛围中，与鲁文夫妇形同兄弟姐妹的我和女兽医娜拉更是心绪不佳。

鲁文夫妇的善良、开朗、热情、勇敢远远超出了我对欧洲人民的想象。我们一起相处的这半年里，不但没有任何合住公寓经常出现的琐屑的争端，反而把这个"铁打的营盘流水的兵"一样的中转公寓弄成了一个地地道道的家。鲁文聪明、好客、慷慨爽朗，经常开着他那辆需要人推才能启动的小福斯卡载我们出去购物、郊游，并买来烤肉架把我们的阳台布置成了一个纯粹的烤肉台，几乎每个周末都要在公寓里举办烤肉派对。阿赛拉是我见过的最圣洁的人，虽然她有一对足球状的豪乳。我们都叫阿赛拉 Santa Asela（圣女阿赛拉），她完全像是一个仅仅在童话中存在的人，一方面是个虔诚到了极点的天主教徒，勤于家务热心助人，另一方面，她又天真烂漫童心未泯，客厅的四壁都装饰着她画的卡通小疯羊。她临走前一天，还在照顾我从中国来的朋友。那天我出去办事，撂下朋友一个人在家里，她水土不服，我一出门她就在家里开始呕吐。阿赛拉一直在陪着她，虽然她不懂英语，和我的朋友没有任何语言可以沟通，但是她努力地打着各种手势安慰我的朋友，逗她开心。

鲁文和阿赛拉要去亚马孙丛林深处的一个小城田野考察一年半，他们要住在城外，亚马孙河岸边。鲁文已经去过那儿一次，他说那边目前只有印第安土著和一些在亚马孙河里淘金的人，生活很艰难。鲁文说那些淘金者都是生性狡诈险恶的人渣，一般两人为一组进行淘金作业，一人背着氧气瓶下水，另一人在岸上通过导气管给前者打气并通过一个水下窥镜观察水下的情况。一旦岸上的人发现水下的人采到了大量的黄金，往往都会切断导气管让水下的人死去，独吞黄金。河面上经常漂浮着自相残杀而死的淘金者的尸体。鲁文说，他们就要去与罪恶为邻。

鲁文夫妇去亚马孙的方式实在让我和娜拉担心不已。鲁文本来就很有冒险精神，加上夫妇二人看了电影《摩托日记》之后决定学习切·格瓦拉的丛林漫行，就索性退掉了欧盟给他们订好了的机票，决定开着他们在巴西利亚买的二手福斯卡（款式最古老的甲壳虫车），穿越整个巴西高原和亚马孙腹地前往帕拉州。我计算了一下，他们的行程是将近3000公里。

早上6点，鲁文夫妇起床，准备静悄悄地离开巴西利亚了，但没想到我和平时不睡到10点决不起床的娜拉都已经在客厅里等着给他们送行了。我们来到地下车库，看着他们启动了小小福斯卡，想起在这个荒芜、混乱的国家（他们穿越的区域每平方公里两个人都不到），3000公里的孤绝公路上不知有多少险恶路况、劫匪路霸，只能对他们说一声：珍重！

"小问号"霍德里格

我在陪央视"世界电影之旅"摄制组采访里约电影工读学校的时候，意外地结识了一个极其可爱的穷苦小朋友，叫作霍德里格。他是在我坐在活动室里翻阅学生们的影评作业的时候跑过来跟我搭讪的。这孩子一看就是一个人精，年龄明显小于其他人，一问他的老师，果然，只有十三岁。他对中国很好奇，听说我们是中国来的，不停地过来奶声奶气地问我关于中国的一切，衣食住行吃喝拉撒语言货币婚姻家庭什么都问，被我称为"金牌无敌小问号"。小问号居然说我长得像成龙，弄得我上厕所的时候不停地对着镜子暗自问道："我是谁……"

工读学校的老师小声告诉我，小问号的身世很凄惨。他住在里约北部的一个大贫民窟里，生下来就没有见过父亲，也不知道谁是他的父亲。他的母亲白天在别人家里当清洁工，晚上出去站街做妓女，把他拉扯大很不容易。去年的某天他在贫民窟玩耍，看见一群人在那里拍电影，出于对电影的强烈好奇，他一直跟在剧组旁边不走，后来，导演问他哪儿有水喝，大家都渴了，小孩特别兴奋，说："我家有水！"然后就把剧组领到了家中喝水去了。临走的时候，剧组的人见他对电影如此好奇，就留给他一张名片，上面有电影工读学校的地址。小问号按图索骥跑到学校去要求入学，可是义工老师们认为他年龄太小不能入学，小孩就在校门口哭了好几天，最后学校缠不过他，让他入了学。

小问号很喜欢我的哥们儿，大腹便便的老朱，缠着老朱给了他几张中国人民币的毛票，并且非要我们解释上面的文字和图案。他的老师告诉我们，这孩子好奇心特别强，虽然进了电影工读学校学习，可是生活轨迹还是贫民窟—电影学校两点一线，这样的环境对这样一个求知欲旺盛的孩子来说实在是太封闭了，他不放过任何一个可以满足好奇心和求知欲的机会，见着可以请教的人就问，不止我们觉得他是"小问号"，学校里的人都这么觉得。

老朱问小问号为什么学习电影。小问号说："你们这些做电影的人都能养活自己的妈妈。我妈妈很辛苦，我想让她过得好一点，所以我要学习电影，为妈妈多挣钱。还有，我妈妈长得很好看，我要把她拍到电影里。"如此淳朴的理由，听得我们鼻子都酸了。但小问号永远都是快乐的。我们走的时候，小问号刚好要背着小书包步行很远回家，他走到门口的时候，突然回头对我们说："谢谢你们让我了解了中国。以后我们一定还会再见面的，不管在什么地方！"

"别装了，我们都知道你是巴西人"

我住的巴西利亚大学教师临时中转公寓里最近又添了一个新人——来自德国柏林自由大学的政治学女教授保拉。保拉是来这里搜集一些研究资料，顺便为巴西利亚大学的研究生开一个短期研讨班的，就准备在这里待三个星期，本来日程安排得满满的，但不幸碰上了我校的家常便饭——罢工，图书馆不开，学生也都还在放羊状态中，于是，她只有每天耗在公寓里写写东西修身养性，兼任我的陪聊女士。

保拉是个标准的欧裔白人，加上又是柏林自由大学的老师，我先开始以为她是德国人，还有点害怕无法和她沟通，后来才知道她生在巴西长在巴西，十多年前去柏林深造，然后就留在了那儿，我们用葡语聊天比英语还畅快。保拉的知识面非常宽广，虽然研究的是政治学，但是西学大框架下的各门学问，尤其是后结构主义以来的欧美当代跨领域诸家她都有所涉猎，加上她也比较八卦，和她聊起欧洲学界来还是比较有趣的，能知道汉娜·阿伦特的绯闻、哈贝马斯的艳遇之类的事体。

保拉老姐去国离乡已久，身份认同已经开始恍惚，经常作欧洲人状问我一些巴西生活的常识。譬如，她会很欧洲知识分子气地问我，在巴西利亚城中如果坐在酒吧、咖啡馆里打开笔记本电脑写作别人会不会觉得怪，我没好气地回答她不是觉得怪不怪的问题，她必须面对的是电脑会不会被抢的问题。可能因为巴西利亚这个城市和巴西其他城市，尤其是和保拉老姐的故乡南里奥格兰德州很不一样，她在这里遭遇的惊奇比我这个在此多少有些习惯了的中国人都多，经常以欧洲人的口吻批评巴西利亚这也不好那也不好。本来我觉得保拉老姐见识还是很不凡的，可是老这样听她说"老姐我在柏林的时候"，心里总觉得怪怪的。后来我发现，不仅我这样觉得，公寓的所有人都这么觉得，尤其是公寓管理处的人。

保拉老姐总是跟我抱怨她作为从欧洲一流大学邀请来的学者，怎么会住在条件这么差的公寓里，没有网络没有电话没有舒服的双人床，由于她被分配到一个没有卫生间的普通间，她还必须和其他人共享浴室。她很羡慕我现在住的套间，但她哪里知道这是我这个社会主义一流大学的学者熬了近一年才混上的。于是，她跑到公寓管理处去指手画脚，拿她的欧洲名校身份出来砸公寓管理处主任诺纳托，要求他们立即给她安排星级宾馆标准的房间。要知道，条件艰苦的巴西利亚大学根本就没有这种"星级宾馆"式的访问教师住处，所以，诺纳托对她爱理不理。保拉老姐急了，满口滔滔不绝"我们柏林自由大学怎样怎样"，把诺纳托惹急了。老诺突然打断了她的话，慢悠悠地说："别装了，我们都知道你是巴西人。"

手舞足蹈的黑哥们儿

    这些天公寓里住户"大换血",搬来了不少新人,我对面的房间里住进来一个尼日利亚哥们儿。虽然在北京、在巴西都见过不少黑哥们儿,但和来源正宗的黑人兄弟合住一套公寓还是平生第一遭。

    黑哥们儿名字很践,就叫"人猿泰山"的泰山,长得完全符合我们对非洲本土黑人的想象,漆黑到底。公寓客厅里的灯坏了,每天晚上我从外面上课回来,坐在客厅里喝啤酒的泰山只有一双眼睛在黑暗中忽闪,非常有恐怖片效果。据说在泰山的祖国尼日利亚,腐败到了令人发指的地步,所有人无论办什么事情都理所当然地行贿索贿,连上电梯都得给看电梯的小厮行贿,否则他会让电梯停在半中央。基于这一点,我理解了为什么身为一个预科班学生的泰山能够住进我们这套只有访问教师和来访的学者才有权居住的免费公寓。

    泰山今年二十七岁了,仅仅比我小三岁,可是才刚刚高中毕业,他的军人父亲把他送到巴西来读本科,但因为语言不过关,现在先读以学习葡萄牙语为主的预科班。泰山告诉我,在非洲,三十岁才开始上大学读本科的人比比皆是。泰山并不像某些发达国家对非洲人民的"妖魔化描述"所形容的那样,整日好吃懒做不讲礼貌，他非常爱干净，洗餐具、洗衣服、打扫卫生比其他室友都要勤快，对人也非常彬彬有礼，每天强迫症似的向我问数十次好，而友善的"击手礼"更是多得快要把我枯瘦的手拍断。泰山饭量极大，每餐都要吃掉整整一斤左右的米饭，但可怜的泰山几乎对厨艺一窍不通，第一天到公寓的时候不知道怎样把鸡蛋弄熟，居然把鸡蛋放进了烤箱里烘烤。我见他可怜，做菜的时候总是多做点匀给他下饭，但他因此养成了令人发指的依赖心理，如果我出去赴宴没在家做饭，泰山就活生生只吃一大锅米饭不要任何菜。

泰山很爱看电视，这似乎也是第三世界国家人民的通病，除了吃饭、睡觉和上课，剩余的时间泰山都在电视机前度过，为了不干扰其他室友，泰山一个人看电视的时候总是戴着耳机，可是，比无聊电视的吵闹更可怕的是，泰山一个人看电视也会大声地自言自语，并不住地放声狂笑。一个人的时候尚且如此，和人谈话的时候泰山的动静就更大了。我总结出一个规律，和泰山说话一定要简明扼要，否则的话，一旦你开始扯淡，泰山这个非洲唐僧会以十倍于你的热情和声响来把你的扯淡继续下去，稍微有点好玩的话题，泰森就会作猩猩状手舞足蹈，围着我们谈话的桌子狂舞三圈击掌顿足，笑声响彻云天。最好玩的是泰山给他在巴西利亚的尼日利亚老乡打电话的时候，尼日利亚虽然以口音怪异的英语为官方语言，可是大部分人日常生活中也同时使用古老的非洲土语优鲁巴语，加上泰山和他的老乡们有意在练习葡语，所以他们的电话总是在无数声大笑中夹杂英、葡、优鲁巴三种语言，其切换之迅速、转接之自然实在匪夷所思。说到兴奋处，泰山总爱把电话摔到一边，在屋里蹦跶几下，以至于一次兴奋过头，干脆把公寓公用的电话砸在地上摔坏了，害得我们好几天没打成电话。

我的室友"苦菜花"

　　"苦菜花"本名艾利卡，巴西利亚大学的青年数学老师，今年6月起搬进了我住的访问教师中转公寓，成了我的室友。她属于混血混得比较失败的那种，不但肤色混得失败（居然混出了黄墨绿的鸡屎色），长相混得更失败，看不出白人、黑人、印第安人三者之中的任何一种面部特征，最奇怪的地方是嘴型，她的嘴呈倒置的弧形悬挂在刀削脸上，很像网上常用的表情符号 ☹，永远都是一副愁苦的样子，偶尔笑起来更显得奇异，丝毫没有 ☺ 的迹象，只是把 ☹ 里的瘪嘴撑大了而已。因此，来我公寓里玩的中国朋友们都叫她"苦菜花"。

　　背地里叫别人绰号不是什么好事，尤其是欺负别人不懂汉语，当着别人的面提起她的绰号，我为此没少训斥我的"中国黑帮"党羽。但日久天长，"苦菜花"的一些恶劣的生活习惯在公寓里逐渐引起了公愤，我和其他的室友们出于客气又拿她没有办法，我便也自然而然地称其为"苦菜花"以泄愤了。

　　"苦菜花"是我们公寓厨房的天敌。一旦她下厨做一次饭，整个厨房都会变得像惨遭蹂躏的少男。她从来都分不清或者有意分不清哪些炊具和餐具是公用的，哪些是我和其他室友私人的，每次都乱用一气，用完之后堆在洗碗槽里不予清洗，直到数天之后别人实在看不下去或者有急用不得不替她清洗。我和娜拉曾经做过一个"实验"，我们下了狠心一周不做饭，就在外面吃，看她如何对待家里的炊具和餐具。几天过后，所有的锅、盘子、刀子、叉子、勺子、杯子都被她用脏了堆在洗碗槽里，到最后，没有干净的东西可用了，她需要用什么就从脏水里掏出什么来简单刷刷接着用，用完了继续堆在洗碗槽淤出的脏水里。那一个星期过后，整个厨房都被臭气所笼罩。不但如此，她还用叉子做锅铲，毁掉了我从国内托人带来的不粘锅；她放在冰箱里的东西从来都是直到腐烂多日都懒得去清理，还天天偷吃我们的新鲜食品。我和娜拉实在受不了了，郑重地找她谈了一次，她苦着脸表示悔改。但事实证明，她的解决方案仅仅是，每周由她的那个长得像 A 片猛星的胸毛男友来一次性处理她在厨房里制造的混乱。

其实"苦菜花"有的是时间做家务，因为她的授课任务很轻，并且，巴西的大学里数学课都简单得让中国人捶胸顿足——我看过她的备课本，上面列的授课计划全是我们中国初三代数的内容。"苦菜花"把大量的空闲时间都用在了一件事情上：关上她自己房间的房门，把劣质的音响开到最大声，跟着 CD 忘情地唱一些惨不忍听的土歌，直到把自己唱晕过去。周末的时候，她可以这样唱上整整一天，什么都不做，并逼迫她的胸毛男友陪她一起唱。看着她自得其乐的样子，我常常忘了她的脏乱差习性，觉得她还算天真无邪。我答应如果她来中国旅行，我一定带她去体验一种巴西目前还没有而她必定会喜欢得瘪嘴大开的东西——卡拉 OK。

"霍德罗·肖德罗"

　　我刚搬进新家来的时候，合租的三人之中在此居住资历最老的卡洛斯出去旅行去了，等他回来的时候，突然发现公寓里多了一个东方人，就做了一个很古怪的表情，问我："中国人？日本人？韩国人？"我说是中国人的时候，他半是兴奋半是无奈地笑了起来，然后一直自己个儿傻乐，足足在家里傻乐了一上午，到中午他实在憋不住了，告诉了我傻乐的原因：这厮今年年初才回国，在此之前，他在英国读了四年博士、在荷兰实习了半年，奇妙的是，无论在伦敦还是在阿姆斯特丹，他租房子的室友总是中国留学生。现在好不容易回到自己的祖国了，巴西利亚大学房产处居然又给他分配来一个中国室友。卡洛斯一上午都在思考：到底是中国人真的无孔不入了，还是他自己撞鬼了？

　　卡洛斯是个研究蘑菇的植物学教师，人长得跟蘑菇一样软趴趴、肥嘟嘟，性格也跟蘑菇一样温柔敦厚。由于他四十出头还独身一人，加上为人过于温和，我一开始怀疑他是"鹿宝宝"（Veado，本意为红鹿，巴西葡语里特指同性恋），但后来发现他对经常来找我的一个华侨小女孩一直心怀鬼胎，这才放心了下来。卡洛斯作为本公寓的老大非常称职，把公共卫生和公共财务处理得公正合理。他不仅是一个好室友，也是一个好聊友，因为他的兴趣极其广泛，作为一个科学家他居然对世界范围内的古典音乐、绘画、电影都涉猎颇深，令我深感意外。不过，我很害怕他为了不忘英语而强迫我放弃葡语改用英语和他聊天，他明明在伦敦求学，却跟一个苏格兰老师学了一口古怪的爱丁堡口音，听他的英语比听他的米纳斯州乡下的 Português Caipira（村俗葡语）还要难懂。

卡洛斯非常想念他在伦敦和阿姆斯特丹的那些中国室友。他给我看了他们的照片，有一个家伙居然和我是校友，北大生物系的，我一看照片就觉得眼熟。（这个世界真是小！）卡洛斯保留着这些中国朋友给他的全部小纪念品：一小筒茉莉花茶、一幅写着"卡洛斯"三个字的书法、一管"桂林西瓜霜"。卡洛斯熟知中国人的生活习惯，譬如，他知道中国人炒菜油烟大，就主动帮我把煤气灶挪到了厨房里一个通风的位置；他知道中国人习惯早睡，就跟另一个室友保罗打好了招呼，每天晚上他们不再像以前一样半夜播放桑巴乐。有一天卡洛斯突然跟我说，他会说一句汉语，是那个北大生物系的哥们儿教他的，他到现在还没忘。然后他就冷不丁冒出一串奇异的音节，大致可音译为"霍德罗，肖德罗"。他一连重复五遍我都没听懂，问他什么意思，他说是："一个人必须终生学习，一直到年纪很大，一直到死去。"哦，这下明白了，是"活到老，学到老"。我纠正了半天他的发音，最后他说出来的还是"霍德罗，肖德罗"，其中还夹杂两个大舌颤音。我没辙了，从那天起，开始叫他霍德罗·肖德罗先生。

八指神徒

　　我在巴西利亚大学教的汉语三级班里面，有个右手断了两根指头的学生，叫马尔赛罗·斯卡尔帕蒂，长得高大威猛，高纯度的肌肉盘根错节，看上去蛮吓人的。马尔赛罗下巴上一把长髯，可是他把它编成了一根辫子，造型极为独特。这根"长髯辫"不仅美观，而且实用，在我给他们班上书法课的时候，马尔赛罗由于右手只有三根指头无法握好毛笔，干脆弃笔不用，拿"长髯辫"蘸足了墨汁，手持"髯笔"晃动脑袋，在废报纸上写下了苍劲有力的"中国万岁"四个字。鉴于有此神技，我称他为"八指神徒"。

　　由于"八指神徒"相貌实在过于凶残，班上其他同学看上去对他敬畏有加，我虽然一直对他的断指无比好奇，但总是没有胆量去问。马尔赛罗行事极为另类，在日常生活极度依赖汽车的巴西利亚，马尔赛罗一直是抵制汽车运动的有力倡导者，从小到大一直骑摩托，不管在只有快速汽车通道的巴西利亚骑摩托是如何危险。他还不到三十岁，未曾婚配，却独自抚养了两个和不同女子生下来的孩子，号称克尽父道是上苍给他的荣耀。由于抚养两个孩子任务艰巨，"八指神徒"大学期间一直在外打各种神神道道的工，所以本科读了八年目前还未毕业。我猜测，许是由于参与了黑道的交易，他的指头被江湖中人按照古怪的江湖规律剁去了。

但我的这个猜测却是一个天大的错误。有一天，我旁敲侧击问班上一个学生，"八指神徒"到底缘何断指，该学生神秘兮兮地告诉我，要知道答案直接到 Google 上去搜马尔赛罗·斯卡尔帕蒂的名字就行了。我如法搜索了一番，果然找到了答案。原来这个"八指神徒"是个大牛人，巴西左翼学生运动的著名领袖。1997 年，某国著名绯闻总统到巴西利亚访问的时候，马尔赛罗组织了数百人到总统府门前堵截该总统访问团，扛着由印有切·格瓦拉头像的黑旗覆盖着的棺材在三权广场示威，抗议某国对拉美一贯的"大棒加金元"政策。在该国总统出现的时候，年少冲动的马尔赛罗为了吸引媒体注意，点燃了一束捆在一起的鞭炮准备朝克林顿扔去，这时绯闻总统的贴身保镖眼明手快，一枪打中了马尔赛罗手中的"集束鞭炮"，鞭炮顿时在马尔赛罗手中爆炸，炸断了他的两根手指。事后，某国总统虽然打发人赔偿了他医药费，但一直拒绝道歉，他的名字现在也还一直列在某国政府不允许入境的"黑名单"上。"八指神徒"当年态度坚决地拒绝了克林顿赔偿的医药费，引起了巴西很多青年的仰慕，到如今，他仍是很多左翼青年学生组织的顾问或者偶像。我现在理解了为什么班上的学生都对他敬畏有加，并为我以前的胡乱猜测深感惭愧。

热心的"三点"

　　写了那么多在巴西生活的文章，却一直忘了介绍我在巴西生活的一个关键词："三点"。这个"三点"不是下午三点，而是一个人的名字，一个丝毫看不出年龄的巴西老年美妇。为何"三点"在我的生活中如此重要？因为"三点"是我的住处附近方圆十里之内唯一一个小店的老板娘，我的香烟供给全靠她了。为什么要叫"三点"？嘿嘿，是因为这个儿子都快跟我差不多大的阿姨一年四季都穿着比基尼在店里店外招摇，每天看见她的时候，黑乎乎油亮亮的身体依旧，只有比基尼的色彩和花纹不停在变换，因此，我称其为"三点"。

　　"三点"的小店其实是个报摊，因为周围过于僻静，距离超市遥远，这个报摊就急人民群众之所急，顺便卖点香烟啤酒饮料零食安全套。不知是"三点"的身体广告做得好，还是"三点"的小店里卖的货好，反正我每天都要到小店里去一趟，买包烟，然后坐在门口的遮阳伞下面喝一个青椰子。开始我还以为"三点"可以和我以姐弟相称，因为她的身材绝佳，皮肤也光可鉴人，可某天她突然指着一个二十多岁的肌肉男说那是她亲儿子，惊得我不敢再猜她的年龄，跟她说话也颇讲长幼之礼。

跟"三点"混熟了以后，发现她虽然身体不老，但心态还真是一个碎嘴阿婆，每天跟我闲扯的主要问题就是儿子的教育、工作、前途，还拉着我对周围的住家小妹品头论足，挨个儿琢磨哪个适合当她儿媳妇，继承她的"店业"。"三点"在此开店已有二十多年的历史，银子没少挣，我问她为什么不考虑去其他地方开个大一点的店，"三点"说此地甚为安全，附近住户全是大学老师，往来人等有教养、讲信誉，她开店的这二十年里一起抢劫事故都没有，大概可以排上吉尼斯世界纪录之"巴西安全无事故小店之最"，加上和街坊们已经日久生情了（这倒是真的，她老公经常在小区里跟一些行迹放浪的知识分子男醋溜溜地吵架），她也图个安逸，无心再扩大"店业"。

有一天我去买烟的时候，"三点"突然叫我黄昏的时候再过去一趟，说是有意外惊喜。我遵命到黄昏时候屁颠屁颠跑去了，但见遮阳伞下坐着两个牛高马大、全身披挂的警花在那里喝椰汁。"三点"见我来了，跑过去跟二警花耳语了片刻，警花们就开始对我眉飞眼笑问寒问暖。等警花们聊完并开着警车懒洋洋地执行公务去了，我问"三点"找我究竟何事。"三点"诡秘地说，见我一直单身，想给我介绍个伴儿。我问介绍谁呀，"三点"直骂我笨蛋，说刚才走的那两个孔武有力的警花就是她要介绍给我让我挑的。我连忙说不成，八万里外尚有未婚之妻在苦候，再说，我这体格估计消受不了"三点"的美意。岂知"三点"继续絮絮叨叨地说："未婚妻不是问题，远着呢。要说那两个姑娘太壮了倒真是个问题，不过，我一个朋友开了个健身房，我可以给你弄个打折会员卡，你每天去练个把小时，几个月以后我再给你安排吧……"

十三不靠谱

我在国内的时候，不知是因为写诗的缘故还是其他什么原因，老是碰见各种各样疯疯癫癫神神道道的人。譬如 n 年以前，我还在读大学的时候，宿舍里突然跑来一个相貌憨厚的西北青年，问我讨了一个馒头，一边嚼一边跟我用 en 和 eng 不分的西北口音大谈今后他写诗要直奔诺贝尔奖，搞音乐要横扫全球唱片市场。我问他会弹吉他吗，他说不会，我说，那还不赶紧学！他用被馒头噎住的声音艰难地说：这两天麦子熟了，得先回去收麦子，农闲了以后再来北京学吉他。然后他就扛着他的化肥袋直奔西客站了。多年以后，我赫然看见这哥们儿居然真的成了北京树村滚圈的红人，虽然吉他还是不会弹，但出入总能扛一化肥袋的美女"铁托"回家去"农忙"。

来巴西以后，按说我已经和北京的疯癫环境绝缘了，在巴西利亚这样一个弹丸小城里，应该不会遇见北京风格的疯子，可是一年多以来，我还是碰上了不少比十三不靠还要不靠谱的十三不靠人。只不过，在巴西碰见的不靠谱人都不是所谓的文化人，而是来自浩瀚无边的社会各个领域，或者干脆搞不清到底是来自哪个领域。昨天我就碰上了这样一个主儿。

昨天下午，我接到一个陌生人的电话，此人自称是我一个学生的精神之父，从我学生那儿搞到的我的电话，说有要紧事跟我谈。我就约了这个"精神之父"来我家面谈。没多久，一个长得像《天生杀人狂》里面的米奇的相貌凶悍的家伙就出现在我面前了。这哥们儿一坐下就跟我大谈国际形势，说美国搞阿富汗、伊拉克的目的不是别的，是为了封锁中国，说巴西人民坚决和中国人民站在一起，抵制美国的霸权。我除了点头，不知道说什么好。然后这哥们儿说，虽然巴西现在和中国是铁哥们儿了，可是信息依然不畅，巴西很多媒体上关于中国的消息都是从北美的帝国主义媒体集团那里转摘过来的，经过了很多折射和过滤，不符合巴西人民的切身需求。我觉得说得有道理，很多巴西媒体，尤其是电视媒体上关于中国的报道确实都是从美国的报道里转译过来的。那哥们儿滔滔不绝地举了一大堆信息不畅的例子，到最后，突然说："最重要的一个例子是，我们巴西由于农民的教育程度比较低，很多人不会正确操作农业机械，每年都有很多农民因为机械操作错误而伤残。由于信息不畅，我们无从知道，在中国，因为错误操作农业机械导致缺胳膊短腿的人是不是也很多。"

我越来越晕乎，不知道他到底要跟我说什么。只听他接着说："我们巴西有世界上最好的农用假肢，安上了以后依然可以从事正常的田间劳动。我现在在做一家公司的农用假肢代理，我想开发中国的农用假肢市场，增强我们两国的友谊。你能介绍几个搞农庄的朋友给我认识吗……"哦，这下清楚了。我正要婉言说我不认识农业领域的人，那哥们儿突然又把话题转到其他方面去了，谈话的主旨又开始难于辨认了，大致是想要我介绍一些国内的朋友做些范围跨度极大的生意，譬如印刷、咖啡、避孕套、演艺娱乐、房地产、尿不湿等等，令我实在搞不懂他到底是什么身份，只能认为他是个十三不靠谱。

我找个借口打发走了这个巴西十三不靠谱。临走的时候，他给了我一张很搞笑的名片。名片上除了名字和电话什么都没有，没有公司、住址什么的，但是在头衔的那个位置赫然写着一个 cidadao mundial，意为"世界公民"。

"追女狂"保罗

　　我现在和两个巴西教师合住一套公寓，其中的卡洛斯我在前面的文章里已经写过了，是个憨厚老实学养丰厚的第三世界有为知识分子，而另外一个室友保罗则完全相反，是一个以娱乐为第一要务的第三世界欢愉知识分子的代表。不知道他们的习性是不是和他们的研究领域有关，因为卡洛斯是研究真菌的，所以整天像蘑菇一样安静；保罗是研究热带小猴的，所以整天上蹿下跳自得其乐。

　　保罗年纪其实也不小了，过了年他就要满五十岁了，可是按照我们国人的说法，他颇有点"为老不尊"，每天变着法子寻开心，哪怕是独自闷在家里的时候。保罗是个电视狂人，公寓客厅里有一台公用的电视机，可是他觉得不满足，无法躺在床上滋滋润润地看土节目，就又买了一台电视机放在了自己的卧室里。这还不够，为了充分享受电视里连绵不绝的地方小调和婆婆妈妈的本地电视剧，他甚至把一台实验室里用的微型电视搬到了家里来，每次在厨房里做饭、吃饭，在阳台上洗衣、晾衣的时候都把微型电视搬过去听个响。错，不是听个响，而是跟着响。因为保罗看电视的方式很独特，他颠覆了电视的单向传播性，电视里说什么他都跟着自言自语地起哄，声音有时甚至比电视还大。吃着吃着饭，如果午间新闻节目完了，节目主持人对观众说再见，他会放下手里的刀叉，很郑重地跟电视屏幕打个招呼，说："哦，再见！"

保罗在圣保罗已有家室，目前暂时一个人在巴西利亚工作。但如同大多数巴西人一样，已婚的身份并不能成为保罗招蜂引蝶的障碍。这个精力旺盛的家伙常常找一些在各种场合以各种方式认识的女性到我们公寓来直截了当地"解决问题"。这些人年龄跨度之大、职业构成之复杂令我和卡洛斯咋舌不已：既有刚刚过了法定年龄的公共汽车售票员小妹妹，是他车坏了坐公共汽车的时候勾搭上的；也有年近花甲的和他同一个教研室的已婚阿婆，保罗借口请她来家里共进午餐打发午间休息时间，胡乱塞给人家两个汉堡就把人拖进里屋了，丝毫不顾"兔子不吃窝边草"的忌讳。因此，我们都管他叫"追女狂"。

我们公寓有个硬伤，就是卧室之间的墙都是木板做的，几乎没有隔音效果，所以每次"追女狂"行事的时候都很自觉地把他房间里的电视机声音开到最大。与此同时，卡洛斯在客厅里也把电视声音开到最大，我在自己的房间里上网的时候也把联众游戏室里摔牌的声音开到最大，其结果不但没有抵挡住保罗房内的声音，反倒造就了所有声音都清晰地涌到耳边的奇迹。

保罗有个习惯，每次把他的"声源"领到自己屋里去之后，都要出来跟我和卡洛斯打个招呼，叮嘱我们：万一"声源"出来和我们聊天，不可提及他已有家室。这些天保罗更加紧张，因为圣诞的时候他的正版"声源"要来巴西利亚探视他，保罗每天都要跟我们交待一遍千万不要说漏他的"业绩"，一定要在他老婆面前说他是"工作狂"而不是"追女狂"。交待完了之后，保罗一般都要自言自语几声："工作狂？追女狂？反正都是一码事嘛，本来就是研究动物的，怎么能不实践动物性呢……"

我的超强纠错学生沈友友

　　在巴西，教学是我最主要的生活方式，学生们也成了我有限的社会关系网之中最关键的枢纽。因此，临走之前，和学生们的惜别成了我绵延不绝的告别活动中最壮观、最惨烈的部分。有的学生和我一别再别，非要把告别这件事情从地理意义上的"伤"升华到美学意义上的"悲"。我在巴西最得意的零起点弟子沈友友就是这样，我出发的时候他本应该在东北部的纳塔尔度假，所以在度假前和我别了好几把，在我那点离别情绪全被他耗尽、认定我和他此生难以再圆师生重逢梦的时候，他又提前从纳塔尔跑回来继续别我，活生生要把我们纯洁的师生关系别成基佬关系。

　　说起这个沈友友，不能不赞一下一个叫作"白河学院"（Rio Branco）的机构。白河学院是巴西外交部下属的一个超高水准的国际关系研究院，堪称巴西外交人员的黄埔军校，在造型如同水晶宫一样的巴西外交部工作的人只有在白河学院修完了研究生学业，才有资格被派到驻外领事馆去工作。巴西拥有深厚的人文知识分子从事外交工作的传统，不但很多学者以拥有外交官履历为荣，许多著名的诗人、作家、艺术家也都在巴西驻外使馆做过参赞、领事甚至大使。因此，白河学院是巴西全国的青年知识分子最向往的地方，它的入学考试也是巴西各种研究院的入学考试中最难的。白河学院注重对外交人员人文素质的魔鬼式综合培养，在里面研习的未来外交官们无一例外均是随口能说出数门外语，德里达、福柯、布尔迪厄倒背如流，博尔赫斯、卡尔维诺、艾柯如数家珍，艺术电影、当代美术门儿清的超级文艺青年。我的学生沈友友就是这么一个狠人。

沈友友在跟我学汉语之前，已经掌握了十四门外语，能够流利交谈的有七门。由于我的时间有限，我一开始把沈友友插班安置在一个巴西众议院的三人班上跟我学习。没多久，这个插班生就远远地把其他同学甩在一边了，在其他人说完了"你好"就语无伦次不知如何组织语言的时候，沈友友已经可以熟练地用汉语给我讲述我国的文艺基本国策"让一百朵花一起开放，让一百个有名的人一齐争吵"了。我赶紧把沈友友的上课规格由四人间提升到总统套房。仅仅学了五个月，沈友友已经完全可以仅用汉语和我交谈，并在我的指导下，泡到了一个华人女子。沈友友的求知欲和其他欲一起疯长，没多久就开始雄心勃勃地在网上下载李白、杜甫来阅读了，并尝试着仿作古诗赝品，写有"湖畔烟树车"等莫名其妙的奇句。我严厉地制止了他的这种大跃进倾向，把我的几本诗集砸给他好生关注现代汉语，结果，他居然读懂了我用纯四川方言写的几首诗，让我不得不对他的语言能力佩服得五体投地。

到我临走前，沈友友已经是巴西利亚著名的"超强纠错汉语复读机"了，不但可以以其标准的普通话发音给本城的江浙华侨纠正口音，还能凭借其强大的跨语言语法融会贯通能力敏锐地察觉到本城华人言谈中的汉语语法错误，铁面无私地当场纠错，连他自己的女友都不放过，极大地提高了巴西利亚华人圈汉语语法的准确性。

IV

深入黑窟"上帝之城"

罢工、凶杀和邻国的动乱

十天前，我去巴西利亚大学校园里的巴西银行办卡，他们按照标准的巴西效率行事，要我十天以后去取。掐指一算，今天刚好可以取卡了，于是我迫不及待地赶往银行——我早就被告知，在巴西，只要现金的金额大于100雷亚尔，无论把钱放在身上还是搁在家里都是很不安全的。

到了银行我惊讶地发现，还没到周末，银行居然大门紧闭。仔细一看，门上、墙上全都跟流浪艺术家涂鸦似的画了一大堆标语，大致可以辨认出"不加薪、不上班"之类的字眼。原来我碰上了巴西的家常便饭之一——罢工。我问了一下跟我一样郁闷地在门口发呆的几个哥们儿，他们告诉我，估计要到下下周才开门。另外有几个人似乎已经习以为常了，一看见罢工了，丝毫不表示郁闷，颇有兴致地在一旁评点罢工标语。在这里，似乎人人都是墙头涂鸦高手，不管是什么职业的人，都有刷罢工标语一展身手的机会，就连大学里那些温文尔雅的教授也经常罢工，在主楼里很波希米亚地涂很艺术的罢工之鸦。不过在场的很多人都觉得银行职员有些过分，他们薪酬并不低，而且每天只上从上午10点到下午3点五个小时的班，周末完全休息，如此舒适的工作还要罢工，实在搞不清他们到底想要什么。

回到院里，院长恩里克教授突然鬼鬼祟祟走到我跟前耳语了几句"注意人身安全"之类的话，而后扬长而去。我大感不解，求教院里一个懂西语的秘书若奥到底有何事发生，答案颇令我惊悚——院里一个年轻老师前天被谋杀，尸身和汽车一起在荒郊被发现。若奥还告诉我，去年我院还有一个老师被谋杀，尸身和汽车都在半岛区的一个小山上被焚毁。这两个被杀的老师有一个共同点，都是年轻的男同性恋。秘书猜测是同性恋之间的情杀，也有可能是深夜独自驱车漫无目的地去找 partner 被打劫，听得我直起鸡皮疙瘩，感觉像是置身于艾柯的小说《玫瑰的名字》里面的诡异修道院。若奥劝我不要过于担心安全问题，因为"不管怎么样，我们都是喜欢女人的"。

我惊魂未定，从院里走出来路过隔壁的人类学系的时候，又见到一群人连哭带吼地拥在系主任办公室门口。莫不是人类学系也有同性恋老师被杀？我好奇地打探了一下，原来是另一桩国际性的麻烦。巴西西边的邻居玻利维亚最近一直在闹动乱，一个混球总统要把本国的天然气通过智利的管道廉价输往美国以献媚，引起了人民群众的强烈不满，爆发了全国性的罢工、示威，逼迫该总统下台。强硬的总统动用了军队镇压，使事态严重恶化，非正式首都拉巴斯处于失控的状态。巴西利亚大学人类学系的几个教授带着一批学生刚好在玻利维亚做田野考察，现在被困在拉巴斯国际机场回不来。巴西总统卢拉为了解救被困玻利维亚的巴西游客强行把本国的两架军用飞机开到了拉巴斯，可是当飞机载满了人回到巴西的时候，那几个教授和学生的亲属发现自己的亲人不在飞机上。此刻，焦急的亲属们正在敦促学校想办法解决此事。

一个阳光乱好的上午连续碰见这些倒霉事，听见这些不幸的消息，心里颇不是滋味。同是亚非拉世界的人民，我一直感觉我对他们的认同感要远远高于对美国之类的鸟国的认同。但是，这片神奇的土地上的善良、友好的人们（虽然有些懒惰）何时才能过上安宁、幸福如西蒙·玻利瓦尔之梦的生活？！

Made in China

巴西人永远都把音箱开到最大声，不管是在家里，还是在汽车上。巴西街头的一大奇景就是：很多人都在汽车上另外配了超大功率的音箱，开到哪里都敞开窗户让音乐膨胀出来，热情地让所有路人分享自己喜爱的小调，活生生一个流动 DJ。受此影响，同时也为了对抗我在公寓里过度的安静，我决定去超市买一对音箱来播放我电脑里的一大堆音乐。

我特地按照一个行内高手的指引，挑了本地最佳信誉品牌的音箱，结果拿回家中，Gilberto Gil 没唱两声就死翘翘了。电话求救才明白，应归咎于巴西混乱的电力系统。巴西利亚的电压和中国一样是 220 伏，但很多城市的电压是 110 伏的。那些向全国供货的厂商为了省事，很多电子产品都是适用于 110 伏的，如果要在 220 伏的环境下用，得另外去买一台笨重无比的变压器。我的音箱八成是被 220 伏的电烧掉了。我在音箱上的一大堆葡文之中找寻适用电压的说明，却意外地在音箱屁眼的位置发现了三个英文单词谦逊地藏在那里：Made in China。

几年前在北京的时候，一个朋友曾指给我看一根电线杆子上莫名其妙的"码根码"三个字，从那以后，这三个字像噩梦一样随时会在北京不显眼的角落出现。在巴西利亚，自从我第一次看见Made in China 三个词之后，它们也跟当年北京的"码根码"一样，幽灵般地反复闯进我的视野。在一些不懂英文的土著居民看来，它们就像陌生的咒语一样，从小家什、小零碎开始，包围了他们几乎全部的生活。

我院办公室里面的空调是格力的，冰箱是海尔的，这些都还算是很明显的中国产品，隐蔽的就多了去了。在超市的床上用品区，几乎全部的棉织品都在葡文商标之后印着小小的 Made in China；在日用品区，几乎全部的塑料产品、化纤产品都产于中国；在电子市场上，除了主机之外，所有的配件和小玩意儿都是 Made in China；在时装和成衣市场上，不管是法国牌子还是本地土牌子的衣服，仔细一看统统 Made in China；在家具市场，只要你有耐心弯下腰去看，在家具的底部一般都有 Made in China，有的甚至还有汉语拼音的 Guangdong Shunde。我甚至还在一家性用品商店的门口看到一款男用自慰器的海报，上面虽然全是葡文，但实物图片中赫然三个汉字："小淫妇"……

巴西人自古就很看得起中国，在葡文里，"好买卖"一词原意为"和中国人做生意"，"风光秀丽"一词原意为"中国式风景"，足见其对我中华的倾心。友人告诉我趣事一件，说是巴西的日本侨民最初在巴西推广一些日本食品的时候，用的都是"日本××"的名字，但"二战"时期大家都不买"日本"二字的账，难以打开销路，于是狡猾的日本人就把这些食品的名字改成"中国××"，结果颇为畅销，到现在，这些巴西化的日本食品都还叫"中国××"。近些年来，巴西民众对美国的不满情绪日渐浓烈，对中国倒是感觉越来越亲善，但很多人感叹这两个国家实在相距太遥远了，不然肯定会有更多、更牢固的纽带。

"神五"发射成功之后的一天，我在一个巴西朋友的车中听广播，他告诉我，广播里连篇累牍的全是对中国的祝贺。我稍事谦虚了一下，对不久前巴西火箭发射失败导致大批科学家丧生的悲惨事件再次向他表示了慰问，然后随手翻开了车座上的一份杂志，看见封面醒目地印着"中国将在二十年内成为世界第一强国"。行车途中，我这个二十年后世界第一强国的公民稍觉有些无聊，就拿起车上的一个小玩具来玩。那是一只很可爱的橡皮青蛙，每在肚子上捏一下，它就怪叫一声。在我把它翻过来研究它的发声原理的时候，在青蛙屁眼的位置，又看见了熟悉的"Made in China"。

绝望的周末

　　对于从遥远的西班牙巴塞罗那大学第一次来到巴西参加一个关于印第安土著语言研究的国际学术会议的胡安娜教授和她的博士生约尔迪来说，周末应该是快乐和轻松的，应该以各种可能的方式挥霍他们对"巴西"这两个字的想象，况且，今天是他们在巴西的最后一天，也是唯一没有会议安排的一天。按照常理，他们应该观光、应该 party、应该音乐、应该性感。可是，不幸的是，他们虽然来到了巴西，但他们所在的城市却是巴西利亚，一个似乎仅仅由汽车和政府各部门的古怪建筑构成的城市，也许，也是全世界最难找到快乐的城市。于是，这两个可怜的人只能和我、和古巴科学家阿尔曼多教授一样，被通往娱乐的唯一渠道——汽车——所排斥，枯坐在名义上位于城区实际上是四面蒿草的公寓里，唉声叹气地打发着这个难熬的星期五之夜。

　　胡安娜教授是个盲人，但她的听力敏锐得惊人，当我在公寓里踱来踱去，最后走到她面前和她交流郁闷感的时候，她说："小伙子，少抽点烟。你刚才抽了有五根了吧？"我大惊，问她何以得知，她说是听点打火机的声音听出来的。约尔迪是个典型的英俊小生，长得非常阳光，笑得也非常灿烂，他本来有机会晚上出去快活一把的——一个在会议上和他眉来眼去了好几天的本地学生妹在会议结束时邀请他今晚共赴一个化装party，可是，这个糊涂的家伙忘记了要那个多情学生妹的电话号码，他只把我们公寓的电话号码给了她，全然忘记了我们这台患有癫痫症的电话会随时抽风，而今晚，该电话干脆彻底死翘翘了。前半个晚上，约尔迪都在神经质地把电话反复拿起又放下，平均每两分钟一次，异想天开它会突然自动痊愈。在彻底绝望之后，约尔迪安生了下来，一面呆滞地盯着弱智电视，一面暗自咀嚼"失之交臂"的隐痛。最郁闷以至愤懑的应该是阿尔曼多教授，他纯粹是被一个不靠谱的哥们儿给涮了。某本地哥们儿说好下午6点开车来载他出去参加一个party，阿尔曼多生怕人家嫌上楼敲门麻烦，特意在6点之前早早地候在了楼下的草坪上，结果足足等到10点都不见任何踪影。不耐烦了的阿尔曼多借我的手机打过去询问，对方曰：哦，我的朋友，我忘了告诉你，我最后决定不去那个party了。阿尔曼多长叹一声，向我抱怨了一通，翻译成"王家卫体"的汉语大致是："其实，我早有思想准备，估计到了6点可能是个'巴西时间'，但没有想到，这是个彻头彻尾的'巴西诺言'。"于是，我们现场创造了一条格言："宁要巴西时间不要巴西诺言。"与之对应的汉语格言是："不怕慢，只怕站。"

我挑了一个叫作"城市警钟"的电视节目让大家看，全是暴力凶杀案件的报道，类似中国电视里的破案现场、刑事追踪之类的栏目，但其报道的写实感和距离零度感简直可以和《天生杀人狂》里面的"美国疯人"栏目相"媲美"，更搞笑的是，该栏目的周末加长版还有一个叫作"黑社会进行时"的子栏目，以郑重的史家笔法和宏阔磅礴的气势详述一周以来巴西境内各大黑社会团伙的鸡毛蒜皮的动态。由于我们几个人都听不太懂葡语，大家像盲人摸象一样，每人把自己听懂的部分"交出来"，然后像玩拼图游戏一样拼凑可能的案件全貌，这倒不失为打发时间的好方式。但是该节目结束之后，我们又陷入了无所事事之中。待胡安娜教授睡去之后，约尔迪开始不停地向我唠叨："唉，不去 party 也好，去了肯定要那个，一那个保不齐就有艾滋。就算是没有艾滋，也毁了我在巴西这一周的清白，那个女孩像是个大嘴巴，完事了肯定要给她导师菲耶罗教授讲，菲耶罗教授肯定会跟他的师妹、我导师胡安娜在 E-mail 里讲，胡安娜肯定会跟她的师妹、我女朋友的导师阿里西娅教授讲，阿里西娅肯定会跟我女朋友约兰达讲……"

喜剧性车祸

昨天晚上，我和我的法国邻居、同时也是我的葡语课同学罗塞妮去我哥们儿马尔库斯家小聚。罗塞妮是法国政府派来的交换生，同时也在法国使馆工作，使馆替她租了一辆车，所以聚会之后我就没像往常一样让马尔库斯开车送我，而是袖手蹭上罗塞妮的充满了她身上典型的法国布列塔尼地区狐臭味的小车车。

当我们行驶在主干道 L2 的右行快速车道的时候，迎面突然杀来一辆违规逆行的汽车。罗塞妮慌忙右转躲避，但还是避闪不及，只听一声巨响，我的脑子里顿时一片空白。瞬间之后，我开始感觉到疼痛。车祸！我庆幸居然还有疼痛的感觉，这说明我还活着。我摸了摸疼的位置，脸上摸到了一手的鲜血，再摸一下，还好，就是颧骨位置有一道伤口，其他都没事。反正我也说不上英俊，破了相也没关系。我看了看罗塞妮，她好像也没事，只是胳膊被碎玻璃割了几道口子。当她从懵懂状态中醒转过来的时候，第一件事就是趴在方向盘上放声大哭。我下车查看了一下，她的车左侧前端被撞，左前轮胎完全爆裂、变形，左前车窗和前面的玻璃全部撞碎，左前车身扭曲、变形。多么幸运啊！如果罗塞妮没有右转避闪一下的话，两辆车一定迎头猛撞，我此刻可能正在地狱里写《新地狱报》的专栏。

肇事司机耍流氓，跑了。我们后面一辆车里的两个巴西活雷锋停车过来帮助我们，大骂肇事的司机是喝醉的屁眼等一系列肮脏的部位，并留下了他们的电话，说愿意随时到警局做事故的目击证人。我打通了马尔库斯的电话，活雷锋在电话里告诉了他具体的方位，不一会儿，马尔库斯就带着一个摇滚青年车队浩浩荡荡地扑了过来。因为车是租的，罗塞妮不知道车的证件、资料是否齐全，不敢贸然报警，我们就打了拖车公司的电话，让他们派车来把我们的残废车拖回住处。拖车公司的人说二十分钟后拖车就到，没想到即使事故当前，这个"二十分钟"依然是标准的巴西时间，大约过了一个半小时，拖车才拖拖拉拉地拖到出事现场。好在我们人多，车上也有扑克，等得不耐烦了，我们让罗塞妮在车中睡下，其他人就地安坐，打起了我教他们的"斗地主"，不过在这里我因地制宜改了名称，跟他们说这叫"斗美国"。车祸的气氛因此开始由异乡遇祸的凄凉向喜剧性方向发展。

今天下午，罗塞妮终于发现她的车资料齐全，我们必须去警局报警、取得警方的证明以获取保险公司的赔偿。在警局中，真正的喜剧开演了。开车载我们去警局的女孩艾莱娜是罗塞妮在法国认识的巴西朋友。我们在警局等候的时候，她得知我来自北京，就聊起她的一个舅舅现在正住在北京，他的妻子是巴西驻中国使馆的外交官。当艾莱娜说出这个舅妈的名字的时候，我差点没晕过去——正是马尔库斯的母亲玛卢夫人，她和她的现任丈夫（不是马尔库斯的父亲）胡果，也就是艾莱娜的舅舅，都是我在北京的好朋友。以前我总觉得中国很小，晃来晃去都能碰见熟人，现在我觉得世界也实在是太小。我们正兴奋地数落着胡果的一堆古怪习惯的时候，突然发现了更晕的事情：处理这宗交通事故的巴西警察居然在简短的询问之后开始和罗塞妮玩命地套磁，说他去过法国，法国如何如何，说他的梦想是娶一个法国女人，法国女人如何如何，然后厚着脸皮猛夸罗塞妮貌美如花云云，并以查看罗塞妮胳膊上的伤势为借口来回抚摸罗塞妮的胳膊。他几乎没有询问事故的另一个受害者——我，在知道我是巴西利亚大学的汉语老师之后，只问了我一个问题——汉语里的 Eu te amo（我爱你）该怎么说。我告诉他是"我爱你"，然后，这个勤学好问的警官就转身对着罗塞妮连说了三声"我爱你"……哦，这就是巴西，即使遇上了车祸，很快也会变成喜剧性车祸。

遍地音乐解烦忧

　　巴西人热爱音乐是出了名的，很多人无论是在办公室、教室还是驾车的时候都喜欢把音箱或是耳机开到最大，随着音乐摇头摆尾或者神游八方。当然，这也是导致工作效率低下、学习成绩一败涂地、交通事故频仍的重要原因之一。一个典型的巴西人音乐胃口极其庞杂，他的音乐快感有着巨大的振幅，可以在 MPB（巴西全域流行音乐，包含以 Bossa Nova、Samba 为代表的数十种民族音乐类型）、古典乐、摇滚乐、英美 Pop 之间自由地跳动。以我所经历的一个周六为例，可以管窥巴西人如何在音乐的严密包裹下尽享良辰、安度华年。

　　那天中午，我被邀请到南湖的一幢豪宅参加一个朋友的生日 festa。由于客人众多，主人一家连同若干用人忙于在半露天的烤肉台准备种类繁多的巴西烤肉，无暇陪客，便邀请客人自便，尽享院中的泳池、小足球场、秋千、蹦极弹跳台等娱乐设施。我和几个朋友跳进了泳池里嬉戏，游累了就趴在岸边，随时有用人把已烤好的肉端来供我们品尝，实在是惬意。不一会儿，主人请来的一个爵士乐队开始在游泳池边上的演出台上演奏 Bossa Nova，所有人无论是在岸上还是在水中，都不由自主地轻摆臀部、暗送秋波。听到欢畅之处，岸上的哥们儿突然把几把椅子扔到了泳池里，让我们在水中安坐。这时乐队奏起了 Bossa Nova 的不朽名曲——Garota de Ipanema（英译为"The girl from Ipanema"，汉译大致是"伊巴奈玛海滩的姑娘"）。这首曲子我在不同场合、不同心境下听了无数个版本，但从来没有像现在这样听过——身着泳裤和一帮哥们儿坐在泳池里的椅子上，一人抱着一个刚刚从院子里的椰子树上摘下的椰子，一边听着音乐一边慢慢地吸着椰子汁。这情景倒颇符合此曲的原创情境：在里约的伊巴奈玛海滩上，懒洋洋地看着对面走来一个美丽的姑娘。

下午 7 点左右，生日 festa 还未到高潮，我就被迫离去，到北湖的一个车库演艺场去给我哥们儿布莱诺的 Show 当"铁托"。布莱诺是巴西利亚地下摇滚圈的小教父，善于在每天中午酒醒之后，像遭到雷击一样惊恐地发现，头天晚上派对上最丑的姑娘正和自己躺在一起。他拥有无数拥趸，他带到车库里来的庞大的亲友团里居然还包括生父、前继母、现继母、生母、继父等大龄成员和一队低龄的同母异父、同父异母的弟弟妹妹。说实在的，布莱诺其人我非常喜欢，但他的音乐一味地大力、嘶吼、歇斯底里，不是我的所好，尤其是在刻意追求 Lo-Fi 的浑浊音效下。不过，演出快要结束时，布莱诺给了我一个天大的意外。他先说了一句"下面这首歌献给我的中国朋友胡"，接着，居然唱起了死亡金属版的"结婚了吗，傻逼了吧"。我顿时想起他家里有一张《榴莲飘飘》的碟，他也曾经向我请教过该歌的歌词大意和"傻"字的发音，没想到，他居然学得这么快！

10 点钟，我匆匆赶回巴西利亚大学，去参加我另一个哥们儿，小号手马赛罗的毕业答谢演出。马赛罗被认为是巴西利亚大学音乐系小号专业历年来最优秀的毕业生，因此，他的答谢演出非常盛大，大学里的所有音乐教授连同巴西利亚的若干古典音乐大腕全都赶到了现场。我们一干人等闯进去的时候演出已经进行了一半，当我们身着汗衫、裤衩穿过全场的燕尾服、晚礼服的时候，活像一群打手混进了国家机关。马赛罗先独奏了几段约瑟夫·图兰和艾里克·伊瓦森的曲子，尽显华丽的个人技艺，而后，开始和乐团合奏斯特拉文斯基的《一个士兵的故事》。和刚才"芳草萋萋鹦鹉洲"的 Lo-Fi 比起来，这里的音效完全是"晴川历历汉阳树"。不过，我的目光一直没在马赛罗的小号上，而是长久地停留在女大提琴手的身段上——她的身体完全是另一把成熟、饱满、深沉的大提琴。

迷惘夜车

前段时间知了叫翻天的时候，它们经常搅得我睡不安稳，我一气之下，每天白天在外走动时看到知了就逮，逮着了就揪下它的屁屁，再把它放飞。此举虽然颇为解气，但不承想落入了因果报应的循环。这些天早已没有知了了，可是每天晚上我入睡之后，总是有乌泱乌泱一大群没有屁屁的残废的知了嘶叫着闯进我的梦里，吓得我经常盗汗而醒。前天晚上，我又被知了吓醒了，一看表，才不到2点，正准备再度入睡，却听到了在半夜从未出现过的极为恐怖的门铃声。

开门一看，原来是我的一个印第安哥们儿 Guri，我给了他一个中文名字叫古狸。古狸看上去心事重重的样子，问我可不可以让他在这儿坐一会儿。我从冰箱里取出啤酒若干，陪他打发这个难挨的夜晚。他告诉我，在刚才去参加的一个 festa 上，他无意中得知，以前关系很铁、后来因为他自己的一点小过失闹翻了的一个老哥们儿前些天被车撞死了。他感到很难受，因为他还没来得及为自己的小过失对这个哥们儿说声对不起。于是他恍恍惚惚地离开了 festa，漫无目的地开着车在城中兜圈子，偶然间发现车已经开到了我楼下，就上来找我聊会儿天。聊着聊着，古狸还是觉得悲伤让他喘不过气，就提议我陪他继续开车出去兜风。反正我也害怕断屁知了入梦来索屁，不如做知心大哥做到底，顺便三十聊发少年狂，实践一下我少年时代最爱听的歌曲之一——达明一派的《迷惘夜车》。

巴西利亚的道路本来就通畅，加上夜间没什么车，我们完全不像是兜风，而是像在跟心事飙车，除了路过测速摄像头的时候开慢了一点之外，其他时候车速都在140左右。车中，我们几乎没讲什么话，古狸一直在播放他哥们儿生前最爱听的一张CD，Beatles的《佩珀军士的孤独之心俱乐部之歌》。我们驶过北湖尽头的小山，眺望城中的万家灯火；驶过JK大桥，惊起了水边夜栖的鸥鸟；驶过孤耸入云的电视塔，看见塔下的流浪汉正在草坪上横七竖八地安睡。我们绕着整个巴西利亚兜了一圈，最后，把车停在了三权广场附近。

我不止一次在白天来过三权广场，它的北边是最高法院、西边是议会大楼、南边是总统府、东边是民族先贤祠，正中心是两个抽象而高贵的劳动者雕像，在蓝天白云之下显得开阔而肃穆，让游览者顿生对国家权力的敬畏和民族的自豪感。没想到在深夜里，这里完全是另外一幅景观——在威严的总统府和神圣的民族先贤祠之间的一片空地上，穷人们在这里尽情地娱乐，有的在破旧的汽车音响里放着桑巴舞曲火热地起舞，有的围坐一圈烧烤、痛饮，有的在树下解带除衫、渐入佳境……很难想象这种场面会出现在其他国家的最高权力机构附近，如果白宫门口的草坪上每天晚上都有一群黑哥们儿在那里喝酒、跳Hip-hop，点着篝火烤着小肉并不停地欢唱"烤鸡翅膀，我最爱吃……"，那美国就真的"民主""自由"了。

我们穿过欢度良宵的穷人们，径直走到民族圣火台下。洁白的圣火台上，有一簇几十年来从未熄灭过片刻的火焰，它是巴西自由和独立精神的象征。圣火台本来严禁攀爬，但古狸却告诉我夜间没有警卫，可以上去坐坐。我极其笨拙地跟在身手敏捷的古狸后面，爬上了几乎是 90 度直角的圣火台。坐在台上，我们就着民族圣火，每人点了一根烟，然后慢慢地吸着，环顾这个清凉的夜晚、清凉的城市。我想起少年时代所钟爱的达明一派的另一首歌，《我们就是这样长大的》，想起里面的歌词——"叱咤于漆黑街中身躯傲然随处碰，在眼中，在半空，是赤色的霓虹……"

高原夜惊魂

　　为了对付这些天巴西热烈的节日气氛，我、巴西利亚众多中国餐馆之中唯一的中国厨子大李、国内某 IT 公司常驻巴西利亚的业务代表小李组成了"巴西利亚华人光棍协会"，简称"华光"。"华光"在圣诞当天，在事先毫无地理和心理准备的情况下，午饭后突然兴起，决定驾车远游，并最终成功地游览了古城比利纳波利斯和哥伦巴瀑布。但是，这一路上却饱经挫折，险情迭起。

　　先说去的时候。我们的车离开巴西利亚的时候，城中一片晴好。不一会儿，我们就驶出了联邦特区，在荒芜的高原上狂奔。巴西论面积也属于超级大国，居世界第五，但由于人口恶性城市化，80% 的人宁愿无所事事也要居住在沿海地带的城市中，仅有的 20% 的农民也只对沿海的农田感兴趣，因此，辽阔无际的巴西高原上除了一些日本菜农，几乎没有人耕种，完全是原始形态。马路边上无人无房无田无地，在车中可以目击天之尽头。眼见着远方有一大团黑山老妖黑云，其底部完全触到了地平线。我们有些幸灾乐祸，因为这意味着那里正暴雨倾盆。哪曾料想，公路拐了个弯，径直朝黑云的方向直伸了过去，颇有《天生杀人狂》里的米奇朝龙卷风眼策马狂奔的感觉。没多久,暴雨就砸到了车上。这时车已驶入山区,道路多急转、多大坡,但密集的雨幕导致前方一无所见,有一刻,狂风几乎要把我们的车掀到山坡之下。

在黑云中摸索了近一百公里,好容易天光放晴,前方却遇上了戈亚斯州的警察临时设卡查驾照。"华光"成员虽然除了我之外都在巴西驾车多日,但都还没来得及办理巴西驾照,我更是连开车都不会。情况非常之危险:在巴西,无照行车不但要被罚款,还会锒铛入狱。我们三个脸色黯然,不住地追悔不该贸然出行,不料正待查到我们的时候,警察突然一捂肚子,大呼不好,问我们要了一卷卫生纸就跑到密林深处拉稀去了,一边跑一边撂下一句话:"你们走吧。没事了。"

回来的路上倒是没有暴雨也没有警察,但遇上了更大的麻烦:迷路。因为一路上都是黑灯瞎火的,气氛极为恐怖,我们把车开得飞快,希望早点回去,但慌乱中没看清路牌,在一个岔道走错了方向。开始我们还没有觉察到,直到大路变成泥路,汽车扎进了一片毫无希望的黑森林之中,我们才发现不对劲。汽车不时惊起丛林中的怪鸟,有的怪鸟一头撞在车窗上然后倒地身亡,车灯前面居然还奔跑着惊恐的猴子。我们停下车,四处观望了一下,发现只要车灯一熄,目光所及之处,完全不见半点光影。我们的脑海里迅速闪过猛兽、毒蛇、劫匪、印第安人带毒的吹箭、土著居民的鸡奸嗜好……恐惧驱使我们立即掉头返回,一路狂奔数十公里,才回到走错的岔道口。

好容易到了离巴西利亚40公里远的一个小镇上,由于一路上路况极其恶劣,一个车胎经受了过多的颠簸,愤然自杀了。糊涂的小李居然不知道他租来的车里有备用车胎和全套的工具,建议我们下榻这个以暴力著称的小镇，不料大李轻而易举地找到了备用车胎。三个从来没换过车胎的人手忙脚乱地折腾了半天，居然成功了。

等我们回到巴西利亚城的时候，已经是半夜 12 点了。汽车驶过拉美第一铁塔巴西利亚电视塔的时候，我等"华光"成员居然有穿过凯旋门的感觉。

未婚妈妈知多少

　　一天下午，我在办公楼的走廊上抽烟，突然看见外语系门口有个小孩在号啕大哭。这是一个有着黑人血统的混血小女孩，六七岁，小眼泪多得两只小胳膊轮着擦都擦不完，小嘴巴张得老大，里面的龅牙看得清清楚楚的。我经常在系里看见她，好像是清洁工的孩子。我最见不得小孩子哭，就走过去问她谁欺负她了，小丫头呜噜呜噜说了一大堆。小孩的葡语最难懂，别看年纪小小，将来时、虚拟式用得一套一套的，我费了老劲才明白，她哭是因为饿了，她想要她妈妈带她去吃饭，但她妈妈现在正忙着大扫除，一时半会儿不能带她去觅食。小孩一边说一边指指肚子，说里面有好多青蛙在叫。我赶忙帮她抹干了小眼泪儿，牵着她到主楼前面的小摊买了个热狗、一杯西番莲汁。回来的时候，小孩屁颠屁颠地跟在我后面吃，高兴坏了。小孩的妈妈打扫完了卫生特意跑来谢我，我问她为什么不让家里人在家看着孩子，干吗天天把孩子带到这儿来，她叹了口气，说就她一个人带这孩子，家里没有其他什么人了。她是一个未婚妈妈，孩子的父亲每个月只寄几十块钱来，好几年连面都没见过了。

没过几天，我在系里的秘书办里又看见了另一个"惊心动魄"的场面。我去秘书办复印东西，看见秘书安德莱娅怀里抱着个孩子在哼哼着什么。我走过去一看，竟看见安德莱娅撩开衣服裸着一只硕大的乳房在给孩子喂奶。我顿时感到极度尴尬，支支吾吾地往后退，安德莱娅却落落大方地说，过来看我的女儿，吃奶的样子好可爱。我磕磕巴巴地问，办公室里不禁止喂奶吗？她耸耸肩，说假期办公的人不多，没理由不允许上班的时候带孩子，况且，这孩子没爸爸，只有她一个人照顾。天！又是一个未婚妈妈。我问安德莱娅怨不怨孩子他爸不尽责任不带孩子什么的，安德莱娅说，关他什么事啊，是我自己想要孩子的，生完了孩子他该干吗干吗。话虽说得轻松，但我见安德莱娅还是略有难色——在给孩子喂奶的同时，她面前的桌子上还摆着一本会计学的书，每天，她要一边上班、一边看孩子、一边在职学习管理学双学士的课程，实在是辛苦。

造成巴西出现大量未婚妈妈的原因有三。其一是性观念确实较普通西方国家更为开放一些，男欢女悦的约定如同高原上的浮云说来就来、说去就去；其二是因为巴西到现在还是一个天主教传统极其浓郁的国家，除了强奸和遗传病等例外情况，法律严禁堕胎，一旦怀孕，必须生产，社会不但不会歧视未婚母亲，法律还会给予她们一些适量的帮助；第三个原因最为特殊，是因为巴西的男女人口比例严重失调，传说中男、女人口比例为 1：6，但实际上没那么吓人，大部分地区在 1：3 左右，在巴西，嫁个老公要比娶个媳妇难多了。

未婚妈妈如此之多，很难说是女性权利上涨的结果还是再次陷入了男权的诡计，但利用未婚母亲之普遍这一现象大做国际身份转换文章的外国移民却大有人在。我认识一个浙江温州的小商人，为了获得合法身份、取得巴西的永久居住权，和一位年事已高的黑人大妈达成了一项协议，大妈帮他产下一女自行抚养，他连续数年每月为大妈支付略高于抚养费的生活费——因为巴西法律允许巴西孩子的外国生父拥有本国的永久居住权，即使他是非法移民。那个小商人哥们儿今年才二十出头，一副乳臭未干的样子，孩子却已经有两岁了，当他给我看他那个远在巴伊亚州的华、黑混血孩子的照片时，我实在难以相信他已经是一个父亲了……

骑车去机场

西元 2004 年 1 月 23 日中午，中国的大年初二，在空阔寂静的巴西利亚，在所有汽车以平均每小时 100 公里的速度快速驶过，没有自行车道和人行道的大街上，你会看见一个人背着一个大旅行包，在微雨中玩了命似的蹬车。他一路穿过仅为汽车掉头设计的高速弯道，闯过汽车单行线，跨过漫长的 JK 大桥，如果从空中用直升机观察的话，就会发现此人正朝着巴西利亚机场的方向一路狂奔。这个人就是我，巴西利亚历史上第一个骑自行车去机场的人。

那天我要去机场搭乘前往里约热内卢的飞机，但是我的几个最古道热肠的"司机"要么出去旅行了，要么工作繁忙无暇顾及我，在没有所谓"机场巴士"的巴西利亚，我可能的选择就是打的。但巴西利亚是全世界出租车最贵的城市之一，从我居住的巴西利亚大学到机场仅 20 公里就要 60 多雷亚尔，相当于人民币近 200 元，工资菲薄的我无法承受。我一咬牙，决定打车。而那一天，就连打的都无法实现：我打通了几个出租汽车公司的电话后得知，当天巴西利亚全城的出租车司机工会正在组织大罢工，没得车打——在巴西利亚打车跟其他地方很不一样，在街上招手，即使空车也不会停，所有的出租车必须电话预约，说是五分钟之后出租车就会开到你的楼下，但懒洋洋的巴西司机通常半个小时以后才会把车开来。我以前曾经开玩笑跟朋友们说，出租车费太贵，实在不行了，哪天要出去旅行的话，就骑车去机场。没想到，这一天真的来临了——骑车去机场是我唯一的选择。

曾经有本台湾人编的巴西葡语教材，里面讲到"快、慢"这一对形容词的时候，专门用书法写了一句"警句"：做事慢、开车快是巴西人最大的特点之一。巴西利亚尤其如此。由于没有专门的自行车道，我在去往机场的路上必须一路避让凶猛的汽车，有好几次，特别是在穿越立交隧道的时候，丧心病狂的汽车几乎擦着我的自行车把手疾驰过去，吓出我一身冷汗——其实不怪他们开车太猛，要怪只能怪我丧心病狂地骑车去机场：马路上平时根本没有人骑车。

骑了还不到一半的时候，我发现最大的问题不是避让汽车，而是我的自行车要玩完了。三个月前我买自行车的时候由于贪便宜，买了一辆据说质量最成问题的巴西商标但是产于中国的自行车，平时就经常出各种毛病，还被汽车撞了一回，这次到了关键时刻，更是衰到家了：几乎每隔两三公里，链子就"罢工"一次，掉在地上跟巴西人一样不想干活了。好在巴西利亚实在是太环保了，随处都是树林，链条一掉，我就迅速在路边的树林里掰一根树枝麻利地把链子挑上齿轮。到后来，我干脆一次多掰了 n 多根树枝存在车筐里以节约时间。背着沉重的旅行包一手抬起后轮一手搅动脚踏板实在有些吃力，重复数次该动作之后，我甚至想把车扔在路边拦一辆好心的车送我去机场。

近一小时之后，我终于骑到了巴西利亚机场。但是我以前从未考虑过的问题冒出来了：车存哪儿？机场附近可以想象，根本没有存车的地方，除了停车场，就是巨大的旷野。根本不容我选择，一个警察过来给了我"指示"：我必须把自行车停在地下停车场里，因为它好歹也是"车"，停车费按照普通汽车停车费的五分之一收取。五天以后，当我从热情似火的里约回到巴西利亚的时候，我下了飞机之后的第一件事，就是去停车场付了 16 个雷亚尔（人民币近 50 元）的停"车"费。

"警察也是人，警察也罢工"

　　到巴西来了五个月，我几乎什么样的罢工都碰上了：银行罢工、公交系统罢工、超市罢工、清洁工罢工……但是直到昨天之前，我连想都没想过，我还能碰上警察罢工。在我的概念中，"警察"一词似乎是"罢工"这玩意儿的绝缘体，如果不是天敌的话。

　　我刚到巴西的时候，去联邦警署总部办过居住证，但只领到了一张比中关村的假证件还要假的小纸片充当临时"良民证"，说是几个星期后就把正式的"良民证"给我寄来，可是五个月过去了一直不见踪影。眼看那张小纸片的有效期快到了，我的"良民"身份就要不保，我不得不在前天跑了一趟联邦警署，拿着小纸片去换正式的居住卡。那天去的时候还好好的，办事的联邦警察如同往常一样，像树懒一般迟缓地工作着，把我那张已经揉得皱巴巴的"良民纸片"留在警署核对我的正式居住卡是否已经制作完毕，呵欠连天地叫我第二天再去问结果。

　　可昨天当我如约再次前往联邦警署总部的时候，却碰上了令我哭笑不得的事情。戒备森严的联邦警署大门敞开，围墙上刷着巨大的"警察也是人，警察也罢工"的标语，警署总部楼前的草坪上插着一面又一面写着"ESTAMOS EM GREVE"（我们在罢工）的旗帜，警署附近的天空中飘荡着印着"GREVE"（罢工）的彩色气球。更绝的是，平时西装革履的联邦警察们都穿上了休闲服，大白天坐在草坪上一大片防潮垫上喝啤酒、跳舞，汽车音响里放着震耳欲聋的桑巴，间或可以听到罢工领袖拿着话筒在进行煽动性的演讲。绝大多数警察身上都套着一件明黄色的纸马甲，正面印着"联邦警察全国性罢工"，背面印着"为了完善法律，全体联邦警察罢工"，不仅如此，警署的门口还摆了一个小摊，罢工的警察们像散发促销传单一样在那里向路人散发这种造型极有创意的纸马甲。

在军警、骑警、防暴警、路警等名目繁多的警察种类之中，联邦警察（Política Federal）在巴西可谓是"警察中的警察"，是其他所有种类的警察的老大，全面监督各种类型的警务。他们不但地位显赫，待遇也极其丰厚，一个联邦警察的工资通常是一个同级别军警的 5 到 10 倍。他们不用穿警察的制服，平时都是一身黑西服，跟黑社会一样跩，在巴西国内的名声也和黑社会差不多，敲竹杠、打秋风是家常便饭。连这帮"大爷"都在搞全国性罢工，实在是令人不解。据说，罢工是因为他们虽然工资丰厚，但是经常处在危险的环境中，而且现有的法律过于注重犯人的人权而不注重保护他们的身家性命，因而他们试图以全国联邦警察全线罢工的声势提醒社会他们也是人，钱不钱无所谓，命是最重要的。

在巴西，greve（罢工）的确是一个非常重要的常用词。我经常看到在居民区的小公园里，各种肤色的小朋友包括华人儿童像爱玩"过家家"一样热爱玩"罢工"的游戏，一小撮小朋友饰演资方，另外的小朋友像唱歌一样聚集起来高呼"Greve! Greve!"，然后就工资问题进行模拟谈判。据说该游戏可以从小培养巴西小朋友的讨价还价能力，促成对本国政治经济形势的全面认识。和我同住一个公寓的老师们平时下班回来要是稍微觉得累了都会嚷嚷着罢工，据说在我工作的巴西利亚大学，前年曾经有一次长达八个月的罢工，工资照发不误，可惜我没赶上。

我看着露天派对一样的警署总部穷开心了一阵，突然开始觉得不对头。如果他们一直这样罢工，我的"良民纸片"还在他们手中，正式的身份卡又没下来，我就不得不沦为一个盲流教授，幽灵一样在巴西利亚大学的教室里飘荡……

狮子和炸弹

　　小时候看比利时漫画家埃尔热的连环画《丁丁历险记》的时候，特别喜欢看丁丁到一些杜撰的拉美国家办案的经历，因为这些国家往往乱得很有性格，而我从小就已经拥有一个坚定的信念：没有逻辑可言但有着"一根筋"式的执着的混乱，从美学意义上来说正是想象力和快乐的源泉。长大以后，我依然热衷于热带的、第三世界的、非主流生活方式的想象，但没想到想着想着就被想象力反弹到巴西来了。

　　我生活的巴西利亚虽然在巴西以秩序井然著称，但身在混乱的南美次大陆，免不了沾上一城的"乱气"，即使这里以中产阶级意识形态为主导，还是能够时不时碰见很多足够进入闹剧的狂喜章节的事件。

　　上个星期，我的邻居胡里安教授进城购物，回来惊呼说在路边的一片树林里隐约看见了一只狮子。我们都认为是他走眼了，堂堂的首都巴西利亚，怎么可能路上有狮子乱跑。但不久以后，我们就在电视上看到，本城的确有一只来历不明的狮子在四处流窜。该狮子几天前在一个停车场掀开了一辆汽车的车门，把在车上午睡的一个哥们儿当午饭吃了，然后扬长而去。接下来的几天里电视里出现了一个"追踪流浪狮"的特别节目，每天都有市民跑到节目现场描述遭遇该狮子的情景，市政府动用了大批警力和专业驯兽师按照线民提供的线索满城搜索，始终没有抓到。最后，该狮子因为闲极无聊跑到一个超市准备逛逛的时候，终于不幸被捕。最神奇的是调查该狮子来历的时候发现，此狮居然是三百多公里以外的戈亚尼亚市动物园半年前因饲养员喂食时睡着了而走失的一只狮子。这家伙怎么度过这半年的，它又是怎么流窜到巴西利亚来的，成了很多小朋友最近写作文的幻想主题。

狮子刚被抓住的第二天，又是乌鸦嘴胡里安教授进城回来说听见炸弹爆炸了。巴西历来没有什么恐怖分子，也没有如哥伦比亚一般的丛林游击队，按说谁也不能相信这里也有爆炸事件的，但鉴于上次的经验，群众还是相信了胡里安教授，立即打开了电视。果然，电视里的即时新闻正在浓墨重彩地报道刚刚发生在巴西利亚中央车站的一起汽车炸弹爆炸事件。奇怪的是，被炸的汽车是一辆轮休的空车，炸弹连周围人的一根毛也没伤着，只是把该车炸了个狮子大开口，观其目的和手法，不似恐怖分子所为。几天后，特工部门加班加点调查出来的结果没把人给噎死。原来，投放炸弹的是经常驾驶该车的一个老司机，他嫌该车性能严重老化，开起来极度不爽，数度向老板建议换车，但老板死活不予理睬。司机哥们儿实在烦透了这辆车，想来想去想不通自己为什么还要开这辆车，就索性放个炸弹把它炸了了事……

学生如猫，老师如鼠

去年我教的汉语初级班上，有一个极度懒惰的学生。此学生缺勤率略微低于合法缺勤率（30％），但每次到了教室总是倒头就睡，下课的时候需要和他同上汉语课的女朋友呼唤数遍才能醒来，懵懵懂懂地离开教室，在渺小的课桌上留下一摊和他肥胖的身躯一样面积辽阔的口水。可以想见，此君期中和期末的考试成绩都是略高于零分。学期末老师给总评的时候，我毫不留情地给了他一个不及格。

但是，在暑假期间，我突然接到我系秘书处的"传唤"。这个懒惰的学生不满于我的总评，按照巴西利亚大学合法的不及格投诉程序，向外语系主任投诉我评判不公正。在"状纸"上他写道，他之所以没学好是因为我歧视他，不给他做课堂练习的机会。在巴西的校园政治中，"歧视"可是一个很严重的罪名，如果教师因为种族、性别、语言、残疾、性取向等原因歧视学生导致学生没有学好，一经投诉，不但该学生可以无条件及格，校方还会在教师的档案上记下政治不正确的账，直接影响该教师的工资提升和职称晋升。但是，这个懒惰的学生是个白人、男性、没有任何语言障碍、四肢发达，同时也是坚定的异性恋，有何歧视可言？只见他在"状纸"上写道："因为胡教授很瘦，他就歧视我肥胖……"

我感到无话可说，在"教师重评"的意见书上写下了"荒谬！维持原判"，交给了系主任。两个月后，我都已经把这件事忘了，语言文学院院长助理又突然"传唤"我，说这名执着的学生不满于我的重评，继续上诉到了大学教务处，教务处成绩督察科责令语言文学院通知我提取该学生上学期上汉语课的所有材料——出勤考察表、作业和试卷原件等，以检验我的总评是否合理。我告诉院长助理，由于至今系里还没给我一张属于我自己的办公桌和书架，所有上学期的学生资料我都无法保存，全都扔了。助理哥们儿大骇，说："胡教授你完了，东西一丢死无对证，任何一个学生都可以把你告得死翘翘。"他告诉我，在巴西利亚大学，为了防止不良学生反咬教师一口，所有老师都保存有近些年甚至近几十年的学生出勤表和试卷等等，在这里，学生是老大，教师是学生的打工仔。我在绝望中只好揪住没有个人办公桌的问题不放，同时，我也打出"政治正确性"这张王牌，准备反告大学歧视亚裔教师。最后，院长怕把事情闹大，出来化解了矛盾，他向教务处成绩督察科提交了一份证明，说因为我刚来的时候不通葡语，和行政人员、同事、学生沟通不畅，不知道保留学生资料的重要性，不知者不为罪，现在我懂葡语了，一切都会 OK，此事最好不要继续追究……

前些天跟计算机系的华裔李教授谈起这件事的时候，他连连感叹我运气不错。他十年前刚来的时候，按照中国的方式严格要求学生，第一学期就给了四个学生不及格的总评，这四个学生中有一个黑人、一个同性恋，此二人以歧视为由把他告得在系里抬不起头，导致他推迟了数年才晋升上终身教授。后来他学乖了，从来不给学生不及格。他最后告诉我："现在你明白这里学生为什么再懒也能毕业了吧？这里的'校园民主'民主得过头了，没有哪个老师敢给学生不及格，要给，也得死死捏着'罪证'，做好迎战没完没了的投诉的思想准备。在这里，学生是猫，老师是老鼠……"

巴西学生是怎样学"好"汉语的

　　我在巴西执教已经有半年了，在这半年里，以巴西利亚大学为基地，先后有将近 200 名巴西人跟我学习了或正在学习汉语，这200 人不仅包括巴西利亚大学的在校学生，更包括上至政府部委官员、下至家庭保姆在内的工商行政贩夫走卒社会闲杂等各界人士。如同任何一个与汉语文化圈相距遥远的国度，巴西学生们普遍对汉语抱有强烈的好奇感，认为汉语是一种说得像唱歌、写得像绘画的神奇语言。学生们自编了《汉语学习桑巴》，歌词曰：

　　Com tono, eu falo como canto.

　　Com traço, eu escrevo como pinto.

　　Qué louco! Qué louco!

　　（有了声调，我说话就像唱歌一样，

　　有了笔画，我写字就像画画一样。

　　我为它疯狂！我为它疯狂！）

　　但是好奇归好奇，一旦学上一阵，生性慵懒的巴西人很容易产生倦怠心理。这时候必须"因地制宜"地改变"教学方法"，以巴西人民喜闻乐见的方式诱导他们愉快地接受那些陌生得可怕的语音规则和文字。巴西人民在情色方面拥有无限的热情是无可争议的事实，为此，最好的"教学方法"莫过于引领学生在符合本民族习惯的某种想象中快速、高亢地滑入教学目的之中。而在这方面，巴西学生们的"配合"程度往往超出了我的想象。

这里不妨举上一个例子。汉字常常最令学生头疼。我在教学生写"好"字的时候，叮嘱他们：同学们，这个"好"就是 bom（葡语里的"好"），左边是个女的，右边是个男的，男的女的一 ficar，就 bom 了。不错，学生们一下子把左右的部分都写得很好，可是很多人写得不太美观，左右部分上下错得很开。于是，我就在黑板上画了个米字格写了个范本，告诉他们一定要注意上下左右的均衡和重心的稳定。一个聪明的学生立即举手说："老师我明白了，右边那个男的那一横一定要对准左边那个女的中间的那个窝窝，不然就不 bom 了。"全班学生一听都豁然开朗了，呼啦一下，全都写得很紧凑美观。但是问题还是存在，几乎没人理会笔顺，好些人从右往左写。当我在黑板上再次示意笔顺的时候，一个聪明的学生又高呼了一声："老师，我懂了。一般都是女的先摆好姿势，男的再凑过去，所以先得写左边，再写右边！"嘿嘿，很管用，这下全班人的笔顺都没问题了。但是在我叫几个学生到黑板上来写的时候，却发现了一个打死也没想到的问题：一个一脸坏笑的哥们儿把"子"字中间那一横的左边写得比右边粗。我告诉他，这是不对的，一横就是一个笔画，不能写成这样。但是这哥们儿振振有词地说："老师，现在艾滋病这么厉害，那一横的左边必须得戴上套才能 bom 啊！"厉害！没过几天，我就很 faint 地发现，在学生会张贴在主楼里的一张宣传预防艾滋的巨幅海报上，赫然有一个"子"字左边画了个很具体的避孕套的巨大"好"字……

作为成人礼的十五周岁派对

前几天，我突然接到巴西利亚一个华裔小妹妹的电话，她在电话里张口就喊"胡叔叔"，搞得我很悲伤。都叫我叔叔了，岁月不饶人啊。连珠炮似的"叔叔"过后，小丫头开始说正事了。原来叔叔不是那么好当的，小丫头有要事相托。她马上要过十五岁的生日了，可是她的爸爸妈妈保持华人的低调作风，不愿意为她开十五周岁派对。她想借我的公寓用用，瞒着父母开个派对，同时请我主持仪式。

我顿时明白了小丫头的心思。在巴西，十五岁生日可是个极其重要的日子，在巴西的文化传统里，十五岁意味着可以进入成人世界，可以合法地做爸爸妈妈创造自己的时候做的事情了。十五岁生日这天，所有的巴西孩子都会在家举办规模庞大的十五周岁派对（festa de 15 anos），参加者不仅包括同辈的同学、好友，还包括这些同学、好友的父母。此派对的功能相当于远古时代的成人礼，在派对上，一定要有一个家长出来宣布这孩子大了，开窍了，懂事了，大家不要再把他当傻孩子了。

巴西人非常重视十五周岁派对，它的地位在巴西和大学毕业派对、婚礼、银婚、金婚一样重要。这个华裔小妹妹出生在巴西，已经自觉不自觉地把自己认同为巴西人，希望按照巴西的传统方式有脸有面地办个成人礼，不然在同学中都抬不起头。但她的父母一直遵从中国的传统，坚信十五岁生日没什么大不了，小孩子家不能乱铺张。小丫头的困境里其实深藏着文化差异的焦虑和身份认同的窘迫啊！

列位看官也许会问，十五岁，屁大点的孩子，成个什么人啊。可是巴西把十五岁定为成人的开始还的确有它的道理。巴西地处热带，本来什么东西都往大处疯长，加上饮食结构以牛肉为主，小孩子到十五岁的时候，往往已经长得牛高马大，身体基础决定上层建筑，该懂的事也差不多都懂了。那个要过生日的华裔小妹妹就是如此，该大的都大了，活脱脱像个国内的二十岁女青年，成熟得她如果不喊我叔叔的话我没准还会瞎琢磨什么。

叔叔都当了，义不容辞啊。我就和公寓里合住的室友商量了一下，因为其中有巴西人，深知十五周岁派对的重要性，这件事很顺利地就获得了全力支持。室友们帮我一起张罗着布置好了客厅，准备好了蛋糕、啤酒什么的，小丫头生日的当天，一大群"逃学威龙"就从中学里浩浩荡荡地扑了过来了，加上小丫头请来的其他几个华人青年，公寓里真是闹翻了天。果不其然，小丫头的巴西同学们虽然只有十五岁左右，但看上去都比我身形壮伟、风情毕现。到了最后，吃完了蛋糕，唱完了节奏极其古怪的葡语生日歌，我作为代理家长该致成人辞了。我随便鼓励了一下该临时侄女要不畏艰险、勇于恋爱、舍生忘死、努力成人，该侄女在答谢的时候却激动得不会说汉语了，只能用葡语跟大家表示一定不会辜负胡叔叔的期望云云，活脱脱的一个双语成人礼。这个双语成人礼把我弄得极其郁闷，因为里面有好几个豪情万丈的巴西MM尽管喝醉了酒开始和其他华人青年勾肩搭背，但一走到我跟前都和我的小侄女一样，毕恭毕敬地冒出一声"Tio Hu!"（胡叔叔！），令我无计可施。

酒鬼和火鸡

　　昨日去一个朋友在巴西利亚郊区的农庄里玩耍，居然在他家见到了一群极其丑陋的火鸡，秃着色彩古怪的脖子垂着淫荡的瘿袋，其形状完全可以用六个字来形容——猥琐，极度猥琐。

　　这还是我平生第一次近距离面对这么大一群火鸡。我一边观察它们庞大的丑态，一边在想——火鸡这玩意儿确实有趣，不知是碰巧还是怎么回事，在英语和葡语里都有国名意为"火鸡"的国家。英语里的 turkey 是众所周知的，既是火鸡又是土耳其之意，在葡语里，火鸡 peru 同时也是一个国名，但不是土耳其，而是秘鲁。

　　我正在琢磨土耳其和秘鲁这两个遥远的国家到底是怎样被丑陋的火鸡隐秘地联系起来的，我的朋友突然叫我吹几声口哨，看看有什么后果。我一吹，不得了，几十只火鸡跟着我一起大声怪叫，我吹一声它们就叫一声，我一停下来，它们也跟着停下来，完全是在恶劣地模仿。我以前只知道火鸡能吃，没想到这些家伙也跟猴子似的喜欢模仿，我兴奋至极，跟它们玩了半天。

　　我的朋友告诉我一件趣事，令我对这些土耳其或者秘鲁们更加敬畏了。一日我的朋友家来了一位访客，此人一整天没事干都在院子里逗火鸡，口哨一声接一声没个完，火鸡也丝毫不觉疲倦。后来这哥们儿出去喝酒去了，喝了一瓶卡夏莎（巴西白酒，相当于中国的二锅头），醉得一塌糊涂，回来还是执着地逗火鸡玩，但是已经晕乎得吹不出口哨来了，只能张开嘴咝咝咝咝地出气。结果，几十只火鸡也不大声怪叫了，也都齐刷刷张开嘴，跟他一样咝咝咝咝地出气，跟哮喘一样，俨然也是一副喝醉酒的样子，把这哥们儿气得一下子拧断了一只火鸡的脖子。

这时，我朋友的夫人走了过来，指着我的朋友说："你以为他好得到哪里去，他也有喝醉了酒跟火鸡闹的笑话。"说着就开始数落我这位可怜的朋友。原来，巴西过节吃火鸡的时候有个习俗，一般是大家先在一起喝几杯卡夏莎，然后趁着酒兴把火鸡宰了。结果有一次我的朋友喝高了，从椅子上翻了下来，坐在准备宰杀的火鸡哥们儿旁边，抱住它的脖子不住地给它灌酒。等到家里人开始举刀来宰火鸡的时候，我的朋友死死地护住火鸡不让宰，说："这哥们儿是我的酒友，你们谁敢砍它，我就跟谁急。"家里人就不敢动了，正准备去院子里抓另外的火鸡"代刑"的时候，我那朋友的"酒友"却突然倒地身亡：喝得太多了。

小小丫头心思怪

前些天和朋友驾车去 Poço Azul 瀑布玩，回来的时候车不幸抛锚，怎么也启动不了，只好把车推到路边的一爿农家小店，耗在店里等懒惰的拖车公司从 50 公里外的巴西利亚派不知何时才能开来的拖车来拖我们那堆不争气的废铁。

巴西的农家小店居然也和广大的中国内地一样，以门口有两个劣质的台球案子作为明显的标志。虽然我从来不打台球，但在这荒郊野地实在等得无聊，只好以鬼子进村的姿势拎着台球杆胡乱戳上几把了。由于我实在打得太臭，我的朋友们没人愿意和我打下去了，这时，一个半人多高小丫头突然跳出来说："我喜欢和你玩，我教你！"

这个混血小妹妹是店家的小千金，年方十一，明眸善睐、巧笑不绝，和我见过的其他巴西小女娃娃不同的是，这个小妹妹梳着一条中国式的大辫子，打台球的时候，她经常歪着脑袋一手持杆一手不自觉地抚弄着辫子，傻呵呵地对我笑。她教我教得正来劲，路边不知怎的，一辆大客车倒车时把一辆小车撞了，但小车的车主不但不生气，反而打开功率惊人的汽车音响放起了桑巴舞曲，这一放，大客车上的人就全都下来了，跑到小店里要了一大堆啤酒和小车车主联欢，周围的庄户人家闻声也赶了过来，一起交通事故一下子就这么莫名其妙地变成了一个桑巴大聚会。

台球桌周围全是跳桑巴的人了。小妹妹突然踮起脚尖对我说："这里太吵了，我不喜欢。我只想和你说话。跟我走。"说完，小妹妹牵着我跑到了小店后面的树林子里，为我讲解周围的田地里他们家各种农作物的生长情况，同时跟我畅谈人生理想，说今后的梦想是当个兽医，因为每次他们家小狗狗生病她都好难过。说着说着，小丫头突然抱住我说："你一会儿走了是不是就再也不来这个地方了？我是不是就再也见不到你了？"我几乎要晕倒！十一岁啊！我连忙说："下次我还要去瀑布，经过你们店的时候我会下来看你的。"丫头一撇嘴，说："谁相信啊！"她跑回店里拿了纸笔，非要我留下电话号码，说要是我不来找她，她就跑到巴西利亚去找我玩。

我被小丫头缠怕了，自己找了个角落和朋友待着抽烟，却看见小丫头又带着另一个九岁的邻家小丫头走了过来。原来十一岁小丫头拿我的电话号码向九岁小丫头炫耀，九岁小丫头不服气，也要来跟我套近乎。九岁丫头没说几句就问我："你有女朋友吗？"我说没有。她一指跳桑巴的那一大群人，说："这些人里面你有喜欢的吗？"我仔细看了看，摇了摇头。九岁丫头指着里面跳得最疯的那个女人问我："你不觉得她好看吗？你不想要她吗？"我又摇了摇头。九岁丫头立即生气了："哼！那是我妈妈！你不喜欢我妈妈！你不喜欢我妈妈就是不喜欢我！"我晕得都不知道说什么了，但见十一岁小姑娘抚弄着头发得意地笑着……

拖车来拖走我们的时候，十一岁小妹妹站在路口挥了半天手，还追着车跑了好一段。我的朋友在车里语重心长地对我说："还是别回中国了吧，留在巴西再等个几年，过了十五岁，什么都合法了……"

巴西人都是活雷锋

在巴西生活了七个月，说起巴西的好处来，从良辰美景到美女美食可以罗列无数，但排在最前面的，却是什么也不能替代的巴西人的好性情。巴西人在长期的"杂合"文化形成的过程中，培养出了宽厚、开朗、拿得起放得下的性格，几乎人人都是"自来熟"和"人来疯"，极其容易相处。在巴西，人与人的关系有时简单得让人觉得东亚文明特有的"观人术"和"权谋心"是何等让人恐慌。

最让人感到如沐春风的是，巴西人都是活雷锋，特别是普通的平民，他们几乎都有最质朴的侠义心肠，在生活中你随时能够碰上在欧美发达国家很难遇上的"雪中送炭"式的"平凡的奇遇"。一个最明显的例证是，当你的汽车抛锚在路上的时候，根本用不着你招手拦车求助，你只要走下车来用幽怨的眼神看着自己不争气的汽车，几乎所有经过你身边的汽车都会停下来，问你是否需要帮助，哪怕你可能是一个裤兜里藏着手枪准备借此机会打劫的匪徒。

我曾在前面的文章写过有一次我和一个法国女孩深夜在市中

心遇车祸，多亏巴西活雷锋帮忙才叫来朋友处理善后事宜，后来我还碰见两次类似的事情，让我深感巴西的公路都是"雷锋之路"。

有一次我和几个中国朋友驾车前往一处郊外农庄，在路上水箱烧了，只好就近找了个路边小酒吧停了下来。还没等我们走下车，酒吧里的人看见汽车前面冒烟就都跑了过来，问明情况之后就七嘴八舌地每人告诉我们一种修理方法，更有热心的人根本不等我们动手，自己跑上前去抄着家伙帮我们捣鼓起来了。这时另有其他几辆路过该酒吧的车也都停了下来，纷纷问我们要不要借什么工具。不过，那一次车的"病"本来就不轻，再加上碰上了一群路数不一样的"大夫"，每人输入一股怪异的"真气"，最后只落得个经脉寸断、内力全失的下场，连启动都启动不了了。活雷锋们一下傻了眼，立即打电话叫拖车公司的人来拖走，同时，怀着歉疚的心情放着自己该做的事情不做，趁等拖车来的时候把我们拽到了酒吧里请我们喝了个痛快。

还有一次，我也是和几个中国朋友一道，驱车前往郊外的一个瀑布，在开上自然保护区境内泥路的时候，由于前一天下雨土质疏松，我们的车不幸陷进了稀泥之中，开车的哥们儿没有经验，试图加大油门硬闯出来，结果越陷越深，两个前轮全部陷进了红土之中，小车车如同被采花贼五花大绑的良家妇女，怎么也动弹不了了。那条路比较荒，我们几个人望天兴叹，以为要被困在这里和美洲鸵鸟为伴了，结果运气不错，后面连着开过来两辆车，车里的人全都不请自来帮我们的忙。一个经验丰富的老活雷锋到附近的山上搬来一堆石头垫在了前轮后面，另外几个活雷锋根本没招呼我们就自己蹲下去用双手刨土，刨了大半天，当前轮终于露出了一半的时候，活雷锋们让我们试试能不能倒出来。这招果然奏效，小车车立马就像被从色狼的魔爪下解救了出来，妩媚地扭上了路。那两个车里的活雷锋好像比我们还开心，把汽车音响开到最大声，朝不同方向愉快地开走了。

"杀人公路"遇险记

巴西的道桥基础设施建设出了名地糟糕，给巴西经济的发展带来了巨大的障碍。最近，国外的媒体常用一幅航拍图片来说明巴西公路建设之蹩脚：巴西虽然为世界最大的大豆出口国之一，但是在通往主要大豆出口港的公路干道上，今年2—5月整整三个月，运输大豆的大货车都出现了在公路上拥堵80公里不得挪动的恐怖景象。公路上的坑洞更是多得吓人，这是导致巴西的交通事故位居世界前列的主要原因之一。远的不说，单是我所居住的首都巴西利亚周围就有好几条布满坑洞的所谓"快速公路"，其中最有名的一条要数从巴西利亚到戈亚斯州的历史名城比利纳波利斯的联邦70号公路，人称"杀人公路"。

杀人公路从离开巴西利亚50公里处就开始露出变态特征，虽然名为最高级别的联邦公路，可是路面狭窄且双向并行，夜间，除非你打开车灯，否则整条路没有任何灯光。在没有任何指示牌提示的情况下，路中央随时会冒出一大串直径一米至两米不等的坑洞，密集得让人不知如何避闪。开车经过杀人公路实在折损汽车的阳寿，轻则轮胎磨损、爆裂，重则车毁人亡。此路在巴西利亚已经成了众矢之的，但民主归民主，建设归建设，对此路的批评虽多，其杀人路况却是一天比一天更加变态。

近日城中的一群华人青年央我带领他们驱车经过"杀人公里"前往我曾经去过的哥伦巴瀑布烧烤。我上次去的时候虽然也发生了爆胎的意外，但考虑到那是夜间行车，所以还对杀人公路在白天的变态性存有侥幸心理。我欣然应允了这群小弟小妹，带着他们拉着满满两车的烤肉架、木炭、各种肉类和啤酒兴冲冲地前往哥伦巴瀑布。

事先约定我坐在小萨的车中副驾的位置上引路，小顾开着另一辆车保持间距、从容跟进。但是小顾开着开着忘了我早先描述的杀人公路的变态性，嫌小萨的车开得太慢，又发现路边根本没有限速标记，就干脆一路超车飙到了老远的前方。小萨担心小顾迷路（杀人公路的另一个重要变态特征就是：十字路口绝对没有路牌），不得已全速跟进。眼见着小顾的车正在飞爬一个上坡，过了这个上坡，小萨就可以追上了。但是就在视线范围之外的坡顶的另一边，惨剧发生了。一过坡顶，杀人公路上就出现了蜂窝一样集结的坑洞群，小顾因为车速过快，不堪坑洞上的颠簸，加上行车经验不足，就干了一件令她事后后悔不已的事情：一个急刹把车停在了路中。等小萨开车过了坡顶，看到坑洞群和停在路中的小顾的车，时间已经来不及了，虽然踩了刹车，他的 Polo 还是义无反顾地冲向了小顾的雪弗莱。一声巨响过后，情况如下：Polo 发动机、变速箱和前轴英勇报废（因此，也可以说全车报废），雪弗莱的后车身完全被挤扁。由于我出发前的提醒，人人都系好了安全带，所以不幸中的万幸是六个巴西利亚的珍稀华人无一有重大伤亡，仅有些许磕碰、扭伤。

我开始怀疑自己是一个搭便车的灾星：这已是我在巴西亲历

的第四次交通事故了，算上汽车的机械故障，我这算是第七次遇险了。因此，我比其他沮丧的青年显得稍微冷静一些，耐心地带领他们安静地坐在荒芜的马路边上等了整整一个白天。

由于地处偏僻的高原深处，唯一一部有微弱信号的手机通话效果也跟对牛弹琴一样，所以早上出的车祸，直到下午，保险公司才把拖车派来。其间，无数的巴西活雷锋停车过来问寒问暖，更有一个手持大砍刀的彪形大汉走近我们，起初被我们误以为是打劫的，并准备抄起撞落在地上的烤肉刀叉随时迎战，后来才明白他是附近的一个正在除草的农场主，见我们出了车祸前来邀请我们去喝他早上刚挤的牛奶。我们谢绝了他的好意，但他身后的一条猛犬迅速吃光了从雪弗莱被挤扁的后备厢里撒落出来的用于烧烤的各色肉等。

汉语课惊现走火枪

昨天上午，我正在教室里给巴西利亚大学汉语一级班的学生上课，突然间一声巨响，全班人都震蒙了。"走火了，手枪走火了！"学生们惊叫起来。果不其然，坐在最后一排的警察学生马尔赛罗的手枪掉在了地上，枪口冒着烟，弹壳弹出了老远。每个人都下意识地摸了摸自己的后脑勺、脖子和背后，看看会不会像好莱坞大片那样摸出一手血迹。还好，马尔赛罗解释说那是一枚空包弹，只有火药、没有弹头，不会有人受伤。教室里翻腾了一会儿，大家又恢复了平静，俨然一副司空见惯的样子，我也佯装司空见惯，继续上我的课。

马尔赛罗头戴贝雷帽、身着警服、脚踏警靴来上课的第一天就把我搞蒙了。我差点以为是"扫黄打非"的警察冲进课堂来抓人来了，后来才反应过来，在巴西没有"扫黄打非"一说。于是，我以为马尔赛罗是来蹭课的。这很合情理：在巴西，因为风水、武术、针灸等各种莫名其妙的原因想学汉语的人多得不计其数，凭什么就不允许一个在校园周围巡逻的警察借巡逻之便开溜到课堂里来学学伟大的汉语呢？后来，我在学生花名册上发现，这个全副武装的地地道道的底层军警（作为巴西庞杂的警察体系里的一个种类，军警专门负责维持社会治安、缉拿凶犯）居然也是一个地地道道的哲学系在校本科生，有着正儿八经的学号和本学期注册记录。我彻底晕了。这是巴西的大学和中国的大学最大的不同：在这里，鼓励学生"半工半学"居然到了没有"兼职"与"全职"之分的地步，鼓励社会各阶层人士进大学学习也没有所谓"脱产"与"不脱产"之分，马尔赛罗既可以像《无间道》里的梁朝伟一样骄傲地说"我是警察"，也可以在电影院的售票窗口举着学生证很牛逼地说"我是学生，来张半票！"。实在是想不通。

但是这种"工学不分"的制度最大的弊端就是容易造成极大的疲乏，严重影响学生的学习效率和进度，如是，巴西利亚大学不得不规定，本科生可以在七年甚至十年内毕业。马尔赛罗平时巡逻工作非常繁重，有时候，经常追小混混追到一半，一看表，快到上课时间了，只得撤回来上胡教授的汉语课，所以，他经常在课堂上睡觉。昨天他手枪走火的原因就是因为睡觉。他把枪从腰上卸下来，放在课桌的一角，而后呼呼大睡，结果昏睡中胳膊把枪撞到了地上，导致走火。好在枪膛里是空包弹，要是一枚有弹头的真子弹，按照手枪摔落后的枪口指向，我估计要成为海外汉语教育界的烈士了。

课堂奇遇之茫然军士篇

不知是我在巴西有军警缘还是怎么，在和军事机构似乎毫不相干的大学里，我的课撞鬼一般老是和军队、警察纠缠在一起。前两天我的课上刚发生一起警察学生手枪走火的事件，今天我的课又再度吸引来了现役军人。

事情是这样的：当我正在给学生讲解不要随便乱叫女性"小姐"的时候，突然教室的门口出现了一个身穿陆军军士制服的军人，他一边叩门，一边迫不及待地以手势示意我赶紧出去，有事找我。如果警察找我，我还想得通（奇怪，我为什么会想得通呢？），一个按照美国大片的香港译法被译为"沙展"（sergeant）的人找我，我的确有些想不通。看他如此焦急，我就懵懂地走了过去。

这个看上去有点愣的军士哥们儿操着东北腹地古怪的乡村口音就像查户口一样劈头问我："嘿，你教什么的？"我说："教汉语的啊。"他点点头喃喃道："哦，没错。找的就是你。"我吓了一跳，连忙问："我能帮你什么忙吗？"军士哥们儿一脸迷茫地说："是这样的，我马上就要退伍了，但是不想回老家去种地，想学点手艺退伍以后留在城里。人都说学个外语挺牛逼的，挣得挺多，我就琢磨着学个外语。可是学什么呢？这么多外语哪个挣钱多啊？我看最近的电视全在讲卢拉总统访问中国的事儿，说是和中国以后有很多生意做，我的朋友们也都觉得学个中文肯定能挣大钱娶个媳妇成个家了。教授你说他们说得对吗？"

哦，原来是个为前途焦虑的迷惘军旅青年啊。我告诉他，学了汉语，挣钱肯定是没问题的，巴西利亚就没几个人会说汉语，别说娶媳妇，包二奶、三奶的机会都大大地有，但是关键是这玩意儿它不好学啊，得花不少时间和精力。军士哥们儿很紧张地问："要学多久？"我说，至少要学两年，才能用汉语来谋生糊口。军士哥们儿呆站在那里合计了半天，最后说："两年还是太长了。我年底就要退伍了，得学个马上使得上的语言。"我建议他学英语，可能会快很多，谁知那哥们儿很生气，愤愤地说："亏你还是中国来的，太没觉悟了，英语是好人说的吗？美国人多坏啊！我就冲着中国人不错才想学汉语的，你还跟这儿瞎搅和！"我连忙解释说："不是这个意思，就是因为英语很愚蠢，所以学得快啊，你随便跟着个英语班学个半年，就肯定能够黑美国游客了，我敢打包票，一年后媳妇准有了。我们中国的神仙认为，好人说坏人的话挣坏人的钱，不但不会变成坏人，死后还会进天堂的！"军士一听乐坏了，按照我的指引，屁颠屁颠去英语教室询问去了。

课堂奇遇之"一家乐"篇

　　我前面写过的那个到处流浪卖手工艺品、汉语说得令人瞠目结舌的乌拉圭老头原来并不是文盲！我以前彻底被他的邋遢得如同济公的外表蒙蔽了：这哥们儿不但不是文盲，还是一个老牌文艺愤青！

　　上次我请乌拉圭老头到我的汉语中级班陪我的学生们练口语的时候，这哥们儿留了一手，只说了一节课的粗口，让我和学生都以为他是个彻底的文盲。昨天我再请他来我的汉语课玩玩的时候，这哥们儿终于露出深藏的真面目了。

　　只见他走到黑板前，用粉笔写下了工工整整的三个繁体字"一家乐"，然后说："朋友们，上次忘了跟你们说，这是我的中文名字。我的西班牙语名字叫 Igaro，在高雄的时候，我的中国房东觉得我的名字念起来太麻烦，就叫我'一家乐'，因为我住在他们家以后，他们一家都很高兴。"我大惊失色，连忙向他表示歉意，告诉他我以前一直以为他是文盲。一家乐笑着说："没关系。不止一次别人这么说我了。你们都受了外表的蒙蔽。我最喜欢中国的哲学，孔子说一杯酒、一碗饭、住在贫民窟里就能过一辈子，中国古代的人最讲究的就是内心世界的强大，不讲究你到底有没有钱、你外表看上去漂亮不漂亮。我在中国的时候一个朋友跟我说钱是身体外边的东西，这句话对我影响很大，所以我在世界上到处走，不需要多少钱，不需要像你们一样安家。"我顿时觉得更加羞愧……

整节课，一家乐都在表演他的台湾腔汉语单口相声，话题跨度极大：一会儿是国际关系，什么"台独"不对啦，什么"从历史的角度看，中国是爷爷，巴西是孙子，孙子应该跟爷爷学很多东西"啦；一会儿又跑到了伦理问题上，大谈中产阶级生活的无聊，抨击巴西利亚有钱人的性观念，言谈之中不乏引语，从孙子到西蒙·玻利瓦尔，横贯中西，实在难以相信这是出自一个最最底层的摆摊老头之口。

最令人吃惊的还是在快要下课的时候。我的一个学生跟大家说他要提前走，去看《太空漫游2001》。话音刚落，一家乐就说："库布里克的电影很值得看啊！我以前很喜欢看他的电影。快点去吧！"

下课以后，我跟一家乐坦白，说我在一篇给中国《新京报》的文章里把他写成了一个国际盲流加文盲，在抱歉之余我表示一定要再写一篇纠正。一家乐张大了牙齿快要掉光了的嘴巴开怀大笑，说："胡教授，你是我很好的朋友，随便你怎么写都成。你知道吗，你第一次盘腿坐在我的小摊前面的地上跟我聊天的时候，我就知道我们肯定能做好朋友：这里没有一个教授可以跟我坐在地上抽着烟聊天的。"

恐怖的昆虫

昨天，我的室友、西班牙来的生态旅游学博士鲁文夫妇结束了在帕拉州亚马孙河下游丛林里的田野考察，回到了巴西利亚。他们虽然一到家就忙于给我展示他们在丛林里拍摄的奇观异景，但看上去有些神色黯然。

我问他们为何面有忧色，他们叹了口气，双双卷起衣袖裤腿给我看。只见他们的皮肤上有一些如同蚊子叮咬过的小包包，没什么特别的。他们要我用手去按这些包包，跟普通小包包不同的是，我的手指居然可以感觉到里面有什么东西在蠕动。我大惊失色，他们却以镇定的口气告诉我令我毛骨悚然的"真相"：他们身体里已经寄生了形如肉蛆的亚马孙马蝇幼虫，每个人身上都有不下二十条！

我来巴西不久就听说了亚马孙马蝇的可怕。这种亚马孙土生土长的古怪昆虫总是在半空中拦截吸血活动频繁的蚊子，在纠缠中母马蝇先将蚊子俘获，再把卵产在蚊子的腹部之后将其释放。当蚊子在动物和人类身上吸血的时候，人、畜的体温将马蝇卵孵化，马蝇的幼虫就落在了人、畜皮肤上，并从蚊子蜇咬的小口进入人、畜的皮下，以人、畜的结缔组织为食，直到最后长成一寸多长的巨大肉蛆，咬开人、畜的皮肤，落地、结蛹，变成成虫飞到空中。

鲁文夫妇前几天在丛林里因为感受到皮肤下面剧烈的噬痛感而意识到自己已经成了亚马孙马蝇的寄主的时候，感到非常恐慌。后来同行的其他科学家告诉他们，不必那么惊慌，很多在亚马孙从事科考工作的人都有充当马蝇的"人体育婴面包"的经历，回去之后把蛆虫取出来就可以了，不会有什么大的危害。

今天下午，这对马蝇的"人体育婴面包"一起去医院把身上的马蝇幼蛆全都清除了。我问他们看见医生用镊子从自己的皮肤下面夹出蛆虫来的时候有没有恶心到想呕吐，他们却笑着说："感谢上帝，只赐给了我们马蝇，没赐给我们接吻虫的粪便。"他们所说的接吻虫是亚马孙丛林里最恐怖、最阴险的昆虫杀手，它自身不会危害人体，但它留在人皮肤上的粪便里有一种极为歹毒的寄生虫，它们一旦从蜇咬口进入了人的身体，就会渗入血液，侵入心脏里进行大规模繁殖，把心脏变成它们的美味面包，最后导致人因心脏功能衰竭而死。最最绝望的是，这种接吻虫粪便所导致的名为"恰加斯"的病症在五到八年之内都不会有任何征兆，但是一旦确诊，除了进行心脏移植就没有别的选择。

看着鲁文夫妇若无其事的样子，我不由得对他们的敬业精神表示由衷的敬意。

急死人不赔命

昨天，我的一个中国朋友遇到了一点小麻烦：他申请 Terra 公司的宽带服务已有时日了，ADSL 的设备安装也没有任何问题，可是就是上不了网。因为他葡语不太利索，一时又找不到其他的人，就抓住我给 Terra 公司的客户服务部打电话，问个究竟。

抓我打电话纯粹是属于赶鸭子上架，因为我现在的葡语面对面的沟通问题倒不大，最害怕的就是听电话，尤其是术语繁多的咨询电话。我硬着头皮拨通了 Terra 的客服热线，听了听，还不算难，正一边说着一边暗自惊喜，不一会儿却陷入了巨大的痛苦之中。接线生在问了我一大堆没屁眼的问题之后，突然对我说："别挂。等会儿。"然后就是长达十分钟的无声。等再和我讲话的时候，居然又把刚才的没屁眼问题重新问了一遍，接着，让我再等等。这次电话那头倒不是无声，是他和一个女职员淫荡的打情骂俏声。好容易把口头力比多发泄完了，等他拿起电话，居然告诉我："你等着，别挂。我给你转处理你的问题的人。"然后是转接占线时轻佻无聊的音乐广告。音乐了半天，总算有人接了，又是一大堆没屁眼的问题，又叫我等。我实在扛不住了，想挂，我哥们儿在旁边求着我说："别介，走到这一步不容易啊，等吧。"谁叫咱中国人脾气好？又等了半天，接线的哥们儿来了，一边跟我说话一边发出喝咖啡的声音，有一搭没一搭地磨蹭了好一会儿，告诉我他也搞不明白，给我转上门维修部。音乐啊音乐。听了近十分钟音乐，一个懒洋洋的女士终于接了电话。这姐们儿更绝，每次只问我一个问题，问完之后就消失了，叫我"别挂。一小会儿就来"。这每个一会儿，都是十到二十分钟……简简单单地问住址、电话、姓名、住宅周围标志性建筑物和理想的上门维修时间，她居然"劳逸结合"地问了我一个小时。最后，我终于被逼到要上吊的分上了，朝她发了火。刚骂完一句，立马见效：她迅速帮我定好了上门服务的日程。我的中国朋友立即把此事传到了巴西利亚青年华人圈，于是，当晚，很多人都坏笑着祝贺我："听说你现在葡语很牛，下午用葡语打了两个小时的电话啊！"其实谁都知道，我总共说了不超过十五分钟的话。

巴西的节奏的确慢得离谱。所有在巴西生活的华人最害怕的都是这两句话：一是 Só momentinho（就一小会儿），这一小会儿通常意味着少则十分钟多则半小时，真是"刹那即永恒"；二是 tou chegando（马上就到了），在巴西，说这句话的人一般都在十万八千里之外。在这里生活必须得有好的耐心，否则，就真是急死人不赔命。

莎翁名剧让里约黑帮休战

虽然里约的贫民窟生活几乎完全与巴西的主流社会生活绝缘，俨然是一个神秘的地下世界，但里约贫民窟里的黑帮动态一直是巴西新闻的关注中心，人们从来没有停止透过各种可能的蛛丝马迹谈论它、猜测它、想象它。入乡随俗，虽然我不住在里约，但是也和室友们一样，养成了看电视栏目《都市警钟》里的"黑社会进行时"单元的习惯。最近的一期"黑社会进行时"最为有趣，它在满足了人们对黑社会生活的猎奇心理的同时，也透露出了人们对贫民窟态度的一些变化。

这期节目主要是讲的是近期里约玛里贫民窟两个最大的黑社会组织"鳄鱼之泪司令部"和"穷光光司令部"之间火并的事情。这两个黑社会组织一直令里约当局头疼不已，上半年州政府在大批军警的协助下在各大贫民窟展开过搜捕毒枭的行动，但是一搜到这两个帮控制的地盘就无法进行下去。这两个"司令部"的人马不惜用袭击警车、炸毁警察局的方式来阻止军警的进入。州政府正愁该如何打破这种与他们看上去"井水不犯河水"的僵局，两个黑帮居然因为争夺地盘的原因火并上了，这令当局欣喜不已。但是，持续了数天、导致众多小混混身亡的恶斗居然在警察正准备收取渔翁之利的时候停了下来。战斗停止的原因不是老大们的谈判，而是一出莎翁名剧。

从英国留学归来的左翼戏剧工作者马格诺最近一直在致力于打破里约贫民窟和普通市民生活之间无形的高墙。他自行筹资，近日在玛里贫民窟为广大"窟民"露天排演了莎士比亚的经典名剧《安东尼与克里奥佩特拉》。这是绝大多数"窟民"们平生第一次逢上看戏的机会，因此，当天的露天剧场上几乎挤满了前来享受精神生活的贫民们，令马格诺异常兴奋。然而最令马格诺感到意外的是，前几天一直在剧场周围激战的两大黑帮居然同来捧场，所有帮众一齐朝天鸣枪以庆祝这一破天荒的演出，两个黑帮的大佬并肩坐在第一排看完了全部演出，在演出结束之后，他们宣布无限期停火。

像马格诺这般深入贫民窟化解隔膜的做法并不是个别现象。前不久，出生于里约一贫民窟的罗纳尔多也以个人的名义向贫民窟捐资修建医疗、文教设施。如果大多数人都能消除对贫民窟的偏见，以实际行动打破那堵看不见的围墙，相信传说中暴力与丑恶并生的里约贫民窟将会成为历史。

生活在毒贩阴影中的警察们

　　总是听说里约、圣保罗两地的毒贩如何了得，如何一手遮天控制了当地的日常生活，按照中国人民"魔高一尺、道高一丈"的说法，我总是猜测这两地的警察一定也很践，在和毒贩的斗争中，练就了超凡的意志和超酷的霸气。但事实却并不是如此。近期《圣保罗页报》上有一篇整版文章引起了不小的轰动，这是由一个普通军警撰写的辛酸史，揭示了大多数和他一样的圣保罗军警在毒贩的阴影中过着窝囊不堪的生活。

　　这位名叫罗德里格的四十岁警员两年前用自己在枪林弹雨中闯荡多年攒下来的钱买了一处较为中产阶级的寓所，刚搬进去的时候，他每天穿着警察制服上下班，出入小区大门。没多久，邻居们都央求他不要再穿制服了，这不仅会给他自己带来灭顶之灾，也会给整个小区惹上麻烦。罗德里格开始不信，后来马上就在小区的院墙上看见了要灭他全家的涂鸦。谨慎的罗德里格就开始了夹着尾巴的生活：每天清晨5点半起床，由妻子送他上班、送儿子上学，以避开和附近街头的毒贩直接面对面的接触，所有的制服都放在了警察局里，只有上班的时候才穿，下班以后有意把自己打扮得像个超龄小混混。但即使这样，也没能避免他的儿子被毒贩们的儿子在学校里打成重伤。更让罗德里格心寒的是，由于毒贩们威胁要干掉罗德里格所住的整个单元的住户，楼上楼下的乡亲们每天都来劝他们不要再住在这儿了。最后，罗德里格终于忍受不了了，从小区中彻底搬了出来，住到了远郊一个专供警察家庭居住的大院中，那里刚刚搬去了和他遭遇相似的上百个警察家庭。

罗德里格在这篇血泪控诉中呼吁广大市民不要助长毒贩们的气焰，不然警察们的斗志会被不良的社会风气拖垮而不是被毒贩们拖垮。罗德里格的情况在里约和圣保罗两地的警察中再普遍不过了，他们中的很多人自信心已经降到了最低点，完全是披着警察制服却"鼠胆虫威"。最明显的一个例子是，在圣保罗，本来所有的警察只要穿上警服，都可以享受不买公车票和地铁票的特权，但是现在，几乎所有的警察都选择穿着便装自己花钱买车票。

里约犯人考大学

前几天，里约州立大学（UERJ）的入学考试（巴西的高考和中国不一样，不是全国统招，而是每个高校单独命题）出现了一组极为特殊的考场：里约州的 22 所监狱。263 名身负抢劫、杀人和绑架等重大刑事案件的在押犯人怀着对自由和新生的向往，在狱中参加了历时四个小时的高考。

如果不是亲眼从电视上目睹考场的现场报道，我打死都不相信犯人还可以参加高考，而且居然有这么多勤学上进的犯人参加高考。据称，考试通过的犯人可以凭录取通知书和狱中表现记录向法院申请半监禁，白天，他们可以在外面上学，并为挣到足够的零花费用打工（巴西的公立大学不需要付任何学费，但是教材、辅导材料的价格仍是一个不小的数目），晚上，他们再回到监狱报到，继续和难兄难弟们挤在狭窄的监狱里睡觉。

电视新闻采访了一个去年通过高考，正处在半监禁状态的犯人，他在里约州立大学学习网页设计，他对这种人性化的帮助犯人改过自新的方式感到满意，他还很兴奋地告诉记者，晚上回到监狱睡觉对他来说并不意味着尴尬，而是一种幸运，因为他的同学们经常为里约惊人的房租感到苦恼，都异常羡慕他有个政府提供的免费住处（巴西的大学和中国不一样，学校中没有学生集体宿舍，必须租房）。一个犯有绑架和谋杀罪的四十二岁的前海军军士今年已是第二次参加高考了，去年他考上了里约州立大学教育系，但觉得教育系不符合自己对出狱后生活的构想，今年改考了文学系，因为他想当一名侦探小说作家。

巴西政府从1999年开始准许犯人参加高考，但前些年报考的人数远没有今年多。原因很简单：以前监狱里只有义工来提供扫盲和小学课程教育，现在，大的监狱很多都有高中课程班，除了无偿服务的义工之外，监狱还组织了狱中的高学历罪犯为狱友们上课，提供这种服务的高学历罪犯将获得减刑。

在里约犯人参加高考的新闻里，镜头特别对准了一个名叫艾沃森·瓦雷里奥的前狱警和现任犯人。正是此人去年将在机场海关报关时出现差错的华裔商人陈建湛虐待致死，引起了全球华人世界的强烈愤慨。瓦雷里奥在考试结束后对记者表示他对自己所犯的罪孽感到极为悔恨，他今年报考的是国际贸易专业，他希望学成、出狱后能够到中国做生意并企求中国人的原谅。

青木瓜之籽

有一部越南电影《青木瓜之味》，曾经广泛流行于祖国小资青年圈子之中，里面讲的是青涩木瓜一般清新的爱情。很多人可能会爱屋及乌，为青木瓜里的籽也赋予酸溜溜娇滴滴的小资想象，岂不知在巴西，青木瓜籽的功用实在是凶猛强悍，与焦大有关而与黛玉无缘。

作为一个热带水果大国，木瓜在巴西是超流行的主流水果之一，超市里既有如黑人大妈累累下垂的乳房一样巨大的大型木瓜，也有如日本人妻之胸一样小巧得仅堪一握的袖珍木瓜，冷饮摊上卖的是木瓜汁，餐馆里饭前果点摆的是木瓜条，巴西人民的日常生活与木瓜密不可分。巴西人在吃大的木瓜的时候，一般先在瓜皮上用刀子拉开若干道口子，放一段时间再吃，据说这些刀口能够排出木瓜里面的毒素。木瓜在我中华传统典故里有安禄山以木瓜伤杨贵妃之乳一说，故而总是和美乳、软绵绵的色情联系在一起。在巴西，人们把木瓜叫 mamão，也是"大乳房"之意，两国传统文化再一次色眯眯地勾搭在了一起。

这几日我的朋友从国内来玩，终日被一个难以启齿的生理问题所困扰：从登上飞机开始，她已经连续五天没有大便，肚子里的中、法、巴三国食物在腹中翻江倒海，就是不愿出来。她连做梦都在梦见开塞露、巴豆之类的东西，可是在偏远的巴西利亚，哪里去找这些中华泻药呢？她猛吃香蕉、狂喝蜂蜜、暴饮牛奶，凡是中国人能想到的有助于通便的方法都试了，就差没吃变质食品了，可是便便还是憋在肚子里不愿出来。

一个巴西朋友听闻此事之后哈哈大笑，说在巴西，地球人都知道，便便不出来吞木瓜籽就可以了。我半信半疑地采纳了这一巴西偏方，在吃木瓜的时候把平时都扔掉的籽儿让她囫囵吞了下去。一根烟的工夫，她开始屁声不绝，两根烟的工夫，她突然萌生出久违了的盎然的便意！神奇啊！真是踏破铁鞋无觅处，得来全不费功夫。她从洗手间里满面春风地走出来，兴奋地告诉我，特级通便功臣——木瓜籽——一串串地漂浮在马桶里，煞是喜人！

在黑社会保护下的桑巴舞校之行

　　这几个月我真是走运，孤苦伶仃在巴西待了一年，终于连续盼到祖国来的"探监者"。7月份女友才从中国来，这些天我最好的朋友朱靖江居然也摸到了巴西，替央视电影频道拍摄一部关于巴西电影文化的纪录片。安排老朱在巴西境内采访、拍摄的是制作著名的《上帝之城》的O2电影公司，该公司在德国资本家的领导下丝毫没有巴西人办事拖拖拉拉的习气，把老朱在圣保罗、里约两地的行程安排得满满当当，丝毫不给老朱一个来巴西利亚看我的机会。为了与老友相见，我不得不和女友一起再次来到了好景与暴力交相辉映的里约。

　　与老朱重逢的当晚，我就赶上了他们去里约最大的桑巴舞校之一"红树学校"采访的机会。我虽然对里约还算熟悉，街头、酒吧里的桑巴见过不少，但是还从来没有进过桑巴学校参观，原因很简单：里约的几所著名的桑巴舞校都位于"黑山老妖"云集的贫民窟地带，里面鱼龙混杂，治安状况臭名昭著。这次我可以大摇大摆地跟着老朱前去晃悠了，因为陪同老朱的O2公司的两个制片人雇用了一个十分了得的司机，这个司机表面上看是个司机，实际上是个警察，和各贫民窟地带的老大混得很熟，我们称他为"里约市警察局黑社会公共关系科科长"，有他罩着，里约城区范围内据说可以通吃。

当"黑社会科长"把车开到"红树学校"门口的时候，车外的情况显然不容乐观。门口已经拥堵了大群大群状如黑帮青年的夜生活狂人，场面之壮观颇似《上帝之城》里面黑社会老二金盆洗手的party。我们正略有惊慌，但见"黑社会科长"把车停在了门口一侧，不知从什么地方走过来一个"教父"模样的白人大佬，气定神闲地和"黑社会科长"拥抱了一下，只听得"科长"说："这几个人可就交给你了。"白人大佬曰："放心吧，老朋友，这是我的地盘。"随后，白人大佬把我们引至入口，那里已有一个黑人大姐大在迎候我们。白人大佬曰："这几个人交给你了。"黑人大姐大虽然身怀六甲，但依然气势恢宏，斩钉截铁曰："这学校是我的地盘，放心吧。"于是，我们就走进了传说中的桑巴舞校。

身怀六甲的黑人大姐大对我们照顾得颇为悉心，直接把我们带到了"红树学校"舞场的二楼VIP包房。里约毕竟是国际性大都市，市区里黑社会的素质都与其他地方大不一样，那个黑人大姐大见我们这群中国人除了我之外都不会说葡语，居然用流利的英语招呼我们不要客气，可以随便要吃要喝，有她罩着。

所谓的VIP包房其实是勉强用矮墙围起来的开放式隔段，坐在里面视野还算开阔，可以将楼下整个舞场的全景尽收眼底。当晚"红树学校"的活动极其隆重，其主题是评选明年代表"红树学校"参加里约狂欢节游行的彩车组合。"红树学校"是里约举足轻重的桑巴重镇，能够代表"红树"参加狂欢节游行是所有桑巴舞者的荣耀，因此，当晚有二十多支"红树"旗下的彩车组合（包括作曲家、乐手、舞蹈家）要在这里逐鹿。我们不能不佩服里约人民的狂欢节热情，距离明年2月的狂欢节还有大半年，但这里的人们已经开始热火朝天地筹备了。

评选开始不久，老朱和央视的摄像师老樊显然被中国大秧歌一样的热烈气氛，被密集的手鼓、轰鸣的铃鼓以及一舞到死的大臀们震撼了，准备深入热舞的人群中去拍摄。巴西制作人害怕有安全问题，因为场子里凶神恶煞的人委实不少，而且演出的开场白居然是："请大家不要在场内吸毒、开枪。"但黑人大姐大放出话来："在我镇着的这个场子里，你们想怎么拍就怎么拍，但是出了这个学校我就管不了你们的死活了。"于是乎，老朱和老樊就愉快地融入了群众。

当晚由于活动盛大，本地其他黑界名流据说也在VIP观摩。我们隔壁的一个包房里坐着几个貌似西西里大佬的白人，风传黑手党几个当家的这些年来一直在里约避祸，估计就是这几个家伙了。西西里大佬们到走廊上去畅谈社团大计之时，他们带来的女人们就在包房里随着楼下的音乐醉舞，极像《低俗小说》里乌玛·瑟曼演的那个吸毒女。老朱觉得某个黑社会情人臀部极其上镜，就对着她狂拍了一气，此女连同她的西西里男不但不生气，反而友善地配合着。而在楼下，我注意到有一群龇牙咧嘴的新一代街霸正眼巴巴地看着楼上包房里的这些大佬的女人们，目光中交织着艳羡、期待与仇恨。

深入黑窟"上帝之城"

抵达"上帝之城"

全世界爱看电影的人都知道《上帝之城》，而看完《上帝之城》的人无一不对里面的混乱和凶险感到不寒而栗。在巴西利亚，我每次去一个旅行社的哥们儿那里买到里约去的机票的时候，他都要用诀别的眼神看着我，大有再看我最后一眼的样子，然后总是说："哥们儿你又不是没看过《上帝之城》，你真狠！我一个巴西人都不敢去里约，这辈子都不去！"

上帝之城是里约一个真实的地名，巴西导演费尔南多·梅里雷斯仅从这个巨大的贫民窟里发生的成千上万的江湖故事里选取了其中小小一则，就造就了千古奇片《上帝之城》。此片既出，上帝之城就成了人们的一个"症结"：它既是胆小的人"里约焦虑症"的源头，也是如老朱般不怕死之辈好奇心的焦点。这次在里约再次沾了老朱"巴西电影之旅"摄制组之光，居然到上帝之城里面大肆

"一日游"了一番，非但如此，在《上帝之城》里扮演杀人狂魔的那个奇丑无比的黑老大居然做了我们的"地陪"，估计今生今世都不会再碰上如此"豪华"又如此惊险的"一日游"了。

那天我们还是坐绰号为"里约市警察局黑社会关系科科长"的警官马尔赛罗开的车前往位于里约市远郊的上帝之城。马尔赛罗虽然在里约市内通吃，但是一到上帝之城附近，他就开始底气不足了，虽然看到了 CIDADE DE DEUS（上帝之城）的巨大标志牌，但就是不敢停车，在前来接应的人现身之前，他一直开着车在上帝之城的气氛诡异的中心小广场兜圈子。的确，此地大为不善，街头行人寥寥无几且都侧目而过，偶有一些露出十步杀一人神情的小儿在街中叱咤奔走。

不多久，我们的"内应"到了。此人不是别人，正是《上帝之城》里那个黑老大"泽"的扮演者莱昂德罗。比起电影里的形象，此君已然可耻地发胖了，丝毫没有片中佶屈聱牙的身躯，不过，那副龇牙咧嘴的尊容还算没有走形。见到此君的时候我激动得就要举出相机合影，但是他却用我极为熟悉的《上帝之城》里那副刺刺啦啦的嗓门说："千万别把任何器材拿出车，昨天这里才发生枪战，就在你们停车这儿打死了一个人。"于是我们只好赤手空拳走下了车。"泽"让我们坐在路边一家"江湖望风店"里喝饮料，他自己则不停地给上帝之城里各地界的老大们打电话，征询他们的准入许可。一开始的时候，"泽"面有难色，说因为最近局势紧张，有些地头上的大佬不让过境，但打了一通电话之后，"泽"显然全部搞定，一挥手对我们说："走吧，进城去！"

战地摄影师

演员"泽"带着我们来到一条小巷中，说这是真实的"泽"曾经战斗和生活过的地方。他示意老朱和老樊可以开始对他进行采访了，但是，在老樊把机器架上了三脚架之后，演员"泽"却放出了一番话："注意，拍摄的时候，一旦镜头里面出现带枪的人，无论拍摄进展如何，立即停止拍摄，并上前向他们解释不是在拍他们。"巴西制片人给老朱翻译的英语版是："If you shoot them with camera, they will shoot you with gun." 事后，摄影师老樊对我说，听到如此惊世骇俗的"拍摄须知"，他感觉自己活脱脱是一名战地摄影师。

老朱是一个访谈狂人，在他的循循善诱下，演员"泽"开始滔滔不绝地讲述上帝之城的历史与现状、贫民窟现象背后难以根除的社会不公正、电影《上帝之城》的拍摄过程、电影出来以后对当地黑社会生活的影响，等等。但其实他最喜欢讲述的还是他自己的经历。此君原本是上帝之城里的一个小泼皮，每日在毒品中晃悠，是《上帝之城》的导演挽救了他，把他从成千上万造型奇特的小混混中挑选了出来，让他成了一个演员。他说，他个人很感激这部电影，不然的话，他现在早就被乱枪打死在街头，而不会像现在这样站在这里接受遥远的中国电视台的采访。不过，所谓"生活模仿艺术"，在演员"泽"饰演了"泽"以后，他在真实生活中越来越像一个黑老大，走到哪里都会有一群黑人兄弟众星捧月一般伺候着，就连接受我们采访的时候也不会例外，在我们拍摄他的同时，他的手下们也拿着各种数码器材在帮他"立言"。当我们问起他为何成名以后还住在贫民窟的时候，他说，他的相貌比较另类，虽然当上了演员，可是接到的片约还是不多，而且片酬也不是很高，目前还没有实力离开上帝之城。我个人怀疑，其实这个表面上是个演员的家伙实际上已经成了本城最有实力的大佬之一，势力超群，所以舍不得离开。

对演员"泽"的第一轮采访起先在祥和的气氛中进行着，老朱和"泽"在巴西制片人的翻译下打得火热，我则用老樊带来的中国"红河"烟和演员"泽"的几个手下联络阶级感情。正在这时，附近的街区突然传来连绵不绝的噼啪之声，老朱以为是上帝之城的人民在放鞭炮欢迎中国人民的来访，不料演员"泽"却严肃地纠正他说："这是警察在开枪。我跟你们说了，最近这里局势比较紧张。"

寻找真实的黑老大

演员"泽"虽然在《上帝之城》中饰演"泽"非常成功，以至于所有人现在都叫他"泽"而懒得去想他真正的名字莱昂德罗，但他本人其实和真实的"泽"没有任何关系。电影《上帝之城》的故事发生在20世纪70年代，真实的"泽"被干掉的时候，演员"泽"还没有出生，只是从小就听街坊邻居说起他。我们对演员"泽"的访谈进行到一半的时候，演员"泽"突然自告奋勇，要带领我们去采访关于真实的"泽"的种种蛛丝马迹。老朱顿时兴奋了起来，颇有维姆·文德斯去拍摄《寻找小津》的劲头。

真实的黑老大"泽"在20世纪70年代和另一个老大"土豆"分片治理着上帝之城这个庞大的贫民窟，据说"泽"当时的口碑非常不错，为人仗义、治帮有方，后来"泽"在与"土豆"的混战中被打死之后，他辖区内的贫民们一直都比较怀念他，而"土豆"在群众中口碑一直较差。《上帝之城》的制作方告诉我们，现在依然健在的"土豆"的确是个贪得无厌的家伙，拍电影的时候他向O2公司提出，如果电影使用了他的真名"土豆"，就得给他50万雷亚尔，最后逼得O2公司只能在片中把"土豆"叫作"胡萝卜"。电影《上帝之城》在上帝之城新老两代人之间的反响截然不同，新一代人没有亲历历史，觉得电影拍得不错，而老一代人很多受过"泽"的关照，对电影把"泽"塑造成了一个丑陋的"呆霸王"感到非常气愤。或许是老一代居民对"泽"的感情太深了，演员"泽"的手下在他们自己的"辖区"到处给我们张罗的采访对象（包括"泽"生前的一个情人）居然没有人愿意接受访谈。演员"泽"觉得很没有面子，便带领我们去其他人的"辖区"继续寻找真实的"泽"。

在进入他人"辖区"的时候，演员"泽"有些紧张，一再提醒我们看他的手势，随时停止拍摄、上车逃窜。果然，我们要拍摄的一群和真实的"泽"多少有些交情的老黑社会领着一群低龄帮众啸聚在一个肮脏的街角大摆露天烤肉宴，其场面几乎和《上帝之城》开始时吃鸡的场面一模一样（看来上帝之城的黑帮有爱好烹饪的传统）。我们以为在这样生猛的场合下采访会遇上麻烦，没想到这些活生生的黑社会们和电影《上帝之城》里的黑帮一样，酷爱被拍摄。这些奇形怪状的家伙争先恐后地挤到镜头前面为想象中遥远的中国观众摆出各种友善的pose，同时，为我们揭发电影所编织的种种关于"泽"的谎言，据他们说，最大的一个谎言是：真实的"泽"其实是一个标准的白人，"土豆"才是黑人。最后，在黑帮帮众的强烈要求下，老朱为他们拍摄了一张合影，为了让合影的背景更加"有情调",一个浑身漆黑还戴着黑墨镜的老大命令手下把背后一面墙上的树枝撩开,上面赫然歪歪扭扭地写着——"伦敦角"。

穿行在遍布弹孔的街区里

演员"泽"带我们采访完了真实的"泽"的旧部之后余兴未了,领着我们前去参观新建的"上帝之城"的社区活动中心。

老一代黑帮成员反映,"上帝之城"以前没有任何公共娱乐设施,舞枪弄棒、打打杀杀是男人们唯一的娱乐。但是,黑人们天生就具备很强的艺术和运动潜质,再贫乏的环境也不能压抑住黑人贫民们的艺术和运动追求。演员"泽"给我们讲了一个很有意思的故事,当初费尔南多·梅里雷斯拍《上帝之城》的时候决定起用大量的群众演员,让黑帮成员自己扮演黑帮,但苦于没有足够的"星探"为他在这个庞大的贫民窟里搜寻具有表演天赋且造型独特的人。于是,费尔南多就招来了一帮小混混,一人给他们发了一个DV,给他们办了个培训班传授基本的拍摄常识,然后让他们提着DV满上帝之城乱晃,看见有意思的人就拍着玩,费尔南多自己则坐在办公室里挑选这些素材带里出现的"未来之星"。后来电影拍摄结束以后,这些摸过DV的小混混们居然全都迷上了摄像,背井离乡到城里做艺术青年去了。这件事情暴露了一个事实:"上帝之城"的混混们其实都具有强烈的文化诉求。电影《上帝之城》上演之后,一些社会公益机构开始关注、扶持上帝之城,在有关人士的呼吁下,一个简陋的"上帝之城"社区活动中心建成了,里面有体育馆、剧院、演艺厅,我们去的时候,一群黑帮后代正在健康地从事柔道运动,而一个本地音乐艺人则正在演艺厅里教前毒贩们弹奏吉他。我们在社区活动中心里还意外地碰到了一个美国洛杉矶大学社会学系的博士生，他扎根在上帝之城做田野考察已有一年多，他研究的课题是如何促使一个以黑社会势力为主导的社区朝主流社会靠拢。这哥们儿显然很久没有碰见说英语的人了，一听老朱说英语就扑上来噼里啪啦地套近乎，诉说此地的种种艰险，很有失散的小分队成员向组织汇报工作的感觉。

夕阳西下时分，演员"泽"把我们带到了被他称为"上帝之城之宁静港湾"的一片街区，对我们进行临别演讲。这个曾经骨瘦如柴的青年黑胖子有个古怪的习惯，喜欢不自觉地对着镜头抠挠裆部。在强迫症似的抠挠动作的伴随下，他语重心长地和我们探讨了上帝之城的未来，认为在社会对贫民窟的歧视没有消除、贫民窟后代 no future 现象不能得到改变的情况下，上帝之城依然会恐怖如故。在他说这番话的时候，我们几个人几乎同时发现，这个"宁静港湾"的街边墙壁上密密麻麻全是弹孔。原来，这个"宁静港湾"是个临时性的流动荣誉称号之类的东西，这里被"授予"此临时称号的原因仅仅是因为前两天才折腾过，这两天应该比较宁静。临别的时候，摄影师老樊想要爬上一个被当地人民当作瞭望塔的小平台去拍摄全景，结果被演员"泽"和他的党羽喝止。据说那地方在和平时期是瞭望塔，战时就是来自各个方位的暗枪的靶子，已有不少人在上面乱弹穿身。此话果真具有"后劲"，我们回去的时候，开车的"里约市警察局黑社会关系科科长"马尔赛罗狂踩油门一路狂奔，直到离开上帝之城老远了，才敢把速度放慢下来。

电影工读学校

跟我的哥们儿老朱在里约的时候，我们不但走进了令人闻风丧胆的上帝之城，还去采访了一个神奇到家了的工读学校。这个工读学校与普通工读学校不同的是，它教的是电影，不仅教表演，更教那些有犯罪前科的青少年和贫民窟的苦孩子怎么编写脚本，拍摄、执导、编辑和制作电影。

这个电影工读学校的历史还得追溯到电影《上帝之城》。我在以前的文章里提到过，当费尔南多·梅里雷斯执导《上帝之城》的时候，他苦于无法分身在庞大的贫民窟里搜寻演员，就培训了一批小混混当"星探"，发给他们DV，教他们拍摄，然后让他们到贫民窟里到处找素材。正是这些"星探"的素材带使得导演找到了数目庞大的非职业黑帮演员（或曰职业黑帮非演员），有些星探自己也在片中饰演了角色。电影拍摄完了之后，这批星探彻底地迷上了电影艺术，就跑到里约市里来谋出路。他们反思自己的经历，觉得应该帮助广大的里约贫民窟青少年，尤其是少年犯们，应该用电影艺术来震撼他们、改造他们，让他们重新认识生活，重新找到希望。于是，他们四处找赞助，筹办了这么一个电影工读学校。一个有趣的插曲是，他们筹到第一桶金是通过展示自己的本行——黑社会。里约的地铁公司为了宣传地铁是里约最安全的交通方式，请他们去拍了一个广告片，片中他们饰演胡作非为的黑帮，在哪里都能呼风唤雨，就是进不了地铁。

我们去访问的时候，接待我们的教师，我越看越眼熟，一问才知道正是《上帝之城》里叙述者的哥哥"鹅公"的扮演者。"鹅公"也是当年费尔南多·梅里雷斯雇用的首批"星探"之一，现在成了工读学校的王牌义工教师。他引我们参观了一个特别的教室：教室的一堵墙上有可以拉开用于监视的拉门，据说是因为警察不放心这里的教学，会经常来窥视上课的情况。"鹅公"告诉我们，很多有偷窃、抢劫前科的人学习了电影课程以后观念发生了巨大的改变。譬如，以前他们偷窃耐克运动鞋是因为电视广告把它拍得亮丽美好，完全是时尚和地位的象征，勾起了他们的拥物癖，但学习了电影课程之后，他们开始用批判性的目光来抵制广告的诱惑，知道了耐克鞋在广告中只是在特殊的拍摄手法和剪辑手法之下才显得那么完美，其实一切都是被镜头和剪辑师牵着走，于是，拥物癖乃至抢劫、偷窃的欲望也不是那么强了。

在工读学校的活动室里，我看到一张影片放映目次的列表和一些学生填的作业单。原来，该校与里约市的一些艺术影院达成了协议，每周让学生们在列表中的影片中选择两部免费观影，但去观影的时候要领取作业单，看完之后填写对影片的形式技巧、风格渊源以及思想旨趣等方面的简要分析，并要像著名的 IMDB 网站一样给该影片评定星级。我看到的单子上列有近期我还算比较熟悉的几十部世界各地的电影，与孩子们的指导老师一聊，发现这些苦孩子的品味还都比较高，本月他们评分比较高的影片大致是《华氏9·11》《戴珍珠耳环的少女》《无瑕心灵的永恒阳光》等，而中国影片《巴尔扎克和小裁缝》则被他们评为最差的电影。

"胸罩"航空公司

在巴西，我最喜欢坐的是非常神奇的叫作 BRA 航空公司的飞机，这三个字母本是 BRASIL（巴西）的缩写，但因为和英语的"胸罩"一模一样，所以，外国人都叫它"胸罩"航空公司。喜欢这个公司航班的原因当然不是因为和"胸"有关，而是因为它便宜，便宜到了令人难以置信的地步。一般来说，"胸罩公司"的机票价格是其他航空公司的一半，促销的时候就更低，和坐长途汽车的价格差不多。

"胸罩"航空公司的价格为什么会这么低？是因为它有着一些让人意想不到的古怪"法则"。该公司没有固定的时间表，乘客要买票必须提前数天去看该公司预告的"预计班次"，在买票的时候必须签下一个协议，协议上赫然写着："如果你购买的航班晚点的时间超出预计时间或者当天的航班被取消，本公司不负责赔偿任何损失。"然后，出发前 24 小时必须电话确认你所购买的"预计班次"是否依然存在，如果取消，"胸罩"会给你塞到后一天的航班里，如果你不接受，对不起，"胸罩"不会给你退款。所以，一般来说没什么紧急事情的时候才可以选择坐"胸罩"，有要事的话就

317

不要冒"胸罩脱落"之险。我有一个阿根廷朋友，要坐从圣保罗出发的国际航班回布宜诺斯艾利斯，从巴西利亚到圣保罗这一段他抱着侥幸心理，买了和圣保罗的回国飞机同一天的"胸罩"公司的机票，结果出发前一天电话确认的时候被告知航班已取消，他只好临时买了一张其他航空公司的机票。

"胸罩"公司的飞机最不像飞机的一点是，登机的时候居然不给分配座位，上飞机的时候得像我当年在北大南门坐332路公共汽车那样奋力抢座，因为如果不抢，你面临的问题不仅仅是错过好座位的问题，而是更严重的问题：你可能根本就没有座位了。因为这个公司古怪的电脑预订系统似乎在人数计算上总是有程序错误，有时候必须有几个倒霉的乘客像买到火车站票一样挤在半空中摇晃。

"胸罩"航空公司没有自己的飞行员，全是利用其他航空公司轮休的飞行员来临时开飞机，据说原来连自己的飞机都没有，全是借其他公司轮休的飞机，现在还好，有了一批其他公司淘汰下来的波音客机。该公司的航班全部实行预订制，如果没有达到期望的预订人数，租用飞行员、启动航班的成本就太高，所以必须把已经预订了的乘客转到后一天。这就是买便宜机票必须付出的代价。

我运气不错，坐了无数次"胸罩"都没有出现被推后一天的情况，顶多被推迟半天。除了便宜之外，"胸罩"飞机还有一点极其吸引我，就是它为了弥补在硬件方面的不足，极其注重机内服务的诱惑力。"胸罩"公司的空姐是巴西所有航空公司里最漂亮的，为了照顾乘客们不同的审美品味，"胸罩"精选了纯欧裔、混血、非裔、日裔数种肤色的过气模特在航班上服务，即使你因为晚点有了一肚子气，但一上飞机看见这些尤物，看见她们的丰乳肥臀媚眼巧笑，你就会忘了世界上还有"生气"这种状态。有时候我还会故意不抢座位成为持"站票"的乘客，因为站立的时候，一旦飞行时飞机遇到气流开始颠簸，就会有美女空姐上前用其酥软的温柔乡支撑你的平衡。

俺终于赶上罢工了！

从萨尔瓦多回来，我看看巴西利亚大学的校历，好像新学期要开始了，就匆匆赶往办公室，打算为开学做点准备工作。一进"大蚯蚓"办公楼，我就惊异地发现，以往新学期伊始总是人声鼎沸的"大蚯蚓"这次居然像恐怖片一样凄清，光洁的走廊上空无一人，阳光白森森地照在墙上的广告栏上，上面没有任何常见的电影海报、展览通告，只有被刷得密密麻麻的标语："A UnB está em greve！"（巴西利亚大学在罢工中！）

还好，我工作的外语和翻译系里还有一个秘书在系办里面打瞌睡。我上前询问她到底何时可以开课，她耸耸肩说："天知道。"我怕走廊上看见的那些标语有可能是学生的恶作剧，就向秘书确认："咱们学校真的在罢工吗？"秘书很奇怪地说："这你都不知道吗？是不是出去旅行都不问天下事了？罢工早就开始了！"耶！我当时差点儿兴奋地喊了出来——俺也赶上一次罢工了！

早就听说巴西利亚大学和巴西其他联邦大学一样，因为教师和员工的薪酬待遇远远不如私立大学的缘故经常罢工，上一次罢工发生在三年前，全体教师和员工一罢就是九个月，一个半学期都废了。大学里罢工往往是由教师工会发起的，一旦工会通过罢工决议，就是个别教师反对也无济于事，罢工会坚定不移地执行下去，直到联邦政府答应提升工资的要求。在罢工期间，所有人的工资都照发不误，罢工的结果也往往是政府答应加薪的要求，因此，很多本来就生性闲散的巴西教师像上瘾一样热爱罢工，而对于一些对学生负责的老师来讲，罢工则是噩梦，因为他们一旦违背工会的罢工要求，坚持给自己的学生开课，就会被视为"工贼"，同事间的人脉关系会受到致命的重创。

我知道罢工之事后迅速和我的上司取得了联系，再次确认我是否可以名正言顺地再度出门旅行，这老兄居然自己都在愉快地享受着罢工带来的闲暇，正优哉游哉地在亚马孙旅行，他告诉我："尽情地出去玩吧，即使现在就停止罢工，等学生注册、选课等手续办完，至少也得到一个月以后才能开始上课呢！更何况现在政府还没开始和工会谈判呢！"

与此同时，学生中传来的却是一片哀号之声。有几个在巴西利亚大学上学的华人子弟本来打算年底放假的时候回国的，被罢工一拖，今年的圣诞长假估计就没了。更有一个可怜的哥们儿，因为以前赶上了三次罢工，在本科最长时限为七年的巴西利亚大学已经读了九年的本科，本指望今年年底就毕业的，看这架势，他还得再读上第十年的本科了。

不识巴西好人心

前些天和朋友一起出去郊游,发生了一件让我非常内疚的事情。

事情发生在从老戈亚斯城回来的公车上。我们去的时候坐的是豪华型的旅游车,车上几乎都是慕名前往巴西中部古镇老戈亚斯去的外国游客,大家都是一副国际背包客打扮,所以显得非常安全,没人担心在巴西长途车上经常发生的偷盗和抢劫现象。要知道,巴西长途车治安混乱是出了名的,50%左右的长途车都会遭到劫匪打劫,前些天我的室友娜拉从圣保罗回来,长途车上混上来一群劫匪,拿着枪挨个打劫车上的每个乘客,可怜的娜拉身上仅有的几十块钱和手机被洗劫一空(还好没被劫色)。我们走的这条国道070是传说中的打劫多发地段,还好,去的时候旅游车井然有序,但回来的时候就惨了。我们没赶上旅游车,坐上了一班巴西民工、小贩、走亲戚串朋友的老乡云集的普通客车,里面乌烟瘴气,面目狰狞、龇牙咧嘴如黑社会混混者大有人在。

我感到略微有些恐慌,不时看看搁在头顶行李架上的背包,毕竟,那里还有我的尼康5700数码相机和一路买的纪念品。突然,我注意到没有座位而站在我身边的一个长得佶屈聱牙的小黑哥们儿在我不时看行李的同时，也在盯着我的行李看来看去，并且露出不可捉摸的诡异目光。我顿时紧张了起来，本来还想上车打个瞌睡，这下立马精神振作，严密监视着小黑哥们儿和我的背包之间的动态，心想：你丫敢偷？我绝对在第一时间抓住你。

这班车人奇多，我和我的几个华人小兄弟上车抢座位的时候分散了，此时，前面数排远的一个小弟扭过头来，问我要不要水喝。我颇有渴意，就叫小弟递水过来，可是相隔甚远，小弟无计可施，准备抛掷。正在这时，那个被我当作小偷防着的小黑哥们儿很友好地帮我把水从小弟那里传了过来，递到我手中的时候，做了一个很可爱的鬼脸，提醒我抛过来不好，我旁边靠里面的位置坐着个孕妇大姐，要是水壶砸到她肚子了可不好，即使没有砸到她肚子里的小朋友，抛歪了砸到窗外的花花草草也不好。我张口喝水，却发现壶里只有一点水了，根本不够浇灭我的渴意，只好招呼我小弟，做个很无奈的表情。热心肠的黑人小哥立即问我是不是不解渴，我曰然，但见他从手里提着的巴西化肥袋里拎出来一个小西瓜，就手一拍，以神力将其砸开，然后递给我说："哥们儿，吃吧。"

这件事对我来说，比鲁迅哥们儿的《一件小事》写的还要令人惭愧。真是狗咬吕洞宾，不识巴西好人心。

我与巴西自行车的渊源

上周突然接到一个电话,是曾经采访过我的巴西利亚电视二台打来的,居然要我出席"世界无车日"在巴西利亚举行的名为"幸福生活从自行车开始"的大型群众集会。我一时没有反应过来我和这个八竿子打不着的节日有什么关系,电视台的人一说,我才郁闷地发现,自己和本市的自行车推广运动还真有渊源。

我曾在以前的文章里写过半年前我骑车去机场的事情,那时候我不知道巴西利亚的出租车必须要通过电话预约,到处打车打不到最后只有选择了骑车的下策,路上经历了无数险情,还有付高价停车费停"车"的古怪遭遇。今年6月,《巴西利亚邮报》对我进行采访的时候,在问及我在巴西利亚可有遇到生活不便时,我把此事简要地叙述了一下,用以嘲笑自己一开始对本城的"规则"一无所知,并多少有些嘲弄巴西利亚对汽车过于依赖的意思。没想到没过多久,巴西利亚电视二台的人看见《邮报》上这则访谈后对我骑车奔机场的经历发生了强烈的兴趣,找到我录制了一期节目。一开始他们在电话里没说清楚,我以为是要采访我在巴西利亚大学如何辛勤地展开汉语教学,开始录制以后才知道他们就是冲着一个中国人在没有汽车寸步难行的巴西利亚敢于以自行车取代汽车这一"文化符号"来的，制作人只需要我背着背包在大马路上顶着烈日狂蹬自行车的镜头，对我生活、工作的其他方面毫无兴趣，问我的问题也主要是如何以一个在巴西的中国人的身份看待北京的自行车文化和巴西利亚的汽车文化之间的矛盾。那期节目在巴西利亚电视二台播出之后，我就有了"巴西利亚大学骑车教授"的"美称"。

这次"世界无车日"在巴西利亚的活动主题就是试图劝说人们减少对汽车的依赖性并反思汽车所带来的现代综合征。不过，就巴西利亚目前仅有快速车道、没有自行车道和人行道的街道现状来看，推广自行车仍然是一个不切实际的梦想。在"无车日"当天的集会上，环境部部长和交通部部长带头作秀，骑车从家中来到集会现场。而接下来被要求作秀的就是我这个"骑车教授"，作为本城的骑车名人，我被主办方安排为群体骑车游行活动领骑第一段。借给我骑的"坐骑"上被主办方系了一条"北京自行车"（《十七岁的单车》的葡文译名）的飘带。在当晚的电视节目中，主持人煽情地说："来自北京的自行车文化大使将会带领我们进入一个幸福的自行车时代……"

与德里达无关

每个人生命中总会有一些莫名其妙的细节把他和毫不相干或者隐约有关的人与事联系起来，譬如我之于德里达。雅克·德里达是刚刚去世的法国当代最重要的思想家，这样一个大师级的人物按说和我只能通过书本发生遥远的阅读关联，但我周围总是有一些细小的事件或者记号在昭示我和这个人不仅仅有阅读关系。2001年，雅克·德里达去过我当时还在读博士的北京大学讲学，我不愿做学术追星族，就没有去凑热闹，但这并不意味着与德里达相关的符号会停止像幽灵一样出没在我琐屑的生活中。

2003年我来到巴西利亚大学工作的第一天，就看见我办公室的墙上贴着一张巨大的海报，上面有一张疲惫不堪的雅克·德里达的相片，相片下是一行我因为每天看而背得滚瓜烂熟的葡语：TRADUZIR DERRIDA – POLÍCIA E DESCONSTUÇÕES.（翻译德里达：政治与解构。）我所在的办公室历来都是与法语无关的东方小语种的办公室，和文化研究、文艺理论也没有关系，这幅德里达的海报不知道是谁、在什么时候贴上去的。我去办公室一般只有一件事情可干，就是上网，忍受着巴西像段誉的六脉神剑一样不靠谱的网速，和国内的朋友们联系。由于我的椅子正对着德里达的海报，一旦网速慢得我心烦意乱，我就会盯着德里达白发苍苍表情诡异的照片发呆，一年多下来，他的脸已经成了我在巴西最熟悉的面孔。

今年7月的一天，我和来巴西度假的女友无意中在办公楼的走廊上看见了一幅招贴，告知大家本年度的德里达国际年会8月中旬会在巴西利亚大学举行，德里达将亲自到场，而且，据说德里达就要下榻在我居住的巴西利亚访问教师公寓，公寓的管理人员已经在开始添置豪华的家具了。我的女友是做西方当代哲学研究的，我们俩都很喜欢德里达，因此，我们觉得非常有意思：两个读书人在中国刻意不去凑德里达的热闹，却会在客居巴西的时候见到他，并且还住在一个单元里。于是，我们就一直等着这个德里达国际年会的召开。不承想，巴西利亚大学突然开始了长达三个月半的大罢工，罢工期间中止了教学和学术活动，那个国际年会自然也被取消了。

一周前，我听闻德里达的死讯，便在办公室墙上的德里达的注视下，在巴西的网站上查找当天巴西媒体对德里达的报道以备女友撰文之用，不承想看到一则意外的报道：德里达虽然没有来巴西利亚大学，但在8月中下旬，他去了里约热内卢，在里约和附近米纳斯州的一个大学做了几次演讲。报道上刊登了一张德里达摄于里约科帕卡帕纳海滩的照片，我一看日期，正好是我和女友在里约旅行的日子，而那天，我们刚好住在科帕卡帕纳海滩面朝大海的一家酒店里！德里达拍那张照片的时候，我们说不定就在他周围几百米之内。

与德里达有关

昨天写的那个《与德里达无关》虽然处处都是德里达，但确实和德里达无关，只是我自己的事情。今天这篇《与德里达有关》要写我的一个巴西学生，他真的和德里达有关。

杭宝庐是我所有的巴西学生里年纪最大的一个，今年已经六十岁了，巴西众议院的公务员，在巴西利亚那幢举世闻名的造型古怪的国会大楼里工作，从今年2月开始，他和他的另外两个同事自己组了一个私家汉语学习班，聘请我当老师。在中国，很难想象会有杭宝庐这样高龄的公务员热衷于自己请老师学一门汉语这样的难得令人战栗的外语。他是一个老光棍，满头白发，肚子大得惨不忍睹，坐在沙发上学习的时候腹部兀自在地面匍匐。这样一个可以用"糟老头"来形容的老哥们儿，居然比他的两个年轻点儿的同事学得都要好，其原因只有一个：他无比渴望在生命中的黄昏时分踏进中国文化的门槛。我送了他一副条幅："朝闻道，夕可死。"

在中国，新兴商人的教育素质一般要比公务员高，但巴西正好相反，除了大学教师，公务员的教育素质普遍比较高，尤其是国家机关的公务员。由于杭宝庐不是一个很喜欢说话的人，我对他的了解不多，但有限的了解就足以让我产生对他的敬畏：他在巴西最好的大学圣保罗大学哲学系读的本科，硕士学位是在巴黎高师拿的，博士学业则在意大利博洛尼亚大学修成。课间偶尔聊到文艺话题的时候，他的见识和品味能让我暗中感叹半天。

不日前德里达去世，杭宝庐下课以后没有像平时那样立即就走，而是神色黯然地留在我的客厅里，看样子很想和我交谈。我就沏了一壶茶洗耳恭听。原来，德里达的死让他非常伤感。他跟我回忆起他在巴黎求学时的情形：那时适逢60年代末70年代初，所有的学生都在发了疯一样攫取当时最时尚的结构主义、后结构主义思想。他满巴黎到处蹭罗兰·巴尔特、阿尔都塞等人的课程和演讲，其中，最喜欢的课是福柯一年一度在法兰西学院开设的思想体系史。就是在福柯的课上，他第一次见到了德里达，并被德里达的个人魅力所吸引，那几年德里达在巴黎公开的演讲他几乎都去听过。

说了半天巴黎，杭宝庐突然语速缓慢了下来。他说："我今天觉得难受，倒不是因为德里达死了，而是因为德里达的死象征着"68一代"已经彻底过去了，那是我的时代、我的青春。我在巴黎度过了我一辈子最快乐的求知时光，现在却天天在这个距离巴黎如此遥远的第三世界国家官僚机构里等死。"听到这句话，我的喉咙也哽了一下，连忙打岔给他讲解了何为"大隐隐于朝"，算是一种无用的安慰。

魔鬼公寓

　　我终于从巴西利亚大学临时中转公寓搬了出来。这种临时公寓专供短期外国访问学者和巴西国内从外地新来报到的老师中转之用，不但完全免费，还有用人服务。按照校规，这里顶多只能住半年的时间，可是该大学在邀请我前来的时候欺骗了我，含糊其词地说给我准备了免费的住处，我揪住邀请函上的这句话，在中转公寓里活活赖了一年多，现在实在赖不下去了，被每天催促我一次的搬迁令撵到了同在校园内的另一处需要付费的教师公寓。

　　新的公寓是和两个巴西本国男性教师合住的一套大三居，面积倒是大得惊人，可惜大而无当。我的房间足足有 30 平方米，快赶上国内的小一居了，可我本来就没有什么东西，全部都摆上了不过只占据了房间一角，我待在里面完全像个瘦小的壁虎。洗手间有三个，可以每个人各用一个，我那个洗手间也是大得夸张，就一个淋浴喷头还煞有介事地用隔板围了个 6 平方米的"洗浴区"，让我怀疑自己是不是又回到了中国的洗浴中心。最搞笑的是洗手间里的马桶，"坐落"在空荡荡的洗手间最角落的"方便区"，在强烈的灯光照射下，这个马桶已经彻底不像马桶了，而像杜尚做的一件现成品艺术品，而洗手间则像是一个宽阔的展厅，专用于展出这件作品。

新公寓大是大，但设施极为陈旧，虽然也号称 mobiliado（配有家具），可充其量只能算 mal mobiliado（粗劣地配置家具）。客厅里的那两个沙发没把我笑晕过去。从正面看，确实是沙发，沙发的沙，沙发的发，可是只要稍微换一个角度，就可以看见，这两个沙发的侧面和后面全是大洞。也就是说，这两个沙发也算是多功能沙发，不但可以供人坐，还可以供客人睡，只不过不是躺在上面睡，而需要从后面或者侧面的大洞钻进去睡。当然，钻进去睡觉还得和老鼠们协商一下，因为里面已然有用碎报纸堆起来的鼠窝。

设施陈旧还可以忍受，毕竟巴西比起中国来还是落后了很多，但其离谱的结构怎么也让人想不通。好歹这也是一套正儿八经的教师公寓啊，每个房间的墙居然都是木质的，最不可思议的是即使这木质的墙也没有完全封顶，每个房间靠走廊的一面墙顶上豁口大开，以至于三个住户中只要有一个人在自己的房间里打嗝放屁，其他人都听得见，要是谁带个女友回来创造人类的话，再怎么忍住不出声，其他人都会对事态的进展搞得一清二楚。不过，我倒宁愿室友们发出这样的"噪音"，在同性恋盛行的南美，公寓的同性室友发出如此的异性恋"噪音"是我个人安全的有力保障。

蟑螂杀手的诞生

　　不知是我原来住的那个公寓是新建的还是用人工作比较出色的缘故，我在巴西住了一年多都没有在自己的住处看见蟑螂，可自从搬到现在住的这幢古老的公寓楼之后，我就开始遭遇蟑螂了，不仅仅是遭遇，更是一场赤裸裸的肉搏战。

　　搬家的当天，我就在厨房的碗柜里看见了这种久违了的生物——蟑螂——在室友的一盘剩菜里睡午觉，一副很惬意的样子。蟑螂学名蜚蠊，在地球上生活的资历比俺们人类都还要古老，俨然生物界的伟大先驱者，只是不思进取，至今仍只能在阴暗处爬行。蟑螂有两大种类：一种叫德国小蠊，与我在北大宿舍里朝夕为伴的陪读蟑螂就是这种；另一种叫美洲大蠊，我老家四川盆地的"偷油婆"就是美洲大蠊的东亚表弟。所谓美洲大蠊，原产地自然在美洲，尤其是南美洲。南美热带地区什么玩意儿都长得巨大个儿，正宗的美洲大蠊自然也不例外。我在新家里看见的第一只蟑螂着实把我吓了一大跳，那哥们儿看架势足足占去了整个盘子面积的四分之一，我老家的"偷油婆"们看见了它，一定会顶礼膜拜，奉为蟑神：俺们四川盆地的"偷油婆"只是偷菜籽油的，这边的"偷油婆"偷一桶石油都成。

　　和美洲大蠊初次会晤的时候，我还抱着侥幸心理，认为充其量只是厨房有，我的卧室应该吸引不了它们的兴趣。结果入住的第二天晚上，在我倒头入睡之后，半梦半醒之间觉得头发在被什么东西撩拨，伸手到枕边一摸，摸到软绵绵凉冰冰的一大坨肉，慌得我立即开灯，结果发现不计其数的蟑螂在我床头逡巡，房间另一头的壁橱下边，大队的蟑螂正源源不断地朝床边爬来。天！这场面颇似宫崎骏的《风之谷》里面"王虫"大规模出动前往复仇的场景！

　　虽然美洲大蠊比起德国小蠊来性情似乎要温顺一些，譬如，它绝对不会像北大的德国小蠊们那样动不动制造出钻进学子们耳朵眼儿的事端（嘿嘿！让它钻它都钻不进去！那么大的个儿……），但是，我下定决心不对它们心慈手软。早上一起来，我就去超市买了灭蟑药，一米一岗两米一哨在庞大的公寓里布下了"蟑螂屋八卦阵"，布阵的时候，遇见在外散步遛弯的蟑螂也顺脚消灭。南美的毒药真够毒，晚上回到家的时候，我发现整个公寓里都是蟑螂的尸体。我一边打扫一边数，足足有三百多只，我的垃圾桶已经装不下尸体了，只有搞了一个大纸箱来做"万蟑坑"。真是一将功成万骨枯啊，这三百多只蟑螂的尸体强有力地把我推到了"超级蟑螂杀手"的宝座上。

真命月老

我这个人有个古怪的爱好，喜欢做媒。在国内的时候，我最见不得的就是适龄文艺男女在文艺中青年比蟑螂还多的北京还是旷夫怨女，常常能够急人民群众之所急，及时为他（她）们牵线搭桥、捕风捉影。我操心起这种事情来比自己的婚恋还来劲，遇上经我撮合喜结连理的，我高兴得跟自己结婚一样，遇上我安排的缘分变成露水缘，我会比当事人还难受。于是，我膝下无子但得了个"封建家长"的"雅号"。

满以为我这月老恶癖在旅居国外的时候可能会根除，"乱点鸳鸯谱神功"将被陌生的语言和生活环境废掉，但没想到我是老天钦定的"真命月老"，即使到了离中国八万里之外的巴西，没过多久，我又是一个响当当、铁铮铮的"皮条客"。更神奇的是，我在巴西拉成的几单"皮条"全都是"无心插柳柳成荫"。没办法，月老命。

第一单"皮条"是我还住在中转公寓的时候，我请了一帮巴西人和青年华侨来我家过圣诞。当时我打听到某中资公司一个新来的小哥们儿在本城孤苦伶仃，就冒昧地把他叫来跟我们一起过节，在打扑克的时候，我无意中安排他和城中一个妙龄女华侨做了同伙儿。由于他们配合默契，我就说了一句："你们第一次见面就这么默契，要是生活在一起估计都用不着磨合。"真是金口玉言啊，一个月后，这两个人就生活在一起了。在我搬家之前，他们每次一起去我"故居"玩的时候，都要深情地指着他们打牌时坐的沙发酸不溜秋地咏叹："这就是当时胡叔叔安排我们坐的地方啊，我们的感情就是从这里开始的……"

第二单"皮条"就开始跨国了。某日我正在家中给一组私家学生上课，突然有几个青年华侨来访。其中有个来自北京的性格豪放的女孩，进来后看着我的一个意大利和阿拉伯混血的酷哥学生直发呆。那哥们儿我给了他一个汉语名字叫沈友友，确实长得很帅，在巴西外交部工作，是我最得意的门徒，才跟我学几个月就能开口说汉语了。看着北京女如此痴迷，我就跟帅男学生开玩笑地说了一句："友友，她看上你啦，你赶紧追啊！"友友同学当即作害羞状把话茬支开了，下课的时候，我强行把北京女的手机号塞给了他。结果当晚我和北京女一起看电影的时候，该女突然收到一条葡语的手机短信，写着："你好，我是胡老师的学生沈友友，在你们中国，老师就是爸爸，爸爸叫我追你，我不能不追……"不久之后，他们就住在一起了，经常请我过去，把我像家长一样供奉着。

第三单"皮条"纯属为世界人民服务了。也是在我住中转公寓的时候，有段时间我隔壁的两个房间分别住着一个委内瑞拉来的青年男教师和一个法国来的女访问学者，由于大家平时工作繁忙，虽然同住一套公寓但是几乎每天都打不了照面。一天，在我的提议下我们三个一起去电影院看电影。由于"委哥"只会西语葡语，"法妹"只会法语英语，路上的沟通都得我转译，我就挑了一部英语对白葡语字幕的《真情角落》，这样他们俩都有得看。看电影的时候，我让"委哥"和"法妹"坐到了一起。没过几天，他们纷纷从我住的公寓搬走回国。又过了一段时间，我突然收到了"法妹"的来信，说她正和"委哥"一起住在委内瑞拉的加拉加斯，他们像《真情角落》里的英国作家和葡萄牙女佣一样在言语不通的情况下恋爱了，非常感谢我安排的电影……

"中国人的耐心"

巴西有一句尽人皆知的俗语，叫作 paciéncia chinesa，也就是"中国人的耐心"，指的是一个人从容不迫、不急不躁，耐心达到了极致。在报纸上的招聘广告里很多时候都可以看见，某某职位对所需人才的要求除了学历、经验之外，特别要求应聘者要有"中国人的耐心"。

不知道这个俗语到底是怎么来的。有一种说法是和一百八十多年前巴西当局请到里约州来的一批茶农有关。这批茶农可能是巴西历史上第一拨中国移民，他们在农艺方面细致认真的工作受到了当时巴西人的普遍尊敬，到现在里约市内还有一处名为"中国风景"的胜地专为纪念中国茶农而修。可惜当时的大清政府瞧不上巴西，拒绝和急需农艺人才的巴西当局签署移民协议，于是巴西转而求助于日本，致使巴西成了日本本土之外最大的日本人定居地。

在我看来，中国人的耐心其实远远不如巴西人，巴西人太悠闲、散漫、不守时了，遇上飞机晚点、约会等不到人的情况，在中国人急得抓耳挠腮乱按手机的时候，巴西人一般都是自得其乐自寻快活，没有半分焦虑。尽管如此，巴西人还是坚定地认为，中国人是世界上最有耐心的人，不信的话，可以看看巴西各电影院里最新的巴西电信宽带服务广告片。

今晚去 Cinemark 影院看电影的时候，按常规，应该先是一通本地商家的广告，接下来是几个预告片，最后才是电影。其实我对广告和预告片的热爱有时远远超过后面的影片本身，前段时间有好几个广告的葡语台词我都会背了，今晚我正准备再次跟着银幕背诵的时候，突然发现换新的广告了。这是巴西电信公司为宣传其最新的宽带服务拍摄的促销广告，片中的主要人物居然是两个中国云游和尚。此二僧撑着油纸伞徘徊在圣保罗熙攘的街头，无论是行人的推搡、堵车、排队、语言的不通还是交通事故都不能改变他们的从容之态。但是，当他们回到家里，在一间挂有歪歪扭扭的"毅力"二字的条幅下试图拨号上网和远在中国的方丈聊天的时候，老牛拉破车的网速终于逼得二僧失态，挥拳用少林神功砸烂了电脑。最后，镜头切到广告商金光闪闪的 logo 上，画外音是："如果没有巴西电信最新的 turbo 宽带服务，即使你有中国人的耐心又有什么用？"

看到这里，我笑得都快晕死过去了。让我乐的不仅是广告本身，更是巴西电信的宽带服务的真实嘴脸。因为我现在在家里用的正是刚刚申请的巴西电信 turbo 宽带服务，号称 300k 的网速，其实和拨号没什么本质区别，有好几次我都差点像广告片中的中国和尚一样，挥拳砸向我无辜的电脑……

好色阿婆何其多

据说国内的朋友们聚会时说起我，通常都是垂涎三尺目露淫光，哆哆嗦嗦地反复念叨："丫爽啊，巴西，美女……"正所谓饱汉子不知饿汉子饥，他们哪里知道我在巴西过着何等孤绝劳苦的拉美十佳青年教师生活，美女虽多但力不从心。比这更郁闷的是，一年多以来我不但没骗到个把巴西美女告慰国人，反倒在劳累之余屡遭五旬以上巴西咸湿阿婆揩油，一腔悲愤无处发泄，只好在这里写将出来。

巴西女性普遍比中国女性开放，上了年纪的阿婆们更是无所顾忌，动不动就跟你来个超常规的身体接触，让你搞不清这是出于祖母般的慈爱还是出于其他什么不可告人的动机。所以，你很难在第一时间做出正确的判断，决定到底是装一把活泼可爱的孙子还是义正词严地躲开。

我第一次遭遇这种困境是在公寓楼的电梯里。那天我下电梯的时候不巧与楼下住着的一个体积足足是我两倍的五旬阿婆独处一梯。胖阿婆一进电梯就开始对我动手动脚，一双蒲扇大手不停在我脸上揉搓，嘴里嘟囔着："多可爱的小兔兔啊……"我一下子愣住了，不知如何叫阿婆住手。好在没到一楼就又有人进电梯了，阿婆一下子恢复了祖母尊严。后来我一个哥们儿来看我的时候遭到了胖阿婆更为严重的骚扰，以致我很长一段时间进电梯的时候都提心吊胆的。

以前和我同住中转公寓的一对非常可爱的西班牙夫妇，在这里读地理学博士，周末的时候，他们经常叫他们的同班同学到我们公寓来烧烤。这些同学里来得最勤的是一个五十四岁还坚持独身主义、到处找小男生做男朋友的阿婆。那对西班牙夫妇背后都叫她vovozinha，就是"小奶奶"的意思。他们俩给我讲了小奶奶的很多疯疯癫癫的故事，可是我总觉得小奶奶这么大的年纪还能如此波希米亚很不容易，经常还替她辩护两句。有时候我也参加他们的烧烤，小奶奶老跟我谈些中国适龄小资之间常谈的文艺话题，我就更觉得她不太像普通的咸湿阿婆，估计不会随便对年轻人下毒手。可是我猜错了，在告别西班牙夫妇那晚的派对上，我由于不能熬夜，提前回自己的房间睡了。由于室友们都是很好的朋友，我们平时一般都不反锁自己房间的门，可是那天晚上小奶奶居然借着酒兴闯进了我的房间，枯槁的手伸进我的被子四下摸索，把我活生生吓醒了，惊得直接夺门而出。

前些天我的一个学生带我出席文化圈的一个社交活动，里面美女空前密集。我的学生领着我在里面乱窜，为我介绍本城的各位文化名流。我在穿梭中不时停下来大摆 pose、狂抛媚眼，但就是没有一个娇美的阿妹中招。这时一个黑乎乎胖墩墩的阿婆从天而降，一上来就紧紧抱住我，弄得我几乎闭气身亡。她满嘴酒气，湿乎乎的舌头在我脸上乱划拉，不停地说："哎呀，胡教授啊，我知道你好久了，一直以为你是个和我一样大的老头，没想到还这么嫩啊。今晚上我家去玩吧……"无论我的学生带着我走到哪里，醉阿婆都跟会到哪里。我实在受不了了，正想问这个醉阿婆是哪里来的老花痴，怎么一直盯着我们，只听见我的学生对醉阿婆来了一句："妈，你今天喝得太多了……"

请黑帮老师擦板

 我在大学读书的时候，俺国的校园里再怎么学风衰微，学生们每次在课前要帮老师把黑板擦干净这点基本的礼数都依然是一个"公理"，大家都在自觉地履行。毕竟，俺国也是一个教育古国。可那时候偏有一些以校园微观政治为目标的好事的校园道学团体，非要大张旗鼓地在每个教室的黑板旁边都贴上一个"请帮老师擦黑板"的小标语，好像没有他们的鼓吹咱们就要"四维不张，校将不校"了似的。那时候有个经典的玩笑，有人把标语的字裁开重新组装了一下，把"请帮老师擦黑板"变成了"请黑帮老师擦板"。不过，玩笑归玩笑，再顽皮的学生其实都会很识大体地帮老师擦黑板的，即使老师真的是个如后来的我一般的黑帮老师。

 到了巴西执教以后，我发现两国之间的教育文化在根子上差别实在是太大了，很多在俺国的教育传统中被看作公理的东西在这边完全不存在，甚至反其道而行之。最明显的一个例子就是，擦黑板是老师应尽的义务，跟学生没什么关系。每次走进教室，所有的老师做的第一件事情就是背对教室里忙于各种课堂娱乐的学生，默默地挥动双臂把黑板擦干净。那上面或许不仅仅是上一堂课的老师留下来的板书，通常还有学生们课间时分即兴创作的各种涂鸦。即使对老师再尊敬的学生，也没有上来帮你擦黑板的，因为这根本就是人家习俗之外的东西。我每次擦黑板的时候，都会想到多年前北大教室里那张被重新拼贴了的标语"请黑帮老师擦板"，当时哪里会想到，这种玩笑中的情形真的发生在我身上了。

巴西的学生不是不尊师，和老师们交往起来的时候，他们甚至会比国内的学生更加热忱和真挚。只是作为社会习俗、教育文化的"尊师"是和我国深厚的尊师传统完全不一样的，他们尊师的范围和限度基本是和社会契约的范围和限度保持一致的。譬如，不用帮老师擦黑板的基本逻辑就是：老师是受雇于学校的劳动者，擦黑板这一行为是他用以领取薪酬的一系列劳动中的一种，既是有薪酬回报的行为，凭什么要学生付出无契约保证的劳动？类似的差异还很多。譬如，在俺国，教师上课不用自带粉笔，教室里总有教室的管理机构时刻准备着的充足的粉笔，但在这边就不同了，教师的工资里包含有粉笔补贴，每个教师必须自行购买粉笔，上课的时候自行把粉笔带到课堂，教室、办公室没有义务为教师提供粉笔。由于粉笔是属于教师私人购置的"个人财产"，所以每个老师上课的时候都只带差不多够用的一两根粉笔就行了，没人愿意带多多的粉笔留在黑板槽里"捐赠"给下一堂课的老师，一般能留下一两个粉笔头就不错了。

我在这里教了一年半书还是没有养成自己买粉笔的习惯，即使买了，也经常忘了拿到课堂上去，所以上课之前我经常跟疯狗一样在各个没课的教室里乱窜，搜罗慷慨的同事们留下来的粉笔头。很少有好心的学生帮着你搜罗，因为这不是他们的义务。

作为社会生活关键词的 faxineira

到巴西来不久之后我就发现，巴西人很不愿意自己做家务，扫地、拖地、整理房间甚至洗碗、洗衣服通常都是雇用人来做的，因此，faxineira（清洁用人）成了巴西社会生活中的一个关键词。faxineira 的前身是 empregada，就是住家的用人，在当代的巴西，empregada 虽然也还存在，而且数量不少，但是不如 faxineira 普遍。巴西的 faxineira 不同于咱们中国的钟点工，她们都有固定的东家，不是计时收费，而是日常性地替东家做卫生，只是不住在东家家里而已，有些 faxineira 还在机关、学校、公司等机构做工，挣取多份工资。

在我国和大部分欧美国家，除了一些大富之家，日常性的家庭卫生还是靠家里人自己来维护的，可是在巴西，稍微有点收入的人都不愿意自己做清洁，他们以工作繁忙作为普遍的借口，迫不及待地把家务活儿都推到 faxineira 身上。我先后在巴西住了两间与人合住的公寓，我的室友们在用人来打扫卫生、洗衣服之前，没有一个人愿意拖地、收拾房间里凌乱的杂物，没有一个人愿意洗内裤之外的哪怕一条手帕，即使整个公寓已经乱七八糟、臭气熏天，他们也会坚定地等 faxineira 来。

　　这种根深蒂固的雇用人的风气是大有历史渊源的。首先是颓败时期的葡萄牙宫廷给殖民地巴西带去的以劳动为耻、好逸恶劳的社会风尚。有很多人比较过巴西和美国的历史，两国殖民初期基础很相似，但是美国有韦伯《新教伦理与资本主义精神》一书所分析过的一种由主张劳作换取救赎的新教伦理到辛勤劳动、积攒财富的上进资本主义精神的合理衔接，而巴西却一直沉浸在视劳动为耻的堕落风气中，其国教天主教的救赎理念里也丝毫没有现世的行为救赎方案，所以巴西逐渐就和美国拉开了差距，直到现在，崇尚劳动换取个人在世幸福的资本主义信条还没有在这里普遍确立。第二个原因是制度原因，巴西是美洲大陆最后一个废除农奴制的国家，雇用奴隶的传统比其他国家要深厚得多，faxineira 可以看作农奴制的一个遥远的变种，人们坦然地雇用着 faxineira 从事一切家政活动，因为他们觉得比起以往的奴隶来，faxineira 已经很"政治正确"了。第三个原因则是现实的社会经济原因。巴西是第三世界国家恶性城市化的典型案例，95%的人口集中在城市里，但工作的机会却少之又少，连 faxineira 的工作都不是随便能碰上的。如此巨大的无业人口奠定了保洁、家政工作的极其廉价的劳动力成本，在巴西，faxineira 打扫一次整套公寓（通常要耗费一天的时间）的报酬往往只有15个雷亚尔，人民币40元左右。所以，只要不是贫民窟的人，几乎都请得起 faxineira。

　　我在巴西利亚认识了好几个去英国留学归来的巴西年轻人。他们都是上层中产阶级家庭的子女，家里不但有 faxineira，更有 empregada，所以从小到大一直养尊处优，在去英国之前，连洗衣机都不会开，拖把都不知道怎么用。到了英国，生活花销很大，他们必须自己再去挣钱。很多人就去英国家庭里做用人，因为英国的用人工资非常高。在那里，他们艰难地学会了一切家政事务。可是，由于英国人对用人非常傲慢，他们在打工的时候感受到了屈辱，所以一回到巴西，他们非但没有用他们学到的家政技能自己操持家务，反而更加变本加厉地雇用 faxineira、变本加厉地好逸恶劳，以抹除心理的"创伤"。

巴西人虽然对 faxineira 没有英国人那样傲慢和粗暴，但 faxineira 始终是一份社会地位极其低微的工作，人们对 faxineira 们往往置若罔闻、视若未见。圣保罗大学的一个社会学教授写了一本《Faxineira：看不见的人》分析作为社会症候的 faxineira 问题，其书名来源于一个令人震惊的故事：他自己曾经换上 faxineira 的制服在圣保罗大学的办公楼里工作了一个学期，他穿着 faxineira 的制服干活的时候，在身边走来走去的相识的同事竟没有一个人认出过他。

大富之家的平安夜

　　今年的平安夜是我在巴西过的第二个平安夜了。去年的平安夜我是在巴西利亚大天主堂过的，本以为那是最典型的平安夜过法，却被巴西友人们嗤之以鼻。他们告诉我，要想体会有巴西特色的平安夜，必须去巴西人在家里举办的圣诞聚会，因为平安夜好比我国的除夕夜，最典型的庆祝方式是以家庭为单位在家里大宴亲朋好友。为了弥补我对平安夜认识的不足，我的学生费德琳请我去她家里过了一个超豪华的大富之家平安夜。

　　费德琳通知我晚上9点开始聚会，我10点钟才赶去，本以为迟到了，但很快我就发现"天生迟到狂"的巴西人民平安夜也不例外，我赶去的时候，人们刚开始陆陆续续地到达。费家是本城豪门，商界、政界的世交颇多，受邀参加晚宴的人来头都不小，光看"坐骑"就能看出来：密密麻麻的宝马、奔驰不说，好几辆车的车牌子都是巨踬无比的议员专用车牌。费老爷子在给我介绍当晚来宾的时候我直犯晕，有点看欧洲古装宫廷片的时候因一时记不住云山雾罩的人物关系而发蒙的感觉，更惶惑于自己为什么混迹于这群猪头之中。

费家的豪宅是仿巴西前君主佩德罗二世夏宫的"二手宫殿"，平时就奢华得"朱门酒肉臭"，当晚更是富丽堂皇到了无以复加的地步。当家的费老太太挑选他国艺术品的口味我不敢恭维，家里陈列的东方艺术品大多平庸至极，但是费老太太是个巴西本民族手工艺的大行家，把整座"二手宫殿"层层叠叠装点起来的那些麻编天使、布艺圣诞老人、草木流苏、水晶烛台、碎花壁饰等全是在她的指点下布置起来的，所有的草编门饰和那棵繁复无比的圣诞树还是老太太亲手做的。

客人们来了以后，统统都在后花园小坐，面对灯火辉煌的喷泉饮开胃酒、闲聊、品尝费家独特的开胃点心——花园冷餐台上每个装点心的盘子都由一个布艺圣诞老人端着，煞是喜人。不多时，费家特邀的乐师和女高音到了，后花园里立马开起了"歌剧堂会"，贵客们听得春光满面，每一曲终了的时候总有人财大气粗地拍出香水、瑞士表等"赏钱"。"堂会"除了唱吉祥的，还有宾客们的即兴表演，有个闲妇诗人上台朗诵了一首献给费老太太的赞诗，快把我大牙酸掉了。

最好玩的还是玩巴西的 bingo 游戏：每人领一张上面写着不同数字的纸，主人在台上一个接一个地报幸运数字，你的纸上如果有这个数字的话就拿牙签在数字上戳个洞，在主人报数的过程中，如果你手中数字率先被全部戳完，就能赢得大奖。当晚我比最先戳完那哥们儿少戳一个洞，痛失赢得一大坨不知名的宝石的良机。不过该游戏的过程已经令我很满足了，谁让我喜欢戳呢。没有得到大奖的所有宾客都可以去圣诞树上胡乱抓礼物。我抓了一个包装得很优雅的玩意儿，打开一看，只是一支笔而已。这多少还和我的身份相符。我旁边一个议员哥们儿抓了一个包装得更优雅的大家伙，打开一看，竟是个充气娃娃……

　　"堂会"完毕就是我最期待的圣诞大餐了。进餐前，宾主聚齐了在家中的主神龛前祈祷、感恩，听着大家嘴里都念念有词，是葡语版的《圣经》，俺不好意思不念，可是又记不住词，只好跟着张嘴闭嘴滥竽充数。当晚的大餐计有烤乳猪、烤 picanha、蜜饯牛舌、九制酱鹅、米纳斯土鸡等佳肴，本来我指望恶狠狠地吃一顿的，但进餐气氛颇为诡异，大家拿着清一色的银餐具很上流的样子慢慢撕咬，弄得我不好意思大肆饕餮。

　　费德琳告诉我饭后到凌晨还有更"刺激"、更私密的活动，她们家的卧室全部开放。可我早就察觉到了，当晚在场的女性平均年龄在四十五岁以上，于是以身体不适为由，提前离开了这个和我有点"错位"的大富之家的圣诞晚宴。

巴西国会讨债记

国会大厦是巴西利亚乃至整个巴西的标志性建筑，主体部分是两幢中部连接在一起的双子塔楼，呈字母 H 状，象征葡语中的"人"（Humano），双子塔楼前面的大会堂拥有两个碗状的穹顶，一个碗口向上、一个碗口向下，分别象征着众议院和参议院。就是这个被誉为南美现代建筑奇观的国会，这些天让我饱受折磨，切身领略了另一种"奇观"——巴西的官僚主义奇观。

一个月前，我为国会众议院翻译了一份文件，按照合同，他们应该在我完工后的一周之内给我工钱。我怕巴西人拖沓，特意强调了我不久就要回国，这份工钱千万不能拖欠。交活儿的时候，他们答应得好好的，保证一周内付款，可是，一周过去了，两周过去了，工钱还不见踪影。我打了无数个电话敦促此事，可是他们要么敷衍我说快了快了，要么干脆就推脱责任，说我要找的主儿正在休假，无法办理此事云云。眼见着一个月过去了，我的归期在即，我实在不能再等下去了，就约好了在众议院工作的学生托马斯，一同前去讨债。那架势颇似四川民工年底向包工头讨债回家过年，不过，这里没有温总理替我讨债。

托马斯不愧是众议院的"内鬼"，知道该怎么入手。我们先去负责给我派发翻译活儿的公关部询问给我付款一事的卷宗编号，然后开始了漫长的寻找卷宗之旅。我们先到卷宗派发中心，查阅了半天，得知我的这一卷宗可能在新闻接待中心等待批示。等我们赶到新闻接待中心，他们又说已经转到外勤部去了。到了外勤部一问，居然不知道该卷宗的下落了。我们上上下下跑了 n 多个办公室，终于在一个叫"问题卷宗收存科"的地方发现了它。托马斯告诉我，这个"问题卷宗收存科"相当于夭折卷宗的墓地，无法继续推进审批程序的卷宗都会堆在这里。问及我的卷宗为何会葬身于此的时候，我们被告知该卷宗在推进过程中遗漏了礼仪部的批示。我们赶紧取出卷宗前往礼仪部，礼仪部的头儿休假了，我们好死赖活找到了一个可以代替头儿签字的人，该人又说她不能签，还缺若干手续。在她的指点下，我们彻底进入了迷宫，所有我们前去找人审批的地方要么说不该他们办，指给我们另外一条死胡同，要么责怪以前的手续没有用统一的模板填写，需要返回去重新来过。我已经快要崩溃了，想要放弃这趟艰难的讨债之旅。好在托马斯异常坚定，一再给我鼓劲说一定要坚持下去，在巴西，想要把手续办快点唯一的方法就是以你本人在他们面前的强有力的"在场"给他们施加巨大的心理压力。

我只好继续跟着托马斯麻木地在国会大厦里乱窜，其间遭遇了无数奇事：某部门的头儿被迫在一个小时内在不同格式的文件上给我们开出了三份同样文字的证明，到最后她突然发现这其实已经是第四份了，因为她在自己的抽屉里无意中发现两周以前她早已开出过格式最标准的证明；在另一个部门的头儿那儿，我们看到他桌子上堆积如山的卷宗之中，居然有 2002 年的。托马斯说，如果我不和他一起当面逼着这哥们儿签，我的工钱可能会在我离开巴西若干年之后打进我那个早已不存在的账户。

OK，从早上10点开始讨债，到下午5点，我们终于闯到了倒数第二关：财务部。本以为曙光就在眼前，但是，当会计在他们的电子财务系统里给我开付款指令的时候，那个依然在DOS界面下操作的古老的电子财务系统突然崩溃了。每当该系统再次恢复的时候，小会计就奋力给我开指令，可是总是到最后一关的时候不幸再次遭遇系统崩溃。在人、机的艰难搏斗中，我突然看见桌上有一份《圣保罗页报》，上面赫然写着中国教育科技网开始进入IPV6时代的新闻。唉！这叫俺如何不爱国啊！

夕阳西下时，在众议院的银行命令科，我终于亲眼看到我的工钱进入了银行账户。我和托马斯总结了一下，为了这小小一笔翻译费，整整一天我们跑了国会大厦28个楼层之中的15个楼层，共计进入了21个办公室周旋。这是何等令人发指的官僚主义啊！但是，更值得深思的是，我们在办事过程中碰上的每一个"公仆"都是那么热情、友善，充满了身体魅力或者人格魅力，在我们跟他们陈说这件事的时候，他们无一例外地跟我们一起痛骂官僚主义。这些"公仆"一个比一个有意思，有的是动辄羞赧的清纯少女，有的是臀生烈焰的火热少妇，有的性格爽朗得好似快嘴李翠莲，一边给我们审批一边滔滔不绝地向我们发表她的国际时事评论和家务琐事心得，还有更让人发晕的——一个勤奋好学的公务员哲学家得知我是中文老师之后，缠着我询问有关Chuang Tzu的知识。我从其古怪的发音无法辨识这个Chuang Tzu是何方神圣，他连忙解释说："Chuang Tzu就是道家的第二个大佬，他的夫人去世了以后他敲着中国瓷器唱快乐的中国歌剧。"我这才明白他说的是庄子。这个公务员哲学家懂的真是多，他还知道 Le Tzu 是道家的第三个大佬，曾经驾驶着狂风到世界各地旅行。单和这些各有特色的公仆接触，你只会觉得轻松、愉快，丝毫也不会想到"官僚主义"四个字。但是，在制度面前，人是乏力的，再可爱的公仆一旦卷进一套连他们自己都不能理解的冗赘程序之中，其结果只能是距离可爱最遥远的可气。这是一个无法饶恕的"系统错误"。巴西经济在 20 世纪 70 年代短暂的繁荣之后一直发展缓慢，由此可窥见一斑。

走出国会大厦的时候，我想起自己给他们翻译的那份文件叫作《了解巴西国会》，是一份为游客介绍国会内部各观光点的导游手册。经过这一天的"巴西国会讨债之旅"，我想我真的算得上是"了解巴西国会"了。估计我是 13 亿中国人之中第一个体认巴西国会大厦"建筑奇观"的孔雀之屏背后的"官僚主义奇观"的了。

以"发飙"之名

我在巴西收的弟子有两类,一类是"劳德诺类"的,如同岳不群的二弟子劳德诺,年龄不小了,以前多少学过一些汉语,而后带艺投师,跟在了我的门下;另一类是"麦兜类"的,都是乳虎牛犊,以前跟汉语全然没有任何接触,像麦兜投奔黎根苦练"抢包山"一样,跟着我从零开始学习汉语。在"麦兜类"的学生里面,Fabio是"抢包山"技艺练得比较刻苦勤奋且已初见成效、可以用汉语进行对话的一个模范学生。在汉语课堂上,我一般都叫学生中文名字,按说我给学生起中文名字的时候都是比较讲究的,姓、名全齐,音、义俱佳,听起来均为标准的汉学家名字,可唯独Fabio的汉语名字我偷了个懒:因为Fabio的葡语发音颇似汉语里的Fa Biao,所以我就顺口给了他一个汉语名字叫"发飙"。本来以为这个类似小名的名字也就是大家在课堂上叫着玩玩,没想到居然传诸千里且冠冕堂皇起来了。

事情还得从我的离去说起。Fabio在巴西跟我学了一年半的汉语之后,觉得这门原本像外星事物一样遥远而陌生的语言已经成了自己生命中不能割舍的一部分,他无法忍受我走了以后巴西利亚就没有了汉语老师的现实，决定在我回京之后跑到北京去学汉语。由于北大等名校的留学生收费超出了他的支付能力，他选择了一所专门的语言学校递交了报名材料，在我走之前的那些天，他一直在等待这所学校给他发来入学通知书以便办理去中国的签证。

就在我走之前两天，Fabio突然兴冲冲地找到我，说是北京某语言学校的录取通知书到了。他递给我一个国际快递的信封，上面赫然在姓名一栏写着：发飙同学收。我打开信封一看，里面有一张措辞极其土鳖的制式入学通知书，开头居然也是："发飙同学：你已被我校录取为……"我有点犯晕，问他为什么通知书上没有葡文原文的名字。Fabio说，在他申请该语言学校的时候，那边的工作人员告诉他，他们不懂任何一种外语，每个人的注册资料必须全部用中文填写，Fabio想到自己已有现成的名字"发飙"，就欣欣然把这个古怪的"名字"给了他们。这个玩笑可开大了，"发飙"二字成了可怜的Fabio今后一年在北京的"学名"了，以后老师上课点名、学校员工招呼他办事都得发飙长、发飙短的了。我叫他赶紧给该语言学校去信改正过来，Fabio说怎么都来不及了，况且，他觉得这个名字还蛮好听的。我警告他这个"学名"会让他在中国被笑掉大牙，他开始死活不信，但是第二天，他就不得不信了——那天Fabio拿着那封录取通知书去中国驻巴西大使馆办理赴中国的留学签证，通知书一递进去，全签证处的人都笑得前仰后合，笑完了之后还郑重地质问他："我们怎么知道通知书上这个没有附原名的'发飙'就是你这个Fabio呢？"

一场虚惊过海关

2003 年的某天，在里约热内卢国际机场的海关，一位名叫陈建湛的巴西华裔商人在出关搭乘国际航班的时候出了点麻烦。他随身携带的 5 万美元超出了免报关可携带货币量的上限，被海关的联邦警察当场截去补办报关手续。由于货币报关需要提交收入证明，而陈建湛又无法临时在机场凑齐数额相当的证明，加上他不通葡语，无法理解警察的索贿要求，就立即遭到了一通惨无人道的毒打，最后竟当场被虐打致死。这一事件当时不但在中国引起了轰动，如此无法无天的"野兽警察"也令巴西人民怨愤不已。

一年多之后的 2005 年初，另一个即将离境的巴西华人因为"陈建湛事件"的阴影而整日坐卧不安。巴西越洋汇款高额的手续费逼得工资菲薄的他只有选择随身携带货币回中国。他虽然远远没有陈建湛富有，打死都挣不到 5 万美元的巨款，但为了避免出关的时候遇上麻烦，从出发前一个月开始，他就神经质地不断询问外国人出境到底可以携带多少货币。他先咨询了联邦警察总署，又致电询问了国家税务总局和外交部，还一一追问了他在各个国家机关工作的所有朋友。

各方讨教的结果几乎令他崩溃：这个法律条文冗赘无比的国家在他所焦虑的问题上所做的各项规定完全互相冲突，完全令人无所适从。警察总署告诉他可以免报关携带 1 — 2 万美金，税务总局告诉他免报关仅能携带 10 万雷亚尔（即 3000 美金），超出部分需要开列工资证明和银行的外币兑换证明，外交部则告诉他，他的签证类型可以携带无限量的免申报货币。他一开始相信最保守的说法，老老实实地准备好每个月收到的联邦政府工资单去圣保罗国际机场的海关报关。可是，由于他的工资有很大一部分是在黑市上换成的美元和欧元，没有数额相当的银行外汇兑换证明，贸然去报关完全是自找麻烦。最后，在同样茫然的巴西朋友们的建议下，他决定在海关装法盲（如此让人头晕的法律下人人都有可能是法盲），携款闯关，如果遭到联邦警察盘问再借助语言优势作虚心状，现场补办报关手续，然后趁乱闪过兑换证明的环节，作匆忙状开溜。

2005 年 1 月中旬的某天，该华人终于惴惴不安地出现在了巴西圣保罗国际机场。他怀揣着血汗钱，一咬牙作大义凛然状冲向出境海关，貌似风萧萧兮易水寒，实则满心没谱。他的面前是一个长着鲇鱼胡子的警察老哥，他稍事停顿，深呼吸了一口，直接走将了过去。

接下来的场景完全是一出情景喜剧片段：鲇鱼警察瞟了一眼该华人的护照签证就开始愉快地和他聊天，在得知他是巴西利亚大学的汉语教师后，鲇鱼警察嗷嗷怪叫，说他哥哥去年才去巴西利亚大学考试中心报考了旅游部一个和中国相关的公务员职位，考了一门汉语，那张汉语试卷极其刁钻古怪，好在他哥哥在圣保罗学了四年汉语，最终考取了那个职位，但是那张试卷他哥哥怎么也忘不了，经常把试卷上那些搞怪的题目翻译成葡语给周围的朋友讲。该华人险些当场乐晕，因为那张试卷正是他出的。鲇鱼警察现场背诵了几个搞怪题目以取悦汉语老师之后，居然走出了海关检查台的小屋子，过来和他相拥而别，并玩忽职守，送他走到了安检处，丝毫没有问报关事宜。该华人无法理解如此戏剧性的过关斩将，懵懵懂懂地携带着血汗钱登上了离开巴西的航班。

这个人就是我，一个即使在最后一天也会在巴西遭遇闹剧的汉语教师。

阿嚏……巴西……

今天早上一起床，发生了一件神异的事情：在没有任何感冒、着凉、过敏性鼻炎发作的情况下，我在家中连续打了七个阿嚏。阿嚏……阿嚏……这七个阿嚏打完之后，我丝毫没有病态阿嚏之后鼻涕飞溅、泪花飘溢的症状，反倒想说《漫长的婚约》里面马蒂尔德的养母每次闻到狗狗放屁之后都要陶醉地说出来的一句话："让我神清气爽！"

我认定这七个阿嚏打得定有原因，就在屋里像名侦探柯南一样找来找去，把被子里面、枕头下面全都找遍了，都没找到原因所在。我满怀失败感开始上网，一打开信箱，居然同时收到七封来自巴西的信！耶！阿嚏案告破！正所谓"彼地有所思，此地有所嚏"，七个巴西朋友来信问候我，我不打阿嚏真是天理难容。

最神异的是我打开了我的一个学生的来信。不久前，我刚刚在我回国后回忆巴西送别的专栏里把他出卖了，把他黯然销魂忍痛别师的惨状书写了出来，没想到今天就收到了他的信。但见该学生在信中发问："老师，前几天一早醒来，我突然打了一个很响的喷嚏，按照你教给我们的中国说法，这说明有人在远方提到了我或者想

359

我，我猜一定是老师你在专栏上出卖我了，如同你经常做的那样。我上了新京报的网页 down 了当天专栏版的 pdf 文件，果然发现老师你写了我……"读到这里，我都快晕过去了，没想到更晕的还在后面，"我决定把你的道路还给你用来治疗你的身体（注：此句为该学生自己琢磨着理解的'以其人之道还治其人之身'），把你的故事'卖'到了巴西的一家报社，就是去国会讨要工钱那个故事，附件里就是今天巴西的报纸上这篇文章的电子版……"我打开附件，是发在昨天《巴西利亚邮报》上的一篇名为《中国人的耐心对付巴西人的赖账》的小文章，在里面，我拥有一个伟岸的劳工维权强人的意志，比我自己写的要牛逼多了……

何谓文化交往？在双方的媒体上你卖我我卖你，这不就交往起来了？我正沉思间，学生尤百图的信又跃入眼帘："老师，我给你发来一首 forró 节奏的巴西国歌，非常搞笑，你一定要听。我还记得你告诉我们的中国风俗，一个人被其他地方的一个人想起来，肯定会打阿嚏的，但愿你看到我的信会打一个很响的阿嚏，你在听那个 forró 版国歌的时候，我肯定也会打一个很响的阿嚏……"

惭愧啊。我的确多次跟学生们强调在阿嚏上中巴两国的习俗差异。在巴西，一个人打阿嚏，周围的人要立即对他说："Saúde！"意思是"祝你健康！"。我每次在课堂上打阿嚏的时候，他们都要说 Saúde，我则总是按照中国习俗纠正他们，说这是我国内的朋友们在想我。这下好了，他们都记牢了，一下子给我这么多阿嚏……

V
关于伊巴奈玛女孩的一切

巴西的书店：高价不胜寒

　　每到一个城市，我都喜欢逛三种地方：农贸市场、美女云集的穷街陋巷和书店。对我而言，这三种地方都是消磨时间的极好去处，无论是淘稀罕农作物、淘美女还是淘书，都能带来淘金般的快感。但是在巴西利亚，农贸市场只有区区一个赛阿萨，穷街陋巷因为治安问题又不敢去，唯一能够满足我的"淘物癖"的只有书店了——郁闷的是，在葡语目前还很不灵光的情况下，我的"淘"仅限于发现能从英文或者西文识别出的书名和人名为止。

　　巴西利亚的书店的确不少，几乎每个 quadra（街区）都有一到两家书店。令人赞叹的是，大多数书店虽然表面上颇像中国城市中那些新派居民社区里的社区书店，但其分类的周详和每一类别里的纵深跨度绝非中国的社区书店所能比。在随便一个社区环境很不精英的书店里，你都能够发现大学学科一样严谨分类的书架，而在人文类的书架上，任何一家简陋的书店都能找到奥尔特加·伊·加塞特、阿多尔诺、本雅明、萨义德、詹明信、德勒兹等人佶屈聱牙的理论著述的葡文译本。

　　我最喜欢去的一家书店在城中心的购物广场 Conjunto National

的二楼，面积虽然没有国内的风入松、国林风之类的"书店波霸"大，但里面的阅读环境极其舒适，每隔几个书架就会有一大张沙发供顾客安坐读书，并有免费的小杯咖啡任意索取，这与国内的"书店波霸"们把读者像牲口一样圈到带栅栏的水吧里胁迫其消费酒水的做法截然相反。我在这家书店里颇发现了几本在国内只闻其名未见其真面目的好书，譬如哈罗德·布卢姆的雄著《天才》和两个意大利学者合著的《人类虚构地名志》，后者以词典的形式，搜罗了人类有史以来仅在文学作品中出现过的纯虚构的地名，甚至还勉强拼凑出了一张由虚构地名所构成的古怪地图。

非常遗憾的是，在所有的书店里，由中文翻译过去的书甚至关于中国的书都极其有限。除了《道德经》《孔子》和《孙子兵法》（这里按照西方的惯例翻译为《战争的艺术》，奇怪的是，这本书在巴西受欢迎的程度似乎要远远高于前两部，我听到 n 多人跟我讲话时引用被他们读成"松脐"的孙子的名言）之外，只有一些华裔家庭妇女写的《小胸脯之美》之类的东西偶尔可以在书架上看到。最令我气愤的是，几乎每家书店都有一本名为《汉字》的看图识字漫画书，这也是我唯一见到的书名是汉字的书，为一巴西日侨所著，但里面教的说白了全是 kanji，即日本汉字，和中国汉字的字形与意义差别都极大。糟糕的是，所有买了这本书的人都坚信他们学到的是中文而不是日文，尽管他们学到的"手纸"意思是信而不是擦屁股的东西。

虽说巴西利亚的书店有诸多可人之处，但有一个特点令我时不时扼腕长叹，那就是：书价高得离谱。180 页左右印刷简陋的书一般都要 40 雷亚尔，相当于人民币 110 元，印刷稍微精美一点的，价格就直往 100 雷亚尔左右猛蹿。我只在此买过一本书，我的葡语老师要求我买的教材，薄薄的一本，70 个响当当的雷亚尔，买得我心痛不已。可以想见，在人均工资只有 500 雷亚尔的巴西利亚，买书只能是中产阶级的特权，穷人们永远与精英们嘴里炫耀的知识无缘，连旧书店里平均 20 个雷亚尔一本的书他们也买不起。我想起小时候，国内的新华书店一般都悬挂着两条亲切可爱的名人名言，一条是"书籍是人类进步的阶梯"，一条是"知识就是力量"，对于巴西的书店来说，书籍的确也是进步的阶梯，不过这阶梯的台阶实在太高，草根阶层一生都难以迈上；知识的确也是力量，不过，最好还是换同一个句子的另外一个译本，那就是"知识就是权力"。

老诗人的新鲜 show

　　自几年前巴西最负盛名的诗人若奥·卡布列尔·德·梅罗·内托去世之后，居住在圣保罗的诗人奥古斯多·德·冈波斯就成了尚在人世的最重要的巴西诗人了。前者在西方世界的知名度一定程度上依赖曾长期居住在巴西的美国女诗人伊丽莎白·毕晓普的大力译介，而后者的盛名则完全来自"占山为王、自产自销"的领袖魄力。奥古斯多·德·冈波斯是"二战"后巴西最重要的诗歌流派"具体诗派"的发起者，从 20 世纪五六十年代开始，他和他的孪生兄弟阿罗尔多·德·冈波斯拉扯了一干人马，大力译介各个语种的世界诗歌，在接受谱系庞杂的外来影响的同时创立了一种重视视觉和听觉效果、与视觉艺术和现代音乐关系密切的全新的诗歌书写方式，打下了巴西当代文学史的半壁江山。

　　这几天，我正在通过阅读诗歌的方式强化葡语学习，并开始磕磕巴巴地从葡语对照部分英译本翻译巴西 20 世纪诗歌。在我正觉略有心得之际，我的好朋友、本地的法官诗人阿兰卡尔突然兴冲冲地告诉我，奥古斯多·德·冈波斯要在巴西利亚举办一场多媒体朗诵 show，入场券极其难以搞到（呜呼！这在中国几乎不可想象），他绞尽了一个女策划人的乳汁好不容易弄到了两张，想邀请我同去。于是便同去。

老诗人的朗诵 show 名叫 Poesia é Risco（诗歌是冒险），这也是老诗人 1995 年出版的一张诗歌 CD 的名字，语出自西班牙"27一代"诗人佩德罗·萨利纳斯的名句"诗歌是一种面朝绝对的冒险"。在进入卡伊夏银行文化中心的大剧场的时候，我难以相信小小的一个巴西利亚会有这么多人来听一场朗诵 show。阿兰卡尔告诉我，老诗人的这场朗诵 show 这几年曾在世界各地"巡朗"，好评如潮，加上老头的孪生兄弟今年刚刚过世，大家都觉得这个"国宝"在世的时间可能也不会很长了，所以前来瞻仰的人居然超过了同时在巴西利亚举行的巴西电影节的人数。

所谓的多媒体朗诵 show 对我来说不算什么新鲜事，在国内的时候，我也曾倡导过和多媒体结合的诗歌现场 show，我的朋友颜峻、欧宁、黑大春在这方面都做过很好的尝试。但这场朗诵会对我还是构成了巨大的冲击，尤其是奥古斯多·德·冈波斯被现场激发出来的个人魅力，令我对巴西当代诗歌的兴趣又平添了几分。

这场朗诵 show 完全像是在展示一个家族的庞杂的艺术趣味——奥古斯多本人朗诵自己的诗作和译作，他的长子熙德·德·冈波斯制作了全部背景音乐并现场弹奏吉他（他不仅弹奏与诗歌文本相砥砺的旋律，还更多地用吉他制造复杂的拟声效果），他的孙女希尔维拉·德·冈波斯拍摄了全部的影像素材并制作了全部的视频文件。舞台正中是电影银幕大小的主投影屏，左右两侧是两个辅投影屏，在三个投影屏之间，在舞台的一个犄角，老奥古斯多谦逊地站在那里朗诵。他的声音既低沉又通透，极富感染力，并且他非常熟悉利用话筒制造非正常噪音效果的技巧，很多时候，我都有《邮差》里面的马里奥听聂鲁达在海边朗诵时所感到的"晕船"的感觉。我印象最深的是，当他朗诵到自己翻译的兰波的《元音》的时候，辅投影屏上出现了色调变幻频繁的兰波头像，主屏幕上，各个元音字母按照兰波所描述的颜色做着类似艾舍尔绘画的无限循环，而老奥古斯多，虽然已经一头的银发，但还是像个孩子一样，发出了"每一个清晨里来到这世间的婴儿，睁大了眼睛摸索着一个真心的关怀"一般天真而略带顽皮的声音。

朗诵结束之后，经一位朋友介绍，我和老奥古斯多简短地聊了一会儿。他告诉我他几十年前曾经受过日本俳句的影响，但他知道日本俳句是中国古诗的日本变体，所以从那时起，他一直想接触中国的诗歌，但是在巴西，几乎没有人了解、翻译中国诗歌，尤其是当代的中国诗歌。我也向他表达了同样的遗憾：在中国，知道他或者任何一个巴西诗人的名字的人都不会超过一百个。的确，何止是诗歌，关于巴西，国内的人们除了足球、桑巴和美女几乎什么都不知道。我们需要更多的人为国内的人们介绍这里有着重要参照价值的文化经验，而不需要更多的人来这里"考察观光"或者欺行霸市、组建黑社会。

阿根廷人到底惹了谁?

　　我还记得刚开始给学生们上课的时候，在课堂上，我无意中提到其实整个拉丁美洲我最想去的地方是阿根廷而不是巴西，因为有关阿根廷的许多名词都是我个人词汇谱系的关键词：博尔赫斯、拉普拉塔河、布宜诺斯艾利斯、马黛茶、高乔、探戈、科塔萨尔、潘帕斯草原、灯塔、伊瓜苏瀑布……我一度认为如果我有来世的话，我一定选择投胎阿根廷，做一个玫瑰街角的汉子，满怀布宜诺斯艾利斯的激情，炮制世界性丑闻。没想到我刚刚说完，底下的学生都露出古怪至极的表情，好似要极力压制住不解和不屑，在对老师的礼貌和不由自主的愤怒之间选择了一个扭曲的中间带。

　　日子一长，我慢慢了解到，正如中国人普遍地比较反感日本人一样，巴西人最最不喜欢的就是他们南边的邻居阿根廷人，如果当着巴西人的面赞美阿根廷，情况好的话会横遭白眼，情况不好的话，碰着对方酒精上头的时候，还会被痛殴一顿。我不觉出了一身冷汗。好在我是作为一个老师在课堂上讲阿根廷的好话，如果我是作为一个普通的老爷们儿跟一群血气方刚的巴西青年狂呲阿根廷这好那好的话，无异于石头丢进茅坑里，定会激起群愤（粪），十有八九会落得暴尸巴西利亚街头的下场。

　　巴西人不仅身体开放，头脑也相当开放，他们通常能够容纳来自世界各地的人而不带任何歧视和陈见，但他们为何对在我看来和他们同样优秀的阿根廷民族如此深怀大恨？我对此非常不解。巴西人不是没有讨厌的民族和国家，比如，一部分老年人一直对前宗主国葡萄牙耿耿于怀，而一部分愤怒青年则极其蔑视美国，但这些情绪都不是普遍的，发作起来的时候也不很极端，唯独对我所喜欢的阿根廷，几乎是全国上下各年龄各阶级众口一词地痛骂，在巴西，骂阿根廷几乎是维系散漫的民族认同感的唯一方式。可是问题在于，巴西和阿根廷之间没有任何战争，两国之间的政府关系一直也都不错，这种纯属民俗学意义上的怨恨其根源究竟在哪儿？答案非常紊乱，有人说是因为足球，有人说是因为人种偏欧化的阿根廷人瞧不起血统紊乱的巴西人，有的人说是因为阿根廷人过于大男子主义但又有人说他们都是娘娘腔，有的人说是因为阿根廷人不喜欢冲大便但其他人却说是因为他们太有洁癖连小便过后都要擦拭鸡鸡，如此种种，名目繁多，难以详述，每个答案都很鸡毛蒜皮而且互相冲突，尤为古怪的是，每个人都对自己的答案表示不确信。

　　前两天，我公寓里的新住户和我的法国邻居在我的公寓里举办了一个小小的 festa。酒过三巡，当我们谈起各自国家最讨厌的人的时候，法国邻居说的是和他们打了一百年仗的英国人，我说的是日本人和美国人，可以想象，在场的老、中、青三代巴西人不管是男是女，是中产阶级还是波希米亚式的学生，齐刷刷地高喊："Chato!Argentino!Chatissimo!"（阿根廷人烦死了！讨厌到顶了！）接着，每个人要么高唱专门为羞辱阿根廷人而编排的小调，要么讲关于阿根廷人是"银样镴枪头"的黄色笑话，一下子民族情绪空前浓烈，完全忘了前几分钟他们还在炫耀巴西的国际主义胸襟。当我再次像个小问号一样问起他们为什么这么恨阿根廷人的时候，终于得到了看上去最合理的答案："不需要什么理由。就是讨厌他们。"哦，再国际主义的国家也需要一个想象中、民俗学意义上的仇人，阿根廷碰巧被选中。

屙椰子

在全世界所有的葡语国家里，巴西的葡萄牙语（简称巴葡）是最为独特的。一些非洲国家，譬如莫桑比克，说的是正宗的葡萄牙葡语（简称葡葡），另一些国家和地区，譬如几内亚比绍和中国的澳门，当地的葡语虽有克里奥尔语或者粤语的成分渗入，但总的来说还是和葡葡差别不大。唯独巴葡，在语音、词汇、习惯用语乃至语法上，都与葡葡有很大的差别，这是因为它吸收了大量非洲土语、印第安土语、法语和英语成分的缘故。一个说葡葡的人来到巴西（尤其是里约之外的地区，因为里约口音保留了很大的葡葡成分）和一个说西班牙语的人来到巴西面临的困境相同，都像是河南人来到了广东。

巴葡最奇特的语音变异集中体现在字母 D、T 和 R 的发音上。De、Di 打头或者结尾的音节都会被读成英语里 Ji 的音，而 Te、Ti 打头或者结尾的音节则被发成英语里的 Chi，至于在葡葡和西语里都会被发成剧烈的大舌音的单词开头的 R 以及单词中的 RR，巴葡统统把它们发成英语里 H 的音。我的一个中国朋友叫邸天润，在他去过的所有葡语国家和地区，人们都是叫他 Di（邸）先生，不承想在巴西，老师在课堂上点名的时候，却总是叫他 Ji（鸡）。一个体魄雄健的汉子整天被人叫成"鸡"心里已经很不是滋味了，更郁闷的是他的全名的汉语拼音 Di Tian Run 按照巴葡的读法居然是"鸡倩红"。我也好不到哪儿去。每当有人问我姓什么的时候，我的回答是 Hu，他们在纸上写下的却是 Ru，也就是说，如果再用汉语拼音读回去，我就成了一只"乳"。

巴葡日常用语里的词汇在说葡葡的人听来简直不可思议。好好的两个大老爷们儿，见面却要互相唱喏曰"beleza"（美女），而在葡葡里，只有两个基佬男人情不自禁时才会这样夸赞对方。最奇怪的常用词是 legal，这个词在葡葡和西语里都是"合法的"的意思，但是在巴葡里却相当于北京的口语"牛"，常常用来表示惊叹。我百撕不得解其奥秘之罩，就问一个当地朋友，为何"牛"要用"合法的"来表示，答案居然是："要是不合法，就有麻烦了，就不牛了。"不违法就很牛，可见社会暴力之剧烈！

一个说葡葡的朋友跟我讲了一个他刚来时闹的笑话。某日他在泡妞的时候来了一句"我好想亲你的脸"，不过"脸"一词他用的不是巴葡常用的 face 而是西语和葡葡常用的 cara。没想到 cara 在巴葡里是 caralho（阳物）一词的简缩形式，对方怒曰："变态！我是女的，我没有 caralho！你找变性人去吧。"

我闹的笑话也好不到哪里去。巴葡里有闭音符号的词和长得一模一样但没有闭音符号的词发音在外国人看来往往区别不大，但有时候意义要差上十万八千里。有一天我与友人聊天，突然腹中事急，本来想说："Vou fazer cocô！"（我要去厕粑粑！）但我把 cocô（屎）发成了 coco，结果友人们立即哄堂大笑。因为 coco 意为椰子，在他们的耳朵里，我分明是在说："我要去厕椰子！"

巴西诗歌不免费

不日前，我的法官诗人朋友阿兰卡尔带我去出席一个女诗人的诗集首发式。令我诧异的是，这个首发式不是在中国诗人圈子里习以为常的书店、咖啡店或者大学教室，而是在巴西利亚最豪华的会所——网球俱乐部。首发式现场气氛极为怪异，一堆人穿着黑西装或者晚礼服在里面举着威士忌到处晃悠，完全像个商务 party。我穿着 T 恤和大裤衩闯了进去，简直像一个华人黑社会小成员前来执行勒索任务，自己都觉得不对劲。

诗集的作者、女诗人卢西安娜女士听说我是中国来的诗人，对我格外友好。她目前在巴拉那州州立大学讲授诗歌课程，毕业于我现在执教的巴西利亚大学，她的博士导师居然是我的朋友兼上司、波兰籍的诗歌翻译家恩里克院长。这次首发的诗集是她的第三本诗集了。诗集首印了四千本，在巴西，就诗集而言，已经算是不小的量了（当然，在中国，这个数字也还算凑合）。首发式的场地由出版方提供，包含里面的酒水和小糕点，现场没有典型的"中国程序"——出版社领导讲话、编辑发言回顾编书经过、圈内人士恳谈诗集意义等，卢西安娜也无须朗诵作秀，只需要举着酒杯到处走走聊聊，给人签个名合个影就行了。

在卢西安娜把我到处引见给到场的朋友的时候，我注意到，来的人不管职业是医生、律师、会计师还是大学老师，多多少少都是诗人，相互打招呼的方式也很简单："Oi，poeta!"（你好，诗人！），很像周星驰《大内密探零零发》里面的"天外飞仙"解剖现场，所有的人都拱手敬称："你好，大夫！"

诗歌和诗人在巴西的文化传统中拥有很高的位置。"诗人"一词有时候被用来表示敬意或者昭示友爱，即便被指称的人是个纯粹的商人或者政客，和诗歌没有任何关系。（而在中国，这个词常常被作为一个贬义词，用来指称一些具有神经质倾向、人格健全程度可疑、主流谋生技能低下的人，同样，他也可能和诗歌没有任何关系。）如果你真的是个诗人的话，你接受到的形式上的礼遇就更隆重了。20世纪巴西最著名的诗人之一马努艾尔·班德拉（Manuel Bandeira）被政府赠送了一个永久停车位，在他里约热内卢的公寓楼前面，停车位上用浓重的油彩郑重地标上了硕大的"POETA"（诗人）一词，然而，可怜的马努艾尔·班德拉一辈子都没拥有过一辆车，也不会开车。他很老的时候在一所公立大学里教了几年的书，很快就到了退休的年龄赋闲在家。他教书的年份还远远不够按规定能够取得退休金的教龄，但联邦议会居然为此事举行了一次会议，所有的议员无一异议地欢呼着，投票通过了给予他全额退休金的提案。

在巴西生活了一段时间的美国女诗人伊丽莎白·毕晓普很惊讶地描述了这一现象："在巴西，几乎所有稍有点文字兴趣的人都出版过至少一本诗集，这里的'几乎所有'包括医生、律师、工程师和其他艺术形式的爱好者。"除了社会身份各异的人对诗歌多少都抱有强烈兴趣之外，毕晓普也惊讶于几乎所有顶尖级的巴西诗人都拥有在美国人看来不可思议的"古怪"职业。在毕晓普选编的《20世纪巴西诗选》的前言里，她花了很大的篇幅详述她所译介的这些诗人和英语国家的诗人在职业生涯、社会地位方面是何等不同。在其中，她以极其艳羡的口气描述了在很多诗歌仅居于边缘地位的发达国家不可能出现的事情：一些诗人是政府高官，譬如第二代现代主义者的代表人物卡洛斯·特鲁蒙德，在国家机关服务多年，最后做到了教育部长；更多的是地位显赫的外交官（只有法国和西班牙语拉丁美洲有类似的外交官诗人传统，譬如法国的圣-琼·佩斯，墨西哥的帕斯、智利的聂鲁达和密斯特拉尔，但巴西的外交官诗人的数目要远远多于上述地区），譬如第二代现代主义者中最有个人魅力的诗人、人称"Bossa Nova 教父"的维尼休斯·德·莫拉伊斯，一直是巴西驻欧洲各国的总领事级外交官，而第三代现代主义者的头号代表若奥·卡布拉尔则总是担任大使级的外交官，他代表巴西进驻的国家遍及欧洲、美洲、非洲，还曾一度担任主管农业的内阁大臣。

毕晓普的惊讶也正是我在首发式上所感受到的惊讶：在场和普通人闲谈的一个诗人居然是巴西财政部的副部长。然而，更令我惊讶的是，按照中国的习惯，首发式上的图书几乎都是赠送给前来道贺的圈内人的，而在这里，所有到首发式上来的人，朋友也好读者也好，都必须自己掏钱买一本诗集，就跟进来吃喝的入场券似的。我告诉我的法官诗人朋友阿兰卡尔，中国文人之间互赠自己新出版的书的习惯不利于让人们认识到：即使是小众的知识产品也拥有其应得的劳动价值。阿兰卡尔说："那当然，我们早就认识到了这一点。巴西诗歌不免费。"

关于伊巴奈玛女孩的一切

　　四十多年前，巴西的音乐教父汤姆·若宾（Tom Jobim）和音乐大师若奥·伊尔伯托（João Gilberto）把巴西传统的桑巴和盛行于美国西海岸的 Cool Jazz 糅合在一起，缔造了风靡全球的 Bossa Nova。Bossa Nova 懒散而性感的巨大魅力使得巴西，尤其是汤姆·若宾坐镇的里约热内卢，成为一个不可抗拒的音乐磁场。受它的吸引，美国著名爵士大佬斯坦·盖茨特意跑来采气，和汤姆、若奥两个本土大佬狠狠地合作了一把，把汤姆谱曲的《伊巴奈玛女孩》搞成了世界级的经典曲目。在这首歌的无数个版本之中，巴西以外的人听得最多的就是这个南北美大佬通力合作的版本了：前半截是若奥·伊尔伯托唱的葡语，后半截是他第一任妻子阿斯特鲁吉·伊尔伯托（Astrud Gilberto）唱的英语——因为老若奥不会英语，他的妻子临时上阵补位，结果一不小心成了一代天后。这个版本已经风行到泛滥的地步，1990 年代北京几乎所有的小资酒吧都在没完没了地播放它。它几乎成了巴西的标志，好多人一想起巴西，就想起阿斯特鲁吉略显甜腻的嗓子里衣着甚少的伊巴奈玛女孩在海滩边上别有用心地晃悠。

《伊巴奈玛女孩》的英文版（"The Girl From Ipanema"）完全是东施效颦似的重写。葡文歌词则大有来头，出自 20 世纪巴西最优秀的诗人之一、60 年代名震世界影坛的电影《黑色俄尔甫斯》的编剧、Bossa Nova 时代最负盛名的填词圣手维尼休斯·德·莫拉伊斯之手。原词大意如下：

看吧，造物之中最美的精华

世间最绝对的优雅

就是她，那个走过来又走开的女孩

在通向海滩的路上，她的步态甜美而多彩……

那女孩有着金色的身躯，伊巴奈玛的太阳赋予的身躯

她多彩的步态比所有的诗更像诗

是我一生中见过的最美的物事……

哦！为什么我如此孤单？

哦！为什么万物都如此伤感？

哦！世上有如此美女存在

如此的美女竟走不进我的心怀

只能在我面前孤单地走开……

哦！但愿她知道

当她走过的时候

天地万物都在微笑

所有一切都充满优雅

变得更加美妙

这都是因为爱

都是因为爱

其"立意"和中国当代著名的民谣音乐家杨一的那首性苦闷小曲《站在十字路口的孤单的女人》倒是十分接近。

这首歌在 20 世纪 60 年代的风行带来了一个巨大的谎言。人们是这样传说这首歌的诞生的——

1962 年，在里约热内卢最时尚的伊巴奈玛街区，艾诺伊莎放学回家，经过她每天都要经过的蒙特内格罗大街的维罗索酒吧。在酒吧里，两个殚精竭虑的中年男人——作曲家汤姆·若宾和诗人维尼休斯·德·莫拉伊斯为了筹备下一出音乐剧，正在酒吧里苦思冥想。每天下午，他们俩都看见她漫不经心地从酒吧走过。这天，艾诺伊莎突然没有任何原因地扭头对维尼休斯笑了一小脸，于是，两个老男人灵感大发，一下午就写成了《伊巴奈玛女孩》。汤姆这样对记者诠释这首歌："她有着长长的金发，绿色的眼睛闪烁在被海风吹乱的长发之中。她身上的一切都恰到好处……"不久之后，蒙特内格罗大街被更名为维尼休斯·德·莫拉伊斯大街，维罗索酒吧也改名为"伊巴奈玛女孩酒吧"。但令人伤心的是，默默无闻的艾诺伊莎依然每天走在这条路上上学放学，直到辍学，嫁人，再到变成大腹便便的中年肥婆……

但据说真实的故事是这样的——

汤姆和维尼休斯并不是在维罗索酒吧（也就是现在的"伊巴奈玛女孩酒吧"）炮制的这首歌。在酒吧里耗着琢磨音乐不是这两个大佬的 style，虽然他们可能经常去酒吧里泡妞。汤姆是在他位于巴罗·达·托莱大街的新家，用钢琴小心谨慎地谱出这首歌的曲子来的，这曲子最初是为音乐剧《肥肥》而谱写的，维尼休斯对此剧的本子那时已经胸有成竹，但还没写出来。

至于歌词，维尼休斯是在六年前他写《思念袭来》的佩德罗波利斯市写的，根本就不在里约，他写的时候也跟平时一样绞尽了脑汁，没什么特殊的"灵感"。最开始歌词不叫"伊巴奈玛女孩"，而叫"走过的姑娘"，第一节的内容和后来的完全不一样。

至于那个著名的女孩，艾诺伊莎，这两个老男人的确见过她，在1962年的冬天，而且不止一次。不仅见过她放学回家走在路上，更见过她去上学、去裁缝店甚至去看牙医，甚至见过她在床上。因为艾诺伊莎·艾奈伊达·梅奈塞斯·巴伊斯·品多，也就是常被称为艾萝的艾诺伊莎，那时候刚好十八岁，身材高挑迷人，是维罗索酒吧所有男客人的共同玩物，她经常借给嗜烟的母亲买烟的理由走进酒吧，然后，和男人们消失在满街的嘈杂之中……她现在也没有默默无名地变成肥婆，而是合理地经营着自己和那首歌的渊源，一度做上了Playboy的封面老女郎。

今天，在北靠巨大的拉果阿湖、南临浩瀚的大西洋的狭长的滨海街区伊巴奈玛，在酒吧云集、比基尼美女穿梭不绝的维尼休斯·德·莫拉伊斯大街，"伊巴奈玛女孩酒吧"依然是全球音乐爱好者的"圣地"，它的屋顶上高耸着一块巨大的广告牌，上面印着《伊巴奈玛女孩》的曲谱手稿。店内的墙上挂满了汤姆、维尼休斯、艾诺伊莎以及Bossa Nova时代其他传奇人物的珍贵照片，天花板上悬吊着所有Bossa Nova常用的乐器，但是，从不播放《伊巴奈玛女孩》这首歌。老板很跩地说，在照片和乐器之间，只要你有一对热爱巴西的耳朵（当然不是丑陋的"里瓦耳朵"），到处都会是这首歌的声音……

奥斯卡·尼迈耶从业 70 周年建筑作品回顾展

从上个月 20 号开始，在巴西利亚城心脏位置的"奥斯卡·尼迈耶空间"，一个名为"庆祝奥斯卡·尼迈耶大师从业 70 周年建筑作品回顾展"的活动拉开了序幕。前往参观的人络绎不绝，小巧玲珑的"奥斯卡·尼迈耶空间"每天都被挤得水泄不通。到场的人无一例外，都是想借此机会一睹奥斯卡·尼迈耶的风采。

奥斯卡·尼迈耶究竟是谁？这还得从巴西利亚城说起。1987年，巴西的新都巴西利亚建成才仅二十多年，就被联合国教科文组织列入了世界遗产名录，是进入这一名录的数百座城市中历史最短的城市。一座几乎没有"历史"可言的城市居然成为举世瞩目的人类"遗产"，其原因几乎全在它那未来主义风格的城市规划和大片大片造型独特、惊世骇俗的市政建筑群。这座越来越显示出城市功能的前瞻性的神奇都市除了其飞机状的外观是采纳了建筑师卢西奥·科斯塔提出的方案，其他功能规划和建筑设计都出自巴西土生土长的世界建筑大师奥斯卡·尼迈耶之手。

奥斯卡·尼迈耶 1907 年出生于里约热内卢，从巴西国家艺术学院毕业之后，1934 年进入他的前辈卢西奥·科斯塔的工作室开始了他的职业生涯。很快，他激进的设计理念和奔放的美学野心就超出了卢西奥·科斯塔的理解范围。不久之后，来自瑞士的 20 世纪最疯狂的建筑大师勒·柯布西耶选择了奥斯卡·尼迈耶而不是卢西奥·科斯塔作为他设计在里约的巴西教育部、卫生部大楼的合作伙伴。奥斯卡·尼迈耶从这个倡导摧毁一切现有城市、在废墟上重建概念之城的建筑疯子勒·柯布西耶那里学到了不少东西，并使自己迅速成为南美现代主义建筑艺术的先驱。1947 年，奥斯卡·尼迈耶和勒·柯布西耶一起参与设计了在纽约的联合国总部大楼，从此跻身于世界一流建筑师的行列。

奥斯卡·尼迈耶在很年轻的时候就形成了自己独特的风格：用适量的曲线制造出的轻捷感，开辟出使建筑的主结构逐渐向某种未知形态过渡的想象空间，钢筋水泥的曲面外壳与大量的仅在美学意义上有效的直线形成奇异的交错。和谐、高贵、典雅是人们用来形容他的作品的关键词，但这几个词背后的潜在词汇却是巴洛克艺术与现代主义以来的激进试验方案相交融的庞大词库，连接这些词汇的语法是令人惊叹的数学精确性：奥斯卡·尼迈耶的团队里经常出现一些著名数学家的身影，包括巴西的约阿金·卡尔多索和意大利的皮埃尔·卢吉奈尔维，他们帮助奥斯卡·尼迈耶把自由伸展的空间之梦牢牢地固定在钢筋水泥的稳定性之中，使得他的建筑在造型神异的同时还以稳固结实著称。

我在 26 号那天见到被众星捧月一般包围着的奥斯卡·尼迈耶的时候不禁感慨万分，此翁虽已百岁但仍然身板硬朗，神采不减当年，这些年仍不时出面设计一些国际知名建筑项目，试图使其长达七十年的职业生涯继续延伸。虽然他设计的作品遍布巴西全境、南北美洲、欧洲甚至非洲，但使他成为一个民族的象征、一个国家的代码的作品还是他设计的巴西新都巴西利亚的一系列国际知名建筑，其中包括：著名的巴西议会大厦，主楼的前面是两个巨大的碗状曲面，向上的碗是众议院，象征民主，向下的碗是参议院，象征集中，而从主楼中缝的"一线天"恰好可以看见其后的国旗塔，由镌刻着各个联邦州州名的立柱所撑起的全世界最大的一面国旗，起风时分就在议会大厦的中缝中飘扬；著名的巴西利亚大天主堂，由数根纯白的弯曲立柱支撑出一个标准的皇冠形建筑，立柱之间是大片大片的彩绘玻璃，只要天气晴朗，教堂中的任何一个角落都是耀眼的阳光；著名的巴西外交部大楼伊达马拉奇，一幢纯粹的梦幻之楼，整个大厦的外壳全是玻璃结构，立身于四面湖水之中，又称"水晶宫"，"水晶宫"的正门前有一座由五块石头拼成的变形莲花雕塑，象征着五大洲的团结一心；著名的总统官邸曙光宫，离奇的曲线外饰颇似一条条吊床相连，既象征着休憩，又代表了对最早使用吊床的印第安原住民的尊敬……奥斯卡·尼迈耶说，在他设计巴西利亚系列建筑的时候，他的关注点是"找到一种结构性的解决方案，为这个没有历史的城市乃至巴西这个历史不算悠久的国家赋予一种独特的性格"。巴西利亚的人们为了表示对他的尊敬，特意在著名的"三权广场"之后，在国旗塔之下，开辟出一块"圣地"，建立了一个"奥斯卡·尼迈耶空间"，馆中布满了典型的"奥斯卡·尼迈耶式曲面"，在这几天的回顾展期间，中间的曲面上是他的巨幅相片，而围绕着它的其他曲面上则是他迄今为止设计的全部作品的照片及设计草稿。

奥斯卡·尼迈耶在 20 世纪 80 年代接受普利策建筑奖的时候曾说："我所有的建筑作品究其根源是出于对夏尔·波德莱尔一个观念的信奉。这个观念就是：那些意想不到的、不规则的、突然的、令人惊奇的东西是美的核心部分和根本属性。"在很多场合，奥斯卡·尼迈耶都曾表露过波德莱尔是他不倦的美学动力和千变万化的个人技艺的根基。个人的才能有时仅仅是个人才能，但在另一些时候，在一个民族的历史上，会有那么一瞬间，个人依靠自己的才能能够捕捉到文化的精髓并赋予其独特的形式。这种形式有时是音乐、绘画，有时是雕塑、文学，而在巴西，这种形式正是奥斯卡·尼迈耶在漫长的一生中所设计的建筑。他的建筑设计是对巴西这片土地上所有的色彩、光线、感性视像的蒸馏。

作为装饰图案的汉字

在中国的时候，即使是在乡下，也能看见很多人穿着印满了"洋文"的衣服，尤其是印满了各种北美符号的衣服，譬如 Chicago Bull、USA 之类的玩意儿，虽然衣服的主人大多不认识这些是什么玩意儿，但还是乐于穿着到处招摇。最典型的例子莫过于某些年某位前体育明星身着印有英文糙话的衣服招致舆论痛扁的事情。来了巴西以后才知道，这样的例子在巴西不胜枚举，只是这里的"洋文"不是别的，正是汉字。

有一次在电视里，我看见一个身着便装的政客到某生活栏目拉拢民心。他一脸诚恳地对着镜头大谈近期的施政理想，但他穿的衬衫上，在胸口的位置，却赫然印着一个巨大的"猪"字，无意中揭露了他的政治能力。还有一次有人邀请我去出席一个看上去很上流的鸡尾酒会，在那里我看见一个优雅的贵妇模样的上流女性穿着一条美丽的亚麻裙子，但上面作为装饰的汉字却是莫名其妙的"上"和"我"两个字，不禁令我浮想联翩。

在巴西，汉字已然是一种极度流行的装饰图案。在这里，印着英文的衣服不常见，而且一旦穿出来还会遭到民族主义者的敌视，印有汉字的衣物却比比皆是。上面两个例子里面的汉字还算能凑合着组合出意义或者"误读"出意义的，而很多人穿的衣服上的汉字纯粹是偶然的组合，怎么读都无法组合出任何意义。我经常碰到这样的尴尬，当一个穿着印有汉字的衣服的巴西人听说我是中国人之后，兴奋地要我告诉他衣服上到底写了些什么，我只能对着那些莫名其妙的组合（譬如"天老和明"）之类的玩意儿耸耸肩。在巴西近来颇为走红的电影《卡伦迪鲁》里面，有一个犯人身穿写满了汉字的衣服，我在看 DVD 的时候把出现了这件衣服的画面定格以详察上面到底写了什么，但最终发现它不过是一个偶然性的迷宫。

不仅衣物上的汉字很普遍，很多巴西人还酷爱用汉字文身。在巴西，几乎很难碰到一个身上没有打孔、没有文身的年轻人，在这些人当中，几乎三分之一的人身上有一个或者多个莫名其妙的汉字。在巴西利亚中央车站的文身小摊上，每个摊主都摆出了一大堆他们打死也不认识的汉字供人挑选。我经常收到一些陌生人的邮件，他们从巴西利亚大学的主页上看到了我的邮箱，写信央求我翻译他们喜欢的某句话以作文身之用。可以说，我的到来促使巴西利亚出现了能够连缀成词、成句的文身。譬如一个学生额头上文着"革命不是请客吃饭"，一个摇滚乐手胸口文着博尔赫斯《德意志安魂曲》的最后一句话"我的肉体感到了畏惧，而我从不"，这些都是拜我所赐。

在巴西的商店里，还有很多印着汉字的杯子出售。有意思的是，如果说那些在幕后设计衣物上的汉字的人、那些生产汉字文身图案的人，完全是盲目地从一本不知从何处流传到巴西的汉字字典（我对这本神秘的字典的"行踪"极其感兴趣，因为在巴西，即使在华人众多的圣保罗也见不到一本中文字典）上选择的汉字的话，家用器皿的生产商们则显然雇用了识文断字的中国人。这些杯子几乎都是"双语"杯子，一边印着"春"、"气"、"财"等汉字，一边印着"Primavera""Energia""Riqueza"等葡文单词。我有一个学生，搜集了上百个这样的杯子，没事就拿这些杯子练造句，倒是颇有成效。

出现如此多汉字符码，仅仅是因为巴西人普遍觉得汉字美丽、神秘。在文化研究者的视野下，这种对异文化象征物的猎奇式的借用可能和对异文化的"妖魔化"差不多，都是代表了对异文化原初意义踪迹的粗暴"擦除"。但作为一个活生生的生活在异域的中国人，在几乎找不到人说汉语的情况下看到这些汉字，多少感到一种难以言传的温暖。

黑人武术卡普埃拉

前些天我去看巴西银行文化中心举办的规模空前的非洲艺术展的时候，没有料到观看的人如此之多，在入口处居然足足排了一条五百米左右长的队。本想改天再去，结果听说天天都是如此，只好耐着性子，站在队伍中一面缓缓移动，一面挖鼻孔揪鼻毛打发时间。

正无聊到极点，忽见队伍附近的一个花坛前围了无数人，从人堆里传来脑细胞里的操作平台无法找到合适软件来打开的陌生而悦耳的乐音。我跟排在我后面的一个黑妞商量了一下，说想出去看看，一会再回来插进来。黑朋友都好说话，我还没说完，她就"大大"了（"大大"，不是潘金莲叫西门庆时用的那个'大大'，它是"ta，ta"的音译，巴西最常用的口语之一，"está bom，está bom"的缩略形式，意为"成！没问题！"）。

我像一只勇猛的精虫一样在人墙里钻来钻去，终于钻到了最前列。原来，这儿正在进行卡普埃拉的义务表演。所谓卡普埃拉（Capoeira），指的是最早在巴西东北部黑人中秘传、后来成了巴西的一种民族传统的武术，可以说是黑人的前"密宗绝活"，但现在知识产权被全民族共享了。在词典上现在还可以查到，Capoeira 一词最初是个贬义词，指的是拦路打劫的黑人、黑人偷鸡贼等，渐渐地，它变成了这种稀有武术形式的特定称谓。仅从词义变化就可以看出该武术在巴西人心目中地位的变化：原来仅仅歧视性地认为它是鸡鸣狗盗之徒的雕虫小技，现在觉得它是"国粹"之一。

作为世界七大武术族类之一，卡普埃拉早先以强悍的腿功著称，但到现在，经过全民普及之后，卡普埃拉基本成了一种艺术表演项目。表演卡普埃拉通常有一大套讲究：必须身穿白衣；必须按照固定的出场节奏成对上场、捉对厮杀，不能"一枝独秀"；必须有庞大的乐队奏乐伺候，乐器以一人高的弓箭状的古怪弦乐器和巨大的手鼓为主。我这次看见的表演团队来自卡普埃拉故乡巴伊亚州的一个卡普埃拉学校，其表演的目的是借非洲艺术展的东风弘扬同是源于非洲的卡普埃拉。果如我在电视里所见，卡普埃拉的表演确实更像是一种与音乐密切配合的、糅合了众多高难度体操动作的舞蹈。卡普埃拉有几个基本动作，一是臂部的"曲肘护面"，一是腿部的"扫堂腿"和"劈叉"，在此基础之上，表演者根据资质和技能的不同，可以自行添加单臂倒立、腾空、叠人梯等动作。

我大致比较了一下卡普埃拉和我中华武术，就技击的层面而言，卡普埃拉大致还停留在"黑虎掏心""白鹤亮翅"之类的低于茅十八的水平，但就气派和现场的可感性而言，由于黑人音乐实在是气氛热闹、活泼动人，俺们的琴箫合奏《笑傲江湖》还是太内敛了，如果没有徐克的鼓风机吹起飘飘落叶，不太好把握住气氛。

J. 博尔伊斯及其木版画

　　民间艺术通常被认为是一个民族的"真实文化"之中最有个性的部分，尤其在现代主义之后，民间艺术（folk art）和美术（beaux-arts）之间的鸿沟变得微妙起来，民间艺术对全球化背景之下的民族身份认同的建构、对现代性诉求背景下的历史认同的建构，在一些国家和地区往往显得比文人艺术还要有效。在 20 世纪初巴西现代艺术肇始的时候，巴西最重要的现代主义艺术活动家、诗人马里奥·德·安德拉德曾在考察巴西民族艺术之根的时候这样评价巴西东北部伯南布哥州一带的木版画："它是一种能够挺过所有美学观念变更的唯一的真实，它包含了全部艺术的首要动因：它对民众灵魂的搜集。"

　　从复活节前开始，在巴西利亚，巴西银行文化中心隆重推出了巴西木版画的第一宗师、巴西民间文化的权威诠释者、民间艺术大师 J. 博尔伊斯（若热·弗朗西斯科·博尔伊斯）的木版画和雕版民间文学手册展。这次展览展出了三百多幅 J. 博尔伊斯重要作品的初版拓印原件、近百个木刻版原版、二十多本雕版民间文学手册的雕版原件以及 J. 博尔伊斯家乡的风土人情图片，其规模超过了此前在世界各地举办的所有有关 J. 博尔伊斯的画展。

木版画和雕版印刷的小册子经中国传到欧洲之后，在中世纪的欧洲寺院之中非常流行，16 世纪葡萄牙殖民者把版刻技术带到了巴西东北部，在此经历了"世俗化"的过程，和贩卖到当地劳动的黑人所携带的非洲民间文化传统结合在一起，形成了风格独特的巴西木版画。巴西木版画，尤其是 J. 博尔伊斯的木版画，题材大多涉及民间故事、乡俗俚趣和田园风光，充满了各种本地化的文化符码：各种地方传说中的人物、怪兽，地方性的乐器和舞蹈，地方性的节日场面、集市情景，地方性的游戏、家庭娱乐项目和男女欢情，地方性的宗教和巫术。

J. 博尔伊斯的木版画以黑白拓印为主，但彩版拓印的作品为数也不少，与其他地区的彩版拓印作品不同的是，J. 博尔伊斯的彩版作品不是由不同色彩的模板经拼版之后拓印而成的，而是直接在雕刻过的木板上着色，而后拓印，其用色以纯色为主，色彩鲜亮，跳跃感极强。J. 博尔伊斯的刻版风格古朴、简洁，其中的人、兽造型明显地具有非洲大陆木雕造型的遗风，而边框的构图多少能够看出中世纪伊比利亚半岛的宗教绘画的影响，至于其构图中刻意笨拙的非透视效果和对自然界"怪力乱神"的推崇，则明显带有美洲印第安文化的因素。雕版民间文学手册是至今仍在巴西东北部的农村中流传的一种书籍形式，其作者一般身兼版画家、作家和印刷工匠，自行创作小故事、小笑话、叙事小诗、抒情小歌谣并自行配以版刻插图，而后自行拓印成书、装订成册。J. 博尔伊斯是这种全能型的雕版民间文学手册作者之中最负盛名的一个，他几乎每年都要自行出版两到三本小手册，大力推动了当地口头文学的发展。

J. 博尔伊斯的自身经历也跟他的木版画和小册子一样有趣。

1935 年，J. 博尔伊斯出生在伯南布哥州偏僻的小镇贝泽罗斯，那里和任何一个巴西东北部的小地方一样穷困不堪，因此，他只上了十个月的小学就被迫辍学了。穷人的孩子早当家，J. 博尔伊斯从八岁起就一边跟着家人在地里干农活，一边自己编箩筐到集市上去卖。集市上的各种古怪见闻诱发了这个近乎文盲的孩子心中的作家梦，于是，他通过自学开始慢慢写作，记叙伯南布哥州乡村之野趣，并把集市上的贩夫走卒们鲜活的故事加工成了轻快的诗歌。

二十九岁那年，他终于从一个老画师手中买到了全套的雕版、印刷工具，出版了他的第一本小册子，在而立之年之前实现了自己的作家梦，从此乐此不疲，不再干农活、编箩筐，专事雕版印书之业并在乡间四处游走兜售自己的雕版民间文学手册。久而久之，他的版画技艺开始和写作分离，他在创作小册子的同时也开始大规模创作用于家庭装饰的木版画，后者为他在乡间赢得了更大的声誉。

从 20 世纪 70 年代起，一些嗅觉敏锐的知识分子、艺术家和画商就盯上了他。经过这些人的打造和推介，小镇贝泽罗斯的地方艺人 J. 博尔伊斯成了巴西民间文化乃至第三世界国家土著文化的代言人。他开始穿梭于巴黎、纽约、伦敦等地的美术馆、博览会，开始"生产"一系列具有"J. 博尔伊斯"独立厂牌标志的装饰画、封面、挂历、海报、CD 等。但是，即便他已经成了一个经常被总统请去吃饭、随时可以招呼无数家印刷厂为他效劳的大人物，他仍然坚持每年用那套二十九岁时买来的雕版印刷工具自行印制几本小诗、小段子拿到贝泽罗斯镇教堂前面的自由市场上去卖，每本书仍然和二十九岁时的第一本书一样，售价仅一个雷亚尔（人民币 3 元）。"我觉得自己主要是一个受我们镇上的人欢迎的诗人，然后才是画画的。"J. 博尔伊斯总是这样骄傲地对记者描述他的自我定位。

我去巴西银行文化中心观看展览的时候运气不错，正好碰上J. 博尔伊斯本人亲临展场表演雕版、拓印的全过程。老先生头发已然花白，但气色相当不错，被一大群学校组织前来参观"国粹"的小朋友包围着，颇有耐心地讲解刻版的过程并手把手教几个孩子在木板上试着刻画。我凑上前去和他交谈，老先生听说我是中国的，立即表示敬意，说中国是雕版拓印的老祖宗，并表示自己已经在欧洲和美国展览烦了，就想去中国搞一次展览，就像徒孙跟太师祖汇报成绩一样。我告诉他去中国的时候最好去看看杨柳青年画、绵竹年画和陕北剪纸，或许会对他有所启发，老先生立即很兴奋地要他儿子拿出纸笔记下了我说的几个在他听来极其古怪的音节。

　　他的儿子，I. 博尔伊斯，继承了他父亲的木版画衣钵，现在已然也是一位著名的民间艺术家。老博尔伊斯说："我现在开始教我的孙子刻版。我要让我们家世世代代的人拿起小刀就能刻版，放下小刀就能写诗……"

卡洛斯·特鲁蒙德和他著名的石头

    巴西本来就没有多长的历史,再加上巴西文学、艺术上的现代主义运动影响极大,因此,很多20世纪的现代主义作家、艺术家很快成为国家文化的经典,这和中国的情况差别很大。在诗歌方面尤其如此。很多现代主义诗人的作品已经进入了中学甚至小学课本,成为常识的一部分。在巴西,最负盛名的诗人不是前现代时期的诗人,而是20世纪的现代主义诗人卡洛斯·特鲁蒙德。

    1902年10月31日,卡洛斯·特鲁蒙德出生于米纳斯吉拉斯(Minas Gerais)州小城伊塔比拉(Itabira)的农庄。从他的名字可以看出,他拥有苏格兰血统,而遍布矿山、生活艰难而闭塞的米纳斯吉拉斯也常常被比作苏格兰。在农庄和矿山度过的童年和少年时代成了他日后诗歌中隐秘的矿藏。1920年,他迁居到米纳斯吉拉斯州的首府贝罗奥里桑特(Belo Horizonte),在那里开始了他的撰稿人和诗人生涯。1923年,他获得了药剂师资格,但他从未以此谋生,他的职业是教师和公务员。1930年,他出版了第一本诗集《一些诗》。1934年他移居到当时的首都里约热内卢。他在政府部门担任的职务越来越高,直到1966年从教育部部长的职位卸任。

他的文学声望在 20 世纪 30 年代之后如日中天，获得了几乎所有重要的葡语文学奖项，被认为是继承 1922 年"现代艺术周"精神、成名于 30 年代的巴西第二批现代主义者的核心人物。

退休之后，卡洛斯·特鲁蒙德被巴西最重要的报纸聘请为专栏作家，为了表达对他文学成就的尊敬，他的专栏叫作"诗人审判一切"，可以随心所欲地发表任何体裁的文字。卡洛斯常用它来发布自己新写的诗歌、发表深入浅出的诗歌批评、推荐新人、进行诗歌与民族文化之关系的思考。这个专栏持续了十多年，产生了极大的影响，在普及现代诗歌审美标准、让更多的普通人了解现代诗歌等方面起到了难以想象的作用。卡洛斯·特鲁蒙德也因此而成为在公众之中知名度最高的诗人，他的一些清浅的诗歌成了在巴西人人传诵的传统篇目。1987 年 8 月他在里约热内卢去世，由于他广受公众爱戴，他的死以及对他的纪念成了当年巴西所有大众媒体关注的焦点之一。

卡洛斯·特鲁蒙德有一首诗，巴西几乎每个小学生都会背诵。这首诗叫《在路中间》，极其简单又极其"反意义"，这里不妨小译一下：

在路中间

在路中间有块石头
有块石头在路中间
有块石头
在路中间有块石头

我永远也忘不了这件事

在我视网膜的脆弱的一生中

我永远也忘不了在路中间

有块石头

有块石头在路中间

在路中间有块石头

这首诗是如此"无意义",以至于多少年来无数人都在猜测它的意义,以至于"卡洛斯·特鲁蒙德的石头"成了一个日常隐喻,用来指称猜不透的东西。

此诗还有轶闻一则:在20世纪80年代的某一天,圣保罗的一个电视台在搞一个有奖问答,其中一个题目就是让大家解释《在路中间》到底有何深意。一时间,演播室的嘉宾和场外打热线电话的观众踊跃回答,赋予了这首诗无比深奥的意义。这时,主持人突然接到一个平静的电话,打来的人正是垂垂老矣的卡洛斯·特鲁蒙德本人。卡洛斯·特鲁蒙德在电话里说他们都答错了。圣保罗电视台很会作秀,立即派直升机把卡洛斯·特鲁蒙德从里约请到节目现场。老头瘪了瘪嘴,漫不经心地对热切等待答案的观众们说:"这首诗没什么特别的意思。写的是那一年我走在路上阴沟翻船,被一块小石头给绊了一跤。"

"政治不正确"导致豪华餐厅倒闭

不要以为 PC（political correctness，政治正确性）只在美国社会才是关键词，在巴西也存在非常严肃的"政治正确性"，而且其葡文缩写也是 PC（politicamente correto）。在巴西，日常生活中的 PC 主要是指不得有种族歧视、性取向歧视、性别歧视和其他基于生理和出生境遇的歧视。巴西也是一个非常 jeitinho（上有政策下有对策）的国家，死刑犯都能想办法"捞"出来，但是一旦违反了 PC，就很难有什么"对策"了，因歧视被捕的人通常连取保候审的权利都没有，死活得蹲在号子里。不但如此，违反了 PC，再成功的生意都会一败涂地。巴西利亚最近发生了一起事件，因为"政治不正确"的原因，一家赫赫有名的豪华餐厅不得不宣告倒闭。

位于巴西利亚国家饭店中的贝莱·埃博基餐厅是巴西利亚经常接待国家级外宾的超豪华餐厅之一，餐厅里的豆饭堪称巴西利亚一绝。3 月底的某一天，该餐厅接待了一批独特的客人：一群一黑到底的黑人妇女。因为该餐厅曾经遇到过黑人黑社会团体前来用餐，到结账时互相推脱最后一逃了之的事，再加上这次来的又是通常被他们认为最不具备买单能力的黑人妇女，因而，为了避免她们最后赖账逃脱，值班经理反复驱使餐厅工作人员前去催问到底谁来买单，并表示如果不说清谁买单、不出示足够的现金和有效的信用卡就不予上菜。

这个糊涂的值班经理无意中闯了大祸。那群前来用餐的黑人妇女来头非同小可，是巴西和非洲各国妇女政要，其职位最低的是巴西某州的妇女事务厅副厅长，最高的是非洲国家莫桑比克的妇女部部长。她们刚刚参加完在巴西利亚举行的以种族和性别平等为主题的"2004 非洲—巴西会议"，为了庆祝会议圆满结束并增进姐妹友谊，这群妇女政要心情愉快地跑到贝莱·埃博基餐厅来共进晚餐、执手言欢，没想到，却碰上了苍蝇一样不时过来嗡嗡着询问到底谁买单的跑堂。她们以为是新来的跑堂不懂事，不予理会，没想到餐厅真的推迟了上菜，并开始给她们脸色……

第二天，这群黑人女政要在巴西利亚的司法界掀起了一股强劲的黑色旋风。贝莱·埃博基餐厅因为种族和性别歧视被告上了法庭。看看这群黑人女政要的官衔就可以想见到审判的结果：贝莱·埃博基餐厅必须缴纳数额惊人的罚金，无限期停业整顿，值班经理和跑堂锒铛入狱。数天之后，因为巨大的经济损失和更为强大的社会舆论压力，声名显赫的贝莱·埃博基餐厅悄然倒闭。当电视镜头上出现胜诉的黑人女政要们颐指气使的样子的时候，观众们在感叹"政治正确性"之强大的同时，有很多人觉得这件事的"味道"好像不是很纯正，似乎还有其他什么因素在作祟：到底是种族、性别的冲突还是政要/平民之间的社会地位冲突？

"政治正确性"虽然在反对种族、性别歧视等社会弊病方面起了"一锤定音"式的纠正作用，但是，在复杂的身份政治的迷宫中，"政治正确性"有时也会暴露出矫枉过正甚至适得其反的效果。

在我执教的巴西利亚大学，经常有学生根据学生合法权利投诉老师课程评判不合理的事件，这其中有很多学生的确是不学无术之徒，但仅仅因为自己是黑人、同性恋等等就可以将给他们不及格的任课老师告到无处容身，将学习领域内的事件上升为校园政治事件。去年曾经有一个学生投诉我评判不合理，在投诉书上实在找不到什么歧视的理由，就咬定我因为自己体型瘦小，歧视他肥胖……

巴西利亚大学"黑旋风"

　　各位看了题目千万不要误解，以为我是要写巴西利亚大学里的某个李逵一样的黑人豪杰。所谓的"黑旋风"是指巴西利亚大学刚刚通过的一项政策：从今年下半年的招生开始，巴西利亚大学每次招生将把20%的录取名额特别拨给黑人学生，而且这20%的名额均为免试录取，其录取程序非常简单：上交申请，由五个教师、一些黑人学生领袖和一个监督"政治正确性"的众议员组成的委员会对申请材料进行审核并对申请人进行面试，面试通过之后，即可正式进入巴西排名前三的巴西利亚大学。

　　我在以前的文章里曾经写过，我所执教的巴西利亚大学几乎没有本国的黑人学生，因为巴西利亚大学虽是免费的公立大学，但其自主出题的每年两次的入学考试非常之难，免费的公立中学由于教学质量一塌糊涂几乎没有学生能够通过考试，能够考入该大学的学生几乎清一色地来自学费昂贵的私立中学。由于种种历史和社会原因，巴西大多数的黑人家庭至今依然贫寒不堪，黑人子弟几乎无缘私立中学，因而也就一直无缘跻身于巴西利亚大学。

　　在目前的巴西利亚校园里，仅有的黑人学生几乎都是非洲留学生。这些非洲小哥们儿非常有趣，每个国家的留学生各自形成自己的帮派，有固定的扎堆地点，课间休息和没课的时候几乎所有人都要去扎堆的"据点"报到，因此，这些"据点"经常是一天到晚都是黑乎乎的。根据各非洲学生帮派体型的落差，巴西本国学生对这些"据点"均给予了不同的命名，来自葡语国家几内亚比绍的学生扎堆的大食堂侧门被称为"黑豹之门"，来自英语国家尼日利亚的学生啸聚的冷饮摊被称为"黑鹰泉"，来自法语国家塞内加尔的学生占据的主楼前小土包被称为"乌鸦寨"。"黑旋风"政策公布之后，这些非洲留学生们非常兴奋，跟我学习汉语的唯一一个黑人学生、尼日利亚的小哥们儿邦克说，在大批本土黑人学生进校之后，各个"黑据点"就没有意义了，因为整个学校会是"黑云之城"。

很多教师和学生对"黑旋风"政策提出了措辞强烈的批评。我认识的一位黑人教授告诉我，这种做法表面上看上去非常 PC（政治正确），却是治表不治里的作秀，这些中学基础很差的黑人学生免试进入大学的学习环境之后，面对基础坚实的白人学生，他们对抗自卑的唯一手段就只有刻意强调自己的肤色了，这样会导致对黑人的更大的偏见。他认为解决问题的关键是提高黑人子弟众多的公立中学的教学质量，以及政策性地规定私立中学必须招收部分免费的黑人学生，这样才能把黑人子弟平等地放置到高等教育的竞争平台上。

一部分家境贫寒的白人学生更是组织了一次游行，抗议学校对种族歧视矫枉过正，因为目前在巴西，贫穷已经不再是一个种族问题，很多白人家庭也被经济的衰退抛到了社会最底层，如果"黑旋风"政策试图解决社会财富不均造成的高等教育难于在一部分族群中普及的问题，为什么对白人的贫寒家庭置之不理？看来，"政治正确性"不是那么简单的一件事，里面的具体问题复杂得如同雷区，一旦制定政策的时候只图简单省事而不经过全面权衡，必然会"触雷"。

无地农民运动与"红色四月"

无地农民运动（Movimento Sem Terra，简称 MST）是巴西最著名的基层左翼运动，其宗旨是在"民主"无法解决日益严重的贫富分化、土地日益集中在少数人手中并闲置而大部分农民无地耕种的情况下，由一部分游离于学院体制和官僚科层制度之外的激进知识分子和广大无地农民相结合，进行有组织的抗议活动，以促使政府将闲置的土地安置给无地农民。无地农民运动从 20 世纪末以来势力越来越强大，到现在已经有 400 多万成员（而巴西的人口只有 1 亿 7000 万，它占到了 2% 强的比例），而其活动形式近年来也越来越"猛烈"，除了正常的示威、抗议之外，还经常有组织地抢占土地。

今年整个 4 月 MST 都是巴西媒体上的关键词，因为在今年 4 月，无地农民运动发动了"红色四月"(April Vermelho) 运动，全国上下的无地农民在这一个月里一齐行动，采取极端的方式抢占了大片土地，到 4 月中下旬为止，从南部的桑塔卡塔里那州到北部的帕拉州，已经有九十多个农庄落入了 MST 的手中。

这次"红色四月"的组织者是 MST 的高层策动者、农业经济学家若奥·佩德罗·斯德基勒，他声称这次之所以掀起如此大规模的行动，主要是为了纪念八年前的4月十九名MST旗下的无地农民在北部的帕拉州被军警射杀的事件，同时，也是向当局去年与MST达成在2006年底安置四十万户无地农民的协议之后实施不得力表示抗议。受MST"红色四月"的影响，另一个抗议性组织"无房市民运动"也在圣保罗等地发动了大规模的占房行动。

由于巴西现任总统卢拉有众所周知的左翼倾向，他所领导的工党曾经一度以组织罢工、争取底层权利而著称，因而，面对MST的这次大规模占地行动，联邦政府起初保持缄默。但右翼政党对此意见极大，因为在这次"红色四月"运动中被MST占领的土地并非闲置土地，大部分都是生产性用地。巴西法律规定土地所有人在若干年之内如果一直将土地闲置，国家有权回收土地。MST如果占领闲置土地，国家将酌情予以默认，但占领生产性用地就多少有些非法的意味。根据MST的解释，这次抢占生产性用地，其目的并不是永久性占领，而是为了吸引政府的关注，敦促政府早日落实安置无地农民的协议。

在各州执政的右翼领导人均对"红色四月"运动提出了严厉的批评，认为它干扰了正常的农业生产秩序，破坏了农业投资环境。在强大的舆论压力下，只是在"红色四月"运动快要结束的时候，卢拉总统才出来发表广播讲话，对MST发出了较为温和的警告，警告他们不要再以过激手段抢占生产性用地，劝诫他们"过激无济于事"。

20世纪末以来，拉美各国大多摆脱了军人政治走向了"民主化"，但草根阶层的贫困问题不但没有好转反而加剧，加上整个世界体制都陷入了"9·11"之后的经济、政治、思想、文化的全面大反思之中，传统的政党政治和政治经济的"北美模式"面对拉美特殊问题时的局限性就更加暴露无遗。

在拉美历史上，作为一个传统，一旦出现类似的危机，就会出现由知识阶层掀起的思想—文化抗议运动，但由于20世纪90年代之后知识阶层的主流越来越深陷于"学科体制化"之中难于应对底层的吁求，个别独立知识分子和草根阶层剧烈结合所发动的越过"思想—文化"层面直接进入行动层面的新型群众运动就成为整个拉美的潮流。MST在拉美并不是孤立的现象，墨西哥的"萨帕塔民族解放军"、阿根廷的"拦路者"和"五月广场母亲"运动都和它有着相似的性质。

越狱之都圣保罗

看过巴西电影《卡伦迪鲁》的人都应该记得里面血腥镇压监狱暴动的场面。这部影片是根据真实故事改编的，作者就是片中那个极其深沉的医生。原作所记叙的圣保罗州卡伦迪鲁监狱在1990年代发生的惨剧比电影还要血腥。不过，《卡伦迪鲁》的结局算是一个"另类"，因为在圣保罗，大多数监狱所发生的故事并不像《卡伦迪鲁》那样以对犯人的大屠杀告终，而是以不计其数的犯人"胜利大逃亡"告终。在南美洲，圣保罗又被称为"越狱之都"。

圣保罗是巴西第一大城市，和里约一样以频繁的城市暴力著称。这个近两千万人口的疯狂都市在押犯人和常住人口的比例不容质疑地位于全球前列。由于监狱面积有限、设施老化，圣保罗现有的监狱已经越来越不适应新的犯罪形势。虽然巴西在军政府统治结束之后大力推行人权理念，给予在押犯人的狱中生活最大限度的自由（这在《卡伦迪鲁》里体现得很充分，犯人们可以在狱中与探监的配偶行房、可以在狱中自由买卖小商品等），但是，由于监狱的基础设施一直难以更新，再自由的犯人在拥挤、混乱、肮脏的居住环境中都会变得毫无耐心。几乎每个监狱都严重"超载"，同时，几乎每个监狱都在上演越狱的传奇。在来巴西以前，我就经常在新浪社会新闻的犄角旮旯里看见巴西犯人大规模越狱的"壮举"，到了巴西以后，这方面的新闻更是层出不穷。

圣保罗犯人越狱的方式几乎都有电影范本，既有罗伯特·布莱松《死囚越狱》里的那种惊险闯关似的越狱，也有《肖申克的救赎》里"土行孙式"的掘地越狱，但更多的是采取奥利弗·斯通《天生杀人狂》里的暴力冲突式越狱。由于巴西监狱里一般都有影碟出租业务，估计犯人们从入狱第一天起就学习了很多经典越狱影片里的越狱技术。

最近，在圣保罗的一个监狱又发生了恶性的连续越狱事件。前后不到十天的时间里，圣保罗的弗朗哥·罗夏少年管教所就发生了两起大规模越狱事件，先后有 237 名犯人从这所监狱里逃之夭夭。两次越狱均以暴乱开始，犯人制伏了管教人员，并以他们为人质逃出了监狱。在第二次越狱中，一部分没有来得及跑掉的犯人还掀起了大规模的暴动，管理人员死伤过半，引来军警重兵解围。

这次越狱事件再次暴露了圣保罗恶劣的监狱环境：监狱严重"超载"，管理人员人手严重不足，由于其他监狱空间不足导致少年管教所里十八岁以上的"老犯人"不能及时转狱，他们成为少年犯们的"暴力导师"。该事件之后，弗朗哥·罗夏少年管教所的全体员工举行了罢工，以抗议人身安全得不到保障。与此同时，监狱附近的居民也举行了游行示威，抗议每次少年犯越狱的时候，总有很多人从窗口跳进附近的住家顺路抢劫衣物和钱财以备亡命天涯之用。

巴西：热带中国

巴西今年出版的人文学科类新书中，在知识圈里口碑最好的一本居然是和中国多少扯上了关系的书，名叫《热带中国》（CHINA TROPICAL）。

这本书是巴西利亚大学出版社今年推出的本国历史学、人文地理学、社会学和思想史宗师伊尔伯托·弗莱里教授的四卷本自选集中的最后一卷，也是这套自选集中唯一一本以前没有出版过的新著。在巴西东北部伯南布哥州执教的伊尔伯托·弗莱里是"巴西文化形成史"这一跨学科人文研究领域的创始人和最权威的阐述者，以涉猎渊博、问题意识敏锐和考据翔实可靠而著称，从20世纪70年代成名起，就一直在巴西知识界拥有至高无上的泰斗地位。他所著的《大宅与黑奴的小屋》《美洲性和拉丁性》《遣返的词语》和《三种几乎算是发明的历史》如今已广泛地被巴西各大学的人文学科列为必读书目，在这些著作中，他以观念考古学和风俗拓扑学的双重热情论证了拉丁美洲文化风格的形成，尤其是作为一个文化概念的"巴西"的起源和嬗变。

今年年初伊尔伯托·弗莱里的《热带中国》刚出版的时候，回国探亲的巴西驻华使馆文化参赞玛卢女士就向我推荐过此书，后来我大学里的无数同事都向我描述了阅读这本书之后的兴奋感。我起先听到书名的时候，以为是一本研究南部中国的汉学书，纳闷伊尔伯托·弗莱里怎么好好地突然放下拉美不研究了，难道想当个到中国骗吃骗喝骗女研究生的汉学家？后来拿到这本书才明白，这还是一本研究巴西文化形成史的书，还是在精心耕耘他的一亩三分学术自留地，只不过，在这本书里，伊尔伯托·弗莱里提出了一个全新的观点。他在书中雄辩地论证了在巴西文化的形成过程中，以中国为代表的东方价值观所起到的极为重要的作用。他认为，葡萄牙人在深入巴西殖民的时候，把他们在东亚探险时无意中接受的中国影响（包括习俗、技艺和观念的影响）传递到了巴西。他花了大量的篇幅考证了殖民时期的巴西文化在居住、服饰、感受和思考方式等方面显示出的"中国性"，并指出，这些被葡萄牙人"转译"过来的二手东方影响在经历了几个世纪的延续、流变之后依然存在，使得巴西在某种意义上可以被称为熔铸了欧洲、非洲、印第安特性的"热带中国"，因此，这本书干脆就叫《热带中国》。

巴西文化以前一直被认为是欧洲、非洲和印第安文化"三合一"的结果（这一观点的推广得益于伊尔伯托·弗莱里的《大宅与黑奴的小屋》一书），现在，伊尔伯托·弗莱里则试图使人们相信，"三合一"之后的结果并不是巴西，只有"三合一"与"中国性"再次融合之后，巴西才成为了巴西。当然，伊尔伯托·弗莱里的这本书不太容易像他以前的著作那样，一经出版即成为"当代经典"，因为书中的观点毕竟太过前卫，在把"三合一"文化形成观作为一个基本常识的巴西，"中国性"的加入需要假以时日、经过长久的论证才能被人们彻底接受。有的读者表示，如果说在"三合一"之中再加入一个"日本性"或许还容易理解，因为从1908年日本开始向巴西移民以来到现在，日裔族群的总人数已经占到了巴西人口的2%，一些典型的日本文化符号（寿司、绿芥末、柔道、清酒等等）已经渗透到了当代巴西的文化习俗之中，有些日本特有物品的名称在葡语里直接就是日语的音译，而且被广泛使用。但如果说"中国性"在巴西文化的形成过程中比如此明显的"日本性"还要重要的话，就显得有些"抽象"。伊尔伯托·弗莱里本人更加关注潜隐在历史性的跨语际交往与文化传递之中的"中国符码"或变形的"中国符码"，而不是那些显而易见的东方元素，因此，"热带中国"一说自然会显得沉潜、抽象。

不管伊尔伯托·弗莱里酝酿此书的动机到底是什么，不管他对中国的兴趣仅限于考证巴西历史形成过程中的"中国元素"还是掺杂了对现实国际关系背景的关注，这本书在目前的巴西加剧了正在沸点中的"中国热"。人们在谈论中国对于巴西未来发展的重要性、追溯巴西历史上和中国已经澄明或暧昧不明的瓜葛的时候，都开始自觉不自觉地把这本《热带中国》作为他们的谈资之一，尽管很多人就知道一个书名。

日本移民巴西 96 周年

今年是日本移民巴西 96 周年，为了纪念 96 年前那次历尽艰险、远渡重洋的远徙，追忆在巴西已占到总人口近 9% 的日本移民的起源，巴西各地的日侨、日裔都在举办不同形式的庆祝活动。我办公室对门的日语老师们邀请我去参加了在巴西利亚某滨湖俱乐部举办的庆移民 96 周年日本料理大饕餮晚会，我欣然前往。晚会上倒是没什么新鲜的东西，想都可以想象到，一大堆刺身三文鱼、寿司、酱汤之类的东西。传说中当晚会隆重推出的 96 个日裔少女的"女体盛"没有出现，令我大有受骗上当的感觉。

日本政府安排的第一批 781 名日本移民是在 1908 年经过 52 天的海上颠簸从冲绳抵达圣保罗远郊的桑托斯港的，到目前为止，日侨、日裔在巴西已有 230 万人。早期的日本移民多以从事农业为主，经过一代代的艰苦奋斗，现在很多日裔已经在科技、金融、文化艺术等行业站稳了脚跟，成为巴西的各族裔中经济地位较高的一支。

我去参加的日餐饕餮晚会上还展出了与第一批日本移民到达巴西相关的图片、文字和实物资料。会场四面的墙壁则都用复制下来的 1908 年日本移民抵达圣保罗当天的《圣保罗邮报》的报道作为装饰。从这则报道中不难看出当时圣保罗市民第一次见到大批日本人时的好奇心理。报道中写道："所有来到这里的日本人看上去都很矮，他们有着很大的脑袋、粗壮的四肢，但是腿非常短，臀部多呈下垂状。一个十四岁的日本男孩和我们的一个八岁孩子的身高差不多。"报道的作者对日本人的纪律性和秩序感深感惊讶，他写道："在繁忙的桑托斯港，人们从来没有见到过像这样守规矩、提取行李下船时这样安静有序的人群，这样的场面似乎只在传说中才有。"一阵好奇之后，该报道回到了巴西民族最优良的道德准则（族裔平等、种族平等）上，记者总结道："他们虽然和我们差别很大，以我们的审美标准他们很难称得上好看，但是他们的种族并不比我们的差。他们在巴西生根，定将和我们一起创造出意想不到的未来。"

看来，1908 年的这位记者果真有先见之明。现在，大多数日裔已经彻底融入了巴西社会，虽然他们很多人仍是百分之百的日本血统，但他们的民族身份认同明显转向了巴西，只认为自己和日本有些许遥远的文化瓜葛。一个典型的例子就是，你如果在一个日裔巴西人面前骂日本人，他们毫无反应，可能还会跟你一起骂，但是你要是在他面前骂巴西，他会跟你拼命。

卡普埃拉的历史

　　在萨尔瓦多，无论是在海滩上还是在繁华的大街上，无论是在本地人出没的集市还是外国游客云集的酒吧，你都可以看见身着白衫或者干脆赤膊上阵的黑人在练习、表演卡普埃拉。萨尔瓦多相当于卡普埃拉的少林、武当，是这种神奇的巴西黑人武术的诞生地，巴西全国几乎所有的卡普埃拉教练都得拜萨尔瓦多人为师。我以前曾在巴西利亚观看过卡普埃拉表演并在以前的文章中介绍过一些皮毛，这次云游萨尔瓦多，对卡普埃拉来龙去脉的了解自然又比以前"高了一点点"。

　　卡普埃拉源于安哥拉黑人部落的格斗术，随着黑奴的贩卖传到了巴西。为了在梦想中的逃亡之际与庄园主的警卫搏斗，同时也因为生活枯燥没有过多的文化娱乐活动，黑奴们在田间劳动之余往往捉对厮杀苦练打斗技艺，把原先极为简单的格斗术发展成了复杂的卡普埃拉。奴隶主们意识到这种技艺的危险性之后，严厉禁止奴隶们在庄园里练习卡普埃拉，因此，一代又一代的黑人们通过偷偷在森林中切磋、研习，将卡普埃拉在秘传状态下延续了下来。后来，为了掩饰其攻击性，骗取奴隶主们的许可，卡普埃拉被 18 世纪的黑人们装点成了一种杂技舞蹈，贝林钵（Berimbau）作为一种最重要的道具就在这个时候出现了。贝林钵是由一根钢弦绷在弓形的长棍上构成，当拨动钢弦的时候，绑在长棍上的一个掏空的葫芦就会发出美妙的声响。贝林钵、铃鼓和武师们击掌的声音组成了卡普埃拉音乐的基本要素，与音乐相配合的则是360度扫堂腿、前后空翻、倒立劈叉、二人互掷等杂技性"舞蹈动作"。奴隶主们很快就有限度地接受了这种"软包装"的武术，开始把它当作茶余饭后和家人朋友共同观赏的重要娱乐项目。但是，卡普埃拉的"根本使命"并没有发生变化，该出手时，"舞蹈家"们也会摇身成为斗士，在19世纪早期的一些农奴起义中，很多手无寸铁的黑奴们正是以卡普埃拉击倒了耀武扬威的主子。鉴于此，萨尔瓦多当局在废除了奴隶制之后的很长一段时间仍然没有解禁卡普埃拉。直到20世纪20年代，一代武学宗师宾巴（Mestre Bimba）力抗非议在萨尔瓦多建立了第一所卡普埃拉武馆，为一贯被视为鸡鸣狗盗之术的卡普埃拉正名，强调其与巴西民族精神之共生性，卡普埃拉才最终得以解禁。

　　了解了这段历史，再看看街边那些练习卡普埃拉的肌肉男，我就再也不会认为他们是在炫耀巍峨的肌肉，只觉得他们是在享受一度受到诅咒的身体的自由。不过，在萨尔瓦多，利用卡普埃拉神技洗劫游客的事件还是时有发生。

张大千和"八德园"

不日前应邀去一巴西友人家进餐，此友人曾去中国旅游数次，因此，家中摆设少不了真真假假的东方情调，其中最有趣的是客厅里挂的一幅山水画，笔法极其粗糙，但落款赫然写着"张大千"，"张"字还是简体字。我顿时笑出了声来，问主人此画如何购得。主人曰：数年前在北京潘家园以人民币50元购得。我问他是否知道张大千是谁，他说不知。也正因为如此，他无从感受到这幅赝品的无厘头效果。如果此画真是张大千所作，这老兄就可以在亚马孙买一大片地过酒池肉林的生活了。

其实，巴西人是所有外国人里最应该知道张大千的，不但如此，国内的朋友们也应该因为张大千多少了解一点巴西，因为，张大千曾经在巴西一住就是十七年！大概在中巴两国的文化交流史上，还没有比张大千更"重量级"的人物在巴西长期居住过。

1952年，因为可以想见的复杂原因，张大千忍痛决定羁留南美，远离故国的种种是非。他最先居住在阿根廷的布宜诺斯艾利斯，1953年，在去圣保罗访友的途中，张大千无意中发现圣保罗北郊Mogi镇附近有一片正待出售的土地从地形、地貌上看很像故乡成都平原，无法遏止的思乡之情促使张大千迅速买下了这一片地，并立即从阿根廷移居到了巴西。

张大千可能是所有在巴西居住的侨民中在地名的"汉化"方面最有创造性的一个。因为极度思念四川，张大千把圣保罗翻译成了"三巴市"，这一译名曾经一度在侨民中流传。至于居住地 Mogi 镇，张大千则更传神地把它译成了"摩诘"，以表他对王维的心仪。张大千别具匠心地设计了他的寓所，不惜重金从港台购置原料，活生生地在距离中国八万里的巴西红土上打造出一大片标准的中国古典园林。张大千将其命名为"八德园"，又号"摩诘山园"。这片园林和张大千弥留之际居住的台湾"摩耶精舍"一样，是这位绝世无双的国画大师在建筑设计方面"偶露峥嵘"的最佳例证，其造价更是创下当时巴西私人寓所之顶峰，内有有史以来中国艺术家所拥有的最大画室、最大私人藏画展馆和最大的园林内人工湖。

张大千虽然在"八德园"中潜心画艺，创作出《长江万里图》《黄山图》等无数稀世珍品，但就像同为川人的我在巴西经常感受到的那样，张大千曾数次说："巴西好地方，可惜太寂寞！"1969年，张大千离开巴西前往北美，临走时将"八德园"捐赠给了圣保罗州政府。彼时的圣保罗虽然华侨众多，但侨民社会和主流社会之间缺乏深入的沟通与体认，当地政府仅仅把"八德园"当作一个可供游人观赏的"东方景观"加以使用，从未想过当作文物来保护。数年后，Mogi 一带修建水库，一个把水库、大坝、电站作为现代化标志的冒进的发展中国家当时连本国的生态、环境问题都懒得理会，遑论一个陌生的东方老怪物的私家园林。一夜之间，一座本来可以成为博物馆的建筑瑰宝被冰凉的异乡之水所湮没。

离婚：家庭的增殖

我的一个巴西朋友给我讲了这样的一个故事：她的生父是巴西驻日本的外交官，但数年前她的生父和生母离婚了，她和她的生母、继父住在一起。她的生父经常请她去日本旅行，她的生父、生父之新妻、继父、生母四人之间的关系也好得像一家人一样。她的继父是一名颇为重要的巴西官员，不日前到日本处理公务的时候，恰好是她的生父带领一干日本官员前去机场迎接的。她的生父接到她的继父之后，在给日本官员介绍她的继父的时候说："这是我女儿的父亲。"在场的日本人有些犯晕。没想到她的继父却微笑着指着她的生父对日本官员们说："不不不，这才是我女儿的父亲。"在场的日本人全都掉进了云里雾里……

这个故事在巴西相当普遍。我记得有一次我去参加一个朋友的生日派对的时候，他居然对着一大堆人胡乱叫爸爸妈妈，听得我不知所以然。后来才知道，那一大堆人里包括他的生父、生父的第一任妻子（他的生母）、生父的第二任妻子、生父的第三任妻子（现任妻子）、生父的前两任妻子的两个现任丈夫。他最早和生父、生母住在一起，生父生母离婚之后他被生父的第二任妻子抚养大，现在他又和生父的第三任妻子住在一起，因此，他和三个"母亲"之间的关系都相当不错，除了在自己家里经常和现任"母亲"打得火热之外，还经常到其他两个"母亲"的家中去玩，和她们的老公混得都很熟，由于这哥们儿生来嘴巴就甜，索性管他们都叫"爸爸"了。这还不算最让我晕的，最晕的是在那天的派对上，他的各种爸爸妈妈们把各自的孩子（包括他们的配偶和前任配偶所生的孩子）全都带来了，虽然我的朋友每向我介绍一个的时候都做了详细的说明，但到最后实在是记不住到底哪些兄弟姐妹是同父同母的、哪些是同父异母的、哪些是同母异父的、哪些是嘛都不同的。

虽然中国现在离婚现象也很普遍，但离婚在人们的心目中始终不是一件拿得起放得下的事情，很多人虽然可以接受离婚，但还是不能接受把离婚当作一件平常的事情随随便便地讲述出来，离婚多少还是一个阴影一样的玩意儿，压得人心里沉甸甸的。许多离婚之后的夫妻依然处于反目或者老死不相往来的状态，这对下一代的成长造成了巨大的心理创伤。我从小到大结识的气质比较抑郁的朋友大多出自离异家庭，有的离异家庭的孩子甚至形成了婚姻恐惧，自己长大以后打死都不愿结婚。

巴西在这方面完全相反。虽然在欧美的很多国家，离异夫妻之间保持友谊、离异夫妻继续维持和孩子的共同感情也是司空见惯的事情，但只有在巴西，我才第一次感受到离婚的喜剧性，第一次见到离婚之后大家不是从法律的角度和平共处而是从民俗的角度其乐融融的景象。在巴西，离婚仿佛不是对家庭的摧毁，而是家庭的一种蛛网状扩张方式，无数次的离婚不但不会带来心灵的任何创痕，反倒会导致"家庭"的概念成倍扩张，换句话说，离婚在这里不是家庭的终结，而是家庭的增殖。

巴西的离婚率名列世界前茅，可能正是因为这里的离婚并不像东方那样沉重，所以大家就依照自己的天性用平常得不能再平常的平常心来对待它、"使用"它。在我的汉语课上，每当我问到"你家有几口人"的时候，很多学生的答案会把自己已经不在一起生活的生父或者生母也算上，有时还要算上生父或者生母的新家庭的成员。他们提到这样的事情的时候总是很自然地说："我的妈妈现在不在巴西利亚，她和我爸爸离婚以后住在圣保罗，和若热结了婚，她和若热有三个孩子。我爸爸后来娶了马尔西娅，他们有两个孩子。现在，我有五个兄弟姐妹……"看到他们在课堂上如此阳光地说起这些在中国人看来沉痛无比、属于"绝对隐私"范畴的话题的时候，在他们喜气洋洋的脸上，我在感到莫大的快慰的同时，也突然感到一阵生命中不能承受之轻。

花里胡哨的选举文化

一到 10 月，我就做好了调夏令时的准备，每天盯着新闻听候把手表拨快一小时的指令，因为去年 10 月中调夏令时的当天我浑然不知，上班的时候活生生地迟到了一个小时。可是今年的夏令时迟迟不开始，一问才知道，原来巴西全国各州正逢地方议员、地方行政长官选举，为了避免时间的调整给投票带来不必要的麻烦，政府硬把夏时制的执行推到了 11 月。小小的一个地方选举居然可以改变全国的作息制度常规，可见选举在巴西国家生活中具有何等的地位。

岂止是国家生活，小小的地方选举也深入地影响到了市民们的日常生活。我看见选举结束的消息的时候第一个反应就是：哦，终于完了，大家可以安安静静地过活了。为何发此感叹？因为从今年 6 月以来，无论我到巴西什么地方旅行，领会得最多的都不是当地的民俗文化，而是全国大同小异的、花里胡哨的选举文化。

第一次领略选举文化是 7 月初在圣保罗。从机场到酒店的郊区马路上，我无意中发现路边的建筑物上到处都悬挂着一个名字极其香艳的叫作"玫瑰"的中年美妇的招贴画，其表情极其暧昧，唇边赫然印着"满足你的所有愿望",在艳名下面还有一串号码。我一开始以为那是一个本地当红的应召女郎的应召广告,下面给出的是她的应召电话。我正惊叹于此地应召文化如此招摇、犹豫要不要把"电话"记下来的时候,突然发现路边的招贴画又换了人了,变成了一个秃头哥们儿在各个建筑物上傻笑。原来那是市议员的竞选海报,上面号码不是应召热线,而是竞选番号。后来我发现,几乎所有的户外公共空间都成了竞选者们抢夺视线的战场:实力雄厚的包下整个区域的大型户外广告,次者包下公共汽车上的车身广告,再次者在草坪上插小旗、立小标,最猥琐的就在电线杆上做文章,把头像和番号像我国的性病广告一样贴满自己竞选区域的电线杆——我曾在圣保罗某郊区的电线杆上无数次瞻仰一个神情猥亵的日裔候选人的尊容。

除了抢夺公众的视线,普通大众的日常听觉也成了竞选者们打劫的对象。在里约的时候,我在酒店里一刻也没有享受到安宁,随时都有安着劣质大喇叭的竞选车从楼前经过,用英雄就义前的壮烈语调高呼候选人的番号。不过也有具有创造性的竞选车,好些个候选人把自己的名字和番号谱成了桑巴乐曲,让一群铁杆支持者在狂欢节彩车一样大肆装点的竞选车上劲舞狂歌。但这还不算最气派的,最气派的当数里约现任州长竞选连任所作的"每日海滩秀"。我在科帕卡帕纳海滩的时候,每天都能看见此公唆使的上千人的游行队伍作嘉年华状由上百人的乐队领路在长达7公里的海滩上来回扭臀。就是这个竞选连任的家伙,其竞选广告几乎无孔不入,我好不容易混进了一个鼎鼎大名的桑巴舞校,被派送了一件纪念T恤,满以为这T恤上肯定印着可以回到巴西利亚大加炫耀的该校校名和Logo,结果后来打开一看,上面居然是那个连任老兄的白痴头像和番号。

在萨尔瓦多的时候还有更绝的，也是当地的一个现任市长竞选连任，他让自己的头像出现在餐厅的菜单上，上书："某某某如能连任，会让您吃得更香。"而和他配对的副手，一个风韵犹存的老姐，则把头像不干胶贴在了某地方品牌的避孕套上，上书："有了我，您的生活充满爱。"

"绑定爱情"巫术

在巴西利亚的街道上，我经常在车站、树桩子、电线杆子上看见"某某夫人为您绑定爱情"的小广告，起初我以为这是小型婚姻介绍所的广告，那上面的某某夫人大概相当于我国的媒婆之类的。但后来，我发现这种"绑定爱情"的小广告经常和占星、塔罗牌之类神神道道的东西贴在一块，就觉得不会是婚姻介绍那么简单，定有别的深意。

碰巧，今天和室友娜拉聊天，又从她嘴里听到了这个意义不详的"绑定爱情"。我说起新学期我的课上出现了若干美女，全都火热逼人不可方物。娜拉就问我为何不搞定个把以告慰羁旅的孤独，我回答说，俺的个人魅力在葡语环境下大有减损，估计难以搞定，所以就不愿去丢丑。娜拉说：街上有那么多"绑定爱情"的广告，找个老太太随便做个"绑定爱情"不就搞定了？我就赶紧让她解释这个满天飞的"绑定爱情"到底是什么玩意儿。

原来，这个"绑定爱情"是一种不折不扣的巫术，起源于西非的优鲁巴部落，随黑奴贸易传播到巴西，现在已是巴西民间盛行的一种歪门邪道。它有点类似传说中中国苗疆的"放蛊术"，专门帮助癞蛤蟆把天鹅搞到手，或者帮助痴心女把花心汉牢牢攥在手中。其实施方法是搜集目标对象的头发一缕（其他部位的毛发当然也可以）或者衣物一件，交至巫婆（也就是广告上的某某夫人）处，由巫婆对着这些沾有目标对象的"能量"的衣物毛发念咒即可。

我问娜拉"绑定爱情"的成功率高不高，娜拉说很多年轻人相信这个，不但传闻中比较灵验，她自己也有几个朋友试过，最后都得到了满足。由于娜拉近半年来一直处于单身状况，现在正如饥似渴地希望找个男朋友，而且也已经有了暗恋对象，我就问她为什么自己不去试试。她告诉我，这玩意儿虽然灵验，可由法术导致的爱情终究不是自然而然、水到渠成的东西，一旦法力消失，境况就非常尴尬。更重要的是，巴西民间虽然相信"绑定爱情"的法力，但是也认为它是一种违背他人意愿、控制他人的邪术，最终必将"恶有恶报"，不可轻易尝试。

我决定从今天起，在公共场合一定努力不掉头发，以免被不可知的丑女拾去"绑定爱情"，让我永久地留在巴西的土地上作为"东方种人"辛勤培育华夏子孙。

比尔是如何在巴西被杀死的

本月巴西全国的商业院线齐刷刷地在公映昆汀·塔伦蒂诺的《杀死比尔2》。这部影片在巴西红得匪夷所思，半年前《杀死比尔1》的票房收入已经创下本国票房史上的奇观，这次《杀死比尔2》的来头比第一部还猛，除了到处都是乌玛·瑟曼持剑的广告之外，看了第一部的人对此片口口相传的赞誉与期待也是此片增温的一个重要因素。

看这部片子的人多半是冲着中国功夫去的。中国功夫在巴西受欢迎的程度远远超出了我的想象，据统计，巴西是南美洲拥有传授中国功夫的武馆、武校最多的国家，任何一个小城市不管有没有中国人居住都有人在那里教黑虎掏心、白鹤亮翅等三脚猫功夫。在大学里，武术更是一门喜闻乐见的运动，我所在的巴西利亚大学里，太极拳、长拳是最受欢迎的体育选修课，武术的大行其道把汉语教学也纳进了它的"产业链"之中，我有无数个学生学习汉语的动机就是为了搞清楚怎样正确地读"螳螂拳""醉拳"等拳法名称。

上周五《杀死比尔2》首映，我和几个中国朋友特地提前了几个小时去 Pier21 影院买票，却无比痛苦地发现排队买此片入场券的人多到了令人撕心裂肺的地步。在排队的时候，我发现本城几个知名华人武师座下的弟子像是来开会一样聚齐了，北翼的一个武术学校的学生更是倾巢出动，蛇行的队伍一直从售票窗口延伸到地下停车场。如果比尔此时来到这里，他用不着被乌玛·瑟曼杀死，直接就被巴西的无数爱好者们活生生地挤死了。

买到票走进放映厅的时候，因为坐满了人，我被迫坐在最后一排犄角处一对巴西情侣的左边，前面是几个日裔巴西人，右边则是几个既看不懂葡语字幕又听不懂英文对白，仅仅因为听说此片在中国拍摄过就破天荒前来电影院一解乡愁的同胞。电影刚开始的时候，我左边那对巴西情侣和巴西任何一处公共场所里的情侣一样，毫无顾忌地狂拥热吻，该撩的都撩开了，该亲的也都正在亲，弄得我看电影的时候眼球直往左边偏，都快变成比目鱼了。没多久乌玛·瑟曼开始操练中国功夫，那对连体情侣也不由自主地分开，慢慢地忘了对方的存在，变成了目瞪口呆的傻子，偶尔嘴里发出一些毫无意义的感叹词以示兴奋，男的甚至还开始模仿片子里的动作拍打前排的椅子背，不过前面的人也都处在痴迷状态，没人欣赏他的武艺。我右边那几个中国人好不容易等到有中国人出场的情节了，却发现那个白眉大师说的是粤语，于是郁闷得在一旁叽叽歪歪大呼上当，间或现场学一两句粤语以解闷。

过一会儿，最富戏剧性的"现场艺术"开始了。当白眉大师在片中表达了对日本人的厌恶和蔑视之后，我前面的几个鬼子后裔顿时愤然起身离席，走至出口的时候，突然大声号召场内的全部日本后裔罢看这部被他们称为大有"中美两国大国沙文主义倾向、歧视日本民族"的电影。结果，场内的中国人还没来得及做出反应呢，广大的巴西观众都觉得愉快的观影受到了极其无聊的干扰，纷纷用矿泉水瓶子、爆米花、冰激凌勺子投掷这群激愤的日裔哥们儿，使得场内秩序一片混乱。比尔如果来到了这里，即使侥幸在售票厅没被挤死，也会被矿泉水瓶子活活砸死……

巴西人眼中的葡萄牙人

巴西人瞧不起葡萄牙人是众所周知的事实。有巴西人将巴西对葡萄牙的态度和美国对英国的态度做了一番比较，虽然都是前殖民地与前宗主国的关系，可是美国人大多数都觉得英国即使不是一个值得尊敬的文化源头，至少也是一个不容鄙视的了不起的国家。巴西人对葡萄牙人的感情就完全不一样了。他们全方位地嘲笑葡萄牙人的智力、性格、语言、文化、生活习惯，在他们眼中，掠夺了巴西大量财富的葡萄牙人连仇人都算不上，只能算小丑。我的很多巴西朋友都告诉我，不管葡萄牙人多么正经，多么严肃，说着一口多么贵族化的欧洲葡语，只要一出现在巴西人面前，巴西人就忍不住想笑。他们认为葡萄牙人肯定打死都想不明白自己在巴西人眼里为什么这么可笑，一想到这一点，他们就笑得更厉害。

巴西跟中国一样，是一个盛产各种小段子的民间文化发达的国家，据统计，在这些风行全国的口头文学中，有 40% 左右的笑话都是关于葡萄牙人的智商的。其中流传最广的是这么一个：

约阿金（约阿金和后面的若奥、佩德罗都是葡萄牙人最常用的名字）看见若奥在看一本《逻辑入门》，就问若奥："若奥若奥，什么是逻辑啊？"若奥合上书，深沉地说："逻辑就是让你思考问题不被巴西人笑话的学问。"约阿金赶紧说："我也想学！"若奥说："好吧。我问你，你喜欢女人吗？"约阿金说："喜欢喜欢。"若奥问："那你一定想和女人结婚吧？"约阿金说："当然啦！"若奥接着问："你结婚以后想要一个舒服的家、养几个孩子吧？"约阿金说："没错啊。"若奥继续问："有家、有孩子的人一般都想养狗狗热闹热闹，你想不想呢？"约阿金回答："嗯！我想养狗狗！"若奥拍拍约阿金的肩膀，说："你看，这就是逻辑：喜欢女人的人都想养狗狗。"约阿金说："哎呀，逻辑真是太神奇了，学了它，巴西人真的就再也不会笑话我了。"第二天约阿金也买了一本《逻辑入门》坐在小公园里看，这时，佩德罗正好走过来，约阿金就叫住他："嗨，佩德罗，你知道什么是逻辑吗？"佩德罗说："不知道啊。"约阿金说："那我来告诉你。我问你，你想养狗狗吗？"佩德罗说："不想啊。"约阿金斩钉截铁地说："那你一定是同性恋。这就是逻辑。有了这玩意儿就不怕巴西人笑话咱们了。"

作为文化部长的愤怒音乐家伊尔伯托·伊尔

　　这几天在我工作的巴西利亚大学有个叫"巴西—非洲：文化与未来"的大型国际会议，我跑到音乐分会场去看了一下，结果没有看到演出，只有一群官僚和学者在台上侃侃而谈。不过，里面有个很另类的巴西官僚，这个瘦巴巴的黑老头虽然也穿着一身黑衣服，但是梳着一头不羁的小辫，坐在那里很不耐烦地听着其他官僚和书虫们的废话，最后终于忍受不了了，在某人冗长的讲话还未结束的时候就站起来宣布：没用的客套话不要多说，真正的巴西—非洲音乐交流请大家过些天去演出现场体会。此人不是别人，正是巴西音乐的教父、现任巴西文化部部长伊尔伯托·伊尔。

　　这是我第二次见这个巴西当代文化中的传奇人物了。第一次是在今年年初，在一个伊朗文化节的开幕式上，伊尔伯托匆匆赶来，主持人要他和伊朗大使同台讲话，他抱着吉他跑到台上把伊朗大使撂一边，独自唱了一首巴西东北部黑人想象东方世界的民歌，然后搁下吉他就走了。这厮的性格很得我心，虽然报纸上对他的很多与部长职位不相称的举动非议颇多。也是在不久前，一个相当于农民起义军的叫作"无地农民运动"（MST）的组织在首都巴西利亚的

430

部长楼广场前啸聚，二十多幢部长楼里的官僚们面对这群令他们伤透脑筋的"暴民"躲都来不及躲，伊尔伯托却走过去把 MST 的头儿请到了他的办公室里。那哥们儿也是一个吉他手，一个示威领袖和一个政府高官就这样远离了一切冲突在文化部的大楼里弹了一上午的吉他切磋琴技。一些反对党，尤其是右翼政党控制的报纸抓住这件事不放，用了大幅的版面来讥讽伊尔伯托，质疑他的从政能力。

伊尔伯托·伊尔（Gilberto Gil）有的时候被国内的报章根据英语的发音译为吉尔伯托·基尔，实在是对葡语的极大不尊重。老伊尔伯托是个标准的愤怒音乐家，到现在还是一身的草根习性。他出生在巴西东北部黑人文化中心巴伊亚州的乡间，从小就在那里受到了极其丰富的巴西黑人音乐的熏陶。1962 年，二十岁的伊尔伯托在录制他的第一张单曲唱片的时候结识了同是巴伊亚人的加埃塔诺·维罗索，这二人的相遇有点朱毛红军会师的意思，注定要做出一番惊天动地的大事。当时巴西的音乐还是以爵士加桑巴的 Bossa Nova 为主，老一代音乐教父汤姆·若宾、若奥·伊尔伯托已经轻轻松松地让 Bossa Nova 影响了全球。伊尔伯托·伊尔和加埃塔诺·维罗索纠集了一帮兄弟姐妹，譬如加埃塔诺·维罗索的妹妹玛丽娅·贝塔尼娅、加尔·科斯塔、汤姆·泽、席歌·布瓦尔格等人，在 60 年代末掀起了"热带主义"音乐运动。

"热带主义"遵从巴西第一代现代主义诗人奥斯瓦尔德·德·安德拉德极力鼓吹的观点，主张无单一传统的巴西的文化应该像食人怪一样贪婪地吞下来自世界各地的新锐文化形式。"热带主义"在音乐上突破了 Bossa Nova 一成不变的"性感巴西"标签，把世界各地的民间音乐形式，尤其是 60 年代以来欧美的摇滚乐经验，融入了以东北黑人音乐为主体的巴西音乐之中，形成了一种饱含力量的愤怒的音乐表达形式。说它愤怒，是因为它不仅是音乐，更是一种强烈的群众性政治实践。"热带主义"音乐在巴西军政府执政期间成为一股自觉的政治纠正力量，因而遭到了军政府的强力反扑，该运动的两大教父伊尔伯托和加埃塔诺都被迫流亡到英国。从英国归来以后，尤其是军政府交权以后，伊尔伯托成了理所当然的民族文化良知的象征：一方面在巴西音乐领域获得了无人企及的威望，1998 年其作品获得了格莱美最佳世界音乐唱片奖；另一方面他也逐渐进入政界，从萨尔瓦多市的文化部长一直做到了国家文化部长。

但是，伊尔伯托的所有"官职"都不是自己去争取的，而是别人求着给他的，按照他自己的本性，他更适合走在游行队伍的最前列一路弹唱。在被问及怎么会想起来去当国家的文化部长的时候，他很无辜地说："国家给我来了个电话，哭着闹着要我去当部长，我就去了……"也正是由于这种从政的非自觉性，他到现在看上去仍然更像是一个老黑社会而不是国家部长。

谁需要保罗·科埃略?

保罗·科埃略又发飙了。新书《扎伊尔》(O Zahir,国内有译作《查希尔》的,考虑到此词虽源出阿拉伯语,但在葡语书名中此处的 h 不发音,故译为《扎伊尔》更为贴切)前几个月来玩命地在全球各地上演"首发秀",号称要用 42 个语种的译本覆盖 83 个国家。这本人物身份、故事背景高度全球化的小说又推出了它紧跟全球化领航者们的最时尚的文化政治促销策略——宣称此书遭伊朗政府查禁。

此刻的保罗·科埃略正得意扬扬地坐在与某种国际文化逻辑里的"反派"文化势力做斗争的"英雄榜"上,一边欣喜于自己如此轻松地就获得了当年拉什迪冒着生命危险才无意中取得的国际文化政治吊诡效果,一边满怀希望地俯瞰自己的垃圾小说正在一摞一摞地变成不同图案、不同名称的货币。他一定也在盘算,遥远的人民币什么时候能够像其他几本书那样,加入《扎伊尔》版税的国际结算矩阵之中?

谁是保罗·科埃略(Paulo Coelho)?在百度中文搜索引擎上,你输入这个名字,就会出现几千个相关的中文网页,上面清一色全是溢美之词，什么"巴西当代最重要的作家""马尔克斯之后拉丁美洲最有影响力的作家""当代全球顶级作家之一"等。几年前我曾在国内的报刊上见到有不靠谱的三流作家开始吹捧保罗·科埃略，这两年，国内某出版社大力引进保罗·科埃略的作品，我虽人在巴西，但也能经常在网上看见国内读书界对保罗·科埃略的大肆褒扬，其兴奋的架势仿似采购到了国际精尖的先进文化武器，不但众多不靠谱的文化混混加入了鼓吹保罗·科埃略的行列，就连一些我信得过的书评作者也开始撰文把他当"魔幻"之后的拉美旗手来"盖棺定论"。实际上，如果这些令人发晕的褒扬背后没有某出版社促销阳谋的话，这纯粹是一个天大的误读。

保罗·科埃略的确是巴西当代的著名作家，但其著名仅仅是因为畅销。自20世纪80年代以来，保罗·科埃略的每一本新书几乎都能卖到百万册以上的数目。据说，他的书在巴西的畅销程度仅次于《圣经》，这也就意味着，他是除了上帝以外拿版税最多的一个人。现在，他已经跻身巴西最富有的人。保罗·科埃略到底写了些什么呢？小悲欢、小浪漫、异国情调、伪神秘、陈词滥调，毫无任何探索精神可言。他的销售定位对准受教育程度不高的穷人，价格偏低，内容也简单、粗陋，草草地配备了通俗小说必需的麻醉元素，足够用来打发下班之后、电视剧开始之前的无聊时光。在巴西，保罗·科埃略的地位类似美国的西德尼·谢尔顿或者中国的琼瑶、海岩，正儿八经谈论文学的时候没人提到他，只是在做文化产业研究和文学社会学研究的时候才把他当作一个案例拿出来玩弄一下。巴西著名批评家维尔森·马丁斯在其《贫乏的文学：保罗·科埃略及媒体神话》中有一段对保罗·科埃略的经典评论："用文学的标准来评判保罗·科埃略的作品就好像拿尺子去称石头的重量。

他的作品只是一种社会学综合征、一个 MBA 案例……如果非要从文学的角度谈论他的话，我们可以说他是一种二手神秘主义风格的蹩脚注解。正如世上有马克思主义就有庸俗马克思主义一样，文学中的神秘主义也可以被糟蹋成一种轻佻的仿制品，而这，就是保罗·科埃略所做的一切。"

但是，最令巴西知识界大惑不解的是，这个通俗文学暴发户居然在最近十多年里红遍了全球，他的作品被译成了五十多种语言，在欧美一些文化积淀无比深厚的国家，他的浅薄作品居然也大走畅销运。因此，他现在成了一个第三世界国家"全球化"的标志。在巴西，他的日常举动、消费趋向是时尚杂志、航空读物的追踪题材，在跟这股"全球科埃略风"一事上，中国的出版界还算是"落伍"了。但是，一种在母语里粗制滥造的 Má Literatura（恶俗文学）怎会在其他国家获得如此巨大的成功，并被归列到了马尔克斯之类的精英行列之中去了呢？巴西的知识界苦苦地思考着这个问题。在《巴西利亚邮报》不久前整整一版主题为《保罗·科埃略：全球大骗局》的讨论里，他们得出了三个主要结论：

其一，成功的商业运作。财大气粗的保罗·科埃略连同他的出版商为了营造他在全球的成功，在市场预热、宣传及其配套活动、人为经典化方面下了不少力气，前些年在巴黎卢浮宫地下层举办的一次保罗·科埃略新书法译本发布会上，保罗·科埃略以七百多套纯银质的中世纪餐具宴请几乎所有的巴黎书评媒体吃了一顿天价的宫廷大餐。当然，这一招咱们中国人不学就会，只不过砸不出这么高的成本来。

其二，译者的"再创造"。保罗·科埃略一般在其他国家寻找最知名的翻译者，不惜重金支付翻译费。保罗·科埃略小说《牧羊少年的奇幻之旅》的西班牙语译者曾对媒体坦白，他从来没有读过这么干巴无味的葡语作品，为了对得起高额的报酬，他对这部小说的西语译本做了大量改造，有的篇章甚至完全是重新写过。鉴于很多译本不是从原文译出，而是根据"再创造"的译本转译的，所以保罗·科埃略很多作品的外文译本质量要远远高于原作，这也不难理解为何他会在异文化语境中从一个巴西海岩变成了巴西马尔克斯。这个在汉语文学的海外传播中也不算稀奇，多年前我就发现某个在诺贝尔获奖名单周围徘徊的中国诗人的作品英译本完全是一次成功的"再创造"。

其三，在对异文化充满了想象的同时却好逸恶劳，顺手拣软柿子捏。巴西一直是其他国家关于"异域风情"想象的聚焦点。一种格局完整的异国想象必须包含一国的文学"标志符"，再加上拉美"爆炸文学"之后若干年似乎没出什么新的大师，善于制造想象、推动人们像狂犬一样不断"求新"的媒体需要一个有代表性的Novidade（新意）。但是，信息的不畅和先天的惰性又使得他们懒得去做过多的探究，反正有个现成的名气很大的保罗·科埃略，得，拉美文学的新代表就是他了。管他到底是写什么的，既然在其他国家卖得这么好，在俺们国家肯定也好卖，这次赚定了！这种"乱点代表谱"的做法不仅使巴西知识界觉得好笑，很多拉美的其他作家更是愤慨。有一次巴尔加斯·略萨和保罗·科埃略同时在欧洲出席一个会议，当主持人把略萨和科埃略并提在一起狂加夸赞的时候，略萨气得拂袖而去，撂下一句"怎么到哪儿开会都碰上这个傻逼！"之类的糙口。实际上，国内把保罗·科埃略吹捧成"魔幻之后的新旗手"是错上加错，因为"魔幻现实主义"是西班牙语美洲的事情，葡语国家巴西在拉丁美洲自成一个文学体系，其演进序列很少受西语邻居们的影响，倒是更多地受法语、英语甚至日语文学的影响（譬如"俳句"之于圣保罗的"视觉诗歌"），"魔幻"八竿子也打不到巴西。想想哪些中国作家的作品在海外被标上了"中国代表"的标签、被编织进怎样混乱的文学序列中去，这个问题也不难理解了。

　　有人也许会说：在保罗·科埃略的中文简历里，白纸黑字写着"2002年入选颇具声望的巴西文学院"，这个总不会有假吧？再怎么炒作，其质量总该有巴西文学院保证吧？保罗·科埃略现在是巴西文学院院士这个倒还真是不假，只不过，"巴西文学院"前面那个定语"颇具声望"要打个大大的折扣。巴西文学院是巴西德高望重的世纪文学伟人马查多·德·阿西斯（Machado de Assis）亲手缔造的，他希望在巴西复制一个法兰西学院，院士实行终身制，只有在有人去世的时候新人才有进入的机会。马查多此举意在赋予巴西文学以尊严和秩序，但没想到巴西的腐败和混乱让他的这个想法泡了汤。马查多去世之后，很多莫名其妙的人混进了巴西文学院，最典型的例子是前总统若泽·萨尔内的入选，此人的"文学作品"全是秘书写的，而这个秘书也是一个语病百出的家伙，所以，萨尔内使得巴西文学院成了一个笑话。但这还仅仅是笑话，保罗·科埃略则使巴西文学院成了公众良心的耻辱。保罗·科埃略角逐院士获得成功的方法很简单：把拥有投票资格的人逐一打点一圈，反正这厮有的是钱，所以送起礼来贵重得令人瞠目结舌，结果，礼还没送完他就成功了——因为他的竞争者是个眼里揉不得沙子的汉子，听说了保罗·科埃略的举动之后，这哥们儿愤然宣布退出竞争，那架势颇像《天龙八部》里萧峰"一声冷笑"之后说的话："我萧某大好男儿，竟与你这种人齐名！"为此事，圣保罗大学的一个文学教授还专门写了一本书:《文学场域的建制及其腐败》。

好了,回过头来,我们该想想怎么处理这个中文语境里似乎已成既成事实的"全球大骗局"了。谁需要保罗·科埃略?当然不是任何一个希望在文字中寻找那种模糊不清但又准确有力的叫作"文学"的东西的人。目前看来,最需要保罗·科埃略的人只能是那些对图书市场运营的"全球化"抱有幻觉,希望借此大捞一笔的人。其实,保罗·科埃略的发财梦、出版商们的发财梦都没有错,赚钱嘛,应该的。只是,既然是一条轻佻的蛇,就不要再穿上坎肩冒充深沉的乌龟了。如果国内真的想要引进介绍巴西现当代文学,还是趁早把目光从保罗·科埃略的闹剧上移开,去看看奥斯瓦尔德·安德拉德(Oswald de Andrade)、马里奥·安德拉德(Mario de Andrade)、吉马朗埃斯·罗萨(Guimaraes Rosa)、克拉丽丝·里斯贝克特(Clarice Lispector)、希格·布瓦尔格(Chico Buarque)等人,这些真正奠定了巴西现当代文学独特氛围的人要么仅有零星的翻译片段,要么就干脆在中文语境里不为人知。

目前中国的外国文学书籍出版越来越有"守株待兔"的意思,不去想方设法用专业的眼光主动探询真正值得译介的东西,只是耐心地等候从国际出版商的版权交易协议里能够跑出一只畅销的兔子,一头撞死在摇钱树上。有趣的是,保罗·科埃略的名字 Coelho,在葡语里就是兔子的意思。利欲熏心的出版商们让国内的拉美文学出版沉寂了这么多年,就为了等这么一只肉质粗糙的兔子。

草木饰品知识分子

去年9月我未婚妻从巴西"探监"回北京的时候，我挑了一大堆巴西的草木手工艺饰品让她拿回去送给朋友们，多为用亚马孙的树皮、果壳、树籽、草茎做的风格极其波希米亚的耳环、项链、手镯等物事，朋友们惊为天物，个别曾有去尼泊尔采购廉价饰品回北京倒卖的劣迹的好事者甚至要求我协助她们前往巴西"进货"。这次我回到北京，依然带了很多巴西的草木饰品，但我这次多了几分私心，很多饰品我其实更愿意挂在自己的家里，供我回想巴西之用。

巴西的草木饰品是一种独特的土著主义和后嬉皮运动相结合的流行文化，它是一种本土强势生活态度的象征。草木饰品的用料清一色来自土著文化的中心亚马孙地带，选取的植物多半也为本土特有的民族身份标志性植被，譬如阿萨伊、瓜拉纳等。在制作工艺上，它主张完全手工，把20世纪60年代嬉皮运动以来的一些夸张、激烈的饰物加工风格和印第安原住民的传统手工技术结合起来。佩戴这些饰品的人大多是对跨国资本主义时代的品牌文化深感厌恶和不屑的反全球化主义者，而这样的人在近年来的巴西中青年之中竟越来越成为主流，受教育程度越高的人，对草木饰品的诉求就越明显。

最有意思的是，草木饰品的大行其道造就了一个特殊的职业群落和一种特殊的生活方式。大批怀着20世纪60年代嬉皮运动情结的辍学大学生、流浪艺术家、迷惘知识分子加入了草木饰品制作者和贩卖者的行列，他们云游四方，没有固定的居所，每到一座城市就找到一个同类云集的场所（通常是在大学里、海滩边或是旅游品市场），把高乔人的斗篷铺在地上，现场制作小饰品并以极为便宜的价格现场出售。他们一般都有着制式行头：男的梳鲍勃·玛利头，女的则身着极为炫目的百衲裙，他们随身携带的牛皮行囊里一般都装着从亚马孙丛林里采集来的各式草木原料，同时必然有几包上好的大麻和一把吉他。我曾经写过一个汉语说得巨牛逼、精神修为颇高的乌拉圭流浪老头，此人就属于草木饰品知识分子的行列。

在我曾经生活过的巴西利亚城，有两个草木饰品知识分子啸聚的地方，一个是巴西利亚大学的学生食堂门口，一个是城中心电视塔下的手工艺市场。我经常蹲在地上看他们用风干的巴西酸角果壳做极度夸饰的盘曲大耳环，用巴伊亚椰壳做胸罩，用磨光了的阿萨伊做项链。我甚至还和他们中的一些人交上了朋友，可以电话招呼他们到我家来按我的要求当场制作造型离谱的饰品。回国后，我看见现在的小朋友们都沉迷于日韩小饰品，不由得由衷地感到遗憾，真想组织一帮巴西的草木群落来北京好好地摆一个大卖场。

巴西流行文化教父加埃塔诺·维罗索

　　回国第二天，常驻北京的巴西第一大报《圣保罗页报》的记者克劳迪亚请我小型饕餮了一下。席间，克劳迪亚问我这一年半是否了解了巴西音乐，我不敢说了解，只敢说喜欢。她问我最喜欢谁的音乐的时候，我的脑子在几代巴西音乐人之间旋转了一圈，最后说出来的居然还是一个大路货——加埃塔诺·维罗索。没想到克劳迪亚激动了起来，抱住我给了我一个巴西式狂吻，因为维罗索也是她的挚爱。

　　同一个维罗索在我出国前和回国后两次为我赚来了中年艳妇的热吻，充分活络了中巴关系。出国前那次是这样的：巴西使馆的美女参赞约我去使馆"验货"，看看我是不是值得他们付机票送去巴西教书的人。美女参赞当时问我最喜欢的巴西音乐人是谁。说实话，那时我对巴西的一切近于一无所知，唯一值得庆幸的是，我不久前才知道，在我最喜欢的电影原声里唱西语歌曲《咕咕咕咕咕，鸽子》的那个加埃塔诺·维罗索正是巴西人氏，因而脱口就把这哥们儿的名字卖了出去，美女参赞大喜，胡乱吻了我几下，机票搞定了。

各位不要看了我上面的叙述就误以为维罗索只是一些中年妇女的偶像，我在巴西的经历告诉我，维罗索在巴西是唯一一个各性别各年龄各阶层通吃的文化偶像，不管在世界上的哪个角落，只要你碰见巴西人，只要你想要和他套磁或者和她勾搭，你就说你喜欢加埃塔诺·维罗索，哪怕你一首歌都没听过，对方都会立即向你表示友好甚至示肉示爱。

加埃塔诺·维罗索是个不折不扣的巴西流行文化教父，比崔健在中国的地位还要高，有点类似鲍勃·迪伦在美国的地位。他出生在巴西的贫困大州巴伊亚州，20 世纪 60 年代末和现任文化部长伊尔伯托扯起"热带主义"大旗策反 Bossa Nova，推行音乐与青年反叛文化、音乐与激进的政治干预相结合的理念，在青年人中影响巨大，一度遭到巴西军政府流放，归国之后一直雄踞在本土乐坛的巅峰。做一个大国的音乐老大是件很不容易的事情，不能光有一把好嗓子，否则就是刀郎而不是崔健了。维罗索在先锋文艺领域造诣极高，他不但深受老一代音乐巨人（也是他的策反对象）汤姆·若宾和维尼休斯等人的指教，更受到电影领域的"巴西戈达尔"克洛贝尔·罗夏和戏剧、诗歌双料大师奥斯瓦尔德·德·安德拉德的影响，后来干脆和更加前卫的一拨圣保罗"具体诗派"的猛人合作，把影响力推向了流行音乐之外的广阔领域。近些年，这老哥居然还开始写作，一口气出了好几本，这些书不但卖得不错，在文学圈子里也有很多人认为他写得很不错，大有赶超身为音乐人的顶级作家希格·布瓦尔格的意思。想想华语音乐界罗大佑、崔健也有出书的冲动，这也不算稀罕。

牛逼的人都有"软肋"，维罗索如此风光，却有个致命的"缺憾"，导致他不能像和他一起从巴伊亚州打天下起家的音乐兄弟伊尔伯托一样风风光光地当上文化部长。维罗索是个巴西尽人皆知的双性恋，近年还传出恋童癖绯闻，有狗仔队不断偷拍到他在北部一些僻静的海滩上和一些十一二岁的小男生秘密度假的猛料。有意思的是，维罗索一家在性取向上都比较另类。他的亲妹妹，巴西音乐的另一面大旗，"热带主义"的核心干将之一玛丽娅·贝塔尼娅是个坚定不移的女同性恋，还是拉美女同性恋维权运动的领袖。更搞笑的是，他的妻子居然也是一个双性恋，还和他自己的几个女性恋人有过亲密关系。如此的混乱关系使得维罗索一家永远处于报纸八卦版的核心位置，连他的养女也不例外，他的养女去年涉嫌贩毒的新闻在本国新闻排行榜上一直居高不下。不过，高傲的维罗索对所有的媒体说辞都爱理不理，依然我行我素，媒体的喧嚣甚至使他与生俱来的傲骨更加坚硬。

对媒体高傲惯了可能亦会影响到日常生活中为人处事的基本态度。我曾见过维罗索一次，在文化沙漠一般的巴西利亚唯一的音乐会所 Gates Pub。那天我去那儿看一个哥们儿的小乐队演出，正巧见到维罗索在里面晃悠。第二天巴西利亚有他的演唱会，他早到了一天，晚上闲极无聊，就到 Gates Pub 里面来溜达溜达。我认出是他了之后，几乎不能相信自己会有如此的运气，就激动地上前向他致以中国人民的问候，情急之下有些结巴，但还是较为熟练地模仿了一句他在各个演唱会现场上最喜欢说的话："你真是一件举世难求的珍宝。"听着我自己都觉得不对劲，好像基佬的调调。伟大的加埃塔诺·维罗索冷漠地应付了我一下，用蚊子一般若有若无的声音说了一句"Prazer"（幸会）而后转身走了。这次不愉快的会面导致我第二天没去看他的演唱会，当然，那场演唱会由于全是他进军全球唱片市场的英文歌，本来就没什么可听的。

最近几年维罗索显然有些急功近利了，他可能不满足于自己的"巴西教父"的地位，生要借助跨国唱片公司的聒噪把自己塑造成世界乐坛的大佬，一门心思翻唱英语和西语的老歌，几乎没有出什么葡语的新唱片，这导致国内的 fans 对他多少有点怨言。喜欢他的话，还是得听他"热带主义"时期的唱片，那才是一个有血有肉有胆气有性情的真实的教父。

VI

重返巴西

塞拉隆彩梯

　　7月，因为参加一个国际会议，得以在十年后重返全球我最钟爱的城市里约热内卢，激动之余，也感到郁闷不已——由于在巴西逗留的时间很短，就算不去新的地方，仅仅把十年前我在里约走过的路线再捋一遍，也毫无可能。于是我决定用会议期间唯一的几小时闲暇，去看看十年前最令我意乱神迷的地方：既不是科帕卡帕纳和伊帕奈玛海滩，也不是面包山和耶稣山，而是两个相邻的波希米亚街区，拉帕和桑塔特蕾莎。

　　桑塔特蕾莎之于里约就相当于格林威治之于纽约、塞纳河左岸之于巴黎。十年前我最热爱的，是一种活化石般的黄色有轨小电车，小小的车厢经常挤满一车各种颜色的大腿，缓缓摇上桑塔特蕾莎，时不时在山间的转弯处，突然直面浩瀚的大西洋。

　　没承想，到了拉帕却被告知，由于去年电车出了事故，整条线路已经停止了运营。一位本地文艺青年见我面露失望之色，指引我说："去塞拉隆彩梯溜达溜达吧，肯定能医治你对小电车的思念。"我这才想起来，塞拉隆彩梯的确就在附近，于是欣然穿过拉帕区一条满是古怪精灵小涂鸦的街道，来到了一条通往山上桑塔特蕾莎修道院的窄巷的入口。我的眼睛瞬间被亮瞎了：塞拉隆彩梯正是由这条窄巷华丽丽地向山上铺展开去，入口处右侧那片极其炫亮的红色基调瓷砖拼贴组合，以火辣辣的铭文"巴西，我爱你——塞拉隆"为核心，把我带进了攀升的石阶上各种神奇瓷砖构成的色彩大冒险之中。

塞拉隆彩梯到底是什么？简单地说，就是一个落魄艺术家拿整个街巷做的一个瓷砖拼贴大装置。智利画家豪尔赫·塞拉隆，就像他的智利同乡罗贝托·波拉尼奥小说中常见的底层艺术家，半辈子飘荡在全球50多个国家，直到20世纪80年代才在里约的拉帕和桑塔特蕾莎一带安顿下来。他对巴西特别钟爱，从20世纪90年代起，他开始了一项在房东和街坊邻居眼里十分不正常的创作计划，就是把各种花哨的瓷砖粘贴在他租的房子所在的坡巷上，希望以此"作品"点亮整个街区。最初，塞拉隆遭到各种嘲讽和抵制，后来他日复一日的坚持获得了大力支持，人们从60多个国家带来2000多片风格迥异的瓷砖赠送给他，他以愚公移山的意志用这些瓷砖重新"包装"了125米长的阶梯。塞拉隆彩梯在2005年被里约官方确认为城市地标之一，并出现在里约申奥的宣传片以及世界各国的MV和文艺片里，塞拉隆突然蹿红，但他的生活并未因此而改变：他觉得他的彩梯作品还远未完成，每天白天，他都趴在石阶上创作，夜里，他还是趴在石阶上，和世界各地的醉汉狂欢。

2013年1月，豪尔赫·塞拉隆被发现暴尸于他亲手创作出的彩梯上，死因至今不明。塞拉隆的意外离世强化了彩梯的传奇感，今天，各国游客到这儿除了卖萌摆拍、努力从瓷砖迷宫中寻找来自自己国家的瓷砖之外，都会感慨彩梯的神奇、艺术家的神奇以及这个世界的神奇。

达·库尼亚的悲剧

今年夏天，我被位于巴西东北部巴伊亚州的巴伊亚州立大学阿拉戈伊尼亚斯校区邀请去短期讲学。巴伊亚州是巴西的历史文化大州，1500年葡萄牙殖民者"垦殖"巴西的起始地，十四年前我第一次旅居巴西的时候，曾经去过该州的首府、殖民地时期巴西的第一个首都萨尔瓦多，对该州的沿海地带有所了解。这次讲学，借着阿拉戈尼亚斯在内陆腹地的地理优势，我想要更多地了解一下我从未去过的腹地深处半干旱的卡廷加地貌。没想到在去往腹地深处19世纪末巴西著名的卡奴杜斯农民起义故地的半路上，我却被一个荒僻的小城市的名字吸引住了。

按照中国的叫法，这座小城市应该叫作小镇——稀稀拉拉的几条街道，孤零零的几排房屋，坐落在贯穿巴西南北的国道116边上。头顶是毒辣的太阳，周围是一望无际的旷野，旷野上的主要植被是巨大的仙人掌，典型的卡廷加地貌。

在我们的车几乎就要从这座小镇擦身而过时，我突然从路边的车站站牌发现，这座小镇叫作欧克利德斯·达·库尼亚，于是，我立即叫开车的朋友停下，到这个名字具有重大意味的小镇上驻足了片刻。

欧克利德斯·达·库尼亚是19世纪末、20世纪初巴西最重要的作家之一。19世纪末在干旱、贫穷的巴伊亚腹地爆发了以天主教神父"劝世者"安东尼奥领导的农民起义，新成立的巴西共和国政府不了解腹地的贫苦，将这一起义判定为君主制复辟，前后四次派远征军去起义根据地卡奴杜斯围剿。在 1897 年的最后一次围剿中，远征军终于残酷地镇压了这场代表了腹地贫民求生呼求的起义，并屠戮了数以万计的腹地农民。

达·库尼亚作为随军记者见证了这场惨无人道的大屠杀，他的良知告诉他，共和国政府对起义的定性完全是个谎言，于是他决定写一本"复仇之书"，为卡奴杜斯屈死的冤魂发声。

1902 年，集地理研究、人类学田野考察、小说为一体的巨著《腹地》得以出版，在书中达·库尼亚雄辩地指出，卡奴杜斯的惨剧，本质上是沿海的、欧化的、"虚假的"巴西在试图消灭腹地深处本土化的、"真正的"巴西。

达·库尼亚的《腹地》以及他的"两个巴西"的思想深刻地影响了巴西 20 世纪文化，正因此，我所经过的那座腹地小镇才以欧克利德斯·达·库尼亚的名字命名。然而，这样一个文化巨人的名字和荒僻孤绝的腹地小镇结合在一起，总还是让人觉得感慨，尤其是联想到达·库尼亚悲剧性的结局。

达·库尼亚是个不折不扣的兼职狂人，因为和妻子安娜育有四个孩子，达·库尼亚忙于以记者、工程师、科考探险家、作家等多种职业养家糊口。因为常年在外，妻子安娜和比她小十七岁的军官迪莱芒多有了私情，有两个孩子实为迪莱芒多的。第一个孩子生下来没多久就夭折了，第二个长大以后，达·库尼亚越看越不对劲。他和安娜都是深色皮肤混血人种，但是这个让他"喜当爹"的娃，却是个地道的金发碧眼白人，达·库尼亚曾写道："这孩子怎么感觉像咖啡种植园里长出来的一根玉米棒子！"

安娜以为达·库尼亚接受了这顶绿帽子，然而 1909 年的一天，达·库尼亚突然爆发了，他冲进了迪莱芒多的家里跟他决斗，在击中了迪莱芒多的兄弟和迪莱芒多本人之后，他却被生命力顽强的迪莱芒多一枪毙命。

悲剧还未结束。1916 年，达·库尼亚的大儿子费里奥刚满二十二岁，就发誓要替父亲报仇。费里奥也在里约热内卢像他父亲一样找到了迪莱芒多开枪决斗，而这一次，先被射伤的迪莱芒多再次像打不死的小强一样顽强地站了起来，一枪打死了费里奥。

达·库尼亚的遗孀安娜在丈夫和儿子双双被情人打死的情况下，被爱情冲昏了头脑，毅然决定正式嫁给迪莱芒多，并和他又生了四个孩子。多年后，迪莱芒多又开始让其他人"喜当爹"了，安娜一怒之下抛开了迪莱芒多和一大堆孩子，到一座孤岛上度过了余生。

有意思的是，《腹地》一书 1959 年被翻译成中文的时候，大概因为在决斗中被射杀这种人生结局不适合用来描述一位政治正确的进步作家，于是，在中译本的作家小传里，达·库尼亚的悲剧被改写为：1909 年，反动的巴西当局安排了一个反动军官将达·库尼亚暗杀。我把这段轶事讲述给巴西朋友们的时候，他们居然都表示，这个版本的人生结局比较完美，比真实的结果好多了，他们宁愿接受中国版的达·库尼亚之死。

别了，修安琪

今年 8 月我在位于巴西东北部巴伊亚州阿拉戈伊尼亚市的巴伊亚州立大学文学院客座授课的时候，一度想要抽空去与巴伊亚州相邻的巴西东南部米纳斯吉拉斯州首府贝洛奥里藏特走一趟，去看望正在与病魔做斗争的巴西老朋友修安琪，我记得没错的话，她当时是在米纳斯吉拉斯联邦大学做语言学的博士后研究。

我打开 Google 做了半天攻略，极为沮丧地发现，巴西毕竟是一个大国，巴伊亚州和米纳斯吉拉斯州虽然紧紧相邻，但是在完全没有火车这个交通选项的巴西，从阿拉戈伊尼亚市到贝洛奥里藏特这 1000 多公里路，无论是辗转换乘长途大巴，还是坐长途大巴再换支线航班小飞机，都要耗去大量的时间，和我密集的客座授课时间表会有剧烈的冲撞。

我拨通了修安琪的微信音频通话，告诉她我离贝洛奥里藏特其实不算很远了，但是似乎很难找到足够充裕的时间过去看她，想问问她是否知道网上搜不出来的更便捷的交通方式，比如碰巧有人自驾从阿拉戈伊尼亚斯去贝洛奥里藏特，可以搭个便车。没想到修安琪告诉我，她现在已经从贝洛奥里藏特回到了她的家乡，巴西最南部的南里奥格兰德州首府阿雷格里港，她说："我回老家来休养一下。最近我感觉身体好多了，所以这次见不到也不要觉得遗憾，下次我们中国见。"阿拉戈伊尼亚斯距离阿雷格里港3000多公里，无论如何都赶不过去了。我只好断了这个念想。

修安琪本名叫玛尔西娅·施马尔茨，从她的姓就可以看出来，和很多南里奥格兰德州的巴西人一样，她是德国移民的后裔，也和几乎所有南里奥格兰德的德裔巴西人一样，比起强调自己的德国源头来，她更愿意认同自己是"南美牛仔"高乔人的后裔，每次大家夸赞她豪爽大气的时候，她都会说："我们高乔人就是这样。"修安琪五岁的时候，巴西在军政府统治下局势动荡不安，她跟随来自中国台湾的养父去宝岛台湾生活了六年，在那里她学会了中文，接受了中华文化的熏陶，并从此开始了和中国语言文学持续一生的缘分。她在巴西念完大学之后，就经常译一些中文的东西到葡语里，由于当时巴西严重缺乏汉语人才，她还经常被请去做口译，但她最想做的，还是找到足够充裕的时间，系统地把她喜欢的中国现当代文学经典译介到巴西。

2005年，她被巴西政府遴选为海外葡语教师，派驻到我执教的北京大学担任外教，我正好在学校里的巴西文化中心兼差，所以就成了她名副其实的同事。她带着她中文名叫黛玉的女儿在北大校园里住了三年，除了上课、照顾女儿，她把大量时间都花在了翻译中国文学上面。我们那段时间经常见面，我很喜欢跟她聊天，一是因为她努力模仿出来的北方口音里依然带着柔软的台湾底蕴，听起来非常有趣，二是因为，我那段时间刚从巴西旅居回来，对巴西的社会、历史、民生状况还有很多小问号，修安琪从少年时代就积极投身社会运动，是卢拉和工党的坚定捍卫者，对巴西的很多问题有着很有左派穿透力的理解，足以为我解惑。那时候她也开始翻译中国古代寓言，翻译鲁迅和余华。她非常认真，针对原文里的一句看上去很普通的话，她有时候能找我讨论半天，以确认她的理解挪置到另一个语境里不会缩水太多。

2008 年，修安琪拿到了澳门大学葡文系的教职，在那里一边教书一边攻读博士学位。她邀请我去澳门大学讲过诗歌翻译，也在我应邀参加澳门文学节的时候，和我搭对做现场朗诵。那时候，她已经在翻译老舍的《骆驼祥子》了，她告诉我她在译老舍的时候，有一种奇怪的感觉，就是住的房子虽然在澳门，但是书桌上有一个活生生的北京，她像是继续生活在北京。

2016 年，因为她先生不愿离开巴西发展，修安琪带着女儿彻底回到了巴西。本来回去是想过着一家团聚的生活，但是阴差阳错，她找到的工作在米纳斯吉拉斯联邦大学，她女儿考上的大学在北里奥格兰德州，她先生继续待在南里奥格兰德州，这三者之间的位置关系，就好比黑龙江、江苏和广东。她对我解嘲说，生活在一个大国的代价，就是得接受距离感。她在米纳斯吉拉斯联邦大学还经常跟我微信联络，有时候会讨论起下一步的翻译计划。

2017 年深秋，我突然接到她在微信里留的一段语音，告诉我她因为好像感冒了呼吸不顺畅，去医院检查了一下，结果竟然查出了肺癌四期，必须得立即住院治疗。我一时不知如何安慰她，她倒是很镇静地告诉我，不管还能活多久，只要还能动弹，她都会把没有完成的翻译计划接着做下去。每当我看见她在我的微信朋友圈里频繁点赞的时候，我就知道，她肯定在接受治疗时做不了别的，只能刷微信。一旦有一段时间她没怎么点赞了，我就明白在治疗的间隙期，她又开始工作了。

回到这篇文章开头的场景。因为她所说的生活在一个大国必须得接受的"距离感",我遗憾地在今年 8 月份无法与她重聚。回到北京后,我们几乎没怎么联系,我猜测她既然说身体感觉好多了,应该是在南里奥格兰德州的家中继续翻译《白鹿原》了。然而,9 月 8 日那一天,来自不同信源的汉葡语消息突然在我的手机里激烈地撞击在一起,内容只有一个:经各方友人确认,修安琪于 9 月 7 日在阿雷格里港离世,年仅四十三岁。9 月 7 日恰好是巴西的国庆日。

过了很长时间,我都无法不去责备自己为什么 8 月份不果断地买一张去阿雷格里港的机票去见她一面。这几天翻看葡语版《骆驼祥子》在巴西出版时新华社驻巴西记者对她的采访,她在采访中说:"或许上天就希望我的人生和中国捆绑在一起。回想起来,小时候看的中国文学作品仍历历在目,而现在翻译中国文学作品已成为我生命中最牵挂的一件事了。"

"释放卢拉"

　　巴西 2018 年的总统大选 10 月就已落下帷幕，虽然早些时候身陷囹圄的劳工党候选人、前总统卢拉拥有排位第一的民调支持率，但他的参选资格被裁定为无效，替代卢拉参选的劳工党候选人阿达因备选仓促，虽然勉强进入了第二轮投票，但最终还是败给了极端右翼政客博索纳罗，后者即将在 2019 年元旦正式就任巴西总统，成为巴西回归民主以来争议最大的民选总统。

　　我注意到，两轮投票中，劳工党的传统大票仓、卢拉支持者的大本营东北诸州都没让博索纳罗占到什么便宜。这让我回想起今年 8 月在东北巴伊亚州的经历。

　　我刚到巴伊亚腹地小镇阿拉戈伊尼亚斯的那一天，邀请我的奥斯玛教授把我拉到一个吃走地鸡的农家乐，说是学校的一些左派老师要给我接风。去了以后才发现，给我接风只是个幌子，各院系的左派老师其实是借此机会商量第二天在附近的几个镇举行一场力挺卢拉拥有参选权的车队大游行。由于我围观了他们的策划，第二天晚上奥斯玛把我接到了游行现场，让我坐在他的那辆贴着"释放卢拉"标识的小车里，加入一百多辆同样贴着"释放卢拉"标识的左派人士私家车组成的车队。

车队开进了方圆几十公里内的每一条街巷、每一个居民点，领队的大车像是桑巴游行的大彩车，上面有本地 Forró 音乐的乐队，一路都在唱专为"释放卢拉"行动谱写的新歌，还有一些资深本地社运人士举着大喇叭，在演唱间歇时激情满满地呼吁大家支持卢拉和劳工党。

我注意到，车队开进相对富裕一点的街区时，会有人打开窗户举着啤酒高呼"释放卢拉"呼应车队。而开进相对贫穷一点的街区，每家每户都会敞开大门，全家人齐刷刷站在门口，一边跟着音乐起舞，一边高喊"释放卢拉"。有很多工友、农友家庭临时决定加入车队，问领队车上的志愿者要了"释放卢拉"的标识，立即就贴在自家的皮卡上，并迅速把皮卡开出来，加入队尾。游行车队像手机游戏里的贪吃蛇一样不断拉长，到半夜的时候，已经有四百多辆车了。

这次客座讲学期间，我曾去巴西最贫穷的卡奴杜斯镇附近怀古。因为贫穷，19 世纪末这里曾爆发过巴西历史上规模最大的农民起义。2003—2016 年，在多届劳工党政府的帮助下，卡奴杜斯的赤贫状况得到了很大的改善。但是因为土地贫瘠、气候干燥，加上 2016 年迪尔玛被弹劾后劳工党政府的惠民政策突然中断，当地的状况依然略显凄苦。

在遍布巨大仙人掌的龟裂土地上，偶尔碰见个把人，他们的表情都有一种腹地深处特有的严峻感，我数次礼貌地和他们打招呼，都起不到任何社交的效果。后来我发现，只要我对他们打招呼时说"释放卢拉！"而不是"下午好"，他们就会微笑着走过来跟我聊天，甚至带我去他们的家里小坐、去村里的小教堂参加弥撒。

在那十几天的客座讲学期间，我用万能的"释放卢拉"和大学师生、的士司机、民宿老板、餐厅跑堂、石油工人、基层神父等各种社会身份的人建立了融洽的搭讪关系，但这句话最神奇的使用效果，还是在巴伊亚州首府萨尔瓦多市。

在萨尔瓦多的低城靠近通往高城的大电梯附近，有一个著名的万能大市场，叫模范市场，巴伊亚州各种土特产那里都能买到。但是低城的治安也是出了名地差，抢劫如同家常便饭。回国前，我在萨尔瓦多逗留了半日，主要是为了去模范市场买一些巴伊亚特有的乡土乐器。

买完出来，我满头大汗地放下身上的大包小包，在海边一棵大树下稍微歇了会儿，抽根小烟吹吹海风。气定神闲之时，我突然发现，有四五个光头小哥，正有节奏地向我包抄过来。这个画面我很熟悉，十四年前我在这里也遇上过，当时亏得有个卖虾饼的黑人大妈仗义解救了我，不然肯定会被抢到只剩内裤。我环顾了一下四周，这次周围除了劫匪已经没有其他人了，只能靠我自救。一时间，我不知道脑子里到底发生了些什么，在劫匪们即将完成对我的合围之际，我突然面带微笑对他们朗声说了一句："释放卢拉！"奇迹发生了。几个劫匪几乎同时愣在那里，似乎是在思考该怎么回应。正在他们嗫嚅着貌似准备说出"释放卢拉"的当口儿，我拎着一堆包从包围圈里疯跑了出去，跑到了几百米外的人群之中。

2007 年版后记

胡续冬

2003 年夏末，留校任教刚刚一年的我在恩师赵振江先生的大力推荐下，被北大派往巴西首都巴西利亚的巴西利亚大学（Universitade de Brasília，简称 UnB）做访问教师，主要任务是在这所巴西排名前三的大学建立汉语和中国文化教学点。从拿到"派遣令"到工作签证办理下来的那段时间里，我一直处于一种既兴奋又迷惑的状态，兴奋的是，我一直对只能用"神奇的热土"这句套话来形容的南美洲充满了基于阅读的好奇感，去南美晃悠一段时间算是一个极其难得的令"人生完满"的机会；迷惑的是，为什么偏偏是去巴西这样一个我知之甚少的国家？我那可怜的西班牙语技能和这个南美洲唯一的葡萄牙语国家完全不配套，我通过阅读和博尔赫斯、科塔萨尔等西班牙语作家建立起来的亲和感也完全不能用于想象巴西。更令我迷惑的是，就算命运非得把我在巴西搁一段时间，为什么不把我搁在这个海岸线漫长无比的国家那些鼎鼎大名的沿海城市，譬如里约热内卢、圣保罗、阿莱格里港什么的，而偏偏要把我扔到一个世界上最大的高原正中心的内陆城市巴西利亚？凭着我对初中《世界地理》的顽强记忆，我知道巴西利亚虽然是首都，但地广人稀，功能单一，除了一些古里古怪的未来主义建筑，作为一个城市几乎乏善可陈。

就在我即将被既喜人又愚人的命运推离北京的时候，筹建中的《新京报》找到了我。老友李多钰和王小山诚邀我在《新京报》上开设每周四篇的专栏，把我在巴西的所见、所思及时记叙下来，从到达巴西的第一天一直写到离开，和国内的读者分享一段完整的、以现在进行时的方式不断积累和完善的巴西生活体验。我明白他们的意思是希望拿我的肉身遭遇当榔头，为读者们砸开一扇了解这个遥远国度的窗户。这是一件攒人品的好事，加之我对《新京报》充满了期待和信任，便欣然应允了。诚如李多钰女士在序言里所说，我到了巴西利亚以后的第一件事，就是像个地下党员一样想方设法找到了上网的地方与"组织上"取得联系，开始了"永不消逝的专栏波"。这样，从《新京报》2003 年 11 月 11 日创刊直到 2005 年初我回到北京，我那些叽叽歪歪的专栏文字一直像一群好动的南美小猴一样以"桑巴故里"之名赖在《新京报》上不肯离去，先是待在"首都"版的树枝上，后来又跳到"每日专栏"版的枝头跳起了桑巴，据说吸引了不少看客，可惜我身在八万里之外，无缘当面"抱答"一两个忠实的女读者。

"桑巴故里"专栏共有将近 300 篇，30 多万字。回国之后不久我就把这些文字整理了出来，希望能够结集出版。我将这本想象当中的书命名为《文字桑巴 69 周》，因为我的"桑巴故里"专栏恰好记述了我 69 个星期的巴西生活，天意！我是多么中意于 69 这个伟大的数字啊！"69 周"既是 69 个星期，也可以当作桑巴摆臀的 69 个圆周。我是一个身体极度不协调的愚钝之人，在巴西很多人试图教我跳桑巴都未遂，但我一直相信，我在巴西写下的文字会因地域的接触巫术而激烈地桑巴起来。在巴西的这69个星期，是我生命中一个重要的"转型期"，对世界的认知、对文化的理解、对语言的敏锐度、对"同"与"异"的体察、对历史与现实的提问方式、对生活之中怪诞与凄凉的领悟、对各种各样的人的态度都在这个69个星期里酝酿着变化，与此同时，而立之年的到来、好友的辞世、写作的变异、感情生活的转折也都发生在这69个星期里，因此，裹挟了这些细微变化的69周文字桑巴不仅仅是我异域生活的鲜活经验之舞，更被我敝帚自珍为这段转型岁月里隐秘的内心之舞。嗯，那不能忘怀的69周，另一个国家，另一种活法，另一些人与事，另一道心灵内外的风景，不知道是不是另一个我，在日复一日的专栏中奋笔将我描述。

　　辗转了两年以后，想象中的《文字桑巴69周》历经磨难，终于承蒙"立品图书"的厚爱，变成了一本实实在在的书，书名调整为《去他的巴西》，这是因为一些朋友认为，"文字桑巴69周"这个名字太私人化，还有个令人棘手的"69"，不好处理，而"去他的巴西"则具有一种投我所好的歧义性：是"去他的——巴西"还是"去——他的巴西"？这是一个很好玩的问题。刚去巴西不久的时候，我学到一句俚语，直译过来是"去中国待着吧！"，表达的意思是到某个乌有之乡去，中国在这句话里跟我们这边"忘到爪哇去了"里的爪哇一样，是虚指某个遥远的所在。这个"去他的巴西"某种意义上对应了上面提到的巴西俚语，可能在我叙述的最深处，巴西突然消散成了一个乌有之乡。

　　在此我要感谢《新京报》的副总编李多钰和我的好朋友尹丽川，两位如此优秀的女性为我作序，大大地满足了我小小的虚荣心。感谢王小山、胡少卿、绿茶、王文静、于崇宇，他们先后在

《新京报》做过我的专栏编辑，是他们把我敦促成了一个靠谱的专栏作者。感谢老友席亚兵，这本书中的部分文字曾应他之邀放在了《世界博览》杂志的"并驾书场"上。感谢这本书的责编、"立品图书"的竹子，一个抽烟比我还要厉害的文艺mm，她和她英俊的老板黄明雨让我这本怀孕期过长的书得以正常分娩。感谢萨其、宙艳、黄南、"鸡"、李蓬、小莫等巴西利亚华人小友，他们与我分享了本书中的所有神奇与寂寞。感谢在世界地图上像一个E罩杯一样饱满的巴西，它用罩杯中热情、淳朴、善良的乳汁喂肥了我的内心。感谢好友朱靖江，我们在里约热内卢活生生地演绎了"他乡遇故知"。感谢我在巴西时的MSN女友、现在的妻子阿子，如果没有她在MSN上分享我的孤寂时刻，我的文字就永远跳不出桑巴，如果没有她不远八万里去巴西看我，我就不会下决心在2005年初回国——"转型期"容易让人精神失衡，我曾一度想要在巴西把"公务"尽可能长地执行下去。

最后，感谢所有《新京报》"桑巴故里"专栏的读者和所有《世界博览》"并驾书场"的读者。我至今都感觉非常惭愧，法国人类学家列维 – 斯特劳斯的巴西之行造就了奇书《忧郁的热带》，美国女诗人伊丽莎白·毕晓普的巴西旅居生活为20世纪后半叶的世界诗歌带来了举足轻重的经典，而我的巴西之旅，却只能为大家提供这些零零散散的小专栏。望读者们饶恕我的散漫。

2007年2月于北大蔚秀园家中

2012 年版后记

胡续冬

1969 年，因为一份炽烈的同性恋情已经在巴西旅居了十八年的美国女诗人伊丽莎白·毕晓普在给她的挚友罗伯特·洛威尔的信中写道："一想到后半辈子我极有可能被当作某种意义上的巴西权威，我就觉得十分不爽。"前段时间我无意中读到这段话的时候，大有"于我心有戚戚焉"的感觉。

2003 下半年到 2005 年初，我被学校派到巴西，在巴西利亚大学客座执教了一年半的时间。回国之后，仅仅为了证明自己在巴西期间没有像个中年小白痴一样毫无斩获，我十分打酱油地开了一两门和巴西文学与文化有关的课程，也偶尔混迹在一些和巴西有关的学术活动里。我万万没有想到的是，很多人（特别是各类媒体的朋友）就像伊丽莎白·毕晓普所担心的那样，稀里糊涂地把我当成了"某种意义上的巴西权威"，时不时邀我在电视里、报刊上大谈巴西。我磨不开情面，往往也就厚着脸皮瞎侃乱写一番。但说得越多、写得越多，我心里就越恐慌。我深知，我和巴西之间的关联，就算我再怎么聪慧好学、博闻强识，也仅仅是一年半时间的打酱油关系而已。

然而这一年半的时光，对我个人来说却具有难以想象的重要意义，从很多方面来看，它都像是我近十年来个人生活的一个全新的起点。首要的变化就是，巴西的旅居生涯赐给我了一个平静安宁的北京小家庭。这听起来有点绕，不过，正如博尔赫斯所说，"宇宙间没有平直的事"，尽管我和妻子2003年以前都住在北京海淀区直线距离不到4公里的地方，但如果我不到巴西，就不会开始和她网恋，如果她2004年没有往返4万公里飞到巴西去看我，我们此刻在庞大的北京可能还是相距不到4公里的两个孤独的酱油瓶。直到现在，每当各种油然而生的loser感开始威胁到我们精心呵护的微小的幸福感的时候，我们保持着在记忆中的巴西寻求治愈的习惯。

　　另外一个变化其实也和治愈有关。我是在巴西期间步入而立之年的。我一个很扯的哥们儿曾经告诉我，每个男人身体里都有个心理处女膜，三十岁的时候会被老天捅破，这个过程多少会有些痛。好在我当时是在巴西这么个快乐的国度，所以没怎么感觉到痛，但该破的，不知不觉中好像都破了。在去巴西之前，我是个性格容易走极端的二逼文艺青年，"三观"拧巴得不成形状，还经常愤不拉叽地怨天尤人。在巴西遇见的那些乐观豁达的人、喜感乱溅的事，以及弥漫在巴西上空的那股随遇而high的气息，悄悄地渗透到了我的体内，篡改了我的性情编码，我多少有些像费尔南多·佩索阿一样，在自己的灵魂中发明出了另外一个我：一个外挂哈哈大笑内置inner peace的普通中年。所以回国之后，尽管和同龄的贤达人士们相比我依然还是个悲摧的"屌丝"，但那个在巴西被发明出来的欢乐的普通中年总会在我胸腔里对我说：兄弟，咱开心就行。

　　最后要说的一个变化，和这本《去他的巴西》有关。我在去巴西之前，基本上只写诗和装逼的评论，没有放开缰绳让我的胡言乱语的小野马自由地蹦跶。我去巴西的时候，《新京报》刚刚创刊，约我写每周四篇的巴西生活专栏，《世界博览》杂志也约我每月为他们写点好玩的事儿。我最初觉得自己肯定坚持不下来，没想到一写就没收住，不但在巴西期间写得跟井喷似的毫不节制，回国以后更是踏上了到处写专栏的贼船。我那个年代写诗的文艺青年普遍比较鄙视随笔，觉得诗是"黄金在天上舞蹈，命令我歌唱"的高端文体，专栏随笔什么的，都是些"节操碎一地"的东西。但自从在巴西开始写专栏之后，我发现专栏随笔也可以写得活力满满，它带来的写作的欢愉丝毫不逊于写诗。

我在巴西期间写的大部分专栏在2007年结集为初版的《去他的巴西》（中国友谊出版公司）。我很欣慰的是，这本书还比较受读者的青睐，直到现在，我还时不时在我时常出没的豆瓣网收到豆友们询问何处可以买到此书的豆邮。在《去他的巴西》初版后的五年里，和它相关的人和事打破了书与真实世界的界限，又生发出许多枝蔓。比方说，书中提到的我在巴西教过的好几个学生，后来陆续来到了中国，或学习或执教或做外交官，不知他们是否在巴西写着他们的《去他的中国》；再比方说，一个南方的妹子因为看了这本书决定接受外派去巴西工作，最终和出没在我书中的一个小兄弟结成了伉俪，在婚礼现场的视频上，《去他的巴西》的封面熠熠发光；还比方说，我的专攻葡语文学的同事、顶尖的葡语译者闵雪飞去巴西利亚大学短期访问的时候，很意外地住在我当年住过的那套公寓，而公寓里的女佣也还是我几年前写进书里的那个欢乐的黑大姐维罗妮卡；又比方说，我书中提到的一个当年只有十五岁的巴西华裔小姑娘前段时间来北京看我的时候，我惊讶地得知我书中写过的很多当年和她完全不认识的巴西友人后来都以各种方式进入了她的亲密朋友圈中……这种书里书外不断互动蔓延的感觉有时候会让我产生一种看一部永无完结的电视剧的幻觉。

从 2005 年初回到北京之后，我就一直没有合适的时机再回巴西去看看。但只要《去他的巴西》还在我的书架上，我就会觉得，"巴西"一词就像我和妻子养的那只名叫阿克黄的胖猫一样，永远不会走出我们的家门，它是漂移在我们房间里的、吉马朗埃斯·罗萨所说的"河的第三条岸"。初版卖完了以后，我书架上的《去他的巴西》也因为禁不住朋友们的请求，统统送了出去。我总觉得生活里少了些什么。很感谢周丽华和她的"全本书店"以及新经典出版公司能够再版这本书，至少，可以让胖猫一样的"巴西"一词再蹲回我的小书架上。

2012 年 3 月 25 日 蔚秀园

新版后记：去巴西待着吧

阿子（胡续冬遗孀）

一转眼，胡子第一次去巴西已经是二十年前的事情了。最近整理胡子之前尚未集结成册的文章，在他 2016 年为杂志《能源评论》所写的一篇推荐巴西相关书目的文章里，看到了这样一段话：

"我再小小地推荐一下我自己写的《去他的巴西》。这是我 2003 到 2005 年间旅居巴西的打酱油见闻及脑电波短路随笔集，初版于 2007 年，2012 年再版的时候，我已发现书中有不少初去巴西时'盲人摸象'般的认知错误，但出于保持那段'我二故我在'的心路历程之原貌的考虑，我选择了放弃用现在的我修改十年前的我。读者可以从《去他的巴西》里分享到一个原本和他们一样对巴西一无所知的人如何在巴西日常生活这个游戏情境里不断地打怪兽通关（以及被怪兽虐）的过程。如果发现书中有什么常识错误的话，请穿越到十年前的巴西，去虐那个在百无聊赖的旅居中挥汗码字自娱的我。"

现在这本书要出第三版了，虽然胡子已经不在人世，但是上面这段话放到最新版里面大概是最合适的，只不过现在需要穿越的时间变成了二十年。胡子自带撞到各种小概率事件的体质，在巴西这种体质简直如鱼得水，有不少匪夷所思的故事发生在他身上。我曾经以为那些事情是他一贯夸大的风格所致，后来得到了巴西的朋友们的印证，居然十有八九都是真的，不过被他漫画化一番或者加强一点，也是难免。读者们如果遇到实在难以理解的情况，不妨听取一下我的意见，事情都是真的，细节可能略有浮夸。

经由那段时光，巴西与"巴蜀以西"在胡子身上缝合在了一起，给他带来了一个"第二故乡"，也让巴西成为我们日常生活中重要的一部分。在2014年和2018年他又去了巴西三次，但是日程紧凑，事务繁多，不过他还是写了一些后来的见闻，发表在了《能源评论》杂志。这四篇文章，作为《去他的巴西》的增补，放在了最后。如今他可以与他撰文悼念过的修安琪在天堂见面了，想来也有些唏嘘。

2018年那次，他住在巴西东北巴伊亚州的小镇阿拉戈伊尼亚斯，邀请他的巴西同行奥斯玛教授被他起了个绰号叫作"吃鸡教授"——在新版增加的最末一篇文章里可以看到这个绰号的来历。满是人间烟火的阿拉戈伊尼亚斯与高高在上的巴西利亚完全不同，不过逗留时间短暂，给他留下最深印象的可能是东北人民对当时还身陷囹圄的卢拉的热情。2022年胡子冥诞那天，卢拉重新当选了巴西总统，玄学一点来看，可能也算是他与卢拉之间的缘分了。后来我还在他的钱包里发现了一张一元面值的巴西雷亚尔纸币，上面被相当粗糙的橡皮图章印了"卢拉万岁"，和他在白云观请的护身符放在一起。

他在巴西给当地的师生们放映了《红海行动》，用他的话来说，他们只看过"贾樟柯和张艺谋电影"，而高度好莱坞化的工业电影对他们的冲击颇大。我鼓励他把这段经历写下来，他思考之后还是认为把真实的讨论写出来可能会引来很多争议，干脆作罢。

这些故事，假如他还有时间自己来详细写一写，一定很有趣，可惜现在只能是假如了。二十年间，世界和中国的变化都太过于巨大，巴西同样也有很多变化。对于我来说，他的离去，也把巴西从我的日常生活当中带走了。他写过巴西有句俗语叫作"去中国待着吧"，现在我经常希望他已经成功投胎做了一个巴西人，"去巴西待着吧"。

他第一次去巴西的那个年代，恰逢中国朝世界敞开，大家都想要走出去四处看看的时候，一切似乎都蒸蒸日上，充满希望。如今寰宇都有看不见的藩篱，希望这本书能让大家感受到那个打开的年代，感受到那时的热忱与天真。

文
景

Horizon

社 科 新 知　文 艺 新 潮

去您的巴西

胡续冬　著

出 品 人：姚映然
责任编辑：李　琬
营销编辑：杨　朗
装帧设计：陆智昌
美术编辑：安克晨

出　　品：北京世纪文景文化传播有限责任公司
　　　　　（北京朝阳区东土城路8号林达大厦A座4A　100013）
出版发行：上海人民出版社
印　　刷：山东临沂新华印刷物流集团有限责任公司
制　　版：北京楠竹文化发展有限公司

开 本：850mm×1168mm　1 / 32
印 张：15　　字 数：302,000　　插页：14
2024年11月第1版　　2024年11月第1次印刷
定 价：79.00元
ISBN：978-7-208-18965-2 / I·2155

图书在版编目（CIP）数据
去您的巴西 / 胡续冬著. -- 上海：上海人民出版
社，2024. -- ISBN 978-7-208-18965-2
Ⅰ. I267.1
中国国家版本馆CIP数据核字第2024N0G785号